大漢光武

卷三 關山月（下）

地皇二十二年冬，申時將過，日離中天，劉秀站在距離蔡陽城五里外的一座無名小山上，百無聊賴。

被大哥劉縯命名為大漢柱天都部的舂陵義軍主力，已經悄悄地繞過蔡陽，在育水河畔，準備對倉促趕來的新野兵馬半渡而擊。鄧奉、朱祐、劉稷、劉禾，都在出戰之列。甚至連身手最一般的劉賜，都撈了一件帶領莊丁從上游釋放木排衝撞敵軍渡船的差事。而他這個右將軍和戰事的主要謀劃者嚴光，卻被摒棄在了戰場之外。

當然，這麼說並不準確，也對大哥劉縯不夠公平。昨天傍晚，柱天大將軍可是鄭重其事地將一件「要緊」任務，交托給了他和嚴光。那就是，領著兩百莊丁和一千多名根本沒任何戰鬥力的流民冒充綠林好漢，佯攻蔡陽城。威懾膽小如鼠的蔡陽縣宰李安，讓此人不敢輕舉妄動！

命令下達之後，立刻引發了劉秀和嚴光兩人的聯袂抗議。王霸先前已經說過了，曾帶著兩三百弟兄，順利收割完蔡陽城下的莊稼，嚇得縣宰李安躲在高牆後不敢出戰。如今把王霸換成了劉秀，又加上了一個嚴光，豈不是殺雞牛刀？

然而，抗議卻當場被駁回。俗話說，長兄如父。劉縯作為當家大哥，在父親去世之後，的確做到了像父親一樣照顧自己的弟弟和妹妹。在劉家兄妹眼裡，他的話，自然像父親的話一樣，具有不容置疑的威嚴。更何況，劉縯還得到了三叔劉良的全力支持，宣稱劉秀和嚴光所部的右軍，不僅僅承擔著威懾蔡陽的使命，同時還是其他各部兵馬的總後援，關鍵時刻會被調上去，打新野郡兵一個措手不及！

小輩跟長輩講道理，肯定吃虧。如果在長輩故意胡攪蠻纏的情況下，更是毫無勝算。因此，戰局的確完全按照嚴光當初的計策安排了，武器大部分也是劉秀從唐子鄉搶回來的那些，而主要謀劃者嚴光和關鍵物資提供者劉秀，卻只能在遠離戰場二十里外的位置，靜靜地等待消息。

「文叔，大將軍讓我來通知你，新野軍已經抵達育水河西岸，正在收拾渡船，隨時準備渡河。」族兄劉賜騎著一頭汗水淋漓的駿馬從山下跑上來，帶著幾分得意大聲彙報，「他讓我問你，蔡陽李賊可有異動。」

「沒有，請回覆大將軍，一切正如習主簿所料！」劉秀立刻收起臉上的遺憾，正色回應，「請大將軍放心，絕不會讓任何人威脅他的後路。」

「好！」負責聯絡戰場各部，並且監測敵軍行動的遊騎將軍劉賜，開心地點頭。目光迅速在手持竹竿和流民們身上掃了一圈，忽然又大聲提議：「文叔，既然是虛張聲勢，何不將聲勢做得更足一些。否則，那蔡陽縣宰李安一旦靜下心來，難免會覺得你等與先前襲擾蔡陽的土匪流寇大不相同。」

「嗯！」劉秀的眉毛挑了挑，不置可否。

王霸以前到蔡陽附近劫掠，要麼收割百姓的莊稼，要麼攻打富豪們的堡寨。而此時正直嚴冬，草木枯黃，哪裡有什麼莊稼可割？自己手頭這些兵馬又不具備任何作戰經驗，貿然去找堡寨攻打，未必能拿得下來不說，還極有可能露餡。所以，真的不如以靜制動，讓蔡陽城內的守軍，看不出任何虛實。

「不妨敲敲戰鼓，再讓弟兄們大喊幾嗓子。」劉賜卻絲毫不覺得自己的舉動，已經超出了職責之外，繼續笑呵呵地提醒。

雖然當初他曾經全力反對起兵，但是在起兵之後，依然被劉縯當成了左膀右臂。因此，他在感動之餘，對劉縯交代給自己的任務，都不折不扣地去執行。有時候還會主動加碼，以避免出現任何紕漏，辜負了大哥對自己的信任。

這次加碼，同樣也是基於責任心。劉秀知道此人沒有惡意，也不想掃了他的面子，想了想，轉身舉起手中鋼刀，「來人，給我擊鼓示威，向蔡陽守軍挑戰！」

「是！」早就閒得骨頭發癢的莊丁們答應一聲，立刻奮力敲響一面牛皮大鼓。隨即，在幾個臨時隊正的帶領下，所有流民都扯開嗓子，大聲叫喊，「綠林好漢弔民伐罪，李家狗賊，速速出來受死！」

「綠林好漢弔民伐罪，李家狗賊，速速出來受死！」

「綠林好漢弔民……」

也許是感謝劉氏讓他們重新吃上了飽飯，也許是因為早就確定不會真的有戰鬥發生，眾流民們喊得格外用心。剎那間，回聲激蕩，大地震顫，遠處的蔡陽城頭旗幟紛亂，近處斥候將軍劉賜胯下的戰馬猛地一哆嗦，撒腿衝下了山坡。

「子琴小心！」劉秀被嚇了一跳，趕緊催動坐騎去施以援手。哪裡還來得及，受驚的戰馬三竄兩跳，將劉賜給甩下了脊背。緊跟著，又是「撲通」一聲被樹枝絆倒，摔成了滾地葫蘆。

山坡不高，也不陡，否則先前劉賜也無法策馬直接衝上。然而，驟然被坐騎拋落，依舊將劉賜摔了個鼻青臉腫。再看那匹受驚的戰馬，前腿處已經有白花花的骨頭茬子戳了出來。即便能夠治好，也再上不得戰場了。

「這，這讓我如何回去向大將軍覆命！」劉賜又羞又氣，站在山坡上連連跺腳。

是他自己要求劉秀帶領部屬虛張聲勢的，肯定不能怪別人嚇壞了自家的戰馬。然而，作為一名遊騎將軍，如果連馬都沒有，怎麼可能繼續蒐集敵情，替大將軍傳遞命令？可整個柱天都部的戰馬，就那麼幾匹，倉促之間，怎麼可能給他騰出來新的。特別被當做疑兵的右軍這邊，只有主將劉秀才配了坐騎，他又有何面皮，要求對方將戰馬拱手相讓？

正尷尬間，卻見劉秀笑著搖了搖頭，飛身跳下坐騎，將戰馬的繮繩塞了過來，「子琴，給你。趕緊去向大將軍覆命。你責任重大，片刻耽誤不得！至於我，反正只做疑兵，騎不騎馬，都是一樣。」

「這，這怎麼行！我，我怎麼能再拿你的馬？」見劉秀毫不猶豫地將整個右軍最後一匹戰馬送給了自己，劉賜立刻不好意思起來，紅著臉連連擺手。

先前他之所以在劉秀面前耀武揚威，一方面是因為初次上陣，興奮過度。另外一方面，則是嫉妒三叔劉良和大哥劉縯對劉秀過於偏愛。同樣是劉家子弟，憑什麼別人都去跟新野軍拚命，而劉秀卻藏在後頭白撈好處。說是疑兵之計威懾蔡陽守將，可誰不知道蔡陽縣宰是個膽小鬼，聽見鼓角聲就會嚇尿褲子，怎麼可能從城牆後衝出來送死？

然而，現在劉賜心中的嫉妒，卻被感動給驅散了一大半兒。不怪乎三叔和大哥都將劉秀視若劉家未來的頂梁柱。光是這份氣度和心胸，劉家年輕一輩中，就無人能及。換了劉賜自己與對方易地而處，根本不可能對別人的挑釁逆來順受，過後還以唯一的坐騎相贈。

正楞楞地想著，卻聽見很遠處的育水河畔，忽然響起了一陣低沉的號角，「嗚嗚嗚，嗚嗚嗚，嗚嗚嗚嗚嗚……」，如虎嘯，似龍吟，吹得人頭皮陣陣發乍。緊跟著，便有連綿的戰鼓聲響起，「咚咚咚，咚咚咚，咚咚咚……」，敲得人心臟狂跳，目眩神搖。

「快去，別婆婆媽媽，那邊已經開戰了！」劉秀用力將韁繩塞進劉賜手裡，轉頭奔向山頂。

「啊！」劉賜像被蠍子螫了屁股般，一步跳上了馬背，抖動韁繩，風一樣去遠。一邊狂奔，一邊念念不忘地大聲喊道：「文叔，今日我若立功，讓給你一半兒！」

「照顧好你自己，打仗不是兒戲！」劉秀小聲嘀咕了一句，頭也不回地繼續加速。以他如今的老練，劉賜先前所有小心思，幾乎一眼就能看穿。然而，他卻從始至終都沒打算計較。兄弟同心，其利斷金。而兄弟禍起蕭牆，則會平白便宜了敵人。

此外，他也不太看好劉賜等人能立下什麼大功。雖然臨戰之前，為了鼓舞士氣，他跟嚴光都說了不少貶低敵軍的話。然而，內心深處，他卻始終覺得，劉家上下的年輕人，包括大哥劉縯在內，都把戰爭想得太簡單了。根本沒有想到有可能會遭遇挫折，更沒去想兄弟們當中，有人今天就會在戰死沙場，一去不歸！

土山不高，很快他就跑到了頂！手打涼棚向育水河畔努力眺望，卻只能看到沿途樹枝搖動，白霧升騰，具體戰鬥細節和戰局走向，一絲一毫都無法瞧見！

「大哥不會等不及敵軍半渡，就提早出擊吧？」

「潘臨不會看出了大哥的埋伏，繞路渡河，回頭攻他側翼吧？」

「水陸混戰，弓箭的作用非常大。大哥手裡的弓箭太少，用起來肯定捉襟見肘！」

「如果潘臨故意虛晃一槍……」

不由自主地，劉秀就開始為自家哥哥和族人們擔心起來。恨不能立刻插上雙翅，飛抵戰場，與自家哥哥並肩殺敵。論武藝，他自問在整個柱天都部內，除了大哥和鄧奉之外，不在任何第三人之下。論廝殺經驗，他可能比大哥還要多一些，並且更懂得把握最佳時機……

「咚咚咚，咚咚咚，咚咚咚……」

「嗚嗚嗚，嗚嗚嗚，嗚嗚嗚嗚嗚……」

「嗚嗚嗚，嗚嗚嗚，嗚嗚嗚嗚嗚……」

「咚咚咚，咚咚咚，咚咚咚……」

畫角和戰鼓聲此起彼伏，連綿不絕。分不清哪些來自柱天都部，哪些來自敵軍。有幾個瞬間，劉秀隱約已經聽見了勝利的歡呼。然而，沒等他仔細確認自己是不是聽錯，歡呼聲就忽然又消失不見，取而代之的，則是更劇烈的鼓角爭鳴。

「咚咚咚，咚咚咚，咚咚咚……」

「嗚嗚嗚，嗚嗚嗚，嗚嗚嗚嗚嗚……」

「嗚嗚嗚，嗚嗚嗚，嗚嗚嗚嗚嗚……」

「咚咚咚，咚咚咚，咚咚咚……」

「文叔，文叔！」就在他緊張得心臟都縮成一團之時，身背後，卻又響起了嚴光的呼喚，「劉祉他們也來了，還帶來了十輛牛車！」

「嗯？」劉秀聽得滿頭霧水，愕然回頭。果然，看到自家的族人劉祉，和另外二十幾名半大小子，趕著十輛牛車，優哉游哉地從後坡小路，爬上了土山。

「胡鬧，這是戰場，你們幾個半大小子跑來做什麼？」劉秀立刻顧不上再關心大哥那邊的戰局，板著臉迎向牛車，大聲呵斥。

「是三叔讓我們來的，他說等會兒打掃戰場，肯定有東西需要搬。我們幾個雖然不夠資格去作戰，但到近處看上幾眼，好歹也能練練膽色。」劉祉等人立刻梗起脖頸，義正辭嚴地回應。

「嘶——」劉秀惱恨得只想以頭搶地。剛才他心裡還在嘀咕，說大哥劉縯太不把戰爭當一回事兒，萬萬沒想到，三叔劉良先前那麼持重的一個人，事到臨頭，居然也把第一場戰鬥看得像兒戲般簡單。如果站在戰場外旁觀，就能練出膽色，那天下恐怕遍地都是孫武、吳起了。更何況自己這邊，最多只能聽見聲音，對場景半點兒都看不見。

「文叔，不要急，三叔也是怕一會兒咱們大獲全勝，繳獲的糧草輜重無法顆粒歸倉。」嚴光素來懂得劉秀的心思，見到他臉色難看，立刻在旁邊小聲開解。

「嗯——！」聽好朋友如此解釋，劉秀立刻意識到了自家三叔的「良苦用心」。打了勝仗，就要論功行賞。今天是柱天都部的第一戰，賞格自然不能太低，並且意義非同尋常。如果功勞都被傅俊、王霸、許俞等人及其帶來的下屬撈了去，今後劉家子弟在柱天都部的影響力就會越來越弱。而劉家子弟越遠離柱天都部的決策核心，勢必能為劉縯提供的支持就越少，萬一哪天劉縯大權旁落，舂陵劉氏，豈不是為他人做了嫁衣……

如此深謀遠慮，不由得人不暗中驚嘆！然而，看劉祉一個個風塵僕僕模樣，想必在路上花了不少時間。第一場戰鬥還沒開打，三叔心裡就已經錙銖必較，這，又怎麼是能成大事的模樣，若是讓傅俊、王霸等人聽到了，又怎麼可能不會心寒！

「嗚——」一聲高亢的畫角，忽然打斷了劉秀的所有思緒，讓他寒毛倒豎，手按刀柄迅速扭頭。

不是來自遠方，而是近在咫尺！有人趁著他不注意，已經悄悄地將兵馬開到了附近，正準備給他致命一擊！

「恩公，恩公快走！敵軍，敵軍殺過來了，人數多得數不清！」臨時擔任斥候的流民頭領趙四，頂著一腦袋汗水和白霧跑上了山坡，氣急敗壞地向劉秀彙報。

「三叔，三叔，李安，李安那老傢伙竟然，竟然偷偷殺出來了！」另外一名來自劉氏的斥候，劉秀的族侄劉雙，也踉蹌著跑了回來，氣喘吁吁地向他示警。

不用他們示警，劉秀站在高處，也看得清清楚楚。有一支兵馬，忽然從不遠處另外一座丘陵後殺出，潮水般向他腳下的山頭湧了過來。整個隊伍的正前方，高高挑著主將的認旗，旗面上，一個斗大的「李」字，迎風飄搖！

「蔡陽兵！」先前還躍躍欲試的劉祉，帶著幾分哭腔低聲叫嚷，「不是說他們不敢出城嗎？他們怎麼都殺到山腳下了？」

「文叔，我謀劃失誤，拖累全軍！你快走，快去河畔向大將軍示警。我帶人馬拖住他們！」嚴光被問了個面紅耳赤，果斷抄起一根長矛，準備以死雪恥。

「且慢！」劉秀一把拉住了他的胳膊，果斷搖頭，「未必是你的謀劃失誤，李縣宰來得太蹊蹺？我先前根本沒看見他帶著人馬出城。」

「什麼！你說什麼？」嚴光楞了楞，心臟像綁了鉛塊一樣迅速下沉。

劉秀說的沒錯，蔡陽縣宰李安來得太蹊蹺，膽子也大得與其先前的表現判若兩人。並且，此人竟然「神機妙算」，提前一步將兵馬隱藏在了城外，距離劉秀等人布置疑兵的山坡，連兩里都不到。

在儒家子弟眼中，神機妙算這種本事，根本不可能存在。事物反常必然為妖，蔡陽縣宰李安的性格可以變化，愛好可以變化，麾下兵馬數量也可以變化，唯獨膽子這東西，卻不可能說變就變。他先前面對王霸所部幾百山賊，就嚇得緊閉城門，遇到劉秀所部一千兩百餘眾，卻敢主動發起進攻，並且提前將兵馬埋伏到了城外，表現判若兩人。究其原因，答案恐怕只有一個，那就是柱天都部內，藏著內奸！搶先一步，將大夥的作戰謀劃送到了蔡陽縣城。

這個內奸的級別恐怕非常高，否則，根本不可能對整個作戰計劃了如指掌。這個內奸，肯定跟地方官府早有往來，否則，倉促之中，他不可能那麼快，那麼準，就搭上了蔡陽縣令李安的線兒！

而跟官府打過交道，並且不是仇人的，恐怕既不可能是傅俊、王霸、陳俊這些江湖大豪，也不可能是剛剛被官府殺了全家老小的李秩，那麼，內奸的範圍，就會縮減到非常小的一個範圍，不是劉縯自己，就是劉家幾個族老之一！

劉縯義薄雲天，不可能為了自保，去主動出首。幾個族老當中，原來就有人極力反對起兵……。一想到這，嚴光心中愈發驚惶，正準備再度催劉秀去向劉縯示警。卻看到對方快步走到一輛牛車前，揮刀割斷了車轅上的挽繩。

「三叔，你這是幹什麼？敵軍馬上衝上來了，你快點發號施令啊！」劉秀的族侄劉雙被自家叔叔的舉動嚇了一大跳，紅著眼睛大聲提醒。

「恩公，你快走，我們幾個來替你擋住官軍！」話音剛落，臨時擔任斥候的流民頭領趙四，和另外十幾個身體還算強壯的流民，拎著竹子削成的長矛跑來，大聲催促。

「諸君，聽我一言！」劉秀感激地回過頭，向著趙四等流民拱手。他當初不過是給了這些人一碗稀粥，幾十個銅錢，這些人，今天卻寧願以性命相報。兩相比較，劉家那個主動向官府出首的族老，簡直就是一堆灰渣！而眾人願意捨命相待於他，他劉秀又怎麼可能閉上眼睛真的獨自逃生。既然大夥都悍不畏死，何不乾脆死中求活？

猛地他深吸一口氣，目光再度掃過所有緊張卻忠誠的面孔：「當初劉某讓爾等去舂陵覓食，原本是打算帶著大夥找一條生路。誰料，今日初臨戰場，就遇到了強敵。此戰若敗，非但我舂陵劉氏，將灰飛煙滅，諸位和諸位的家人，恐怕也是在劫難逃！爾等既然不怕死，可願意將性命交給劉某，與劉某一道，去為了自己，為了老婆孩子，重新殺出一條生路來？」

「願意！」「願意！」「願意！」趙四等流民紅著眼睛，將竹矛刺向了天空，大聲高呼。

「好！」劉秀也不多廢話，刷刷幾刀，將牛車上的繩索全部割斷。然後再度深深吸氣，挺胸喝令，「來九個身體最壯的，跟我上牛。子陵，你帶領莊丁，緊隨我身後。劉雙，你帶麾下斥候，去約束其他將士，讓他們整隊原地不動。等我砍了李安老賊的認旗，再讓他們自己決定各自的去留！」

說罷，也不管眾人到底如何回應，牽過一頭最高最壯的青牛，翻身跳了上去，一手持矛，一手持刀，仰天高呼：「殺賊！」

「殺賊！」流民頭目趙四大叫著拉過一頭牛，翻身而上。

「殺賊！」「殺賊！」「殺賊！」其餘存了必死之心的流民頭目們，也吶喊著相繼跨上了牛背。轉眼之間，就在劉秀身後，排成了一列橫陣。

剩下沒撈到牛騎的流民頭目，則主動加入了莊丁的隊伍，跟著嚴光一道，在騎兵身後列陣整軍。而劉秀的族侄劉雙，帶著七八名紅了眼睛的斥候，衝向了剩餘的流民，先揮刀砍倒了帶頭逃走的三個膽小鬼，然後揮舞著血淋淋的刀刃高聲叫喊：「不准逃，誰敢逃走，就以此為例。我劉家不敢要求爾等去跟官兵拚命，但在我們沒死光之前，至少爾等要在旁邊喊上幾嗓子。否則，今日逃走之後，天底下誰還會給爾等便宜飯吃？」

「啊——」眾流民都被帶頭逃命者的屍體嚇住，紛紛慘白著臉停下了腳步。早就料到天下沒有白吃的米飯，果然，劉家的飯，要拿性命去換。

「我三叔已經帶頭衝下山去了，他是太學卒業的秀才，他都不怕死！爾等的性命，莫非比他的還要值錢？」劉雙抬手抹了一把臉上的汗水和血漿，繼續揮刀高呼，「跟我喊，殺賊，殺賊！」

「殺賊，殺賊，殺賊！」流民們聽不懂太學是什麼東西，卻能看得見，舂陵劉家莊莊主的親弟弟，騎著一頭青牛衝向了官軍。頓時，心中的欽佩壓住了畏懼，扯開嗓子，將「殺賊」兩個字，一遍遍重複！

「殺賊，殺賊，殺賊！」

「殺賊，殺賊，殺賊！」

「殺賊，殺賊，殺賊！」

「殺賊……」

震耳欲聾的吶喊聲中，劉秀雙腿夾緊青牛的脊背，腳跟不停地上下磕打牛腹。牛跑得很慢，遠遠慢於他平時所騎的戰馬，但是，勝在穩健。他胯下的這一頭，和身後的另外九頭，根本不用訓練，步伐就一模一樣！

此外，順著山坡往下跑，再慢，也超過了徒步上衝。而青牛的身軀，遠比人類粗壯，甚至比敵軍的戰馬，都粗上幾重！

「殺賊，殺賊，殺賊！」

「殺賊，殺賊，殺賊！」

「殺賊……」

嚴光帶領著兩百名臉色發白的莊丁，邁步緊跟在自家「騎兵」之後。一邊跑，一邊帶頭大聲高呼。

他武藝遠不如劉秀，膽色和對形勢的判斷能力，卻跟後者不相上下。山下的敵軍，數量足足有三千。而自家這邊，莊丁卻只有兩百。兩百名莊丁，貿然衝進十五倍於己，且裝備精良的敵人當中，肯定頃刻之間，就會被殺得潰不成軍。然而如果緊跟在「騎兵」之後，借助「騎兵」從敵軍中撕開的豁口向裡衝，卻能將自身攻擊力發揮出數倍，並且隨時都可以對「騎兵」提供支援！

「殺賊，殺賊，殺賊！」

「殺賊，殺賊，殺賊！」

「殺賊……」

連綿不斷的呼喝聲，迅速傳下了山坡，傳進了蔡陽縣宰李安的耳朵。後者心裡一哆嗦，本能地就放緩了戰馬速度。

情況不對，非常不對！從劉家某個族老的出首密報中，他已經清楚地得知，城外小黃梁上叫囂的這支隊伍，乃是反賊派出的疑兵。規模只有一千二百出頭，並且其中一千人，都是根本沒受過任何訓練，甚至連跑步的體力都不具備的流民！而帶領這群疑兵的，也不是什麼成名已久的英雄豪傑，僅僅是劉家剛剛從外地歸來的晚輩劉秀。在家時沒學過武藝，讀書時拜的老師是個大儒許子威，平白荒廢了四年光陰和銅錢無數，最後卻連個官職都沒撈到，直接被太學給掃地出門。

兵不像兵，將不像將，如此弱旅，蔡陽縣宰李安，豈會還選擇再度委曲求全！聽完送信人的彙報之後，他立刻派心腹去迎頭阻攔新野縣宰潘臨，要求對方務必將計就計，在育水河畔拖住叛軍主力。待自己先收拾了城外的疑兵，前後夾擊，一戰而竟全功！

到目前為止，一切都盡在掌握。潘臨非常痛快地答應了他的請求，敵軍主力，也如他所願，被潘縣宰拖在另外一個戰場，無法顧及這邊。只是，只是山坡上的那群流民，為何不立刻四散奔逃？那些劉氏家丁，面對十倍於其規模的官軍，為何還有膽子發起迎頭對攻？

「不可能，一定哪裡出了問題！」謹慎了半輩子的蔡陽縣宰李安，越聽心裡越發虛，乾脆直接帶住了戰馬繮繩。努力仰起頭，他定神再度細細查看。目光透過自家隊伍踩起的滾滾濃煙，忽然隱約看到，數隻頭上長著犄角的怪獸，迎面碾壓了過來！

「不可能！」剎那間，李安身體晃了晃，差點直接掉下馬背。「絕對不可能！」劉家小子是太學棄徒，怎麼可能請來妖獸助陣？他若是真有招神引怪的本事，皇上早就封他做將軍了，怎麼可能任其流落江湖！

然而，他越覺得難以置信，怪獸的身影，在滾滾煙塵中，卻越發清晰。銳利的犄角，肥碩的身軀，每頭恐怕都有兩三千斤重，與蔡陽縣的兵丁迎面相遇，剎那間，就將後者撞得倒飛而起，筋斷骨折。

也難怪李安眼拙，時值寒冬，草木凋零，地面上乾燥異常。數千人馬跑起來之後，帶起的煙塵遮天蔽日。而他本人，向來又是一個非常惜命的，下令全軍進攻之後，就放慢了坐騎速度，悄悄躲進了自家隊伍深處。結果，大部分視線都被前方的弟兄和騰空而起的煙塵所遮擋，根本看不到對手的動靜。等發現有「妖獸」從山坡上衝了下來，想要再調整部署，哪裡還來得及？

只見當先那頭巨大的「妖獸」踏過了三名蔡陽郡兵的屍體之後，腳步絲毫不停，舉著犄角就朝第四名蔡陽兵胸口挑去。而緊跟在第一頭「妖獸」之後的另外數頭精怪，也齊齊低下了頭，犄角宛若一排移動的鋼刀。

「保持隊形！」劉秀揮刀，將青牛左側的一名敵軍砍倒，緊跟著，將長矛擲向遠處一名騎在戰馬上的校尉。那名校尉正在五丈之外試圖組織人手結成槍陣，沒想到劉秀居然瞄上了自己。看到長矛忽然凌空而至，趕緊揮刀去格擋，耳畔只聽「噹啷」一聲巨響，緊跟著，整條右胳膊都失去了感覺。隨即，胸口處又傳來一股劇烈的疼痛，低頭細看，卻發現那把凌空而至的長矛已經戳進了自己小腹，麻線綁成的矛纓，被鮮血噴得倒豎而起，紅得像一團火。

「啊——」倒楣的校尉嘴裡發出一聲慘叫，落馬而死。他麾下的親信立刻失去了核心，拎著長矛兩股戰戰，不知道是該繼續結陣向前，還是轉身向後。而隔空擊斃了蔡陽軍校尉的劉秀，卻根本不給他們思考時間，再度於牛背上揮舞環首刀，直撲下一名攔路者。

那名攔在他去路之前的人，早已嚇得目瞪口呆。之所以沒有立刻轉身逃命，是由於兩腿發軟，而不是因為膽氣過人。看到牛角距離自己越來越近，此子猛地嘴裡發出一聲慘嚎，雙手將長槍高高地舉起，閉著眼睛奮力上刺。

「噹啷！」劉秀搶在長槍刺中自己之前，將其一刀撩上了半空。胯下的青牛被金鐵交鳴聲嚇了一大跳，四蹄忽然放慢，頭顱猛然前挑。

銳利的犄角，瞬間將失去兵器的敵兵開腸破肚，然後遠遠地摔了出去。所過之處，破碎的內臟和熱氣騰騰的血漿灑了滿地。

「該死！」劉秀去長安求學之前，經常替家族照看牲畜，對牛馬的脾性極為熟悉。發覺胯下的青牛膽怯，立刻倒轉鋼尖兒，扭頭刺向了牛的屁股。

「哞——」可憐的青牛，幾曾受過如此劇痛。頓時被折磨得兩眼發紅，嘴裡發出一聲驚叫，再度開始加速。兩個牛角如同西域彎刀一般，左挑右刺，遇到攔路的人是一下，遇到戰馬堵在前面也是一下，沾死碰亡，銳不可當。

尚未成型的槍陣，瞬間支離破碎。劉秀騎著青牛從槍陣中央蹚過，刀光閃動，砍落數顆驚恐的頭顱。

「跟上，跟上！」趙四等人看到劉秀單人獨牛，越衝越遠。也紛紛調轉兵器，刺向胯下坐騎的屁股。「哞——」「哞——」「哞——」悲鳴聲，此起彼伏，所有公牛，都被眼前紅色的血漿和臀部劇烈的疼痛，刺激得發了瘋。再也不畏懼周圍的兵器寒光和人喊馬嘶，沿著青牛蹚開的血路，長驅直入。

剩餘的長矛兵，要麼被牛角挑飛，要麼被牛背上的趙四等人砍刀，徹底潰不成軍。而趙四等人，卻對自己造成的戰果看都不看，繼續催動坐騎，緊隨劉秀身後。

牛背顛簸，但對於以前終日擺弄農活的他們來說，根本不算回事兒。流矢呼嘯，對於早已決定要捨命報答一飯之恩的他們來說，也宛若夏日傍晚的蟬鳴。此時此刻，他們眼睛裡只有一個背影，那就是恩公劉秀。此時此刻，他們心中也只在乎一件事情，那就是，千萬別從牛背上掉下來，被恩公和同伴們甩開太遠。

至於能不能取得勝利，會不會下一刻就戰死沙場，他們根本來不及，也不會去考慮。他們只管策動坐騎，向前，向前，繼續向前，緊隨著前面那個驕傲的身影，揮刀砍翻沿途所有能搆得到的敵人，不論其是普通士卒還是領兵的將軍。

不知不覺間，趙四等人也把腰直了起來，驕傲得宛如百戰名將。有人身體上多處受傷，卻咬著牙不肯掉隊。有的人手中兵器已經斷裂，卻拎著半截刀身，繼續呼喝衝殺，宛若瘋虎。

九頭牛一字排開的寬度，足足有四丈半，沿著山坡一路前衝，角如刀，身如電。沿途蔡陽官兵無論騎在馬上還是徒步，都如同草扎的一般，被輕鬆碾翻。而牛頭偶爾向上一挑，就會拋起一具慘不忍睹的屍體，不僅腸穿肚爛，大多數時候，內臟也被牛角瞬間攪得稀爛，在半空中變成肉塊紛紛落下，砸在其他士兵頭上、臉上，令他們瞬間魂飛膽喪。

那些僥倖沒被挑上半空的，下場同樣慘烈。先被牛頭撞得口吐鮮血，隨後就被碗口大的牛蹄踩得筋斷骨折。而還沒等他們扯開嗓子向周圍的袍澤求救，兩百餘名劉氏莊丁，已經在嚴光的帶領下衝了過來，手起刀落，將他們砍得個個死無全屍。

「頂，頂住，給我頂住！」眼看自家兵馬如同遇到烈日的積雪般崩潰，蔡陽縣宰李安又急又怕，揮舞起寶劍，大聲招呼。「給我頂住，他，他們只有兩三百人，還不到咱們的一成！」

「頂住，頂住！」縣尉洪震、捕頭張興，也氣急敗壞，策動坐騎驅趕著身邊的弟兄，讓他們捨命去攔截瘋牛。

明明穩操勝券的戰鬥，居然被對手打得毫無還手之力。而對手，不過是一個書呆子帶著兩百多莊丁和千餘流民。其中，那千餘流民還只是站在山坡上搖旗吶喊，到現在都沒向前挪動半步！

局勢如果照目前這般模樣繼續下去，此戰的結果，恐怕與當初的預料要完全倒過來。而萬一打輸了必勝之戰，育水河畔的新野軍，下場恐怕也是凶多吉少。過後大夥即便保住了蔡陽縣城，上頭追究下來，縣宰李安恐怕也難逃喪師辱國的罪名。而縣尉、捕頭、游徼等官員，向來跟縣宰是一條麻繩上的螞蚱，全都在劫難逃！

所以，必須有人捨命撲上去，截住牛背上那幾個人，力挽狂瀾。縣宰李安已經看得很清楚，洪震和張興等人，也看得明明白白。對手的全部攻擊力，和大部分戰鬥力，其實都在那十頭牛身上。而隨著地形越來越平緩，群牛的速度已經在此變慢，對蔡陽將士威脅性已經大不如前。

然而，看得明白歸看得明白，誰去捨命，卻需要斟酌。縣宰李安學富五車，自然不能有絲毫閃失。縣尉肩負協助縣宰牧守百姓的重任，當然輕易冒險不得。捕頭和游徼，俸祿沒有縣宰和縣尉高，威望也略顯不足……

「洪震、張興、王寶，你們三個，帶著親信一起上！」連喊了十幾遍頂住，都沒絲毫效果。縣宰李安徹底急紅了眼，將寶劍朝縣尉洪震胸口一指，啞著嗓子命令。

「你……」沒想到情同手足的老搭檔，居然會逼著自己上前跟「反賊」拚命。縣尉洪震大吃一驚，本能地就想拒絕，「你瘋了，我連馬都騎不好，怎麼可能擋得住反賊？」

「食君之祿，忠君之事！」李安才不想管洪震騎術如何，手臂緩緩向前發力，「如果你膽敢抗命，休怪老夫……」

「牛群，牛群朝這邊衝來了！」一句威脅話沒等說完，耳畔忽然響起了一聲慘叫。抬頭望去，只見捕頭張興撥轉坐騎，落荒而逃。一邊逃，一邊繼續大聲提醒，「李兄、兄，快走，快走，牛群衝過來，牛群朝著咱們衝過來了！」

「廢物，逆賊，陛下養你們這麼多年！」縣宰李安顧不上再逼著洪震去拚命，扭過頭，瞪圓了眼睛大聲叫喊。「老夫不走，老夫今天寧可死在這裡！」

目光所及之處，他果然看見，那個騎在青牛上的叛軍將領，帶著麾下的所有「騎兵」，改變方向，朝著自己趟了過來。速度雖然遠不及從前，但牛角所指，郡兵們卻紛紛讓開一條通道。誰也沒有膽子，再去阻擋此人的腳步。

「李兄，蔡陽不能有失，在下回去組織民壯守城！」縣尉洪震也看清了局勢變化，果斷向縣宰李安拱了下手，隨即撥轉坐騎，如飛而去。身體隨著馬背上下起伏，人馬合一，騎術讓周圍所有袍澤都望塵莫及。

「李兄，蔡陽城要緊！」游僥王寶，反應速度比張興和洪震兩個稍慢半拍兒，也緊跟著調轉馬頭，絕塵而去。沿途遇到幾個躲避不及的郡兵，全都毫不猶豫地策馬一踏而過。

「陛下，老臣無能，辜負您的洪恩！」猛然間一陣悲從心來，蔡陽縣宰李安放聲大哭。哭罷之後，立刻拉轉馬頭，緊追李興、洪震和王寶三人不捨，「廢物，蠢材，站住，回來跟老夫並肩殺賊。老夫今日不把爾等追回來，誓不為人！站住，站住，回來跟老夫同生共死，為陛下……」

「老賊，有種別跑！」抱著擒賊先擒王打算撲過來的劉秀，沒想到對手居然如此無恥，想要騎著青牛去追，哪裡來得及？一愣之後，憤然舉起了鋼刀砍翻了對手的認旗，「李安跑了，爾等不速速下馬投降，更待何時？」

「李安跑了！李安跑了！」早就累得筋疲力盡的幾個流民頭目，也紛紛控制住胯下公牛，將劉秀簇擁在中間，舉起殘破的兵器厲聲高呼。

「李安跑了！投降免死！」嚴光領著莊丁們衝得稍慢，聽到劉秀等人的呼喝，又發現敵軍主將的認旗已經消失不見，也跟著扯開嗓子，大聲喊了起來。

「李安跑了！投降免死！」

「李安跑了！投降免死！」

「李安跑了……」

剎那間，山上山下，呼喝聲響成了一片。原本被劉雙強迫留在山頂上的災民們，也頓時渾身上下都充滿了力量和勇氣，手持竹竿，轟然而下。如暴雨天的泥石流，將沿途所有活物，瞬間吞沒在一片汪洋之中。

兵敗如山倒！

蔡陽軍原本就是一群三流貨色，否則這些年來也不至於被王霸帶著兩百多弟兄，就壓得龜縮於城內不敢露頭。今天先被劉秀帶領「牛騎兵」迎面敲了一記悶棍，緊跟著又發現自家縣宰和縣尉和游僥都搶先撒了丫子，頓時士氣徹底崩潰，一個個調轉身形，落荒而逃。

然而打了敗仗後逃命，同樣需要足夠經驗和技巧。除了極少數聰明者可以無師自通，專門揀著人少地方跑之外，大部分蔡陽兵在潰敗之時，都失去了思考能力，只懂得隨著大流原路折返。

偏偏嚴光所部莊丁，恰恰卡在了他們必經之路上，發覺如此好的痛打落水狗機會，如何肯輕易放過？頓時調過頭來，鋼刀齊揮，將潰兵們一排接一排像割麥子般砍倒。

「呀——」掉頭軋過來的潰兵隊伍立刻像撞到礁石的海浪般四分五裂，紛紛繞過同伴的屍體和嚴陣以待的莊丁，撒腿奔逃。誰也不肯捨命向前，為身後的同伴殺開一條血路。

「別把退路堵得太死，放他們過去，從側面殺！」劉秀被趙四等流民頭領團團護在中間，想要殺敵也湊不到近前，只好在牛背上觀察敵情，隨時對自己一方戰術做出調整。

「別把退路堵得太死，放他們過去，從側面殺！」

「別把退路堵得太死，放他們過去，從側面殺！」

……

眾流民頭領雖然不理解劉秀所發出的命令，卻毫不猶豫地扯開嗓子，將其一遍遍大聲重複。

把一場幾乎是必敗的仗，硬生生扭成了大獲全勝。有如此本事，主將的任何命令，都不該再受到質疑。更何況趙四等人原本就對劉秀佩服得很，願意為其赴湯蹈火。

「劉齊、劉銳，帶著你們的弟兄站在原地。其他人，跟著我向下移動，變錐形陣！」聽到趙四等人的吶喊，嚴光立刻就明白了劉秀的用心，果斷揮舞起鋼刀，指揮莊丁們調整隊形。

圍三闕一，乃是用兵的基本原則之一。其用意不是為了滿足什麼天道有缺的歪理邪說，而是避免敵軍垂死反撲，同時最大程度減少自家傷亡。

眾莊丁都受過基本的陣型訓練，雖然掌握得很欠火候，但是在大勝之時，高漲的士氣，卻直接彌補了配合生疏的不足。一邊繼續斬殺著潰退下來的敵軍，一邊努力執行命令。不多時，居然將錐形軍陣，排得有模有樣。

如此一來，蔡陽潰兵的傷亡，立刻翻倍。原本只要繞過劉家莊丁的正面，就可以脫離險境。現在，卻要繼續面對來自錐形軍陣兩個側邊的威脅。而混亂之中，從後面逃過來的人，根本不會考慮前方同伴的痛苦，發覺攔路的隊伍變窄，立刻推著自己人的後背加速往上湧。結果，整個隊伍，就像席子般，沿著錐形軍陣，瞬間一分為二。凡是移動路徑靠近錐形左右兩側邊緣者，一個接一個倒地不起，就像一群主動撲向刀尖兒的牛羊。

而從山坡上衝下來的流民們，卻還嫌蔡陽潰兵死得不夠痛快，居然從背後硬推著他們，成群結隊地朝錐形軍陣靠攏。看到有誰敢放慢腳步，立刻將七八桿竹槍同時刺過去，將此人扎成人肉篩子。

「劉雙，不要亂殺！先殺官兒，後殺兵。先殺騎著馬的，然後再對付其兵卒！」劉秀在牛騎兵中央，看得真切。不願意讓流民們把精力都浪費在誅殺普通士卒上，再度扯開嗓子大聲吩咐。

「不要亂殺，先殺騎馬的！」

「先殺官兒，後殺兵！騎在馬背上的都是當官的！」

「先殺官兒，後殺兵，當官的才有馬騎！」

「先殺騎馬的，先殺騎馬的……」

趙四等人依舊對劉秀的命令似懂非懂，再度根據自己的理解，大聲重複。

距離稍微有點遠，帶領流民從山頂上衝下來的劉雙聽不太清楚，卻按照自己的理解，果斷選擇了執行。將手中鋼刀朝某個騎在馬背上的蔡陽屯長身上一指，大聲高呼：「跟我來，先殺騎馬的，騎馬的都是軍官，一個頂十個！」

「先殺騎馬的，先殺騎馬的！」流民們正殺得盡興，絲毫感覺不到疲勞和畏懼，立刻紛紛尋找合適目標撲過去，亂矛齊下，將其刺下馬背。

可憐的蔡陽騎兵，大多數人都根本不是什麼軍官，只因為胯下多了一匹馬，就成了流民們的首要追殺目標。而他們先前進攻時，偏偏又衝在最前頭。此刻戰敗，在隊伍中的位置立刻變成了押後。並且退路都被自己人所阻擋，想要加速都無法讓戰馬邁開腳步。

轉眼間，就有數十名騎兵慘叫著被戳下了坐騎。剩下的騎兵見勢不妙，要麼果斷選擇脫離大隊，單獨逃生。要麼乾脆跳下戰馬，徒步加入了潰退的步卒隊伍，試圖蒙混過關。更有甚者，乾脆滾下坐騎，直接匍匐於地，雙手抱頭，高聲祈降：「饒命！小人不是當官的，小人是被強徵來的郡兵。小人家裡還有八十歲老母……」

大部分投降者，都被殺紅了眼睛的流民，當場戳死。只有零星幾個，因為路過他周圍的流民突然心軟，才逃過了一劫。潰兵隊伍中的屯長、隊正和軍侯們，發現騎在馬上死得更快，也紛紛丟下了坐騎，或者選擇繼續隨著大流逃命，或者直接跪地求饒，竟沒有一個人在最後關頭挺身而出，組織麾下的潰兵且戰且退，死中求活！

軟弱和恐懼一樣，都會在潰兵的隊伍裡自動蔓延。當第一批跪地求饒者出現之後，很快周圍便出現了第二批，第三批，第四批……，還沒等劉秀對戰術做出新的調整，整場戰鬥，就突然宣告結束。除了已經戰死和逃得很遠，不可能再被追上的一少部分潰兵之外，大約一半左右的蔡陽軍，相繼放棄了抵抗，把性命交到了他們先前發誓要一網打盡的「反賊」之手。

「降者勿殺，只收繳他們的兵器和鎧甲！」嚴光果斷下達命令，以防有人收不住手，敗壞了義軍的名聲。

「住手，別殺俘虜，他們已經投降了，老天爺有好生之德！」劉雙帶領一眾斥候，在自家隊伍裡來回穿梭，看到有人拿俘虜洩憤，立刻衝上前阻止。

流民們原本都是老實巴交的百姓，當從狂熱狀態中恢復正常之後，善良和服從，立刻在心中占據了上風。紛紛將竹矛豎起，不再繼續製造死亡。而劉氏的莊丁們，因為在戰鬥中遭受的損失幾乎可以忽略不計，也都對俘虜生不起太多恨意。上前收繳了後者的兵器之後，便將他們拉到一旁捆綁起來，等候上司的下一步處置命令。

只有劉祉、劉苗等半大少年，先前被嚇得差點尿了褲子，此刻，一個個又成了生龍活虎。拎著撿來的刀槍衝到劉秀身側，爭先恐後地大聲請纓：「三哥，快下令，咱們去攻打蔡陽城。趁著李安那老小子被嚇了半死，一鼓作氣！」

「三叔，接下來打誰，你說，我們一起上！」

「三哥，從現在起，我們跟著你，你往前衝，我等絕不落後半步！」

「三叔……」

「三哥……」

「把能動的戰馬，都給我牽過來。劉雙、趙四，你們從弟兄們當中，徵募騎馬的好手！子陵，你負責打掃戰場，收容俘虜！」對於少年們的叫囂，劉秀置若罔聞。直接將目光轉向自己信得過的幾個人，大聲吩咐。

「遵命！」劉雙、趙四、嚴光三人，挺胸拔背，大聲回應。

「三哥，我們呢！」

「三叔，我們呢，我們幹點什麼？」

「三……」

劉祉、劉苗等少年頓時窘得面紅耳赤，一個個舉起手臂，大聲提醒。

「你們若是有膽子，就去收集兵器鎧甲，把自己從頭到腳武裝起來，然後給我上馬！」劉秀深吸一口氣，目光迅速從少年們臉上掃過。「仗還沒打完，接下來，咱們去援助大將軍！」

「啊——」眾少年大吃一驚，臉色頓時又開始發白。然而，先前將裝英雄的話說得那麼滿，此刻誰也沒臉皮再反悔。只好強壓下心中的恐慌，轉身去尋找趁手的兵器和結實的鎧甲。

趁著眾人都去忙碌的時候，劉秀自己也從俘虜當中找了個體型跟自己相仿的軍官，讓對方將盔甲都脫下了給自己穿在了身上。隨即又從先前被自己殺死的那名校尉的屍體上，解下腰牌、護肩、盔纓等標識性飾物，擦掉血跡，將自己裝扮停當。

「文叔，這匹馬好，給你這匹！」嚴光牽了兩匹駿馬上前，一頭獻給了劉秀，一頭毫不客氣地據為己有。

劉秀朝著他點頭而笑，先接過了戰馬的韁繩，然後繼續在沙場上逡巡。又找了一桿長槊，一把環首刀、一張騎弓和一壺羽箭，將其統統掛在鞍子下，最後才翻身跳上坐騎，揮手招呼劉雙、趙四等人向自己靠攏。

由於發起衝鋒之時過於自信的緣故，大多數蔡陽軍騎兵在戰敗之時，都沒來得及逃走。光是丟在疆場上的無主坐騎和他們投降之後交出來的戰馬，加在一起就有兩百餘匹。然而，劉雙和趙四兩個，挑選出來的騎馬好手與劉祉、劉苗等少年加在一起，卻只有一百出頭，並且當中還有十餘人明顯不適合作戰，沒等開拔，就已經先癱在了馬背上動彈不得。

「家裡有妻兒的，可以不去，是獨子的，可以不去，父母在堂而兄弟體弱無力奉養的，也可以不去。」劉秀見狀，也不勉強，立刻當眾開出三個抽身條件，讓眾人自行選擇。

原本已經嚇癱在馬背上的十餘人，登時退出了一大半兒。其他九十餘人當中，也有二十幾個猶豫著選擇了退出。剩下的七十幾個莊丁和流民，無論膽大包天者，還是已經嚇得說不出話者，都咬著牙將身體在馬鞍上坐穩，手持兵器，一動不動。

「劉苗、劉石，還有你，你，你，再加上第二排左數第四個，第七個，第三排第五，第八，第九個……」劉秀的目光迅速從留下來眾人身上掃過，又從其中挑出了十餘名身體相對單弱者，讓他們單獨組成一支隊伍負責監視蔡陽城的動靜。然後，他朝著剩下來的六十名勇士點點頭，大聲說道：「既然蔡陽縣宰李安已經提前得知了我等的部署，新野縣尉潘臨就不可能不知曉。他們以有心算無備，大將軍那邊，戰事必然不容樂觀。是以，劉某斗膽，邀請諸位跟我，去助大將軍一臂之力。即便不能打潘賊一個措手不及，至少也讓大將軍和其麾下的弟兄們知道，我等已經大獲全勝，令他們不必再為我等分心！」

「願為將軍效死！」趙四、劉雙等人士氣正旺，立刻舉起兵器，大聲響應。

其餘眾人剛剛獲取了一場酣暢淋漓的勝利，也都精神十足，也陸續舉起兵器，七嘴八舌地附和，「願為將軍效死！」

「右將軍，您說打哪，咱們打哪！」

「願以將軍馬首是瞻！」

……

「好，諸君，請跟我來！」劉秀要的就是大夥這句話，又用力拱了下手，迅速撥轉坐騎，雙腿輕磕馬腹，「殺賊！」

「殺賊！」「殺賊！」「殺賊！」眾人振臂高呼，催動坐騎緊隨他身後，一轉眼，就消失在冬日的山林當中。

才走了不到五里路，迎面就過來一隊官軍斥候。為首的頭目非常機警，立刻將弓箭擎在了手裡，大聲質問：「你們是什麼人？速速通報身份，以免誤傷！」

「你眼睛瞎了？」不待趙四等人反應，劉秀立刻囂張地回應，「不認得爺爺，還不認得爺爺們身上的盔甲號衣？趕快自報身份，否則，休怪爺爺割了你的腦袋去計算戰功！」

「你敢……」斥候頭目被嚇得打了個冷戰，瞬間注意到，劉秀等人身上穿的全是郡兵盔甲。並且帶頭的還是一名校尉，級別遠在自己之上。

話音未落，劉秀已經果斷抽出的腰間環首刀，一夾馬腹，就準備跟他「火併」。登時，斥候頭目不敢再做耽擱，連忙壓低了弓箭，大聲補充：「且慢，且慢動手。在下乃新野郡兵斥候屯將潘貴，您可是從蔡陽來的，那邊戰事如何？」

「一群剛剛放下鋤頭的泥腿子，還能如何？早就被爺爺們給殺光了！所以爺爺們才奉我家縣宰之命過來增援爾等！」劉秀一擺刀身，滿臉不屑地大聲嚷嚷。彷彿唯恐全天下，沒人知道自家剛剛打了一個大勝仗一般。

那斥候頭目聞聽，愈發不敢懷疑他的身份。收起弓箭，抱拳施禮：「原來是蔡陽李縣宰的麾下，潘某失敬，失敬。剛才在下奉了我家縣尉之命，正要去你們那邊查看動靜……」

「不必了，你們那邊戰事如何，可需要我等前去幫忙。如果不需要，就算了，我等立刻回蔡陽休息。這大冷天，劉某可沒心思跟爾等爭功！」劉秀隨便擺了下手，就算還禮，緊跟著，又大聲補充。

他越是裝作對潘貴等人不屑一顧，斥候頭目潘貴越不敢怠慢。連忙又做了個揖，大聲請求：「劉校尉，且慢，我家縣尉雖然穩操勝券，但劉縯、傅俊、習鬱等賊，卻也十分難纏。若是劉校尉肯過去高呼一聲，說蔡陽那邊大局已定。賊人必然軍心大亂，我家縣尉，也必然定會感念李縣宰的人情。」

「說得好像我家縣宰，稀罕你家縣尉的人情一般！」劉秀用眼皮夾了對方一下，冷笑著撇嘴。然而，終究好像是耐著雙方主事者的顏面，沒有斷然拒絕，「想讓劉某幫忙就頭前帶路，別繞彎子，大老爺們，怎麼比個女人心眼兒還多！」

「是，是，劉校尉，這邊請，這邊請！」斥候頭目被他說的好生尷尬，連忙紅著臉撥轉了馬頭。

他麾下的五名弟兄，也對「劉校尉」的囂張態度極為不滿。但是，兩軍相爭，早點兒把另外一個戰場勝利的消息帶回去，就多一分勝算。另外，「劉校尉」雖然態度惡劣，其本人和其手下的騎兵，卻個個都頂盔摜甲。這種裝扮，在郡兵當中非常罕見，除了主將的親信之外，根本不可能做到。

而主將的親信，通常也是一支郡兵的核心力量。五十個人攻擊力，不會低於尋常五百兵卒，甚至還完全可能憑藉這些人鎖定勝局。

因此，尷尬歸尷尬，不滿歸不滿，潘貴和他麾下的爪牙，卻無論如何不會將身後這支生力軍趕走，非但帶路帶得極為盡心，沿途遇到自家其他斥候，還主動替「援軍」做介紹，以防後者不懂事，得罪了囂張的「劉校尉」，讓此人帶著「援軍」半途折返。

有這麼一群盡心盡力的嚮導，劉秀等人當然走得無比順利。又花了短短一刻鐘功夫，就已經來到了淯水河東岸的戰場附近。

此時此刻，搶先一步在東岸繞路站穩腳跟的新野郡兵，正跟發覺上當的柱天都部主力，殺得難解難分。潘臨憑藉提前得知對手情況的優勢，搶先布置下的許多殺手，都已經開始發揮作用。而劉縯、傅俊、王霸、張峻、屈楊、許俞等人，則憑著高強的武藝，將出現在各個方向的官軍伏兵全都打了回去，並且偶爾還能發起一輪反攻。

「劉校尉請在此稍待，且容潘某去向縣尉通稟。」領著劉秀穿過自家兩支隊伍，堪堪已經來到自家陣地的核心，潘貴回頭向劉秀做了個揖，大聲請求。

「速去，速去！」劉秀強壓住狂跳的心臟，故作大氣地向對方揮手，隨即，就在對方剛剛轉過身的剎那，將長槊從馬鞍下抽了出來，悄悄地舉過了頭頂。

劉雙、趙四和其他精挑細選出來的勇士們見狀，也偷偷地將兵器擎在了手裡，然後緩緩跟在劉秀的身後，緩緩向帥旗下靠攏。動作小心，馬蹄輕微，就像一群捕獵的獅子。

周圍立刻有巡視的兵卒發現情況不對，小跑上前來攔路，「站住，你們是誰的手下？為何……」

「柱天都部！」劉秀低聲報出一個怪異的名字，抬手一槊，將攔路者挑翻在地。隨即，雙腿猛地一磕馬腹，驟然加速。

「轟隆隆，轟隆隆，轟隆隆！」五十匹戰馬不算規模龐大，但同時跑起來，動靜也有些嚇人，頓時，更多的新野將士意識到情況不妙，紛紛吶喊著上前阻攔。「站住，你們是什麼人？軍陣的當中，不得縱馬亂闖！」

「站住，小心衝撞了縣尉！」

「停下，否則……」

人的速度再快，怎麼可能快得過戰馬？還沒等他們靠近，劉秀等五十騎，已經從他們眼前一閃而過。剎那間，就衝到了距離帥旗不足五十步處，馬蹄揚起的煙塵，在晚霞當中扶搖直上。

「站住，劉校尉，你這是幹什麼？」正以為自己立下了大功的潘貴，終於聽到身後的動靜。扭過頭，憤怒地咆哮。

回答他的，是一支冷冰冰的槊鋒。

劉秀策動坐騎，一槊將其挑上了半空。隨即，雙臂用力，將屍體朝著帥旗下甩了過去，「潘臨狗賊，過來受死！」

他原本就臂力驚人，此番存心示威，更是把一身本事發揮到了十成十。登時，就將挑在槊鋒上的屍體硬生生甩出了四丈多遠。

「啊——」兩名策馬前來阻攔他的親兵躲閃不及，當場被砸下了馬背。其他數名試圖在自家主帥面前有所表現的親兵，立刻被嚇得楞了楞，本能地將動作放緩。就在眾人一楞神的功夫，劉秀已經拍馬舞槊，從他們面前急衝而過，三尺槊鋒化作一道閃電，直奔帥旗下一名鎧甲最華貴者。

他跟新野縣尉潘臨素昧平生，當然沒有十足的把握，確定鎧甲最華貴者就是縣尉。然而大新朝崇尚「復古」，吃穿用度都等級分明，堂堂一個縣尉，也不可能比周圍下屬穿得寒酸。

事實也正如他所判斷，那名身上鎧甲最華貴，胯下坐騎最神俊的官員，發現有個陌生武將發了瘋般向自己迫近，立刻將手中的令旗、令箭，還有功勞卷冊等物，沒頭沒腦地砸了出來。

「保護縣尉！」

「保護縣尉！」

「保護……」

官員身旁的嫡系爪牙反應倒也迅速，一楞之後，也紛紛抓起兵器，捨命上前封堵戰馬去路。然而，此時劉秀的身手，又豈是尋常親兵所能抵擋？長槊左挑右刺，身側沒有一合之將。頃刻間，就又向前衝出了十餘步遠，每一步，都放倒一具血淋淋的屍體。

「殺潘臨！」「殺潘臨！」劉隻、劉祉、趙四等勇士，也揮舞著兵器，緊緊追趕劉秀的腳步。沿途無論遇到何人擋路，都是迎頭一刀。很快，就將企圖從背後包圍劉秀的潘氏親兵，砍了個七零八落，短時間內，再也無人能對劉秀施以掣肘。

而徹底擺脫了敵軍羈絆的劉秀，衝得愈發迅猛。一槊一個，將擋在自己戰馬前的敵軍將士像稻草人般捅翻。眼看著，距離帥旗已經不足兩丈，那新野縣尉潘臨急中生智，嘴裡忽然發出了一聲慘叫，「不是我！」撥轉坐騎，掉頭就跑。

「保護大人！」擋在劉秀面前的最後兩名親兵，聽到來自背後的馬蹄聲，立刻大叫著撲向了槊鋒。一人胸口瞬間被捅了個對穿，雙手丟下了兵器，猛然抓住了槊桿。另外一人，趁著同伴用性命換回來的機會，雙腿跳離馬背，手中鋼刀在半空中化作一道閃電，直奔劉秀胯下坐騎的脖頸。

以命換命，只要將劉秀的坐騎砍死，落地受傷的劉秀，就會跟他一起，被後面衝上來的戰馬亂蹄踩成肉醬。

他的選擇很悲壯，也足夠狠辣，不光想殺死對手，自己也沒打算生還。

然而，他的身手距離劉秀實在差得太遠。還沒等他的刀光落下，劉秀的長槊已經脫手，緊跟著右手在馬鞍下迅速一帶，環首刀連著刀鞘向前探出，不偏不倚，正護住了戰馬的脖頸。

「噹啷！」一聲巨響，戰馬嚇得揚起前蹄，四下亂蹬。砍向戰馬脖頸的刀光倒蹦而回，不知去向。而劉秀手中的鋼刀連同刀鞘，卻在半空中化作了一條鋼鞭，狠狠抽在了拚命者的胸口，將此人打得吐血而亡。

馬蹄落地，劉秀身體在馬鞍上前俯後仰，幾度快要栽下，幾度又重新坐穩。只見他，一手拉緊韁繩，努力控制坐騎。另外一隻手奮力甩動，先將破碎的刀鞘甩落於地，隨即又一揮臂，斬斷了潘臨的帥旗。

「潘臨已死！潘臨已死！」劉雙和趙四迅速上前，一左一右，護住劉秀，然後扯開嗓子大聲叫嚷。

什麼將，帶什麼兵。跟在劉秀身後衝鋒陷陣，他們也不光變得更加勇敢，腦子也雙雙開了竅。發現潘臨逃走，而自家主將追趕不及，立時改變主意，詐稱潘臨已死，藉以擾亂新野軍心。

「潘臨已死！潘臨已死！」隨後跟上來的四十餘名勇士，不明真相，也紛紛扯開嗓子，大聲宣布敵軍主將的陣亡。

周圍正在拚命朝著帥旗位置靠攏的數支隊伍，頓時同時停住了腳步。帶隊的軍官既看不到帥旗，又看不到主帥，剎那間，全身上下一片冰涼。而隊伍中的郡兵們，表現更加不堪，居然慘叫一聲，爭先恐後，四散奔逃。

「我沒死！我沒死！」已經逃到二十步外正在試圖重新站穩腳跟的潘臨，這才意識到自己做了個何等錯誤的選擇，連忙揮舞起手臂，大聲辯解。「我真的沒死，我在這兒，我只是暫避敵將鋒纓！」

可是人聲嘈雜，又有劉祉等人狂呼不止，他的澄清，連三丈外都傳不過去。跟甭提能傳遍全軍。

「站住，你們幾個站住，趕緊跟我一起喊，假的，縣尉沒有死，假的，縣尉沒有死！」可憐的潘臨欲哭無淚，用寶劍指著周圍的郡兵，大聲號令。

「假的，縣尉沒有死！」

「潘臨已死！」

「假的，縣尉沒有死！」

「潘臨已死！」

倉促的呼喊聲，在他身邊迅速響起。然而，大部分卻都被劉祉等人的狂呼所掩蓋，落在戰場上其他郡兵耳朵裡，反而令後者更為慌亂。

「大聲點，大聲點啊！不是假的，是真的，是真的！」縣尉潘臨氣急敗壞，揮舞著寶劍迅速更正。

周圍的郡兵們，卻忽然轉過身，頭也不回向遠處跑去。誰也不肯再聽他的命令。

「別跑，誰敢跑！老夫回去後，砍了他……」怒火立刻衝上了頂門，潘臨扯開嗓子，大聲威脅。然而，話才喊了一半兒，眼睛忽然又在不遠處看到了一個可怕身影，他自己心裡猛地打個哆嗦，再度撥轉坐騎，跑了個風馳電掣。

那個殺星又來了！

剛砍光了他的親兵，砍翻了他的帥旗的殺星，又奔著他衝過來了。身邊無兵無將，腹內沒有膽子。潘臨只能憑著坐騎的速度，搶先一步，逃之夭夭！

「潘臨死了，潘臨死了！」新野軍的對面，很快也有人開始大聲鼓噪，「潘臨已死，爾等還不投降？」

隨即，王霸王元伯一馬當先，帶領百餘名江湖好漢衝向距離自己最近的一支官軍隊伍，左衝右突，所向披靡。

「子衛，你和秀峰各自帶所部弟兄，攻擊官軍左翼！」柱天大將軍劉縯，強壓著心中激動扭過頭，朝著傅俊和張峻二人，大聲吩咐。隨即，又迅速抽出一支令箭，直接按在了李秩之手，「季文，你帶五百弟兄，從右側繞過戰場，拿下渡口，不要給敵軍留下任何船隻。」

「遵命！」「好！」傅俊、張峻和李秩三人，拱手領命，然而帶著滿臉的驚喜跑向自家部曲。不多時，就從左右兩個方向朝敵軍發起了反擊，讓原本已經臨近崩潰的新野將士，愈發亂成了一鍋粥。

「其他所有人，跟著我，直插過去！」深吸一口氣，劉縯揮槊前指，大聲高呼，「一直插到淯水河畔，絕不停留！」

「直插淯水河畔，絕不停留！」習鬱果斷將劉縯的命令簡化為十個字，帶領周圍的弟兄們大聲重複。

「直插淯水河畔，絕不停留！」

「直插淯水河畔，絕不停留！」

吶喊聲，宛若天崩地裂。已經疲憊不堪的義軍將士，重新抖擻精神，跟在劉縯身後再度朝敵軍發起了猛攻。而對面的新野軍，卻失去了先前的銳氣，一排接一排倉皇敗退，就像落葉遇到了狂風。

敵我雙方，都弄不清原本僵持不下的戰局，為何出現了如此巨大的變化。更弄不清楚，縣尉潘臨是否真的已經戰死，他的帥旗到底去了哪。包括果斷下令發起反擊的劉縯本人，此刻腦子裡都一團漿糊，既想不明白是哪位英雄忽然拍馬殺至，一舉幹掉了新野軍的主將。又弄不清楚這位英雄是如何殺透了數千官軍組成了隊伍，揮刀砍倒了潘臨的帥旗？

此時此刻，劉縯唯一能明白就是，機不可失。

如果不是敵軍的帥旗突然被砍倒，主將無影無蹤，新野將士絕不會忽然停止了對義軍的進攻，隨即亂作一團。如果那位幹掉了潘臨的英雄再晚出來一刻鐘，也許義軍的首戰，就會以失利宣告結束。那樣的話，不僅柱天都部的士氣會大受打擊，劉氏家族那些原本就反對起兵的族老，也會趁機而動，甚至重新推一個傀儡出來，取自己而代之。

所以，眼下最重要的不是弄清楚哪位英雄幫了義軍的大忙，而是立刻帶領義軍徹底鎖定勝局，別讓英雄捨命創造出來的機會白白浪費。在數千兵馬的團團包圍之下，刺殺對方主將，英雄的膽氣和本事，不亞於聶政、專諸。而聶政和專諸兩個，雖然成功幹掉了目標，最後自己卻也跟對手同歸於盡，根本沒有任何辦法從容脫身。

「大哥，會不會，會不會是文叔！」就在劉縯為英雄的最後結局而忐忑不安之時，斥候將軍劉賜忽然策馬衝到他的身旁，先揮刀砍翻了一名躲避不及的敵將，然後用極小的聲音說道。

「不可能！」劉縯毫不猶豫扭頭回應，聲音大得宛若驚雷。「我先前幾次派人試圖去聯繫他，都被潘臨麾下的斥候給截了回來。文叔那邊，這會兒想必也陷入了苦戰。怎麼可能分心來幫助咱們？」

吼罷，他忽然又想起了另外一種恐怖的情況，立刻紅著眼睛大聲補充：「你，不要再跟著我！速速帶所有莊丁，去支援文叔。潘臨既然知道了咱們的部署，李安沒理由不知曉。文叔那邊只有區區兩百人能夠上陣，恐怕會吃大虧！」

「啊！」劉賜猛地打了個哆嗦，拉偏坐騎，揮舞著手臂大聲點將：「劉寧、劉安，大將軍有令，帶著你們的弟兄跟我去支援文叔。快，不要耽擱。這邊戰局已定，那邊情況尚未明朗！」

「是！」劉寧、劉安兩人，立刻答應著開始分兵。然而，還沒等他們將各自的直系部屬，從主力當中拉出來。戰場的外圍，忽然出現了十幾名少年騎兵，一邊揮舞著旗幟朝劉縯的帥旗下靠攏，一邊扯開嗓子大聲高呼：「大將軍，右軍大勝，蔡陽已經落入我軍之手！大將軍，右軍大勝，蔡陽已經落入我軍之手！」

「啊！」不光劉賜、劉寧等人愣住了，正帶領著弟兄們向敵軍進攻的劉縯，也驚喜得無法相信自己的耳朵。蔡陽被劉秀所部的右軍拿下，則說明李安雖然先機占盡，卻依舊大敗虧輸。右軍是怎麼做到的？三弟是如何創造了此等奇蹟？他們那邊，分明只有兩百個莊丁可堪一用，他們那邊，一千多流民手裡拿的全是竹竿，怎麼可能擋得住官軍的奮力一擊？

「右將軍呢，右將軍在哪？」還是主簿習鬱，最懂得劉縯的心思，扯開嗓子，朝前來報信兒的少年們大聲追問。

「右將軍先前就過來支援大將軍了。他帶著五十個人，騎著馬趕回來的，您沒見到他嗎？」少年們越跑越近，聲音和面孔也越來越近。

劉縯認出，這幾個少年都是自己的族人。心臟頓時像灌了鉛一樣迅速下沉。如此關鍵時刻，少年們不可能故意拿假話騙他。那就說明，先前砍翻了潘臨帥旗的人，果然就是三弟劉秀。而五十個人，直接殺入數千大軍當中，即便個個以一擋十，又有幾個能夠堅持到最後？

「跟他們拚了！」正前方，忽然出現了一夥新野騎兵，為首的將領氣急敗壞，用鋼刀在半空中亂劈亂砍。

劉縯對弟弟的擔心，立刻變成了憤怒。挺槊策馬，當胸便刺，「找死！」銳利的槊鋒先與對方手中的鋼刀相遇，將鋼刀直接磕飛。隨即繼續向前，刺穿敵將的胸甲、胸骨、內臟和脊骨。

「啊——」敵將慘叫著被挑上半空，血濺如瀑。劉縯卻對慘叫聲充耳不聞，將手臂一抖，把尚未斷氣的敵將甩出了三丈遠。隨即又是一槊，將另外一名距離自己最近的敵軍刺下了馬背。

三弟刺殺了潘臨之後，應該還有力氣自保。三弟那麼聰明，應該知道，自己很快就會帶著大隊人馬前來相救。三弟武藝高強，當年在太行山外，面對吳漢所部驍騎營，都毫髮無傷。潘臨麾下只是一群郡兵，戰鬥力照著驍騎營差了數倍，並且已經群龍無首……

心中一邊默默地給自己打氣，他一邊策動坐騎，加速向前推進。手中長槊大展神威，直殺得敵軍將士屍骸滿地，血流成河。

新野官兵失去了主將，根本組織不起有效抵抗。而傅俊、張峻、王霸三個，卻跟劉縯的勇猛不相上下，身後所部，也都是身手高強的江湖豪傑。這些豪傑，雖然在行軍布陣方面有所欠缺。打順風仗時，卻非常得心應手。一個個呼喝向前，銳不可擋，很快就將新野軍的士氣打到了冰點，兵將各不相顧，爭先恐後奪路而逃。

有傅俊、張峻和王霸等人相助，劉縯在中路，更是勢如破竹。很快，淯水河畔，就遙遙在望。然而，河岸旁除了嚇得像待宰羔羊般的敵軍潰兵和一具具殘破不全的屍體之外，哪裡有三弟劉秀的踪影？不光劉秀，敵軍主帥潘臨的身影，也消失不見，彷彿先前統帥新野軍跟義軍作戰的根本不是此人，或者此人生出了翅膀，直接飛過了濤濤大河！

「潘臨在哪？說，爾等誰知道潘臨在哪？說出他的下落，饒爾等不死！」劉縯心急如焚，用滴血的槊鋒，指著河岸上擠做一團的殘兵敗將，大聲逼問。

沒人能夠做出回應，殘兵敗將們，你看看我，我看看你，滿臉恐慌。他們不是不怕死，也不是故意拖延時間。事實上，他們到現在，也不知道縣尉潘臨到底去了哪裡，到底是死是活！

「是誰砍倒了潘臨的帥旗，他長得什麼樣，他砍倒帥旗之後去了什麼地方？」劉縯的心臟，瞬間就沉到了河底，咬著牙抖了下長槊，再度厲聲喝問。

依舊沒人肯站出來給他一個回應，所有新野軍殘兵敗將們，瑟縮著丟下兵器，哭喊求饒：

「我們不知道啊，大將軍。我們真的不知道啊！大將軍，您高抬貴手，我們跟您無冤無仇……」

「住口，爾等跟我仇深似海！」劉縯心中最後一絲僥倖，早已徹底消失不見。扯開嗓子，含淚怒吼，「你們這些廢物，今天既然交不出我三弟，就統統為他殉葬！」

說罷，一舉長槊，就要吩咐身後的弟兄將敵軍斬盡殺絕。就在此時，不遠處，忽然跑過來一支騎兵，為首的將領高高地用長矛挑起一個頭顱，大聲叫喊：「大將軍，末將陣斬潘臨，特地拿他頭顱前來覆命！」

「老三——」剎那間，劉縯的心臟被喜悅充滿，眼淚從虎目中脫眶而出，「你，你不要命了，居然隻身前去刺殺敵軍主將！」

「不是隻身，我帶著五十名弟兄。」劉秀笑呵呵地解釋了一句，迅速將長槊上的人頭遞向劉縯，「也不是刺殺，而是大搖大擺地混到了他身邊。這廝跑得太快，我追了近十里路，才終於將他斬於馬下。」

「你這混蛋，誰要你去殺他的？我自有辦法破敵，哪用你去冒險？」劉縯一槊將潘臨的腦袋砸飛，衝到劉秀身邊，揮手便打。「我今天如果不給你點教訓……」

「大將軍，眼下蔡陽空虛，不取對不起老天！」劉秀側身躲過自家哥哥的含怒一擊，撥馬便走。「我這就去幫你取來，然後咱們帶著弟兄們入城安歇。」

「站住，嚴子陵已經拿下了蔡陽！」劉縯又是生氣，又是心疼，策馬緊追不捨。

「那就趕緊整隊人馬，準備去取新野！新野軍大敗，縣尉戰死，城池唾手可得！」劉秀哪裡肯停下來挨揍？繼續策動坐騎，落荒而逃。

當晚，劉縯帶著得勝之師就進了蔡陽城，一邊派遣得力人手維持秩序，鎮壓趁火打劫的地痞流氓，一邊安排習鬱、朱浮等文官去清點府庫，檢視收穫。

由於逃走得過於匆忙，縣宰李安基本上什麼物資都沒來得及帶走。包括其搜刮多年所得的財貨，也都丟在了自家府邸，平白便宜了舂陵義軍。如此一來，義軍的武器和補給，總算有了著落。官倉的軍糧，足夠所有弟兄敞開肚皮吃上整整一年，流民們手中的竹矛，也可以統統換成鐵頭長槍。至於軍餉，暫時更不用擔憂。蔡陽縣幾個主要官員的私庫裡，堆滿了各種錢幣和綾羅綢緞，隨便打開一個，都足夠支撐所有弟兄的數月花銷。

當然，這是以舂陵軍目前的規模估算。如果隊伍擴張得過於迅猛，糧草輜重肯定還會出現缺口。但是以劉縯的性子，豈會滿足於只拿下一個區區蔡陽？讓大夥在城裡休息了一夜之後，第二天早晨，他就立刻給了傅俊兩千兵馬，讓他帶著陳俊、屈楊、許俞三個，火速去攻取新野。隨即，又給了李秩兩千弟兄，讓此人帶著王霸、李峻二將，進駐唐子鄉，趁機威逼湖陽。

眾將昨日大獲全勝，士氣正高。答應一聲，立刻領軍出發。剩下的武將和文官，也抓緊時間去操練流民，徵募新兵，準備在接下來的戰鬥中，一展所長。只有劉秀，找了個藉口，故意留在了臨時充當大將軍行轅的縣衙之內，看看其他人都走得差不多了，悄然折返回自家哥哥劉縯面前，低聲說道：「大將軍，官兵昨日雖然損兵折將，但新野距離新都，唐子鄉距離宛城，都近在咫尺。萬一新都和湖陽的守軍發兵來爭……」

「不妨，車騎將軍行事向來穩重，如果發現新野輕易難以拿下，肯定會另做打算。」劉縯卻擺了擺手，叫著傅俊等人的官職解釋，「至於唐子鄉，都已經被你打下過一次了，衛將軍和前將軍，應該不會遇到什麼阻礙。即便遇到，只要他們派人回來求救，我從這裡帶兵趕過去，也用不了太長時間。」

「這？」聽自家哥哥說得信心十足，劉秀剩下的提醒話語，立刻卡在了嗓子眼處，遲遲無法說出口。

他先前之所以不當眾反對劉縯的部署，一方面是由於不願損害哥哥的威信，另外一方面，則是由於訊息不足，自己也判斷不出新野和唐子鄉二地，到底會不會有大股敵軍。

如果這兩個地方依舊兵力空虛，舂陵軍挾大勝之威前去攻打，肯定事半功倍。而如果新野和唐子鄉兩地已經有新的朝廷兵馬進駐，以舂陵軍現在的實力分頭去攻，就明顯過於托大，自討沒趣了。

正猶豫間，卻見大哥忽然小心翼翼地朝著四下看了看，然後將嘴巴湊向了自己的耳朵，「老三，我知道你做事謹慎。但今天，你我二人卻必須都留在蔡陽不可。我已經讓子琴去請三叔和一眾族老到湖陽議事了，他們過了中午，就應該能趕過來。」

他的聲音雖然壓得很低，落在劉秀耳朵裡，卻宛如驚雷，「請三叔和眾族老，你莫非要追查是誰跟蔡陽縣宰暗中勾結，把……」

「此事是家醜！」不等他把話說完，劉縯已經擺手打斷，「傅道長和季文他們，不宜過多摻和，所以我才把他們都派了出去。而咱們兄弟倆，今天卻必須將此事查個水落石出。」

「嗯——」劉秀終於明白了自家哥哥的良苦用心，沉吟著輕輕點頭。

春陵軍內部有人跟官府暗通款曲的事情，根本瞞不過傅俊、王霸、李秩等核心人物。大夥只要仔細回憶昨天的戰鬥過程，立刻就會猜到整個作戰計劃被提前送到官軍手裡的事實。然而，如果由傅俊等人當眾將懷疑提出來，或者參與進春陵劉氏的內部紛爭，勢必會給當事雙方心中留下疙瘩。所以，此事最好的解決辦法，就是由劉縯先偷偷地將內奸揪出來殺掉，然後再主動將處理結果公之於眾。

「呵呵，樹大了，難免就會有枯枝。家大了，難免就有不肖子弟。」見劉秀終於聽懂了自家的話，劉縯搖了搖頭，低聲苦笑，「當年咱們在長安時，還笑話過昏君王莽，說他縱容族人橫行於世，換成咱們自己，其實也沒好哪去！只是，只是咱們劉家這些年來都不得志，某些族人還沒有作惡的資格而已。」

說著話，他臉上便湧起了一絲落寞。彷彿已經看到了不久的將來，本族子弟仗著手頭剛剛獲得的一點權力，在軍中和地方上肆意妄為，橫衝直撞的模樣。如果真的出現那種情況，他今天起義的理由，恐怕大部分都會變成笑話。唯獨能剩下的，就是自己跟前朝皇帝的同宗關係。而放眼四周，比他跟前朝皇帝血脈關係更近者，一抓一大把，天下豪傑，又何必非要死抱著春陵劉家？

「那就不停地修一修，剪一剪！」敏銳地感覺到了自家哥哥的心情沉重，劉秀想了想，非常認真地提議。

「哪那麼簡單！」劉縯被他的逗得莞爾，隨即又低聲嘆息，「真的能像你說的那樣就好了。你是不當家不知道當家的難處。家族子弟是咱們的根，江湖豪傑是枝。如果樹根不夠結實，樹枝卻過於茂盛，大權旁落的事情，就會自然而然的發生。然後就是下一次王莽篡位，誰都阻止不了！」

有關於王莽能輕鬆取代劉氏的緣由，世間存在很多說法。但是沒有一種，像劉縯剛才打的比方，讓劉秀感覺生動。如果不從中汲取教訓，大夥就會白忙一場，最後反而給別人做了嫁衣。可真的就沒一種好辦法，既能約束宗室子弟不肆意妄為，又能避免臣子的力量過於龐大嗎？劉秀很是懷疑，卻在短時間內，找不到任何答案。

「我原本不該跟你說這些的！」見劉秀的臉色也越來越凝重，劉縯又覺得好生後悔，笑了笑，輕輕用手拍打自家弟弟的肩膀，「你畢竟還小，又剛剛回家沒幾天。這種狗屁倒灶的事情，讓我一個人煩心就夠了，不該再拉上你。你只管打你的仗，立你的功，做你的百戰名將。哥哥在你身後，把這些爛七八糟的事情全給你擋掉就是。」

「哥！」劉秀心中頓時湧過了一股暖流，好像再度回到了少年時，被哥哥像大樹一樣護在胳膊下，可以安心地面對所有風雨。

「你先去休息一會，養精蓄銳。等三叔他們來了，不要說話，看我如何在他們中間把那個告密者找出來。」劉縯朝他笑了笑，再度低聲補充。忽然間，臉上的落寞之意盡數散去，取而代之的，則是如劍刃一樣的寒光。

劉秀豈肯在別人都忙碌的時候偷懶？立刻表示自己並不累，可以替哥哥處理許多軍中雜務。誰料話音剛落，臨時中軍行轅的門外，就響起了一陣嘈雜的腳步聲。緊跟著，遊騎將軍劉賜，氣喘吁吁地闖了進來，「大哥、文叔，三叔，三叔他們已經到了。」

「這麼快？」劉縯的注意力，頓時被此人的話語吸引，本能地低聲追問。「你不是今天早晨才出發嗎？」

「我在半路遇到了三叔、四叔他們。還有，李通和伯姬，大哥，你快出去看看吧，十一叔，十一叔出事兒了！」劉賜抬手揉了揉發紅的眼睛，喘息著大聲回應。

「怎麼了？」劉縯本能地感覺到一絲不對，皺著眉頭詢問。隨即，又冷笑著邁開了腳步，「不用了。子琴，你休息一下。老三，趕緊跟我一起去迎接三叔和四叔！」

「是！」以劉秀的機靈，豈能聽不出自家哥哥語氣的變化？立刻大聲回應了一聲，手按刀柄，緊緊跟在了劉縯身後。

兄弟倆才出了臨時充當中軍行轅的縣衙大門，迎面就看到了一輛被遮擋得嚴嚴實實的馬車。車轅上，劉伯姬兩眼發紅，面目憔悴。發現自家大哥和三哥的身影，立刻哭泣著跳下馬車，衝了過來，「大哥、三哥，十一叔他，十一叔他服毒自盡了！」

「啊！」劉縯和劉秀饒是心裡有所準備，也雙雙大驚失色，各自伸出一隻手攙扶住劉伯姬，然後扭頭向劉良、劉匡等人追問，「三叔、四叔，這到底是怎麼回事？」

在兄弟倆印象中，十一叔劉光，從來都是個與世無爭的老好人兒。在家族議事之時總笑呵呵地不說話，無論哪一方占了上風，他都跟著點頭。平素對小輩們，此人幾乎也是有求必應。從不因為對方年紀輕，或者家境差，就隨便駁了面子。

就這麼一個從沒對起兵表示過任何異議的長者，怎麼可能會向官府出賣整個家族？無法相信，劉縯和劉秀，即便閉上眼睛，都無法強迫自己相信。然而，三叔劉良給出的回應，卻像寒風一樣，瞬間吹進了他們的心底，「唉！還能怎麼回事兒！你十一叔人老糊塗，覺得咱們劉家起事倉促，沒有任何勝算。所以，所以就偷偷派他兒子去官府出首了。結果，昨天你們哥倆大獲全勝的消息傳回來，他估計覺得沒臉見人，就，就偷偷地服了砒霜！」

「十一叔，十一叔昨天上午就來看李二哥，說，說了一大堆沒頭沒腦的話。還說嫁出去的女兒是潑出去的水，建議李二哥帶著我去投奔親戚。」劉伯姬一邊抹淚，一邊低聲補充，「我嫌他事多，還頂了他一句。沒料到他當時是心裡覺得對不起大夥，想暗示我抓緊時間逃命。」

「啊——」劉縯和劉秀兄弟倆，雙雙把嘴巴張了老大。帶著幾分震驚和懷疑，快步走到馬車旁，抬手拉開車廂廂門。只見十一叔劉光，靜靜躺在裡面的竹席上，乾瘦的身體，緊緊縮成了一團。而此人算不得蒼老的面孔上，居然還掛著一抹淡淡的笑容，彷彿在死之前已經徹底看穿了世間一切，從此大徹大悟。

「十弟和十六弟呢，他們倆在哪？還有二十一妹，她去了哪裡？」實在無法相信，是劉光出賣了整個家族，劉秀皺了皺眉，低聲向周圍的族人們詢問。

十弟、十六弟和二十一妹，都是劉光的孩子。他們的父親暗中跟官府勾結，三人不應該絲毫都不知情。特別是當天偷偷去向蔡陽縣令李安的報信兒者，必是劉光的兩個兒子之一。只要將此人找出來，一切謎團就水落石出。

「唉！別找了，你十弟前天下午就不見了。替你十一叔向官府通風報信的，應該就是他。」彷彿早就料到劉秀會有此一問，三叔劉良嘆了口氣，迅速給出答案，「至於你十六弟和你二十一妹，我跟你四叔兩個已經盤問過了，他們應該不知情。特別是你十六弟，昨天聽說你打了勝仗，還跟大夥一起吃酒慶賀。結果等他發現自家父親沒來，回頭去找，一切都太遲了！」

「啊——」劉秀楞了楞，再也說不出一個字。

十弟失踪，十六弟不知情，當事人十一叔自殺身亡，所有線索就徹底斷絕。至於向官府告密者，到底是不是十一叔劉光，此人在舂陵劉氏家族中，是否還有別的同謀，統統無法再繼續追查。

「老三，我知道你做事仔細。可這事畢竟是咱們劉家的家醜，不宜大肆張揚！」早就猜到，光是交出一具屍體，無法輕易讓劉縯和劉秀兄弟倆滿足，族老劉良又嘆了口氣，低聲補充。

「是啊，伯升、文叔，你十一叔，也是想給咱們舂陵劉氏留條根兒。」劉匡也跟著長長嘆氣，「唉——，他估計是想著萬一你們昨天打輸了，官府看在他大義滅親的份上，好歹也不會將咱們劉家斬盡殺絕！」

「是啊，留條根兒！」劉縯迅速接過話頭，撇嘴冷笑，「留下老十、老十六當根兒，至於我們和其他兄弟，就活該被官府抓去千刀萬剮！」

他的聲音雖然不高，卻如同一記重拳，頓時將劉良和劉匡兩個族老，砸得雙雙打了個趔趄，踉蹌後退。

「這？這是怎麼說話呢！你十一叔人都以死謝罪了！」

「伯升！慎言。畢竟人死為大。況且這又是家醜！」

……

其他幾個族老，則羞得臉色發紫，紛紛湊上前，低聲抗議。

以前他們只要聯手施壓，往往再沒理，也能爭回三分。誰料，這次劉縯卻絲毫不打算讓步，猛地將手按在了刀鞘上，朝著所有長輩連聲冷笑，「呵呵，呵呵呵，呵呵呵呵！是啊，他已經死了，還是長輩。我這個晚輩，總不能再跟一個死人過不去。不過，各位長輩，如果我劉伯升昨日戰敗身死，你們是不是也會同樣以死者為大，求官府放過我家老二、老三和伯姬？還是直接把老二、老三和我們幾個的孩子，一併繩捆索綁交給官府，然後自稱是被我們脅迫才造的反，踩著我們這一支的屍體，苟且偷生？」

「這，這……」眾族老無論心中是否有鬼，都被問得連連後退。誰也沒勇氣回答劉縯的話，更沒勇氣抬起頭來面對他刀一樣的目光。

「來人！」劉縯抽刀出鞘，直接指向車廂，「將這個出賣我軍的老賊，拖出去，戮屍示眾。傳令下去，今後敢背地裡跟官府勾結者，劉某必殺其全家！至於老賊的子女，從此逐出劉氏，任其自生自滅！」

「伯升！」沒想到劉縯發起狠來，真的可以六親不認，三叔劉良和四叔劉匡大急，紅著眼睛高聲勸阻。

「怎麼，三叔和四叔，希望我追查到底嗎？」劉縯將腰間鋼刀緩緩拉出數寸，俯視著二人的眼睛反問。

「這……」二人心裡頓時打個哆嗦，已經湧到了嗓子眼處的說辭，瞬間忘了個乾乾淨淨。半晌，才雙雙搖了搖頭，嘆息著道：「也罷！你十一叔先把事情做到了絕處，你怎麼回敬他，都是應該。你是柱天都部主將，此事你說得算。我們，我們老了，不敢，不，不該再於你背後指手畫腳。」

後半句話，二人說得好生無奈。宛若做出了天大的讓步一般。然而，劉縯卻絲毫不願意見好就收，笑了笑，大聲道：「侄兒不敢，在侄兒眼裡，三叔和四叔可一點都不老。以後咱們劉家越來越大，很多事情，還得兩位叔叔多多幫襯。但以後再有戰事，侄兒就不會去麻煩各位族老了。其一、離得太遠很多事情請教不及。其二……」

深吸了一口氣，他鬆開刀柄，用手指緩緩點向馬車，「再來一次洩密，侄兒真的不敢保證還有昨天的運氣，能憑藉老三的勇武，反敗為勝，並且一舉拿下蔡陽。」

「這……」劉良和劉匡互相看了看，無奈地點頭，「也罷，你說得對。打仗的事情，我們不懂，以後就不跟著摻和了。家族裡的小事，我們幫你照看著。如果遇到大事，再請你出面做主！伯升，不知你意下如何？」

「多謝兩位叔父，多謝各位族老！」劉縯微微一笑，拱手道謝。

「分內之事，伯升千萬不要客氣！」劉良、劉匡，帶領各位家族老人，一起笑著擺手。剎那間，其中絕大多數人臉上的表情，都如釋重負。

周圍有莊丁上前，將十一叔劉光的屍體從馬車上拖下，拉到遠處去大卸八塊。然後用繩索扯了，掛上了旗杆。眾族老看得心裡直發毛，然而，卻誰也不敢再替死者多說一句話，更不敢提議，早日給死者收攏屍體。

作為老狐狸，他們都明白，剛才劉良和劉匡兩個，跟劉縯浪費了那麼多口舌，到底達成了怎樣的協議。那就是，今後家族長輩，只負責管宗族內部糾紛，不得再染指軍中任何事務，作為回報，劉縯也不再追查到底還有誰曾經在私下裡與劉光勾結，試圖向官府出賣所有義軍將士，以換取其個人小家的苟安。

比起先前動不動就召集全族青壯到祠堂議事，聯手壓得劉縯一次次讓步低頭。今天重新進行的權力劃分，當然會讓很多族老心裡都覺得失落。然而，比起劉縯一查到底，讓整個劉氏家族都威嚴掃地，這個妥協結果，又好出了太多。是以，心中失落歸失落，表面上，眾族老還得對劉縯客客氣氣。而劉縯如願將族老們排斥在了軍務決策圈之外，也不為己甚，立刻撥出了十幾處蔡陽官吏遺棄的豪宅，供族老們帶著家人入住安歇。

除了少數幾個對權力極為熱衷的族老之外，大部分族老，其實更貪圖的是豪宅、華服和美食。因此，心中的失落與不滿，迅速就被驚喜所取代。轉過頭，就誇讚起劉縯的大氣和孝悌來。

劉良和劉匡兩個見此，只有在心中暗自嘆息。嘆族人們眼窩子淺，沒見過大世面，做事情只考慮眼前。如果大夥分到縣城了幾棟沒人要的宅院，就心滿意足，那將來柱天都部打進了宛城，打進了洛陽，乃至長安，大夥還想不想從劉縯、劉秀兄弟倆手中，討要更多的好處分？而以劉縯、劉秀兄弟倆驕傲的性子，此刻不趁著他們離不開家族幫助之時，給他們套上籠頭。將來他們兵強馬壯了，身前怎麼可能再有族老們的說話之地？

懷著沉重的心事，老哥倆連劉縯專程給長輩們安排下的接風酒宴，都沒心思吃。隨便對付了幾口，就以旅途勞累為名，各自回新分到手的宅院裡休息。而劉縯和劉秀兄弟倆，心中對族老們不辨是非也很失望，陪著剩下的長輩們吃了幾杯酒，就以公務繁忙為由，先後返回了臨時中軍行轅。

冬天晝短夜長，雖然兄弟倆已經儘量在趕時間，於中軍行轅重新匯合之後，外邊的太陽也已經開始西斜。見劉縯眉頭之間，總有一股憤懣之氣縈繞不散，劉秀忍不住就笑著勸解道：「樹大必然有枯枝，大哥如果想要修剪，隨時動鋸子就是。何必為已經認罪之人耿耿於懷？」

前半句話，正是先前劉縯對他所說。此刻被他又拿出來安慰劉縯，立刻讓對方苦笑著搖頭，「你到底是太學裡讀過書的秀才，連『以子之矛，攻子之盾』這一招都學會了。我當然知道，隨時可以修剪家族裡的枯枝。可我更怕這棵大樹，已經爛到了樹心處，一旦動手，就得傷及根本！」

「大哥是說，十一叔只是被拋出來頂罪的，事實上跟官府勾結的，不止他一個！」劉秀先前雖然有所懷疑，卻始終抱著幾分善良的期待。如今聽自家哥哥語氣沉重，年輕的心臟也迅速開始發冷。

「我沒證據，希望不是吧！」劉縯笑了笑，輕輕搖頭。「唉，不想那麼多了，想多了也沒用。咱們兄弟，還有許多硬仗要打。」

「嗯，也對！」劉秀立刻知道，大哥不想跟自己討論如此掃興的事情，笑著用力點頭。「車騎將軍和衛將軍那邊，還都沒壞消息送回來，應該是進展順利。」劉縯立刻岔開話題，將目光轉向牆上的輿圖，「按路程算，今天衛將軍能進駐唐子鄉，而最遲明天中午，車騎將軍他們能兵臨新野城下。可惜咱們手頭兵力太少，如果再有五千人馬，我就可以帶著你，直搗湖陽。只要把湖陽拿在了手裡，夾在新野和湖陽之間的新都，就成了我軍囊中之物，隨時可以一鼓而奪之！」

他的話說得非常快，甚至有點兒像自言自語。而劉秀的目光，卻隨著他的話語，在輿圖上來回掃動，始終未曾落下半寸。待他將近期的戰略目標，全部交代，立刻就笑了笑，低聲道：「其實大哥真的要想拿下湖陽，未必非五千大軍不可。李秩和王霸如果今晚順利拿下唐子鄉，其麾下那兩千弟兄，就又成了可用之師。而你我身邊雖然兵馬不多，人才卻不少。只要調配得當，即便只有李秩、王霸麾下那兩千兵馬，也照樣能一舉將湖陽奪下來。」

「怎麼可能？」劉縯的全部注意力，立刻被劉秀的話所吸引，徹底將心中鬱悶拋到了九霄雲外。「老三，你不要拿大話來安慰我。咱們雖然是親兄弟，這裡可是中軍行轅。」

「大將軍，末將從小到大，只被你戲稱為謹小慎微的劉仲，何時做過趙括？」存心想化解自家哥哥的煩惱，劉秀故意裝出一副老氣橫秋模樣，笑著反問。

「這……」劉縯立刻語塞，臉上的表情，卻驚喜莫名。

對於自己這個三弟，他可謂非常瞭解。從小就喜歡謀定而後動，根本不會故做驚人之語。而今天，既然三弟把話說到了這個份上，恐怕，其心中必有成竹。

「你，你快說，什麼辦法？」想到這兒，劉縯好生後悔先前硬拉著弟弟處理什麼家務事，帶著幾分期待，用顫抖的聲音催促。「你，怎麼不早說？你，你不要賣關子。如果能一舉拿下湖陽，我軍就徹底進退自如。你，你獨領一軍的願望，也，也能夠儘早實現。」

「多謝大哥！」劉秀等的，就是劉縯最後那句話。立刻拱起手，敲磚釘腳，「先前我也沒想到，但我劉氏家族打了勝仗，人心還如此不齊。那湖陽守軍接連聽到噩耗，怎麼可能不一日三驚。所以，只要大哥你讓我單獨領兵，除非湖陽城下面能長出腿來，否則，後天中午之前，它一定在劫難逃！」

湖陽縣城的南門城樓上，城門校尉石堅手持祖傳的包銅大槊，眉頭緊鎖，死死盯著半空中翻滾的烏雲，彷彿只要一眨眼睛，烏雲後就會有千軍萬馬殺出來一樣。

其餘當值的官兵，也全都板著臉，刀出鞘，箭上弦，對可能殺到城外的敵軍嚴陣以待，儘管，儘管從城頭向下望去，城牆外方圓五里之內，根本看不到任何人的蹤影。

也不怪他們如此緊張，昨天半夜，新野軍潰敗的消息，就傳到了蔡陽城。緊跟著，唐子鄉再度被叛匪所奪的消息，也迅速傳遍了所有人的耳朵。還有消息靈通人士，信誓旦旦地說，綠林軍頭領馬子張馬王爺，已經帶著十萬大軍殺進了蔡陽。此刻正與反賊劉縯、傅俊、李秩等人一道，浩浩蕩蕩向北殺了過來。不出兩日，必至湖陽城下。

這下，可讓湖陽縣宰韓崢著了慌。他的官位乃是花錢賄賂了前隊大夫甄阜所得，上任之後，終日想著如何儘快「回本兒」，既沒用心訓練過兵卒，又沒著力加固過城防。本以為，即便地方上出了叛亂，也有幾個大縣的縣宰如潘臨、李安這種人頂著，戰火輕易燒不到自己地頭。卻萬萬沒料到，新野縣宰潘臨帶著全縣官兵和鄉勇近萬人去攻打舂陵，居然連一天都沒堅持住，就把腦袋送給了對方。

而蔡陽縣令李安據說更慘，帶領麾下兒郎剛剛出城，迎頭就撞上了馬王爺馬子張。結果自然更是毫無懸念，蔡陽軍一敗塗地，李安等人細軟都沒敢回去收拾，直接帶著家人逃去了襄陽。

蔡陽在南，新野在北，蔡陽和新野若是全被「叛軍」攻克，夾在之間的新都和湖陽，就成了老虎口裡的肉包子，早晚都是被吞落肚的下場。所以，今天一大早爬起來，湖陽縣宰韓崢，所做的第一件事情就是把自己的家眷裝上了馬車，連同多年搜刮的細軟一併送往了宛城。美其名曰為了使自己不再受家人所累，一心與蔡陽城俱殉。但明眼人誰都清楚，韓縣宰恐怕是準備跑路了，所以提前讓家眷先走一步。

然而明白歸明白，卻不是所有人都有提前安排後路的資格。從縣尉再往下，無論是郡兵校尉、屯長也好，還是前一陣子臨時被勒令帶著麾下莊丁進城協助防守的各堡主、寨主也罷，在縣宰韓崢沒帶頭逃走之前，都必須得抱緊兵器，在城牆上死撐。即便最後結果依舊避免不了城破，但至少得有一部分人死在城頭上，才對得起大新朝皇帝的浩浩天恩。雖然天恩這東西，大部分人這輩子都感覺不到分毫。

所以，從今天上午辰時起，一直堅持到下午申時，城門校尉石堅都懷著悲壯的心情，站在敵樓上，等候敵軍的到來。他已經計算得很清楚，憑著三丈高的城牆，和城頭上的滾木、擂石、釘拍、床弩，只要大夥豁出去性命，守上十天半月應該毫無問題。而在十天半月之後，縣宰韓崢估計早就跑沒影了，自己屆時無論是逃命還是投降，上頭應該都說不出任何話來。

日影一寸寸挪動，天氣也越來越冷，眼看著寒夜就要來臨，而敵軍依舊遲遲不見踪影。城門校尉石堅終於鬆了一口氣，站起身，就準備宣布今日的警戒狀態結束。誰料，還沒等他將命令說出口，城門南側的暮色裡，忽然有數十兵卒，如喪家之犬般跑了過來，還沒等抵達城門口，就扯開嗓子，放聲哀嚎：「敗了，敗了，新野軍敗了，潘縣被敵將陣斬。趕緊開門放我等進去，叛軍馬上就要殺過來了！」

「啊——」城牆上的守軍，頓時被嚇了一大跳。有幾個心腸軟的，撒腿就衝向馬道，準備去給潰兵開門。還沒等他們的身體衝下城頭，校尉石堅的大槊，已經如閃電般凌空飛至。「噹啷」一聲插在眾人的去路上，包銅的槊尾處，金光亂竄。

「蠢貨，昨天吃了敗仗，今天晚上才逃到蔡陽。即便是一群鴨子，也不可能這麼慢。」石堅的聲音緊跟著傳了過來，如驚雷般，讓所有守城的兵卒瞬間恢復了清醒，「分明是反賊使詐，想騙開蔡陽城門。不信，爾等看看他們身上的打扮。」

「反賊該死！」

「反賊無恥！」

……

醒悟過來的眾兵丁紛紛探下身去，一邊借著傍晚的日光，仔細檢視「潰兵」的打扮，一邊破口大罵。

果然，他們發現，潰兵們雖然哭得聲音淒慘，手上卻都拿著長槍短刀。而其中站在最前面的那部分人，甚至連沉重的盾牌都沒捨得扔，用麻繩緊緊地綁在後背上，隨時都可能拿下來遮擋箭矢。

「啊，哈哈，哈哈，被識破了，沒想到，韓崢那豬頭麾下，還有如此聰明之人！」被城上的守軍劈頭蓋臉一通臭罵，那「潰兵」的頭目，也不生氣。將盾牌解下來，擋在自己面前，開懷大笑。

「找死！」城門校尉石堅怒不可遏，從身邊親信手裡奪過一張角弓，對準城外「潰兵」頭目，就是一記冷箭。那「潰兵」頭目雖然長得又白又胖，反應卻極為利索，立刻舉起盾牌，將凌空而至的羽毛箭磕飛出去，隨即，囂張地用刀身磕打著盾牌，大聲威脅：「呔，城上的蠢貨們，別給臉不要。趕緊開門投降，或許還有一條生路。否則，等你家朱爺爺帶著弟兄們攻進去，定將爾等統統千刀萬剮，一個不留！」

「想得美，老子先宰了你！」石堅又是一箭射下，直奔對方腦門。然而，朱姓叛軍頭目手中的盾牌，卻像長了眼睛一般，早早地等在了半路上，再度將冷箭擊落於地。然後將手一揮，就準備帶領麾下兵卒發起強攻。

「射死他，射死他！」守城將士頓時都被此人的囂張態度激怒，紛紛彎弓搭箭，朝著城下攢射。而城外位置靠前的叛軍，則紛紛豎起盾牌護住所有同伴，一邊向羽箭的射程之外緩緩後退，一邊在胖子頭目的帶領下，扯開嗓子，齊聲威脅：「儘早開門投降，饒爾等不死。若是冥頑不靈，待我家大隊人馬殺至，定然一個不留！」

「儘早開門投降，饒爾等不死。若是冥頑不靈，待我家大隊人馬殺至，定然一個不留！」

「儘早開門投降，饒爾等不死。若是冥頑不靈，待我家大隊人馬殺至，定然一個不留！」

……

他們的總人數雖然還不到五十，但喊出的聲音，卻宛若驚雷。而城頭上落下的箭矢雖然密得像冰雹，卻被他們盾牌死死擋在了身前半尺之外，竟沒有一箭能夠帶起半點血花。

不多時，這支叛軍徹底退出了角弓的射程之外。所有將士也都喊啞了嗓子，在料峭北風中，默然肅立，不再發出任何聲響。然而，城頭上的守軍，卻比先前開弓放箭時，心情還要緊張。一個個你看看我，我看看你，都在彼此的臉上，看到了絕望。

如此配合默契，進退有序的軍隊，即便只來兩千，也足夠殺上湖陽城頭。如果超過五千，勝負幾乎毫無懸念。雖然，雖然湖陽城內，此刻官兵和鄉勇加在一起，已經高達七千餘眾。

世間之事，向來禍不單行。

正當湖陽守軍為即將到來的戰鬥憂心忡忡之際，不遠處，又傳來了一陣嘈雜的腳步聲。有一支五百多人的隊伍，高挑著戰旗，狂奔而至。看到朱姓叛軍頭目在距離城牆兩百餘步外列陣，立刻明白詐城失敗，二話不多，就開始整頓隊型。頃刻間，就在與前一支隊伍，再難分出彼此。

「不過是區區五六百人而已，老子撒泡尿都能淹死他們！」城牆上幾個郡兵將領越看心裡越沒底兒，忍不住扯開嗓子，大聲給自己打氣兒。

話音剛落，一陣瘋狂的號角之聲，貼著冰冷的城牆垛口撲面而至，「嗚嗚嗚，嗚嗚嗚，嗚嗚嗚嗚嗚，嗚嗚嗚……」如獵食的猛獸齊聲咆哮，吹得人渾身上下一片瓦涼。

兩支叛軍，規模都不下千人，排著整齊的隊伍，在暮色中徐徐出現。每朝前走一步，都讓晚霞的餘光暗淡一分。

叛軍主力來了！即便不是主力，至少也是幾大主力之一。而更遠處，號角聲，戰鼓聲，連綿不斷，誰也不知道還有多少叛軍踏著暮色，朝湖陽城撲了過來。就像一群聞見血腥味道的野狼，結伴撲向羊群。

「來人，來人，快，快向縣宰大人示警，請求援兵！」城門校尉石堅再也不敢妄逞英雄，扭過頭，朝著身邊的親兵大聲命令。「快，叛軍馬上就要發起進攻了。南門兵馬太少，擋不住，肯定擋不住！」

「是！」親兵也早就嚇得臉色發白，答應一聲，撒腿就朝馬道位置衝去。然而，還沒等他的身影在城牆上消失，昏暗的暮色下，忽然又傳來了一聲畫角，嘹亮而又高亢，剎那間，蓋住了周圍所有嘈雜。

「騎兵，西邊，從西邊來的騎兵！」城牆和敵樓上，眾鄉勇和郡兵們，兩股戰戰，喊聲裡充滿了絕望。

一支又一支的叛軍從南方開過來，幾乎已經壓垮了他們守城的信心。而如果新到的那支騎兵，也跟南門外的叛軍是一夥兒，則意味著守城一方在戰敗之後，連逃命的機會都沒有，今晚全都要身首異處。

「不是，不是叛匪，湖陽西面是新都！」越是絕望，越有人異想天開，啞著嗓子大聲嚷嚷。如果騎兵跟叛軍是一夥，那他就該從南面的唐子鄉趕過來。沒有必要去新都方向繞一大圈兒。況且騎兵趕路的速度遠遠超過步卒，如果他們隸屬於叛軍，應該早就抵達湖陽城下才對，不該這個時候才姍姍來遲。

「你怎麼知道不是叛匪？」城門校尉石堅抬起腳，朝著亂喊亂叫者猛踹。「都給我把弓拉滿，無論誰敢靠近城牆都給我射。萬一又是叛匪的計策，我等都死無葬身之地！」

「啊！」眾郡兵和鄉勇被嚇了一大跳，帶著滿臉的失望，張弓搭箭。還沒等他們分清楚來人到底是敵是友，那支從城西如飛而至的騎兵，猛地一調頭，貼著城牆西南角急掠而過，刀槍所指，正是城南的叛軍。

「城上弟兄勿慌，看鄧某給反賊一個教訓！」整個騎兵隊伍的正前方，一名銀盔銀甲白袍小將，騎著一匹渾身上下都像雪一樣白的寶馬良駒，高聲斷喝。手中長槊如一條白色的閃電，直奔朱姓反賊頭領的胸口。

「小子找死！」那朱姓叛軍頭目，也不肯示弱。一手擎刀，一手持盾，挺身迎戰。只可惜，他的武藝，照著白袍小將差得不是一點半點，連一個回合都沒堅持住，就被挑得倒飛出去，不知死活。

「將軍——！」朱姓反賊麾下的嘍囉們，哭喊著上前，試圖給自家頭目報仇。卻被白袍小將一個接一個，接連刺翻在地。天光昏暗，城上的守軍雖然看不清到底多少人死在了白袍小將槊下，卻激動地渾身發抖，心潮澎湃。

不是敵人，是自己人！一個武藝高強，膽氣出眾的自己人。雖然他身後的騎兵加在一起，也沒超過五十個，但這五十名武藝高強的援軍，卻讓湖陽城內所有兵馬的士氣倍增。

「殺了他，殺了他！」周圍的其他叛軍這才緩過神來，咆哮著一擁而上。而那白袍小將，卻不慌不忙又刺翻了兩名反賊頭目，然後在自己人的接應之下，迅速退向了城門。

「城上的兄弟不要開門，先放箭退敵！」緊跟在白袍小將身後的另外一名高個子騎兵，扭過頭，朝著城牆上高聲叮囑。

哪裡還用他來廢話，被城外精彩廝殺燒得熱血沸騰的郡兵和鄉勇們，毫不猶豫張開角弓，將羽箭不要錢般朝追過來的叛軍射去。轉眼間，就逼得叛軍將士倉皇後退，只留下了一地掙扎慘叫的傷號和數十具渾身是血的屍體。

「在下前隊偏將軍岑彭帳下校尉鄧旭，敢問城上今晚哪位將軍當值？」白袍小將身上已經濺滿鮮血，卻不屑去擦。橫槊在胸前，操著一口地道的長安話，朝著城牆上的守軍大聲詢問。

「在，在下！」城門校尉石堅欣喜若狂，三步兩步衝向垛口，探出半個身子大聲呼應。「在下城門校尉石堅，見過鄧將軍。多謝鄧將軍活命之恩！」

前隊乃是朝廷幾個主力精銳之一，那岑彭岑君然，更是可以跟馬武平分秋色的百戰名將。怪不得鄧校尉，剛才帶著五十騎兵，就敢迎面逆衝兩千叛匪。而前隊騎兵的抵達，也同時意味著，前隊的其他精銳主力，已經到了路上。隨時都可能開過來，將城外的叛匪一網打盡。

其他城牆上的郡兵和鄉勇，也是喜出望外，一個接一個將手中兵器拋向半空，放聲歡呼。

前隊精銳馬上就要來了，湖陽城有救了。大夥只要熬過今天夜晚，就可以安全回家，再也不用擔驚受怕。

然而，城外的前隊校尉鄧旭接下來的話，卻讓大夥非常失望，「各位，稍安，稍安勿躁。我家岑將軍奉命前來討平叛軍，但麾下弟兄多是步卒，還需要兩天半時間，方能趕至。鄧某今日，只是奉了我家將軍的命，前來知會韓縣宰，無論多難，都請務必挺過最近兩天。萬不可心生怯意，棄城而去。否則，軍法絕不相饒。」

「啊，啊，啊——」城門校尉石堅臉上的笑容，頓時凝結成冰。楞楞地張著嘴巴，不知道如何回應。

「校尉，這，這可如何是好！」其餘郡兵和鄉勇頭目，也瞬間深受打擊。紛紛轉過頭，請求城門校尉石堅趕緊想辦法。

援軍來了，肯定不是反賊，反賊都是荊州人，說不出如此地道的長安話。然而，援軍卻根本不打算入城，丟下一個口信，就要揚長而去！

那前隊校尉鄧旭，想來平素也是驕橫慣了，根本不在乎城頭上眾將士的反應。笑著又拱了下手，大聲補充：「好了，將軍的命令鄧某帶到了，就不再耽誤功夫了。鄧某還要趕著去新野查驗匪情，諸位，三日後再見！」

說罷，一撥坐騎，轉身就走，絲毫不拖泥帶水。那城門校尉石堅，剛剛經歷過一次士氣大落大起，怎麼肯放這樣一顆定心丸離去？不顧城外叛軍可能聽見，慌慌張張地扯開嗓子，大聲挽留：「且，且慢，鄧將軍且慢。今日天色已晚，您又剛剛跟反賊血戰一場，不如進城稍事歇息。明日一早，石某親自陪著你去新野。」

「鄧將軍，慢走。天色已經黑了，您不如先進城裡養精蓄銳！」

「鄧將軍，鄧將軍，我家縣宰想必已經擺下酒宴，正等著為將軍接風。您老千萬不要離去！」

「鄧將軍……」

眾郡兵和鄉勇頭目，也紛紛走到城垛口，朝著前隊校尉鄧旭揮舞手臂。唯恐自己喊得不夠熱情，挽留不住對方的腳步。

那前隊校尉鄧奉哪裡肯聽，回頭擺了擺手，繼續策馬而行。然而，其身邊的弟兄，卻好像被城頭上的熱情給說動心思，紛紛跟上前，低聲請求：「校尉，弟兄們一整天沒吃上熱乎飯了。胯下坐騎也沒吃上草料，如果……」

「將軍，弟兄們能堅持住，坐騎也受不了。咱們不如……」

他們的聲音不高，卻被城牆上翹首以盼的許多守軍，聽了個清清楚楚。立刻紛紛扯開嗓子，大聲請求：「將軍，您不心疼自己，也心疼一下白龍駒！」

「將軍，磨刀不費劈柴功。您進城歇息一晚，明早再離去也不遲！」

「將軍，弟兄們都累了一整天了……」

盛情難卻，那前隊校尉鄧旭只好又將坐騎停了下來，鬱悶地數落：「你們這群吃貨，說什麼人困馬乏，分明是捨不得城裡的接風宴席？罷了，罷了，大戰在即，鄧某今日就縱容爾等一回！」

「噢！」眾騎兵歡呼雀躍，立刻撥轉坐騎去拍城門。即便到了此刻，也還沒忘記留下十幾名弟兄，手挽騎弓，對著夜幕中敵軍大隊嚴陣以待。只要後者膽敢趁機撲上，就立刻放棄進城，先跟其拚個你死我活。

「到底是前隊精銳！」城門校尉石堅等頭目，看得肅然起敬。相繼大步走下馬道，親自去給遠道而來的騎兵開門。

那前隊校尉鄧旭永遠像鳳凰般驕傲。明知道敵軍隨時都可能撲過來，卻不急著進城。親自拎著長槊，給所有弟兄斷後。待弟兄們身影都穿過了城門，才策動胯下白馬，最後一個緩緩入內。

「在下城門校尉石堅，見過鄧將軍！若非將軍及時趕到，我等今晚必死無葬身之地！」

「在下鄉兵屯將趙青，見過鄧將軍！多謝將軍救命之恩。」

「在下鄉兵軍侯薛超，見過鄧將軍！多謝……」

「在下……」

眾郡兵和鄉勇頭目，不待城門關閉，就紛紛上前，朝前隊校尉鄧旭見禮。

雖然他們個個都有職務在身，但郡兵和鄉勇中的官職，跟朝廷前隊精銳中的實職，差別可是天上地下。更何況，如果能將對方留在湖陽，大夥的性命，就都多了一分保障。客氣話說得再多，也不吃虧。

那前隊校尉鄧旭，卻忽然和善了起來。笑著拱下下手，大聲回應：「不必，各位不必如此多禮。事實上，在下還要多謝各位！」

「鄧校尉您這話是……」被對方的詭異笑容，嚇得心臟一抽，追問話，從石堅嘴裡脫口而出。

「各位不要亂動，否則，劉某手中長槊可不認人！」一句話沒等說完，前隊校尉鄧旭已經將長槊端了起來。三尺槊鋒，迅速掃過所有人的胸口。

「奪城！」眾騎兵揮舞兵器，朝著馬道上衝去，所過之處，血光如火一般耀眼。

「奪城！」城門外地上的屍體和大部分傷號，也紛紛跳了起來，高舉著兵器，直撲城門。一個個身手迅捷，如下山的虎豹。

「奪城！」更遠處的夜幕裡，先前退下去的義軍如海浪般湧了回來，頃刻間，就將湖陽城南門淹沒在刀光之中。

「你，你，你……」城門校尉石堅和一眾守軍頭目，這才意識到上當受騙，身體抖若篩糠，嘴巴裡再也說不出一句完整的話。

連環計！反賊中有高人，居然制定出了一個讓他們防不勝防的連環計。先是採用不斷增兵的方式，向他們示威，製造緊張氣氛。然後又派人扮遠道而來的援軍，與前面的反賊大戰一場，贏取他們的崇拜。最後，又裝作不屑入城的模樣，讓他們徹底放棄防範之心，主動開門將對方邀請進來。

「諸位，我漢軍柱天都部言而有信，凡迎降者皆可不死！」正當眾人驚悔交加之時，「前隊校尉鄧旭」，將長槊抖了抖，大聲強調。

「張某誓死不降！」一名鄉勇頭目，忽然被激發出了最後的勇氣，扯開嗓子，大聲咆哮。

「噗！」三尺槊鋒迅速刺入了他的胸口，血光沖天而起。「前隊校尉鄧旭」雙臂發力，將屍體甩向眾人背後的街道，笑了笑，再度重申：「迎降者皆可不死！諸位願意為昏君殉葬，還是願意將功贖罪，儘管自行選擇！」

「投降！」「投降！」「投降！」……

城門校尉石堅等人，迅速認清了現實，爭先恐後大聲高喊。

對方有長槊在手，他們的刀卻還插在腰間刀鞘之中，根本沒有任何抵抗之力。而大隊的叛軍，已經從城門蜂擁而入，即便頑抗到底，也改變不了湖陽城失陷的結果，大夥又何必枉自搭上性命？

所以，投降，在此刻已經是最佳選擇。至少，不會被當場殺死，身後的家人也不會受到牽連。

「那就招呼爾等各自麾下的弟兄，讓他們放下武器，不要再做無用的掙扎！」對眾人的表現非常滿意，「前隊校尉鄧旭」點點頭，沉聲吩咐。

「投降！弟兄們，不要再打了，投降！咱們已經盡力了！」

「降了，降了，李家莊的人降了！再打下去也沒鳥用，只是搭上自家性命而已！」

「趙家莊的，趙家莊的，投降，全都投降！」

「張家寨的……」

……

眾頭目既然已經放棄了抵抗的念頭，也不想讓各自麾下的弟兄枉死。紛紛揮舞起胳膊，跳著腳，朝城牆上的郡兵和鄉勇們大聲招呼。

城牆上的郡兵和鄉勇們，原本就已經被衝上了的義軍壓得節節敗退，聽到自家頭目的呼聲，頓時徹底失去了死撐到底勇氣，紛紛丟下刀槍，跪地求饒：「投降，投降，我等投降！」

「投降，投降，不要再殺了。我們投降了！」

「投降……」

衝上城頭的義軍雖然占盡了上風，但人數卻遠少於防守一方。見守軍肯主動棄械投降，也不願將他們再度往絕路上逼。立刻停止了砍殺，一邊分派人手快速控制城門和防禦設施，一邊將守軍丟下的兵器收攏起來，以防萬一。

不多時，湖陽城的整個南門和南段城牆，就徹底落入了義軍掌控。大隊的義軍兵卒在將領們的指揮下，浩浩蕩蕩沿著城門殺入城內。每一支隊伍路過「前隊校尉鄧旭」身側，弟兄都扭過頭，大聲向此人致意，「右將軍，神機妙算！」

「右將軍，威武！」

「兵不血刃，兵不血刃！」

……

那假扮「前隊校尉鄧旭」的柱天都部右將軍，則微笑著向所有人點頭，既不居功自傲，也不故作謙虛。直到看見柱天大將軍的帥旗，被人簇擁著挑進了城門。才將被俘的守軍頭目交給了麾下弟兄，自己則策馬迎上前去，朝著帥旗下的壯漢抱拳行禮：「稟大將軍，末將幸不辱命！」

「你這……，罷了，下次切莫如此行險！」劉縯的臉上先是一喜，隨即就板了起來，沉聲吩咐。

饒是預先審閱過劉秀的整個詐城方略，當看到自家弟弟大模大樣地在守軍羽箭射程內與朱祐兩個做戲，劉縯依舊緊張得心臟差點從嗓子眼處跳出來。因此在大功告成之際，心中竟生不起任何鼓勵之意。

「右將軍神機妙算，李某佩服！」跟在劉縯身後的李秩，卻懂得如何把握機會修補彼此之間關係，立刻拱起手，大聲誇讚。

「右將軍神機妙算！」王霸、習鬱兩個，也緊跟著向劉秀拱手，讚賞之態溢於言表。

如果選擇強攻，對於湖陽這種防禦設施齊備的城池，義軍不拿出一萬以上的兵力，半個月以上的時間，根本沒得手的指望。而用巧計奪下了南門之後，接下來的戰鬥頂多是一個時辰的事情，不但極大節省了兵力和時間，而且避免了大夥久攻湖陽不下，被聞訊趕來的朝廷精銳前後夾擊的風險。

是以，單純從軍事角度，大夥怎麼誇劉秀都不過分。兩相比較，反倒顯得劉縯這當哥哥的，對弟弟要求過為嚴苛。害得後者臉色頓時開始發紅，擺了擺手，大聲道：「諸位先別忙著幫他邀功，眼下我軍只不過拿下了南門，距離攻克全城還相距甚遠。還是打起十二分精神，別讓敵軍翻了盤才好。」

「怎麼可能，敵軍不過是一群烏合之眾而已，沒有高牆相護，豈是我義師的對手！」李秩撇嘴搖頭，滿臉不屑，「末將不才，願領一哨兵馬，去取那韓崢的首級！」

「末將不才，願與衛將軍同往！」王霸也不甘落後，緊跟在李秩身後請纓。

「好，你們兩個各帶五百弟兄，直接去攻打縣衙！」劉縯想了想，立刻欣然點頭。

恰恰有一哨官軍騎兵，沿著街道朝南門殺了過來。李秩和王霸兩個扯開嗓子齊聲大吼，帶著千餘弟兄，迎面撲了過去。以二人的身手，尋常官軍頭目，怎麼可能抵擋得住？頃刻間，就被斬於馬下。眾義軍士氣沸騰，高舉長槍大刀，緊隨李秩和王霸身後奮勇拚殺，將湖陽兵殺得丟盔卸甲，像受驚的兔子般，沿著街道紛紛遁走。

「大將軍，我帶著弟兄們去奪取北門！」鄧奉見敵軍如此不堪一擊，知道大局已定。立刻轉過頭，向劉縯大聲請纓，「湖陽城只有南北兩門，堵住北門，就可以將各鄉鄉勇全都留下。擇其精壯者，恰可充實我軍！」

「士載此言神妙，給你兩百弟兄，便宜行事！」劉縯聞聽，立刻輕輕點頭，「能堵住就堵，如果堵不住，放了他們一條生路也無妨。切忌跟人拚命。」

「末將遵令！」鄧奉高興地一拱手，點起兩百精銳莊丁，沿著李秩和王霸殺開的通道，直奔城北。

「大將軍，我找馬厩。湖陽城既然有騎兵，肯定有專門養馬的馬厩。」朱祐心思機靈，也跟著大聲提議。

「儘管去，給你五十名弟兄！」劉縯早就知道騎兵好處，立刻欣然答允。

眼看著大夥都有了新差事，劉秀不覺心熱，趕緊也抱了下拳，高聲請纓：「大將軍，末將……」

「你帶領弟兄，看守南門，不得有失！」沒等他把話說完，劉縯立刻高聲打斷。

刀劍無眼，再勇悍的將領，也有被流矢所傷的時候。自家弟弟已經冒了一次險，沒有必要再去冒第二次。況且立了頭功者，也沒必要再跟其他人去搶功勞。

「這……，末將遵命！」劉秀無奈，只好委委屈屈地答應一聲，跳下坐騎，轉身走向了城頭。

接下來的戰鬥，無論有多熱鬧，都徹底與他無關了。他不敢公開違背哥哥的命令，只能站在城牆上百無聊賴地吹冷風。

正吹得睏意上湧之際，身背後，卻忽然又傳來了好兄弟朱祐焦急的聲音：「文叔，文叔，你在哪？快出來，快出來見我！」

「仲先？」劉秀激靈靈打了冷戰，立刻恢復了精神，手持長槊，大步走向馬道。

只見朱祐手裡拎著個肉球般的胖子，正往上衝。看到他出現，立刻將胖子丟在地上，高聲補充道：「戰馬，湖陽城內不光有馬廄，縣令還在城外開了一個馬場，裡邊養著五百多匹戰馬。這小子姓董名和，為了救他叔叔的命，把馬場的位置招供了出來。你趕緊把看門的差事交給別人，然後跟我一起去搶坐騎。」

「好！」劉秀喜出望外，轉身便欲找劉雙和趙四兩個交卸防守南門的任務。待兩腳重新踏回城牆之上，卻遲疑了一下，高聲吩咐：「趙四、劉雙，你們兩個，帶二十名弟兄，去陪仲先攻打馬場。這裡，儘管交給我！」

「是！」同樣百無聊賴的趙四和劉雙歡呼雀躍，點起二十名弟兄，飛速跑下城頭。而朱祐，卻被劉秀的舉動弄了個滿頭霧水，瞪圓了眼睛，低聲喊道：「文叔，你……」

「大將命令我在此駐防！」劉秀笑了笑，帶著幾分不甘回應。

「這……」朱祐本想再說幾句，忽然間，感覺到此時的劉秀，與三年前的不同。收住話頭，轉身而去。

他們都長大了，不再是當初那些懵懂少年了。

令行禁止，是一支軍隊成形的必要條件。當初，大夥都在兵書上讀過。此刻既然舉兵起義，自然要遵照執行。否則，縱使讀了一肚子兵書戰策，又有何用？

湖陽城內的守軍總計只有七千出頭，裡邊還有五千左右乃是被強逼著入城協防的鄉勇，戰鬥力、組織性和士氣，都非常低微。而反觀義軍，先在淯水河畔打了一個大勝仗，又不費吹灰之力拿下了城門，義氣爆棚，領頭的又是王霸、鄧奉、劉稷這種猛將。因此，接下來的戰鬥根本沒有任何懸念，只花了不到半個時辰，柱天都部的大旗，就插上了縣衙房頂，又過了不到一個時辰，城內的其他關鍵位置，也紛紛易手。莽軍將士要麼當場被殺，要麼跪地投降，能僥倖逃出城外的，十不足一。

留出一天時間恢復體力並整編願意為柱天都部效力的鄉勇。第三天正午，劉縯帶領大軍，再度出發。挾連番大勝之威，直撲三十里外的新都。那新都縣宰吳鵬，自打聽聞新野大軍覆滅的消息之後，就已經成了驚弓之鳥。得知劉縯拿下湖陽之後又馬不停蹄朝著自己撲來，果斷打開城門，望風而逃。

城內的官兵群龍無首，當然也生不出死戰之心，幾個領兵的校尉、屯將聚在一塊兒稍作核計，乾脆直接豎起了降旗。

這下，可是令劉縯喜出望外。立刻傳下命令，大軍入城之後，不得對投降的官軍百姓，有任何傷害。隨即，又把李秩、王霸、劉秀、劉賜、鄧奉、嚴光、朱祐等核心人物召集在一起，商量重新分配兵力事宜。

之所以這麼急，乃是因為柱天都部人馬增長過快，遠遠出乎了他這個柱天大將軍的預料。數日前剛剛起事之時，雖然對外號稱有八千大軍，其實真正有戰鬥者，還不到兩千，剩下的四千多弟兄，全都是臨時拉來的流民。而擊敗新野軍，連續攻占蔡陽、湖陽、新都之後，光收編吸納的降卒，就超過了六千名，已經超過了最初起兵的原班人馬。至於器械、糧草、輜重，更是憑空翻了數倍，令整個隊伍，都面貌一新。

如此一來，繼續像先前那樣不分你我的搭夥混日子，就行不通了。每個將領的直轄部曲，都必須儘快分派清楚。而各位將領在軍中除了作戰之外，平素所司職責，也必須有個說法。否則，萬一有人管到了別人的一畝三分地上，即便不發生衝突，相互之間的關係也會出現裂痕。

此外，新都之戰，雖然沒有犧牲一兵一卒。但城中百姓的反應，卻給劉縯等人帶來了巨大的衝擊。就在城內秩序剛剛恢復之後不久，便有十幾個白髮蒼蒼的老者，湧到劉縯臨時行轅門外，冒著被當值士兵誤殺的危險，對著那面寫著「漢」字的大旗，頂禮參拜。第二天，這夥人又在縣三老的帶領下，將一把他們連夜趕製的萬民傘，含淚送到了劉縯面前。

民心思漢！

劉縯、李秩、習鬱、朱浮等人，個個歡欣鼓舞。無論這把萬民傘是新都父老主動相送，還是有「高人」在背地裡暗中授意他們這樣做，對柱天都部而來，都意味著，大夥不再是一支叛軍，而是光復大漢江山的正義之師。跟官軍作戰，乃是弔民伐罪，討伐奸佞，沿途理當有人贏糧而景從。

俗話說，好事成雙。就在劉縯等人看著頭頂上一丈大小、赤紅色的萬民傘，心潮澎湃之際。新野方面，也傳來捷報。數日前出發的車騎將軍傅俊，和陳俊、屈楊、許俞等人，已經成功拿下了新野，繳獲糧草輜重無數，正等著大將軍移駕前去接收。

劉縯大喜，重賞了信使之後，立刻派劉秀和朱祐兩個，帶領五十名騎兵先行一步，前往新野告知傅俊大軍動向，以免橫生枝節。而他自己，則需要在新都將麾下兵馬整理結束之後，再移師前去與傅俊等人相會，商量下一步進軍方向。

劉秀和朱祐立刻接了將令，點起五十名這幾天使得最順手的弟兄，上馬而去。一路風馳電掣，不多時，新野城牆就遙遙在望。

比起蔡陽、湖陽和新都，這座城池的規模都大出了三倍，城牆高大巍峨，護城河寬闊幽深，若不是縣宰潘臨主動送死，在淯水河畔將守軍葬送了個乾淨。以柱天都部當下的實力，想拿下如此一座堅城，恐怕純屬痴心妄想。

正在眾人一邊欣賞新野城的巍峨，一邊撫胸慶幸的當口，忽然間，側後方冒起了一股黑煙，緊跟著，撕心裂肺的哭喊聲就傳了過來，「軍爺，饒命啊！」「軍爺，你不能這麼幹！」「軍爺……」

「怎麼回事兒？」劉秀顧不得進城，扭過頭去，朝濃煙起處遙望。

「估計是潰兵在趁火打劫吧，車騎將軍他們只帶了兩千多弟兄，照看這麼大一座城池，肯定照看不過來！」劉雙心地單純，楞了楞，一廂情願的推測。

話音未落，跟在劉秀身側的朱祐已經縱馬而出，一邊像發了瘋般策馬朝濃煙起處猛跑，一邊大聲喊道：「不好，文叔，快跟我去救火。那是陰家的宅院，醜奴兒就住在那邊？」

「啊！」劉秀如同當胸被人打了一拳般，臉色蒼白如雪。促動坐騎，策馬便追。「醜奴兒她們家不是在城裡嗎？怎麼會在城外，你，你怎麼知道她就住在莊子內？」

眾騎兵不知道醜奴兒是何方神聖，但是聽話音，也能聽出來此人跟兩位主將關係非淺。也紛紛策動戰馬，緊隨劉秀身後。

「他，他們陰家兩頭下注！」朱祐的聲音斷斷續續傳來，聽得劉秀如墜冰窟，「一邊給官府捐獻錢糧，資助官府剿滅各地義軍。一邊偷偷給大哥這邊送錢送米，請求今後多加看顧。大哥和李秩為了安陰家的心，就派我去過他家幾次。每次都是在城外三里坡的陰家莊與陰識接洽，從他嘴裡知道醜奴兒就住在後院的小樓當中。」

「你為何不早告訴我？」劉秀聽得心急如焚，想都不想，就大聲抱怨。

「你身邊已經有了三姐！」朱祐心情比他更煩躁，扭過頭，大聲回嗆，「我告訴你，你肯定連正事兒都顧不上辦，立刻想方設法去見她。那樣，三姐又被你置於何地？你想沒想過，三姐看到你直奔陰家而去，會有多傷心？」

轟隆！

半空中，忽然有個悶雷滾過，炸得劉秀身體在馬背上搖搖晃晃。

三姐又被你置於何地？

你想沒想過，三姐看到你直奔陰家而去，會有多傷心？

從來沒有人問過他同樣的話，包括馬三娘自己，也從來沒有抗議過，他對陰麗華情根深種。這些年來，三娘始終默默地陪伴著他，任勞任怨。而他，也早就習慣的三娘的付出和陪伴，就像習慣了自家的左右臂膀。

可左右臂膀，終究也是血肉所做，受了傷後也會疼，也會流血！

如果他總是聽到陰麗華三個字，就不顧一切，三姐怎麼可能始終淡然處之。即便表面上繼續雲淡風輕，恐怕內心深處，也早就被傷得鮮血淋漓。

但他怎麼可能忘記，太學讀書時所發下的那些誓言？對他來說，那不只是一份年少輕狂，同時也是一份承諾，對陰麗華，對自己，對周圍的整個世界。

如果哪一天，三娘親口讓他在醜奴兒和她之間，做一個取捨，他該怎麼辦？

如果哪一天，醜奴兒玩笑般讓他把心中所愛的女人排一個次序，他又該如何回應？

很多疑問，其實他並非沒有想過，只是，他根本找不到答案！

他也沒時間去找答案。

「站住，你們是誰的手下？怎能比土匪和官軍還不如？」就在他陷入內心世界的混亂之中無法自拔的時候，趙四的聲音，忽然在他身側響了起來，帶著無比的失望和震驚。

劉秀又打了個哆嗦，終於努力在馬鞍上坐穩，抬起頭，恰看見，數十名身穿著蔡陽郡兵號衣的將士，趕著七八輛馬車，從一座巨大的堡寨裡走了出來。

每一輛馬車上，都裝滿了包金嵌銀的箱籠和綢緞面兒的大包小裹。

每一輛馬車之後，都拖曳著一根粗大的麻繩。

每一根麻繩，都像拴螞蚱般，拴滿了面如死灰的女人，或者穿著綾羅綢緞，或者穿著佈衣麻裙……

「你管老子！」還沒等劉秀看得更仔細，對面的大門口兒，已經有一個屯將打扮的傢伙，扯著嗓子破口大罵。「想發財就去別處，這裡已經歸馬校尉了。否則，休怪老子手裡的傢伙不認人！」

「好，那劉某就讓你先長個眼睛！」饒是見慣了大風大浪，劉秀依舊被這群人的囂張態度，氣得渾身發抖。再也顧不上去想將來的事情，手向腰間一帶，迅速亮出了鋼刀。

此地乃是新野城外，當然不會有什麼蔡陽郡兵。如果他沒看錯的話，對面這群打家劫舍的強盜，身上的蔡陽郡兵號衣，正是數日前義軍攻破蔡陽時所繳獲。

而那一仗，他是當之無愧的首功。打掃完蔡陽城外戰場，又順勢拿下了城池的嚴光，當時也正是他的屬下！

「列陣！」看到劉秀拔刀，劉雙毫不猶豫地大聲斷喝。當日蔡陽城外和淯水河畔兩場戰鬥，已經徹底讓他對劉秀心折。所以，無論前者做任何事情，他都會誓死相隨。

金屬摩擦聲和戰馬嘶鳴聲，瞬間響成了一片。五十名風塵僕僕的騎兵，心思也跟劉雙一模一樣。迅速舉起兵器，擺出一個攻擊陣型。

「別，別動刀。誤會，肯定是誤會！」對面的屯將哪裡想得到，忽然衝過來這夥騎兵，居然真的敢同室操戈，囂張的氣焰頓時一掃而光。慌忙擺著手，大聲請求，「我們是車騎將軍麾下左部校尉馬朗的部曲，奉了校尉之命，出來搶，不，不，出來搜集物資。您，您如果對此有什麼疑問，儘管去跟我家校尉交涉。我家校尉就在莊園裡邊，千萬不要動刀，否則，否則車騎將軍那邊不好交代！」

「別，別動刀。誤會，肯定是誤會！我家校尉就在裡邊，您有話儘管跟他去說！」其他趁火打劫的義軍，也是好漢不吃眼前虧，跟在自家屯將身後，大聲叫嚷。

「你，你倒是會說！」劉秀楞了楞，心頭的怒火，依舊熊熊燃燒。渾身上下的熱血，卻迅速開始發冷。

車騎將軍，是大哥劉縯封給傅俊道長的名號。在拿下湖陽和新都之前，柱天都部戰鬥力最強的幾支隊伍，全部來自江湖，都與此人關係不淺。義軍當中，有近半兒將領，也是由此人引薦而來。如果自己不小心跟傅俊起了衝突，絕對會直接傷到義軍的根基。

就在他一錯愕間，堡寨大門內，忽然又衝出來一個五六歲的小男孩，一邊朝著最前面的馬車旁跑，一邊用稚嫩而又憤怒的聲音，淒厲地喝罵：「放開我娘，把我娘還我。你們這群強盜，快放開我娘，快放開……」

「小子，別搗亂！」那屯將正被劉秀盯得渾身發毛，怎能容忍一個毛孩子跳出來攪局，毫不猶豫地揚手就是一鞭子，直接將小男孩抽倒在地。

「小寶兒！」被繩子串在第一輛馬車之後的某個華服女人，嘴裡發出一身尖叫。邁開雙腿，就往孩子身邊衝。這下，拴在同一根繩子上的其他女人，可是倒了大楣，瞬間被拖倒了一地。到最後，反而又將華服女人倒著拽了回來，一跤摔了個四腳朝天。

「妳們這群爛貨！」那屯將也是存心分散劉秀的注意力，立刻又舉起鞭子，沒頭沒腦朝著女人們抽去。每鞭子落下，都帶起一團淋漓的血肉。

他的想法很簡單，既然騎在馬上的這位不知名長官，對殷家莊的歸屬權有異議，那此人就應該直接跟自己的上司去交涉。而自己只要解釋清楚了情況，就沒必要再跟著長官們摻和。反正，無論最後這批「貨物」屬誰，都需要有人幫忙「押送」回新野。而自己只要看好了「貨物」，就有功無過。

如果放在大新朝，他的這種處理方式，的確非常恰當。但是，他卻忘記了，自己此刻是一名義軍，而不是大新朝的郡兵。還沒等他的皮鞭第三次落下，耳畔忽然聽到了一陣驚呼：「啊——」，緊跟著，他便發現，天色忽然暗了下來，而地面距離自己越來越近，越來越近。

「把他們全都繳了械，膽敢抵抗者，格殺勿論！」劉秀一腳踹翻屯將的屍體，用正在滴血的刀尖兒，指向所有嚇呆了的趁火打劫者。

「是！」劉雙帶著眾騎兵，迅速一擁而上，用刀尖指向門口的打劫者，隨時準備將對方一刀兩斷。

「饒命，饒命，我等投降，投降！」眾打劫者甭看剛才面對婦孺時個個如狼似虎，遇到了真正的硬點子，卻立刻現出了魚腩本色。竟然生不起絲毫的反抗之心，直接跪在了地上，繳械投降。

「你打了我娘！」被屯將抽翻在地的小男兒小寶反倒比他們勇敢，帶著一臉血跡挑起，抓住一個距離自己最近的打劫者，又抓又咬。

「小寶，小寶！」被拖翻在地的女人，也掙扎著上前，先拉住了自己的兒子，然後抬腿朝著打劫者猛踢。

「你們這群強盜，報應，報應！」其他女人也拖著繩子上前，朝著打劫者連踢帶罵，哭喊聲瞬間宛若湧潮。

見到這群「義軍」受辱，劉秀沒有做任何阻止，撥轉坐騎，大步走向門內。

如果義軍都是這等貨色，那跟官軍和強盜，還有什麼分別？既然義軍跟官軍沒有任何分別，自己又何必扯起反旗？既然義軍一到，如蝗蟲過境，百姓何必不誓死與守城的官軍共存亡？後者好歹是餵飽了的瘋狗，而前者，卻是一群餓狼！

所以，今日哪怕是天王老子的嫡系作惡，他也必須好好管上一管。哪怕過後找機會跟傅俊私下裡斟茶道歉，哪怕最後矛盾無法調和，跟傅俊等江湖豪傑，徹底一拍兩散！

「寶兒，寶兒，不要打我的寶兒！」一個身材略微發福中年男子，披散著頭髮衝了出來，從地上抱起尋找母親的孩子，放聲大哭，「我給了你們錢糧了。我給了你們很多錢糧了，你們答應過的，你們劉莊主答應過的，不會動陰家，不會動陰家一根羽毛！」

「夫君，夫君，你快走，快走，他們，他們不講道理！」那護著孩子的華服女人，再也顧不上踢「打劫者」出氣，扭過頭，尖聲哭喊。

「我不走，我不走。我跟你們娘倆一起，我跟你們娘倆一起死！」那中年男子用手抱住自己的兒子和妻子，放聲嚎啕。

正在策馬往門內走的劉秀見到此景，頓時心神又是一陣恍惚。

他先前就已經認出，那個被打劫者們用繩子像螞蚱般拴在馬車後的華服女人，正是陰麗華表嫂王秀姑，而她的丈夫，遇到事情只會等死，既不懂得反抗，又沒膽子逃走的窩囊廢，不是自己的學長陰盛，還能有誰？

再瞥向捨命要替娘親報仇的男孩兒，竟發現，此人眉宇間，跟陰盛有八分神似。記憶頓時宛若潮水，倒灌而回，剎那讓他渾身發硬，汗出如漿。

想當年，在去長安路上，王秀姑懷著身孕，卻被新安縣宰哀牢看中，扮成柱天大將軍翟義手下前來搶人，結果被自己大哥劉縯帶領豪傑們殺了個精光。算算時日，男孩小寶，肯定就是當初王秀姑肚子裡的孩子，而就是在那時候，自己第一次遇見了陰麗華。看到她偷偷藏了一把匕首，以自身為餌，捨命去靠近匪首……

「哪裡來的野小子，竟然敢殺老子的手下，給老子去死！」一聲斷喝，忽然在他面前響起，緊跟著，就是數道凜冽的刀光。

「啊！」眾女子齊聲驚呼，紛紛閉上眼睛，淚流滿面。

好不容易盼來了一個肯救大夥出苦海的年輕恩公，居然在打仗的時候楞神兒，被強盜頭目帶著手下聯手偷襲。而此人死後，她們逃離苦海的希望，就徹底熄滅，個個生不如死。

「啊——」「啊——」「饒命，啊——」……

淒厲的慘叫聲，瞬間壓住驚呼，此起彼伏。

眾女子嚇得抖若篩糠，卻知道事情肯定出現了變故。帶著萬分之一的僥倖，悄悄將眼皮睜開一條縫隙，卻見他們的恩公，一騎一刀，緩緩前行。

沿途的賊人紛紛衝上，又被紛紛砍得倒飛出去，誰也無法阻擋他的腳步！

世間竟有男子，翩翩如斯！

剎那間，眾女竟忘記了害怕，一個個望著劉秀前進的身影，目眩神馳。

而那身影，卻彷彿在某個長夜的夢裡依稀曾見，讓大夥在羞澀之餘，心中隱隱還生出幾分親切。

「劉秀，你是劉秀，我記得你，當年便是你救了醜奴兒和我們陰家！」未等眾女來得及分辨出眼前的場景究竟是夢是真，王秀姑忽然扯開嗓子，大聲叫嚷了起來。已經隱約發黃的眼睛裡，剎那間再次充滿了青春的光澤。

「是他，的確是他！」幾個已經不再年輕的丫鬟和僕婦，也跟著低聲驚呼，隨即快速捂住各自的嘴巴，面孔發燙。

七年之前，就是此人一襲白衣，持弓而來，驅散群匪，救下了陰家小姐和陰固全家。而七年後，又是他，在陰氏面臨滅頂之災之際，策馬殺至，將群匪殺了個狼奔豕突。

「是他，真的的確是他！天哪，真的像傳說中一樣英俊！」幾個剛剛及笄的陰家晚輩女兒，跳著腳，大聲議論，剎那間，竟然徹底忘記了，纏在自己手上的繩索。

娶妻當娶陰麗華！初聞此言，有哪個未婚少女，不是笑著清啐。扭過頭去，卻有哪個適齡少女，不希望將陰麗華三個字，悄悄地換成自己的名姓？

而劉秀，卻對來自身後的歡呼聲，充耳不聞，一手持刀，一手拎著戰馬的韁繩，繼續緩緩而行。周圍的劫掠者被殺得魂飛膽喪，不敢再主動上前送死，紛紛調轉身形，四散奔逃，「風緊，大當家，風緊。趕緊扯呼，扯呼！」

「劉雙，你帶二十名弟兄封鎖正門。仲先，你帶上其他人，跟我一起來！」沒功夫去追殺那些逃命的敗類，劉秀將鋼刀向前指了指，高聲喝令。

陰氏莊園很大，這會兒仍在院子裡搜刮細軟的敗類，數以百計。以他一人之力，繼續殺下去，肯定會越來越危險。所以，必須帶著弟兄們一起上，才能避免賊人的反噬。

「是！」劉雙和朱祐兩個，齊聲答應著，立刻將隊伍分成一大一小兩部。人少的一部留在原地封堵莊園正門，人多的一部，則快速策馬殺入，緊緊護住劉秀的左右兩翼和身後。

他們兩個都非常機靈，早就認出院子裡的這群敗類，都來自漢軍柱天都部。但是，從口音、做事習慣和面孔長相上，他們同時還可以斷定，這群敗類並非舂陵起義的原班人馬。極有可能，是在半路上新投奔入夥的「江湖好漢」，或者是車騎將軍傅俊從新野軍俘虜當中直接收編。

無論是哪種情況，今天大夥都饒這群敗類不得。柱天都部還沒站穩腳跟，就已經有惡徒開始禍害百姓，長此以往，軍紀廢弛，民心盡失，還談什麼反新復漢？所謂弔民伐罪，肯定會變成一個荒唐的笑話！即便僥倖獲得成功，也不過是一群豺狼取代了一群虎豹，用不了多久，就又得重蹈王莽的覆轍？

「你，你真的是劉秀！」一個比所有人都慢了不知道多少拍的聲音，忽然從陰盛嘴裡冒了出來，與周圍的環境格格不入。

「不是劉秀，還能是誰？還有誰會捨命為你們陰家出頭？」王秀姑聲音，也緊跟著響起，帶著不加掩飾的失望。

越看，她越覺得自己身旁這個蠢貨醜陋。同樣的太學卒業，此人跟遠處那個，簡直泥坑裡的癩蛤蟆和天空中的白鶴。自己年輕時真的眼瞎，居然把如此一個蠢貨當成了寶。而醜奴兒當時年齡雖然小，卻比任何人的眼睛都亮。

「醜奴兒藏在後院閣樓上，醜奴兒藏在後院閣樓上！」令她無比意外的是，眼前的蠢男人，居然瞬間開了竅。扯開嗓子，不顧一切地向劉秀發出提醒。「他們的頭領去找新郎官衣服去了，派手下人圍了閣樓，說，說今天一定要嘗個新鮮。」

話音未落，劉秀的戰馬已經化作一道閃電。帶著朱祐和三十幾名弟兄，長驅直入。迎面恰恰又衝出來兩隊敗類，揮舞著刀槍大聲威脅。眾騎兵毫不猶豫地舉起兵器，護著劉秀從敗類們面前急馳而過。馬蹄落處，血流成河。

又有兩隊背著大包小裹的敗類從內宅衝了出來，醜陋的面孔上寫滿了猥褻。劉秀不由分說，揮刀直接衝向對方。轉眼間，將這兩夥賊人全都變成了屍體。

「敵襲，敵襲！」

「是官軍，來的官軍！」

「官軍，他們是真正的官軍！」幾個藏在迴廊柱子後的賊人，終於意識到，劉秀的來意，並不是要從他們手裡搶戰利品，而是想將他們斬盡殺絕。一邊掉頭往院子更深處跑，一邊扯開嗓子大聲示警。

對於他們的誤解，劉秀根本沒心思分辨。繼續帶領著弟兄們向後花園突進。沿途無論遇到任何阻攔，都是直接揮刀砍翻。既不給對方組織抵抗的時間，又不給他們重新匯合在一起的機會。

前後不過是短短十幾個呼吸功夫，對他來說，卻像半輩子一樣長。胯下的坐騎已經多次四蹄騰空，他卻依舊反覆用戰靴催促不止。

醜奴兒藏在後院閣樓上，賊兵的頭領派人包圍了閣樓，賊兵的頭領想要嘗個新鮮……。如果真的讓醜奴兒傷在「義軍」之手，天啊！他劉秀今後還怎麼面對醜奴兒，還怎麼有臉被稱作人？

好在陰氏莊園內，地形不算複雜，沿途也沒遭遇到太強烈的抵抗。就在他急得快要徹底失去理智的時候，眼前的環境忽然一空，有座孤零零的小樓，在花草樹木之後，展露出了身影。

有一群賊人將樓圍了個水洩不通，仰著臉，滿嘴污言穢語。還有另外百餘名賊人，則在一個軍侯打扮的傢伙帶領下，列陣緩緩迎上。長矛、鋼刀和箭鏃在盾牌後寒光閃爍，隨時準備將劉秀等人碎屍萬段。

「我乃車騎將軍麾下左部二曲軍侯李穆，你是何人，速速……」帶隊的軍侯還粗通文墨，躲在下屬們身後，搖頭晃腦地自報家門。

「春陵朱仲先，特來取你狗命！」回答他的，是一聲暴怒的斷喝。朱祐迅速策馬超過劉秀，抬手處，青磚刮著風聲呼嘯而出。

殺人的責任不能由劉秀自己來扛，這時候，他必須出面分擔一部分罪名。至於盾陣後隱藏的那些殺招，對於當年曾經跟劉秀一起接受過馬三娘親手訓練的他來說，根本不會放在眼內。

「砰——」軍侯李穆，應聲而倒，醜陋的面孔，被青磚砸得血肉模糊。而那朱祐，一旦動起手來，就絕不會再留情。緊跟著，第二塊，第三塊，第四塊兒青磚，也朝著軍陣後的重點目標脫手而去。

「啊，快躲——」眾賊兵哪裡想得到，他們精心排列出來的軍陣，在朱祐眼中竟是百孔千瘡。頓時嚇得慘叫一聲，本能地側身閃避。

這個動作，才真正要了他們的命。跟朱祐心有靈犀的劉秀，看到敵陣鬆動，立刻毫不猶豫策馬前衝。刀光落處，兩面盾牌四分五裂。緊跟著又是橫向一刀，砍斷了兩支剛剛拉到一半兒的角弓。

貌似嚴整的軍陣，頓時從中央開裂。趙四緊跟在劉秀的身後衝入，揮動兵器四下亂砍。緊跟著是賈五、陳七，鋼刀揮得如風車般，專門朝弓箭手身上招呼。敵軍內部頓時一片大亂，眾騎兵趁隙向前直插。眨眼功夫，就將軍陣撕得七零八落。

而衝在第一位的劉秀，卻立刻撥轉坐騎，掉頭殺回。從呆若木雞的賊兵們身後再度揮刀橫掃，將兩名賊人像割高粱一樣瞬間割倒。

「別再給他們結陣的機會！」朱祐丟完了馬背後攜帶的最後一枚青磚，再度舉起環首刀，放聲高呼。

根本不用他提醒，已經積攢了一定作戰經驗的騎兵們，早就知道驅散敵人的重要性。先後跟著劉秀掉頭回衝，轉眼間，就將賊兵的隊伍再度犁了個遍。

血，像河水般，四下流淌。屍體滾在馬蹄下，迅速被踩得看不清模樣。僥倖還活著的賊人，士氣一落千丈。沒有任何膽子再堅持下去，撒開雙腿，四散奔逃。

然而，兩條腿的人，怎麼可能跑得過四條腿兒的戰馬？趙四、賈五等人揮舞著鋼刀，在背後緊追不捨。迅速將他們一個接一個，砍翻於地。

說時遲，那時快，前後不過短短七八個呼吸功夫，整整一個隊的賊軍，就已經被劉秀和朱祐帶領三十名騎兵全殲。再看賊子先前圍著小樓看熱鬧的同夥，一個個既沒有勇氣上前幫忙，又沒勇氣負隅頑抗，呆呆地站在原地，一個個顫抖得如風中殘荷！

「不想死就滾開！」劉秀厭惡地看著這群欺軟怕硬的賊寇一眼，翻身跳下坐騎，快步走向樓梯。

眾賊人如蒙大赦，迅速讓出一條通道，眼睜睜地目送他拾階而上。隨即，又慌忙丟下兵器，撲通，撲通，撲通，相繼跪了滿地。

也不怪那些賊兵孬種！

江湖險惡，越是在江湖上混的日子久的人，越有眼色。至於那些沒眼色的，死得太快，早就被自然淘汰。

的確，樓梯上那個殺星已經發話讓他們滾開，而馬背上那些騎兵，卻舉著血淋淋的鋼刀圍攏了過來。如果他們再沒點兒眼力架兒，恐怕今日全都要在劫難逃！

有眼力架的，不止是他們。兩個堵在二樓屋門口充當看守的賊兵，看到劉秀走近，也立即丟下武器，跪倒於地，唯恐動作慢了，稀裡糊塗成為刀下之鬼。

劉秀剛才在外邊打生打死，卻聽不到樓內任何動靜，早已急得嗓子冒煙兒，哪還有心思搭理他們？看都不看二人一眼，伸手便去推動房門。「醜奴兒，別怕，我來了！我是劉秀劉文叔。」

門，竟然沒有拴死，瞬間被他推了個四敞大開，陽光順著門口斜射而入。一個匍匐在幔帳後，瑟瑟發抖的身體，瞬間占滿了他的眼睛和心臟。

「醜奴兒！」劉秀心中大痛，慌忙丟下刀，快步上前去拉幔帳。腳步剛剛一動，身背後，忽然傳來了一記淒厲的金屬破空之聲。「嗚——」

「哼——」以他現在的身手，豈是隨便一個人就能偷襲？當即，嘴裡發出一聲冷哼，雙腿迅速又向前跨了半步，側肩，擰頭，左手宛若鐵鉗子般，牢牢地握住了來襲者的手腕，奮力下拉。

「啊——」一個夢境中出現過無數次的聲音，迅速刺穿了他的耳膜。來襲者像布袋子般被他直接扯過了肩膀，直奔地面。關鍵時刻，劉秀的身體完全不受大腦控制，本能地伸出了右手，在空中攔了一下，隨即左手再次反向輕輕發力，將「刺客」緩緩橫在了自家臂彎當中。

「醜奴兒！小心！」一顆心緊張得幾乎跳出嗓子眼兒，他大叫著低頭下去，卻看到，一張寫滿了驚駭的面孔。圓睜的雙眼直勾勾地盯著他，彷彿只要一眨眼睛，他就會化作煙霧消散。

尖叫聲戛然而止，醜奴兒的身體僵硬如木，明晃晃的鐵剪子，從她手中無力地墜落，砸在地板上，發出清脆的巨響，「噹啷——」

劉秀的心臟，又是猛地一抽，剎那間，有一股劇烈的刺痛，直入靈魂深處。布衣、布裙、麻鞋，從頭到腳做丫鬟打扮，拎著一把根本捅不死人的鐵剪子，醜奴兒這是準備重施，七年前她隻身去刺殺馬賊頭目的故技。相隔七年，她還是像當初一樣的無助，一樣的絕望，唯一多出來的，就是換了衣服，在榻上扮作她吸引敵人目光的誘餌。

「狗賊，放下我家小姐！」幔帳後的「誘餌」不知道劉秀的身份，猛地跳了起來，抓住他的胳膊，張嘴便咬。

懷中抱著陰麗華的劉秀心潮起伏劇烈，竟不知道躲閃，立刻被咬了個結結實實。一股鑽心的疼痛，瞬間從胳膊，直衝他的心窩，與靈魂深處的痛楚交織在一起，讓他眼前金星亂冒。

常年在廝殺中養成的習慣，讓他迅速曲起左腿，準備將來襲者踹飛。然而，腿曲到一半兒，卻又果斷地放了下去。整個陰家，最後陪著醜奴兒準備刺殺匪首的，只有這一個女人。如果傷害到她，醜奴兒恐怕更加孤單。一邊晃動身體擺脫對方的利齒，劉秀一邊大聲命令：「張嘴，不要咬了。我不是那個姓馬的強盜，我是劉秀，真的是劉秀！」

「你是劉秀？」將別人咬得鮮血淋漓，卻沒受到任何懲罰的「誘餌」，也終於明白情況不對。鬆開嘴巴，快速後退了兩步，脊背緊緊貼上了牆壁，「你，你怎麼不早說！」

「我剛才在外邊跟那群土匪廝殺時，通報過名姓，還以為妳們聽見了。」迅速解釋了一句，隨即又將目光落向陰麗華，「醜奴兒，妳，妳認不出我來了？妳怎麼了，妳說話啊，妳，妳如果不會說話，就眨一下眼睛，像這樣眨一下眼睛！」

陰麗華沒有做任何回應，眼睛依舊像剛才一樣睜得老大。姣好的面孔上，寫滿了驚駭。

「醜奴兒，醜奴兒，妳怎麼了，妳怎麼了！」一股冰冷的恐懼，迅速將劉秀全身籠罩，輕輕晃動了幾下手臂，他大聲問候，「妳不要怕，我回來了，我回來接妳了。有我在，誰都不能碰妳一根寒毛！」

「小姐，小姐，妳怎麼了，妳怎麼了啊？」跟陰麗華互換了衣服的丫鬟，也嚇得魂飛天外，上前一把抱住前者的胳膊，淚如泉湧。

「醜奴兒……」再也忍耐不住，兩行熱淚，從劉秀眼裡奪眶而出。

自己終究還是來得太遲，醜奴兒出事了，醜奴兒受驚過度，靈魂離開身體不知去了何處！此刻的她，不但不會說話，居然像木頭一樣，失去了所有正常反應！

「三哥？」就在他的心臟痛得幾乎絕望之際，懷抱裡的陰麗華，忽然眨了一下眼睛，緊跟著，淚水如決堤般滾滾而出，「三哥，真的是你！我還以為他們在外邊故意作假騙我出去！我真的而不是做夢？我，我以為這輩子，再也等不到你了！」

「是我，是我！」劉秀眼前忽然陽光明媚，含著淚拚命點頭。「妳沒做夢，他們剛才不是在騙妳。剛才，的確是我在外邊！不信，不信妳去問她？」

說著話，他慌慌張地抬起腳，朝丫鬟輕輕磕打。扮作陰麗華的丫鬟，跟他一樣驚喜交加，一邊擦著眼淚，一邊大聲作證：「是，小姐，不是做夢，他真的是劉秀！嗚嗚，嗚嗚……他，他真的來救妳了！嗚嗚……你以前天天跟我說的那些願望，不是白日做夢，嗚嗚嗚嗚嗚，它們都是真的，嗚嗚嗚嗚，都變成真的了！」

一番話，說得顛三倒四，卻讓劉秀心裡越發痛如刀割。

三年多的時間，一千多個日日夜夜。他本以為，經歷了這麼久，她早已忘記了彼此之間曾經的承諾。卻沒想到，三年來，她居然一直在等，一直在期盼著自己，早日前來兌現諾言。

「三哥，別聽他的。我，我只是，只是偶爾才提起你一次！」陰麗華卻被丫鬟的話，說得臉色發紅。抬手擦了把淚，笑著解釋。

「無論幾次，只要妳還記得，我就不會食言！」劉秀的心臟，瞬間又是一抽。點了點頭，大聲重申。

「三哥，我怎麼可能不記得？」

「我知道，我知道，所以，我也不會再放妳離開……」

「小姐，外邊，外邊的土匪都被抓起來了！」丫鬟聽得耳朵發熱，走到窗口，拉開窗簾，讓更多的陽光照進室內。

夕陽的餘暉，瞬間灑了滿屋。給劉秀和陰麗華二人的身影，鍍上了一層淡淡的鎏金。

二人誰也沒有回應丫鬟的驚呼，也沒有躲避透窗而入霞光。

喜歡就是喜歡，沒什麼見不得光的，更不需要躲避。

無論外邊是清晨還是黃昏，是颳風還是下雨。

「輕點，輕點，真是笨死了！」陰盛焦急的喊道，隨即抬起腳，毫不猶豫地踹在了某個俘虜的屁股上，「這個屏風的邊框可是金絲楠木的，若是摔折，殺了你都賠不起！」

「啊，你——」那俘虜正和幾個同夥，抬著先前從陰家搶走的屏風往院子裡搬，屁股平白無故挨了一腳，內心憤怒至極。猛然扭回頭，雙目當中，殺氣四射。

陰盛登時被嚇得接連後退，差點一屁股坐在地上。然而，想到自家後院裡的劉秀，勇氣頓時又從他心底油然而生，再度高高舉起皮鞭，厲聲喝罵：「怎麼，你搶劫我家，還搶出理來了？告訴你，今天你們怎麼從我家把東西搬出來的，就乖乖怎麼給我搬回去。哪怕碰掉一塊漆，老子也跟你們那個狗屁馬校尉沒完！」

「你？哼！」眾俘虜敢怒不敢言，咬著牙，繼續賣力地去「歸還」陰家的財產。

最初他們跟隨左部校尉馬朗前來打劫，唯恐收入不夠豐厚。此時此刻，才終於發現，將如此豐厚的家產一件件歸還到原處，需要花費多少力氣！然而，怒歸怒，累歸累，他們卻誰都不敢撩挑子。無他，那個帶人將他們的同夥砍瓜切菜般幹掉了四成的殺星，此時還留在陰氏莊園裡。而他們那個出去尋找新郎官兒衣服的馬校尉，到現在卻沒見蹤影。

很顯然，馬校尉根本惹不起院子裡那個殺星，自己悄悄溜了。把他們這群倒楣的屬下，全都丟給了對方。而那殺星，很顯然跟陰家關係匪淺。如果他們膽敢動陰盛一根寒毛，恐怕立刻就得賠上所有弟兄的小命兒！

「倒楣，早知道這樣，就換個地方去搶了！」有人越幹越後悔，喘息著小聲嘀咕。

新野城周圍，有錢的莊子可不止陰氏一個。而那殺星，不可能跟所有豪門大戶都有交情。當初如果眾人再往遠了走幾步，繞開靠近大路的陰家，也許就不會被那殺星碰到。如此，今天就不會稀裡糊塗死掉那麼多人，更不會把辛辛苦苦搶到馬上的東西，再費盡力氣往回搬。

「可不只是嗎？咱們馬校尉，想要什麼樣的女人沒有，怎麼偏偏看上了後院裡那個老姑娘！」話音落下，立刻有人低聲附和。

新朝女子成親普遍都很早，十七歲當娘者，比比皆是。十八歲依舊待字閨中，依舊足以讓父母覺得顏面無光。而陰家那個小姐，據說今年已經一十有九，是個如假包換的「老姑娘」。即便美若天仙，價錢也要大打折扣，真不明白前程遠大的馬校尉，放著別人看不上，怎麼偏偏就挑中了她！

「噓，你不要命了！沒見那殺星，刀上的血都沒顧上擦，就直接上了樓？」更有人目光敏銳，早就發現今天大夥倒楣的原因，未必只是由於搶錯了目標。

「李，李哥，你意思是，那殺星，原本，原本就跟老姑娘不清不楚？」周圍的幾個俘虜，立刻仰起了頭，冒著挨鞭子的危險，瞪圓了眼睛低聲追問。

「我，我啥都沒說！」目光敏銳的李姓俘虜，迅速四下看了看，然後用力搖頭否認，「你們自己瞎猜，猜出麻煩來，可別牽連我！」

這，簡直就是欲蓋彌彰了。眾俘虜又楞了楞，瞬間回憶起衝突發生時所看到的種種情景。

「怎麼可能，那老姑娘據說是被家人關在後院裡的，平素根本不准出門！而那殺星，說話分明帶著外地口音。」

「外地口音就沒瓜葛了，說不定他們以前認識。」

「對，說不定是多年前，就私定終身。」

「哦，還真有可能啊！那殺星叫什麼名字來著？」

「不知道！」「沒聽清楚！」「當時那刀子，馬上都要砍到胸口了，誰還顧得上記他的名字？」

眾俘虜越說，越覺得神秘，越說，越覺得今天這場禍事惹得冤枉。一個個看向後院花園處的目光，充滿了委屈。

偏偏老天爺故意想要懲罰他們，就在他們一個個懲悶得想要撞牆的時候，他們口中的殺星，跟他們看不上眼兒的「老姑娘」，肩並肩從後花園裡走了出來。幾名剛剛獲救的僕婦前呼後擁，像眾星捧月般，將二人圍在了中央。唯恐哪裡照顧不周，令二人拂袖而去，讓整個陰家重新墜入萬劫不復。

「醜奴……小妹，妹夫！天這麼晚了，你們要去哪兒？」先前對俘虜凶神惡煞般的陰盛，也立刻換上了一副熱情的笑臉兒，搖晃著肥碩的屁股迎了過去，「我已經命人去準備酒菜了，妹夫大老遠來一趟，肯定要吃飽喝足再走。」

「堂哥！你，你瞎說什麼！」被陰盛嘴裡冒出來的「胡話」，窘得滿臉通紅。陰麗華跺了跺腳，低聲啐道，「他，他是有公務在身，不是專程前來看我！」

「一樣，一樣！吃飯不耽誤公務，不耽誤公務！」陰盛又立刻擺出一副積年老吏的油滑，大聲回應，「哪朝哪代，也不會讓人餓著肚皮做事。況且，妹夫還是大將軍的親弟弟。我說妹妹啊，妳也老大不小了，妳的心思，咱們家裡的人有誰不知道？當年阿爺和族老們，也是怕那王家找藉口繼續害妳，才讓妳住在後園小樓上的。他們，他們心裡對妳可是沒有半點兒惡意。否則，一家女百家求，王家的那小子死了，還有甄家盯著，甄家的小子死了，說不定還有趙家，劉家。唉，要說這長得漂亮，也是麻煩。古人云，紅顏，那個紅顏多薄，唉，看我這嘴巴。不說了，不說了。總之，妳也算守到雲開見月明了。」

一邊囉囉嗦嗦地解釋著，他一邊拿眼睛偷偷瞄劉秀，唯恐自己哪一句話沒解釋到位，讓後者誤會了陰家對陰麗華的「照顧」，老賬新賬一併算到自己頭上。

劉秀先前在舂陵之時，就已經聽說了陰麗華的大致情況。剛才又從陰麗華的貼身丫鬟小蘋嘴裡，得知長安王家自從王固死後，一直試圖將陰麗華嫁給其族中另外某個不成器兒孫的消息，因此，對陰氏家族的成見，並不比當年更深。此刻見陰盛如此小心翼翼，反倒感覺有些不好意思。擺了擺手，笑著說道：「王家和甄家為其庶子向醜奴兒提親的事情，我已經聽說過了。多謝伯父和陰兄這次沒有向他們屈服……」

「應該的，應該的！」沒想到劉秀過了這麼多年，居然還是如此好說話，陰盛立刻高興得連連擺手，「我畢竟是醜奴兒的哥哥，怎麼能一點兒都不為她著想？說實話，當年叔父要把她許給王固，我就一百二十個不同意，怎奈我也是小輩，人微言輕。唉，好在王固是個短命鬼，很快就死了。要不然……」

「咱們不提這些！」劉秀聽他越說越囉嗦，忍不住輕輕皺眉，「此番回鄉舉義倉促，在下原本想著先與大軍一道，先站穩腳跟，然後再請媒人過來提親。沒想到，義軍中居然也出了敗類，居然趁著家兄疏忽，公開洗劫鄉里。」

「不妨，不妨，他們不是沒洗劫成功嗎？」陰盛心裡頓時打了個哆嗦，隨即，又故作大方姿態，「況且大將軍那麼忙，怎麼有空管這些小事兒。文叔你儘管放心，我們陰家上下，向來通情達理！我們……」

「出了這種事情，我怎麼可能放心！新野治下，又不是只有你們一個陰家！」跟此人根本說不到一處，劉秀忍不住再度輕輕皺眉，「總之，今日之事，非常抱歉。在下先替大哥，替柱天都部，向陰兄謝罪了。在下馬上就會返回城中，拜見車騎將軍，讓他派人過來賠償陰家的一切損失。待明日，再與柱天都部所有將領一道，整肅軍紀，絕不准許同樣的事情再次出現。」

說罷，也不管陰盛如何回應。拉著陰麗華的手，大步出門。

早有趙四等人，牽了兩匹戰馬，等在門外。劉秀先把陰麗華送上一匹戰馬，然後自己飛身跳上另外一匹，抖動韁繩，並肩而行。

「妹，妹夫！我已經命人備好了酒席，酒席……」陰盛揮舞著胳膊追了幾步，卻沒得到任何回應。只好站在門口，目送著劉秀和自家妹妹的背影遠去，然後又迅速看了看留在家中看管俘虜的趙四等人，堆起笑臉，大聲發出邀請，「趙將軍，您老裡邊請，裡邊請。酒菜已經備好了，我家妹夫沒空，您老就賞臉帶著弟兄們嘗上幾口。都是上好的河鮮，冬天裡很不容易見到……。」

「幹活，都楞著幹什麼？」

「搶我家東西時，怎麼沒見你們停下來過？！」

後兩句話，卻是對著俘虜吼出來的。一張胖臉，也瞬息改變了顏色。眾俘虜被他嚇了大跳，趕緊肩扛手抬，將搶來的東西繼續向原本的位置送去。一邊忙碌，一邊氣得低聲唾罵，

「德行！將妹子當蒲包往別人手裡塞，老子就沒見多如此噁心的！」

「可不是嗎？我以為長得像天仙呢，其實也就那樣。」

「哼，還那麼多人家爭著娶她妹子，吹牛！」

……

罵歸罵，眾俘虜對殺星的身份，終於有了點眉目。原來是柱天大將軍的弟弟，怪不得，怪不得敢跟馬校尉搶女人！可那柱天大將軍的弟弟，怎麼又會跟陰家的女兒，暗中有了牽扯？他不是一直在外邊讀書嗎？莫非……

「對了，那陰家老姑娘，叫什麼名字？」忽然有人眼前靈光閃爍，抬起頭，低聲向同伴們詢問。

「陰，陰醜，不，醜是小名，她可真算不上醜！陰，陰什麼來著？」

「陰麗華！」

「著啊！奶奶的，咱們今天，可真是自己找死！」

「你說什麼呢，周二？咱們怎麼就自己找死了？」所有俘虜都停下了腳步，向一個自作

聰明的傢伙怒目而視。

那個自稱「找死」的聰明人，卻毫無畏懼。瞪起眼睛，挨個相還，「幹活，幹活，說你們找死，你們還別不高興。要我說，馬校尉虧得沒敢前來理論，否則，他今天也必死無疑！」

「為何？」眾人聽他說得肯定，眼睛裡的怒火立刻消失不見，代之的，則是深深的困惑。

「陰麗華，那女子叫陰麗華，你們還不明白嗎？前幾年，江湖上傳得最響亮一句話，是什麼，你們難道都不記得了嗎？做官要做執金吾……」

「娶妻應娶陰麗華！」眾人臉色大變，回答得卻異口同聲。

做官要做執金吾，娶妻應娶陰麗華，這兩句豪言，在南陽郡幾乎無人不曉。

雖然前幾年民間一直謠傳，說豪言的原創者劉秀已經慘死於太行山土匪之手。但對大多數人來說，他們更在乎的是，這句話吼出嗓子之時那股子男兒豪氣，至於原創者的結局，根本懶得去留意。

道理很簡單，雞蛋很多人喜歡吃，卻不一定有人喜歡去認識下蛋的母雞。

還有一些登徒子，則更在乎的是，這句話裡邊的女子，到底有多美貌。竟然會讓傾慕她的人，將她跟執金吾相提並論？

要知道，執金吾原本的官職名稱為中尉，執掌御林軍，年俸兩千石，絕對稱得上位高權重。而每當皇帝出行，執金吾必手持金色權杖，導行於御輦之前，更可謂萬眾矚目。而在原創者眼裡，執金吾三個字，卻與陰麗華同列，那陰麗華，怎麼可能不生得傾國傾城？

愛美之心人皆有之，但是君子發之於情，止之於禮。至於無賴嗎，則不管不顧，只要找到機會，就立刻像野狗般撲將上去亂啃。很顯然，義軍左部校尉馬朗，就是這樣一個無賴。

他本為棘陽城內的一個蟊賊，兩年前做無本生意時失手被抓，然後又被李秩找藉口開釋，才抱上了後者的大粗腿。未幾，便奉了後者的差遣，帶著一群地痞無賴，在新野城南的荒草嶺上，做起了打家劫舍的勾當。前一段時間聽聞李秩被官府追捕，馬朗可是擔驚受怕了好一陣兒。唯恐官府在追殺李秩時摟草打兔子，讓自己的山寨也遭受滅頂之災。

但是命運就是如此神奇，還沒等他決定是散了夥連夜跑路，還是先蟄伏起來等待風雲變幻。新野官軍，居然在淯水河畔，被規模不到其一半兒的舂陵義軍打了個落花流水。馬朗聞訊大喜，立刻帶領手下的大小嘍囉，衝下山寨，堵住了一條通往新野的大路。然後連哄帶騙，將一批批已經成為驚弓之鳥的潰兵，強行拉進了自家隊伍。最後，則豎起光復大漢的旗號，前去投奔迎面趕來的車騎將軍傅俊。

傅俊正愁麾下兵力不足，見馬朗膽大機靈，又好像跟李秩關係頗深，高興之餘，便直接授予了此人一個校尉之職。然後沿途繼續收集各路趕來投奔的英雄豪傑，一道去攻打新野。

本以為，新野城高池深，死傷一定會非常慘烈。誰料義軍這邊才砍伐樹木，趕製出了第一批雲梯。城內的守軍，竟然就被嚇得一哄而散。被閃了個措手不及的傅俊，連忙帶領弟兄們去接管府庫，維護城內秩序，以防宵小之徒趁火打劫。卻恰恰就忘記了，自己剛剛收編的江湖豪傑當中，很多人原本就是宵小之徒。

其他宵小之徒得到機會，首先想到的是四處斂財。而新上任的左部校尉馬朗，想的卻是財色兼收。他早就聽說過「娶妻應娶陰麗華」這句話，所以趁著傳俊顧不上自己，直接帶領著麾下弟兄來到了陰氏莊園。先三下兩下砸開了莊門，然後一邊搜刮財物，一邊強迫陰家將陰麗華嫁給自己。

陰麗華當年連「鳳子龍孫」都不屑一顧，怎麼可能看得上這個地痞無賴？然而，卻苦於沒有力量抵抗，只好先以出嫁需要吉服為藉口，拖延時間。然而偷偷跟婢女小蘋換了衣服，準備等姓馬的下次趕來之時，從背後動手行刺，跟此人同歸於盡。

好在劉秀來得及時，殺散了馬朗的爪牙，才又救了陰麗華一命。然而，也正是因為他搶先一步將馬朗的爪牙盡數殲滅，才導致馬朗本人望風而逃。一直到逃進了新野城內，馬朗才終於想起來，「做官要做執金吾，娶妻應娶陰麗華」這句話的原創者是誰？也終於注意到，說這句話的劉秀，居然「恰巧」跟柱天大將軍劉縯的三弟同名。剎那間，三魂六魄嚇沒了一大半兒，連忙收拾了一些細軟，重新穿上老百姓的衣服，準備趁著劉秀還沒打上門來問罪之前，躲得越遠越好。

「大哥這是要去哪？」有道是，一個籬笆三個樁。馬朗以前雖然是個地痞無賴，身邊卻也有五六個堪稱左膀右臂的弟兄，見他放著好好的左部校尉不做，卻又穿上的百姓的衣服，忍不住一起堵到營帳裡低聲追問。

「還能去哪，下江、新市、平林，這三支綠林軍中，誰肯給馬某一個容身之處，就去哪唄！總不能在這裡等著那劉秀過來殺！」馬朗心中正覺得委屈，立刻抹了把眼淚，大聲回應。

「大哥你不是沒碰到那陰麗華嗎？」一名跟他搭夥做過多年竊賊的兄弟荀石，立刻梗著脖子說道，「就算碰了，他殺了咱們麾下那麼多弟兄，也該消氣兒了，總不能還咬著你沒完。」

「可不是嗎，要不是咱們堵住了潰兵的退路，姓傅的還未必如此輕鬆拿下新野呢！怎麼為一個老女人，就對大哥你不依不饒！」另外一名喚做朱皮的至交，也義憤填膺。「況且白天時四下收集物資的，又不止是您一個。右部、前部，還有蔡陽營，也都在四處殺人放火！」

「不讓搶錢、搶糧、搶女人，大夥還造哪門子反？還不如繼續去山裡頭做大王，逍遙快活！」

「可不是嗎？大哥，你不用走。我就不信，那姓傅的半點功勞都不念，就因為您不知道那老女人已經是劉秀的人，便砍了你的頭！」

「不走，誰要敢動大哥，咱們就慫恿著其他前來投奔的豪傑，一哄而散！」

……

眾「臂膀」你一句，我一句，紛紛替馬朗鳴不平。

在他們看來，自家校尉今天最大的錯誤，就是沒弄清楚陰麗華已經名花有主，便想強娶此女過門。至於殺人放火，洗劫百姓，根本不算什麼錯。義軍既沒說如何發軍餉，又沒開始給補充糧草。大夥如果不去為自家搶一些，怎麼養活各自麾下的弟兄？

再者說了，即便是犯了錯，馬朗以前的功勞，也能與今日的過錯相抵。否則，協助柱天都部拿下新野的大功不酬，稍有點小錯卻要掉腦袋，此事傳揚開去，天下還有哪個英雄願意再跟你小孟嘗劉伯升共謀大事！

「這麼說，馬某不用棄官逃命？」馬朗原本就捨不得左部校尉的職務，聽「臂膀」們說的理直氣壯，頓時就犯起了猶豫。

「不用，不用，法不責眾！」眾臂膀聞聽，立刻齊齊搖頭，然後繼續七嘴八舌地補充，「如果大將軍要治劫掠之罪，該殺的就不是您一個。如果大將軍為了給他弟弟出氣而殺您，那他就是因私廢公。他剛剛起事，斷不能做出如此讓天下豪傑寒心之舉。」

「不過，您最好準備點禮物，去給劉秀道個歉。他畢竟是大將軍的弟弟，今後您跟他還少不了見面。」

「嗯！您也可以去找宛城李爺幫忙說和一下。今天這事既然是誤會，早點兒揭開了才好。畢竟咱們兄弟，以後還要跟著劉家混。」

「我們去打聽動靜，大哥您去聯絡李爺。半個時辰之前，他好像跟著小孟嘗一起進了城……」

「嗯，也罷，那就先留下，聽聽風聲再做決定。」馬朗越聽越有底氣，越聽越覺得弟兄們的話句句在理。咬了咬牙，將剛剛換上的百姓衣服扒了個精光，「剛剛立下那麼大的功勞，還有宛城李爺的面子，我就不信，那劉家哥倆兒就因為一個女人，便全都視而不見。」

「大將軍，各位將軍，我等起事，乃是為了匡扶漢室，拯救蒼生，是，也不是？」就在馬朗等輩為是否留下來議論紛紛之時，新野縣衙，劉秀對著劉縯、傅俊、李秩等人，高聲質問。

幾個核心將領，紛紛苦笑著轉頭閃避，誰也不肯跟他目光相接。戰事進行得太順利，順利到出乎了所有人的預期。所以很多事先沒有想到的問題，也接踵爆發。而軍紀散漫，有人趁機劫掠百姓，只不過諸多問題當中最不致命的一個，他們現在根本顧不上搭理。

「大將軍，各位將軍，倘若我等只是為了圖一時快活，又何必冒身死族滅之險？到朝廷那邊謀個官職，打著官府的旗號刮地三尺。或者找個山頭占下來，然後四處攻打田莊堡寨，豈不比現在輕鬆！」劉秀卻根本不肯見好就收，眉頭緊皺，繼續大聲追問。

「呵呵，呵呵，呵呵呵……」屋子裡，迅速響起一陣尷尬的笑聲。從車騎將軍傅俊到斥候將軍劉賜，都訕訕地咧嘴。

出仕當官，對在場大多數人來說，的確不太難。特別是對於傅俊、許俞這種背景頗深，且曾經有過從政經驗的人來說，簡直是隨便花點錢就能搞定的事情。對於王霸、陳俊等人來說，打家劫舍，也是駕輕就熟。然而，眾人之所以都捨易而求難，就是因為心中還有更高的抱負。不肯把大好男兒之軀，全浪費在盤剝和劫掠這種無聊的事情上。

「在下知道，剛才所問實在幼稚。但在下想請各位捫心自問，我等如今所為，與我等舉事之前所想，是否背道而馳？如果趕走了昏君和奸臣，只為了方便我等縱兵劫掠，那我等跟昏君奸臣，還有什麼區別？」劉秀的目光如刀子般，迅速掃過全場。嘴巴裡說出的話語，也犀利如刀。「如果老百姓前腳剛剛盼走了一群貪官，後腳又迎來的一群強盜，他們怎麼可能還願意將子弟送入軍中，以供我等驅策？如果咱們來了，所作所為還不如官兵，他們為何不乾脆拿著糧食和兵器去給官兵助陣，以求早日將我等犁庭掃穴？」

「文叔！」劉縯被問得實在難堪，忍不住大聲抗議。「成大事者，不拘小節。況且車騎將軍身邊人手太少，難免一時疏忽！」

「正是，右將軍，我等並非故意縱容手下搶劫，而是一時半會兒沒顧上約束新入夥的弟兄。」許俞、屈楊等，也紛紛開口，紅著臉替自己辯解。

「一時疏忽？沒顧上？」劉秀冷笑著重複，快步走到窗前，一把推開了窗子，「各位，請往外看。看看外邊的火光，再聽聽這夜風裡的哭聲，然後再告訴我，這都是一時疏忽所致？」

眾人楞了楞，本能地凝神向外張望，只見漆黑的夜幕下，數十道火頭，扶搖直沖九霄。熊熊的烈火背後，絕望的求告聲，淒厲的哭喊聲，還有憤怒的咒罵聲，交織在一起，宛若一道道無形的皮鞭。

「據在下所知，新野守軍是自行棄城而去，我軍兵不血刃。那麼，諸君請告訴在下，外邊的這些火頭，是何人所放？那些慘叫，悲鳴和詛咒，又是何人所發？」劉秀的聲音，伴著透窗而過的控訴，繼續在縣衙內迴蕩，不停地抽打著眾人的面頰。

屋子中的大部分將領，臉色都越發羞愧。先前大夥隔著窗子，誰都沒顧得上往外看，所以還以為，對百姓的洗劫只是某一個，或者某幾個敗類所為。而現在，才終於意識到了，在義軍當中，敗類恐怕不止是一個兩個，而是碩大的一群！

但是，無論敗類們的行為再可惡，眼下也不是停下來整肅紀律的時候。眼下義軍的士氣正盛，而官府被打了個措手不及。趁著這機會，大夥正應該一鼓作氣拿下育陽、棘陽乃至宛縣，將官軍趕到魯山之北，中陰山之東，然後關起門來，才好從容布局謀篇。

「新野陰氏，在起兵之前就曾經贈送糧草輜重於我軍，只求我軍路過之時，能夠對其高抬貴手。其他各地莊主、寨主，想必也有不少人跟陰氏一樣，私下裡為我杜天都部，提供過不少幫助。如果我軍言而無信，並且管不住自己的手腳，等同於主動將他們趕向了新莽那邊。而其他各地的莊主、寨主聞聽，想必也不會再願意跟我軍有任何瓜葛。屆時，我軍每到一地，皆兩眼一抹黑。而前來與我軍作戰的莽賊，卻能做到知己知彼。每戰誰勝誰負，已不是未戰先定？」見眾人臉上依舊沒多少悔過之意，劉秀咬了咬牙，乾脆直接把利害擺在了明處。

「這……？」包括劉縯在內，所有將領終於悚然而驚。

義軍起兵以來，之所以能夠勢如破竹，首要原因，自然是淯水河畔那兩場大勝。但地方莊主、寨主們對義軍的態度，卻也有著極其重要的影響。雖然到目前為止，除了鄧家之外，還沒有任何其他大姓，公然宣布支持義軍。可暗中給義軍通風報信兒，贈送糧食物資，乃至派遣旁系子弟到義軍裡撈資歷的，卻比比皆是。

而義軍主力北上新野之後，也沒聽說在舂陵、蔡陽一帶，有任何莊主與寨主，帶著麾下鄉勇們蠢蠢欲動。雖然舂陵和蔡陽等地的大多數莊主、寨主，都曾經在朝廷的聯莊互保的倡議告示上簽過字

「秀峰，今日城中戍衛諸事，由誰所管？」跟劉縯向來心有靈犀，傅俊搶在對方開口問責之前，低聲向張峻詢問。

張峻立刻站直了身體，抱拳向他行禮：「稟將軍，戍衛諸事，乃是由在下親自負責。但對右將軍先前所言，末將不敢苟同。」

「嗯？」見他給了臺階都不知道下，傅俊臉上立刻泛起了一絲不快。眉頭緊皺，沉聲追

問：「為何不敢苟同，莫非外邊的火頭全是假的？還是你以為，打家劫舍實屬正常？」

「不敢！」張峻年齡雖然不大，但跟劉縯等人，也都算是多年的老交情。笑了笑，不卑不亢地說道，「右將軍的話，雖然聽起來很有見地。但是，他卻只知其一不知其二。」

這個死不認帳的模樣，可是氣炸了朱祐。後者沒心思繼續再聽，立刻瞪圓了眼睛質問道：「什麼叫只知其一，不知其二。窗外火光都能照亮半邊天了，莫非你還能一伸手全遮住了它？我原本還以為，只是底下的無恥敗類膽大妄為，現在才知道，原來是你張秀峰在背後替他們撐腰！」

「仲先稍安勿躁！」張峻既然有膽子開口爭辯，心裡對朱祐的反應，就早有準備。笑了笑，淡然擺手，「其一、的確是有敗類趁機劫掠百姓，擾亂地方。在下一時疏忽，沒有阻攔得住他們，此乃在下之過，不敢推諉。其二、有莊子，堡寨，甚至城中的店鋪，卻是張某故意派手下所砸。為的就是趁著大軍剛到，沒來得及整肅紀律，替我柱天都部永絕後患。」

「啊——」話音落下，眾人臉上的尷尬，一掃而空。全都把眼睛向張峻轉了過去，希望他給大夥一個完整答案。

張峻要的就是這個效果，笑了笑，繼續侃侃而談，「在下跟隨車騎將軍出發之前，曾經暗地裡探查得知，有六大家族，幾乎把控了新野大大小小所有事情。他們平素勾結官府，沆瀣一氣，欺男霸女，無惡不作，而百姓們卻敢怒而不敢言。右將軍若是不信，過後可以自己派人去查，又或者親自向偉卿兄、季文兄求證，問問他們兩個，在下對六大家族的指控，是否屬實？」

「這……。劉秀看他一副胸有成竹模樣，立刻感覺到了幾分不妙。剛要將頭轉向姐夫鄧晨那邊，用目光做一番交流。卻又聽見張峻冷笑著補充道：「右將軍只看到城內城外的火光，就以為在下縱容軍中敗類四處為惡。卻沒仔細看看，那些火光所在位置，都是何處？在下斗膽在這裡說一句，這些起火之處，八成以上，都屬新野六大豪強。六大家族的族長，不是新野的官吏，就是前隊的將佐，我軍即便對其秋毫無犯，他亦會視我軍為寇仇。還不如以雷霆之勢將其盡數剪除，永絕後患。大將軍，車騎將軍，各位同僚，在下所言，句句屬實，還請諸位明鑑！」

說罷，朝著所有人拱了下手，揚頭冷笑。

「你……」劉秀雖然口才甚佳，卻沒料到對方準備得如此充足，頓時，被氣得渾身發抖，竟說不出一句反駁之詞。

而朱祐雖然有心給他幫忙，倉促間，也找不到合適的詞彙。只能瞪圓了眼睛，朝著張峻怒目而視。

「秀峰老弟，這就是你的不對了！」正尷尬間，耳畔卻響起了李秩的聲音，聽起來又冷又滑，就像半夜中從房頂爬過的毒蛇，「文叔初來乍到，不瞭解情況。但你既然決定誅殺地方豪強，替百姓伸冤，至少應該提前知會大夥兒一聲。萬一有弟兄執行任務之時，被文叔誤以為在趁火打劫，衝突起來，豈不是讓大將軍左右為難？況且六大家族雖然可惡，卻未必都是想一條路跟朝廷走到黑。該給活路時，還是要給活路，免得讓外界誤會我柱天都部殘暴好殺，不辨忠奸！」

「的確，秀峰，你這次做事有些魯莽了！下次不能這麼急。」

「的確，秀峰，這麼大的事情，你怎麼不先跟我們商量一下？也難怪文叔誤會於你。」

王霸、許俞等人，也紛紛開口。一邊不痛不癢地指責張峻做事「魯莽」，一邊拿眼角的餘光悄悄觀察劉秀的臉色。

劉秀見狀，頓時更加覺得渾身發冷。很顯然，在座大多數人，並不真心覺得張峻有錯，而是看在自己是劉伯升的弟弟份上，才不得不給自己個臺階下。而如果沒有大哥劉縯撐腰，自己今天所作所為，就是雞蛋裡挑骨頭，就該被大夥趕出門去，從此永遠不用再踏入議事大廳。

「啊，我想起來了。有人搶了陰家！」還沒等劉秀想好該如何反擊，李秩忽然又拍了一下他自己的頭，狂笑著補充，「秀峰，你的確有錯，大錯特錯！甭說那陰家早就曾經向我等輸送過糧款，就憑他家待字閨中的女兒，你就不該如此疏忽。文叔多年前那句豪言壯語，莫非你們都沒聽說過嗎？做官要做執金吾，娶妻當娶陰麗華！」

「啊，哈哈哈，啊哈哈哈！」眾人先是一楞，隨即哄堂大笑。

怪不得劉秀如此小題大做，原來是有弟兄搶到了他的女人頭上。男子漢大丈夫，腰橫三尺劍，胯下千里馬，如果連自己女人被搶了都不出頭，他還有什麼臉在道上混？該生氣，該生氣，換做誰，也會大發雷霆！甚至當眾跟張峻撕扯起來，也不為過！

「住口！」劉秀忍無可忍，被氣得厲聲咆哮。「衛將軍，你休要胡亂攀扯。我要娶陰麗華是一回事，張將軍放縱部屬搶劫是另外一回事，二者豈能混為一談！」

「不該，不該！」李秩絲毫不生氣，像哄小孩子般，連連擺手，「是我多嘴，是我多嘴。

陰家是陰家，另外六家是另外六家，不是一回事，不是一回事！」

錯承認得雖然利索，可那戲弄眼神，卻分明是在說，咱家氣量大，不跟你小孩子一般見識。在場的其他將領看到了，更是覺得劉秀做事公私不分。竟紛紛將頭側轉到一邊，撇嘴冷笑。

「你……」劉秀被氣得兩眼冒火，卻無法再指責李秩一個字。對方雖然是在故意混淆視聽，但自己提議立刻整肅軍紀的緣由，卻的確與陰家被搶有直接關係。而自己想娶陰麗華為妻，也是人盡皆知的事實。

「好了，文叔臉嫩，季文就不要再拿他開玩笑了！」車騎將軍傅俊終究氣量大，見劉秀的額頭上已經冒起了青筋，便忍不住笑著開口。「至於軍紀，的確該整頓一下，否則，傳揚出去，有損我軍威名。秀峰，你一會兒增派些人馬，去城內城外巡視。以防弟兄們收不住手，殃及更多無辜！」

「遵命！」張峻如同剛剛打了一場大勝仗般，高聲回應。渾身上下，都充滿了幹勁兒。

輕輕朝他點了點頭，傅俊又將目光轉向劉秀，「文叔，你也別再揪住此事不放了。秀峰剛才說得好，外邊的火頭，八成以上都是六家豪強的產業。無辜被牽連者，肯定不到兩成！」

「兩成，請車騎將軍恕罪，敢問那兩成百姓犯了什麼錯，竟要遭此大難？還有，在座諸君，爾等誰願意去做那剩餘的兩成？」話音剛落，縣衙大堂門口，忽然傳來了鄧奉的聲音。雖然不算高，卻像刀子般，直戳眾人心窩。

「士載？」劉秀和朱祐兩個又驚又喜，雙雙朝門口扭頭。

只見鄧奉拎著一顆血淋淋的人腦袋，拾階而上，每走一步，都有血漿緩緩濺落於地。「諸位眼裡，不過是兩成，而那些無辜受害者，失去的卻是全部！更何況，我軍每克一地，當地百姓，誰敢保證，他就不在那兩成無辜受害者之內？兩成，兩成，又兩成下去，待我軍打進長安，不知道還有多少無辜者要被我軍害得家破人亡？殺百萬人而救天下，鄧某不才，還沒聽說過史上有此等壯舉！」

大隊的義軍沿著官道快速行進，馬蹄落地，發出雷鳴般的聲響。大漢柱天都部右將軍劉秀，站立在隊伍最前方的一輛戰車之上，手按劍柄，目光如電。

朱祐帶領二十幾名騎兵，策馬護衛在戰車之左，胖胖的圓臉上寫滿了臨戰的興奮。鄧奉則驕傲地板著臉，陪伴在戰車之右，手中長槊時而高高地舉起，時而橫端於胸前，三尺槊鋒，在冬日的照耀下寒光四射。

五日前的傍晚，他拎著馬朗的人頭忽然出現在了臨時中軍行轅，立刻造成了兩個出人意料的後果。第一，立刻平息了眾將領之間的爭執，令在座所有人都迅速意識到，設立一個屬柱天都部的臨時軍律，已經迫在眉睫。否則，非但無法避免麾下弟兄在戰後趁機洗劫百姓，更可怕的後果是，將領們之間如果發生了矛盾，隨時都可以領起各自的部曲束甲相攻。反正，沒有任何軍律約束，按照江湖規矩，戰敗身死的一方只能怪自己技不如人。而勝利者，卻不需要受到任何懲罰。

鞭子只有抽到自己身上才會疼，當將領們發現律法保護的不止是小老百姓之時，他們的態度立刻就有了天翻地覆的變化。而劉縯、習鬱和朱浮等人，原本就想要通過立法來確認大將軍的權威，所以乾脆來了個順水推舟。大夥群策群力，討價還價，只用了一整夜功夫，一部比漢高祖的「約法三章」複雜許多，卻又比大新律簡單了無數倍的「新漢軍政要律」，就順利出籠。

而鄧奉誤打誤撞，造成的第二個意外，就是攻打棘陽的先鋒官任務，落在了劉秀的頭上。按理說，有那麼多成名多年的英雄豪傑，位列於劉秀之上。無論如何，也輪不到他來直接面對岑彭。可由於鞍馬勞頓，幾個位列於劉秀之上的義軍將領相繼「病倒」，而蕩寇將軍鄧晨又自認能力無法與岑彭相抗，所以，劉縯再三斟酌後，只能給了劉秀五千兵馬，讓他先去為大夥探一下名將岑彭的虛實。

這回，五千兵馬，可不是像上次初上戰場時那樣，全都拿流民來充數。五千士卒裡頭，至少有六百人，是舂陵劉家自己訓練的莊丁。還有兩千四百餘人，乃是在前幾場戰鬥中表現出色者，個個悍不畏死。只有負責運輸糧草輜重和照顧牲畜的兩千輔兵，才是由俘虜和流民組成。但身體狀態和士氣，也都跟最初起兵時不可同日而語。

「仲先、士載，把斥候往外再撒出二十里，一直探到棘陽城下，再來回報！」看到兩位好兄弟志得意滿模樣，劉秀從戰車上轉過頭，笑著吩咐。

「得令！」朱祐和鄧奉二人，齊聲扯開嗓子大吼，隨即各自帶著二十名騎兵如飛而去，每個人身上都洋溢著年輕的驕傲。

朝著兩位好朋友的背影，劉秀輕輕點頭，隨即，咧嘴而笑。

從躲在主戰場外專職負責虛張聲勢的疑兵，猛然就變成了為全軍開路的先鋒，若說他一點兒都不感到緊張，那肯定是騙人。特別是每當想到委任自己為先鋒之後，大哥私下裡交代的那些話，他更感覺肩頭無比的沉重。

「知道為何你的主意明明切中時弊，他們卻都不肯表態贊同，並且還陸續裝病示威嗎？原因很簡單，你我兄弟威望不足。他們雖然都有志推翻新莽，卻不一定非要唯你我兄弟馬首是瞻。」

說這些話時，劉縯臉上的表情很是無奈，甚至隱約還帶著幾分滄桑。傅俊也好，李秩也罷，都是他請來幫忙的朋友。換句話說，眾將如今聚集在劉氏大旗下並肩而戰，看的是過去的交情，而不是準備將他劉伯升當做義軍的統帥。特別是在劉家出了內奸的消息傳開之後，眾人更對他的統帥資格充滿了懷疑，這次關於是否應該整肅軍紀的爭執，不過是矛盾提前爆發而已。

「大夥志同，道，卻未必相合！」軍師習鬱的話，更是一針見血。「文叔，你若是覺得只要你說得對，別人就會欣然服從，那就把事情想得太簡單了。每退讓一步，就意味著他們話事權力就自動降低了一分。一次次退讓下去，你這個剛剛回家的新丁，就要騎在他們這群老江湖頭上了！」

「哥、軍師，我做事急躁，給你們惹麻煩了！」劉秀當時聽得滿頭是汗，只能紅著臉拱手謝罪。

然而，劉縯和習鬱兩個，卻雙雙側開身去，笑著搖頭：「有什麼麻煩的？不過是早幾天，晚幾天罷了。沒有你，也會有別人掀開這個蓋子。只要你我兄弟耐下心來見招拆招，早點把蓋子掀開，未必就是壞事！」

「嗯！」劉秀記得自己當時說的每一個字，同時，也記住了大哥霸氣的笑容。關於如何見招拆招，習鬱跟大哥兩個，給出了兩條不同的路徑。前者作為謀士，辦法當然也偏於陰柔，「不是壞事，只要還能在一起並肩作戰，麻煩就能慢慢化解。無非是暫且收斂鋒芒，放低身段，然後再一點點說服、拉攏，讓其明辨是非，通曉利害……」

「文通說的是帝王之道，不是武將之道。」劉縯的辦法，卻比習鬱痛快得多。「三兒，你年紀輕輕，切莫跟他學這些陳腐不堪的東西。為將者，終究要靠戰績說話。只要你把眼前看得到的敵人挨個打翻在地，大夥只要長著眼睛，自然就會對你心服口服。」

「將眼前看得到的敵人挨個打翻在地，談何容易？」猛然笑了笑，劉秀朝著天空中的旭日長長的吐氣。大哥劉縯對他的期望，還真是豐厚！百戰百勝，恐怕孫武、吳起轉世，都未必能做得到。而接下來，自己面對的第一個挑戰，就是岑彭。同樣是太學畢業，卻比自己早了七年，且曾經位列青雲榜第一！

「文叔是否覺得，大將軍交給你的任務太重？」嚴光的聲音忽然從身後響起，帶著如假包換的關切。「據細作密報，岑彭數月之前曾經領兵與馬武在襄陽附近激戰，麾下損失頗重，至今元氣未復。如今城中所剩人馬，應該不足五千！」

「我知道！」劉秀笑了笑，迅速轉頭，「大將軍並未要求我獨自拿下棘陽，只是岑彭已經成名多年，其麾下兵馬再少，也都是前隊精銳，與我等數日之前遇到的郡兵、鄉勇，不可同日而語。」

「你倒是知己知彼，卻不知岑彭那邊，會如何看待我等？」嚴光這次自告奮勇跟他同車而行，原本就存了替他出謀劃策的心思。立刻接過話頭，笑著提醒。「如果他依舊把我等當做揭竿而起的百姓，咱們就有辦法，讓他再受一次當年之恥。」

「嗯？」劉秀聽了，心中頓時就是一動。

自己這邊將岑彭看成了一道很難越過的雄關，而岑彭那邊，卻未必會將自己當作一個值得重視的對手。七年前，自己和嚴光等人，就利用了岑彭的驕傲，順利將馬武救出了棘陽，今日，如果能夠故技重施……

「岑彭是青雲榜首，曾經被王莽寄予厚望。然而他在官場上，卻不怎麼得志。七年前，咱們去長安讀書之時，他就是棘陽縣宰。如今不過是前隊偏將軍兼棘陽縣宰。」嚴光在讀書之時，就喜歡攻讀兵法，揣摩人心。如今終於得到施展機會，豈能不好好珍惜？一邊伸出手指，在半空中勾勾畫畫，一邊低聲剖析，「他現在急需一個機會，證明他自己不是浪得虛名。可這些年遇到的對手偏偏又是馬武，被後者死纏爛打，占不到半點兒便宜。所以，如果他聽聞領兵為義軍開路的是你……」

猛然，嚴光把眼睛睜開，雙目當中射出一道閃電，「可真是送上門的好買賣！你非但是劉伯升的弟弟，還是王固那一支的仇人，長安王氏當中很多人不相信你已經死在太行山中，巴不得將你挖出來千刀萬剮。並且你當年還帶著我等，將岑彭賴以成名的青雲榜，一舉打成了笑話。」

「你是說，岑彭要是知道我領兵，恐怕立刻就撲上來，報仇雪恨。」劉秀又是微微一楞，隨即咧嘴苦笑。

「怕的是他閉門不出，若是他主動領兵出城來戰，棘陽城恐怕立刻就丟了大半兒。」嚴光快速補充了一句，大笑著撫掌，「我明白了，我明白大哥和習鬱，為何要讓你領兵做先鋒了。文叔，趕緊把隊伍停下來，就近找個水源豐富的山頭停下來，別再往前走了，再走，咱們必吃大虧！」

「什麼？」劉秀雖然也熟讀兵書，卻跟不上嚴光腦子裡那飛一般的思路，皺了皺眉，大聲詢問。「此處距離棘陽，至少還有二十里遠。我即便再忌憚岑彭，也不用遠離城牆二十里紮營……」

話剛說了一半兒，不遠處，已經響起了淒厲的警號，「嗚嗚嗚，嗚嗚嗚，嗚嗚嗚……」，緊跟著，朱祐帶著七八名斥候，策馬狂奔而回。一邊跑，一邊接力向劉秀的認旗下接力傳訊，「發現敵軍，發現大隊敵軍，前方七里半，四成以上是騎兵！」

「發現敵軍，發現大隊敵軍，前方七里半，四成……！」

「發現敵軍，發現大隊敵軍……」

「劉稷、劉賜、劉雙、趙憙，將隊伍拉到左側土山上，結陣備戰！」劉秀立刻收起了心中的所有困惑，扭過頭，朝著身邊的幾個年輕部屬高聲命令。

「是！」劉稷、劉賜和劉雙三個，早就對劉秀佩服得五體投地，立刻領命去整理隊伍。而剛剛改名為趙憙的趙四，則拖後了半步，沉聲提議：「將軍，岑彭既然領兵來襲，其城內必然空虛。如果給末將五百兵馬，偷偷繞向棘陽……」

「你居然也學會了用計？」劉秀聽得好生欣慰，立刻用力點頭，「五百肯定不夠，就帶著你的左部人馬去，給岑彭一個驚喜！」

「還不是跟將軍所學！」趙憙出身於流民，行事不太講究繁文縟節。聽劉秀誇讚自己，立刻大聲回應了一句。隨即，接過令旗，轉身就去召集麾下部曲。

「且慢！」還沒等他的坐騎開始加速，嚴光卻在背後大聲叫住了他，搖著頭吩咐，「此地距離棘陽有些遠，你繞來繞去，得繞到什麼時候？不如直接去城外十里亭處，先放一把大火，讓岑彭弄不清楚身後虛實，然後再相機而動！」

「這……」趙憙理解不透嚴光的用意，遲疑著將目光看向劉秀。而後者，稍加思索，便欣然點頭：「你儘管照著子陵的吩咐去做，無論沿途是否有人攔截，都給強衝過去。不把火頭點起來，誓不罷休！」

「遵命！」趙憙依舊聽得似懂非懂，答應著加速離去。劉秀回頭朝嚴光會心一笑，吩咐馭手，將馬車緩緩拉向了附近的無名土丘。

棘陽附近地勢平緩，土丘很是難得。五千兵馬排著隊列站上去，不多時，就擠滿了大半面山坡。憑著最近幾場戰鬥積累下來的底氣，大部分弟兄都面無懼色，甚至有一些膽大者，對即將到來的戰鬥，充滿了期待。但是，也有一小部分人，非常珍惜自己的性命。沒等看到敵軍的模樣，就先打起了哆嗦，甚至還有個別人直接被嚇破了膽子，趁著周圍同伴不注意，丟了兵器，撒腿就跑。

立刻有帶隊的隊正、屯長從後面追上去，將逃命者當場斬殺。還有各曲軍侯，帶著身邊的親信，開始大聲背誦剛剛制定下沒幾天的軍律。「臨陣脫逃者斬！聞鼓不進者斬！惑亂軍心者斬……」

「逃回去，也是餓死的命！何不努力殺敵，好歹死後也是一個雄鬼！」

「官兵有什麼可怕，前幾天，大夥宰了不知道多少！」

「死戰，死戰！」

……

有人大聲鼓動，試圖用言語激發弟兄們的勇氣。還有人，乾脆扯開嗓子不停地高喊口號，以壓制自己內心深處的恐慌。

一片人喊馬嘶聲中，有個「壘」字型步騎混合大陣，在半山腰處，緩緩呈現出輪廓。劉秀親自帶領四百騎兵，站在了軍陣前方正中央。劉賜和劉稷各自帶了一千步兵，護住了騎兵隊列的左右兩翼。在這三支隊伍之後，則是劉稷所部五百心腹和兩千輔兵，混合在一起，給前面所有人充當預備隊。

冬日的陽光很弱，透過薄薄的晨霧，灑下鎏金萬道。鄧奉帶著十幾名騎兵，與三十幾名斥候相互掩護著，穿透鎏金般的陽光，迅速向土丘上的自家軍陣靠攏。而在他們身後，則有超過一百名騎著高頭大馬的莽軍斥候緊追不捨，將山坡上的大隊人馬視作無物。

他們有資格驕傲，也有足夠的實力驕傲。作為岑彭親手訓練出來的精銳斥候，他們在歷年的戰鬥中，不知道殺死了多少對手，每個騎兵手上，都染滿了起義者的血。而那些起義者，雖然每次都來勢洶洶，大多數情況下，本事卻都低得可憐。非但箭術、刀術不值得一提，甚至連逃命的騎術都非常粗疏。往往被他們追著，追著，就自己從馬背上掉下去，摔個筋斷骨折。

今天，他們的對手比以往稍微強一些，但是也非常有限。若不是那個自稱叫鄧奉的小將多次捨命相救，他們早就能將這些不稱職的義軍斥候全殲。而那姓鄧的小將雖然算個硬茬子，卻獨木難支。救得下這個，救不了那個，眼看著自己也要陷入重圍。

「文叔，我去接士載回來！」劉稷看得大急，主動向劉秀請纓。

「不忙！」劉秀看了在自己軍陣前策馬馳騁的官兵們一眼，信手從背後抽出了一張角弓。角弓乃步戰之物，通常不適合馬背上使用。但對於站在馬車上的他來說，影響卻不那麼明顯。深吸一口氣，他將羽箭搭在了弓弦上，迅速將弓臂拉滿。

「小子，受死！」一名莽軍斥候看到機會，在鄧奉身側高高地舉起了環首刀。

「嗖——」流星般的羽箭，搶先一步射入了他的脖頸，將他直接推離了馬背，在半空中氣絕身亡。

「賊子敢爾！」帶隊的莽軍隊正勃然大怒，立刻放棄了對義軍斥候的追殺，掉頭直撲劉秀。隔著七十餘步張弓搭箭，一箭射向劉秀胸口。

車右李英毫不猶豫舉起盾牌，將羽箭擋在了劉秀身前兩尺之外。車左張寶則迅速舉起騎弓，向莽軍隊正進行反擊。跟劉秀同車而乘的嚴光，則拉圓另外一張騎弓，射向莽軍隊正的戰馬，逼得此人不得驅動坐騎跳躍著閃避，再也不敢向前迫近分毫。

待劉秀將角弓重新拉滿，此人已經脫離了他的有把握射程。迅速看了看，他再度將箭鏃指向鄧奉身側，瞅準機會，「嗖嗖」兩箭，將一名莽軍夥長射於馬下。

得到了他的援助，鄧奉身邊的壓力大減，立刻撥轉坐騎，跟最後一名追殺自己的人戰在了一處。三槊兩槊，將此人刺了個對穿。隨即，又快速衝向一名義軍斥候，與他合力迎戰追殺者。

「嗖嗖嗖，嗖嗖嗖……」劉賜組織起一夥莊丁，也向莽軍斥候發起了偷襲。雖然準頭不佳，卻將對方逼了個手忙腳亂。

退到附近的義軍斥候見狀，士氣大振，再度轉身與追過來的莽軍斥候戰做了一團。而莽軍斥候雖然騎術、武藝和經驗都遠遠超越義軍，卻顧得了面前的對手顧不了遠處的羽箭，勉強又支撐了十幾個呼吸時間，便在自家隊正的帶領下，迅速向遠方退去。

「小子，有種別跑啊，別跑啊！」劉賜得了便宜賣乖，囂張地舉起環首刀，大聲咆哮。「爺爺還沒射過癮呢！」

「別跑，別跑啊，爺爺還沒射過癮呢！」眾莊丁舉起弓箭投矛，衝著莽軍斥候的背影又跳又叫。

有道是，什麼將帶什麼兵。劉秀在淯水、湖陽兩場戰鬥中，都選擇了以巧破敵。這些親眼目睹了他英姿的莊丁，也迅速開了竅。無論遇到什麼樣的對手，都想著先給對方設個陷阱，然後再衝上去痛打落水狗。

正在策馬脫離接觸的莽軍斥候們被氣得火冒三丈，然而，又不願掉頭回來挨射。罵罵咧咧地退到了兩百步之外，重新組成一支鋒矢形陣列，與劉秀的認旗遙遙相對。彷彿只要得到機會，就要衝上前將義軍的大陣鑿個對穿。

「賊子，找死！」劉賜雙眉高高地挑起，策動戰馬，就準備帶人去給莽軍的斥候們一個教訓。劉秀卻果斷從背後叫住了他，大聲吩咐：「子琴，歸隊。準備應旗！」

「右將軍，他們，他們如此囂張……」劉賜心中的戰意受阻，急得臉紅脖子粗。

「無論敵軍如何，咱們都不能被其牽著鼻子走！」劉秀迅速橫了他一眼，再度低聲喝令。隨即，放下角弓，戴正兜鍪，轉過頭，從車後拔出武將認旗，親手將旗杆舉過了頭頂。

「右軍，劉」猩紅色的戰旗，在晨光中張開，被寒風吹得獵獵作響。

「咚咚咚咚，咚咚咚咚，咚咚咚！」跟在戰車後的鼓車上，立即有大鼓被奮力捶響。緊跟著，就是一陣龍吟般的號角，「嗚嗚嗚，嗚嗚嗚，嗚嗚嗚嗚嗚嗚……」，如幼龍騰淵而起的第一聲長吟，撕破頭頂的烏雲，瞬間撕出光芒萬丈。

「大漢柱天都部右軍左部——」嚴光在戰車後站直身體，將一面橙色的三角形的旗幟，上下揮舞。

「必勝，必勝！」左部校尉劉賜楞了楞，舉起一面方形的橙色旗幟，大吼著回應。

「必勝，必勝！」左部兩個軍侯，帶領士卒們大吼著響應，同時將一面面橙色的隊旗，依次揮舞。就像一團團跳動的火焰。

「大漢柱天都部右軍右部——」嚴光在戰車後驕傲地舉起另外一面水藍色的旗幟，奮力擺動。

「必勝，必勝，必勝！」右部校尉劉雙舉起一面方形藍色認旗，高聲大吼，年輕的面孔上因為激動而漲得通紅。

「必勝，必勝！」在軍侯、隊正們的帶領下，士卒們的吼聲驚天動地。

「必勝，必勝！」

「必勝……」

從後部、遊騎隊，然後又回到中軍，一面面旗幟起起落落，就像一道道湧動的海潮。劉賜、劉雙、劉稷，先前或多或少，還覺得劉秀多此一舉。此刻，卻感覺到一股凜然之氣，從馬蹄下直衝自己的頭頂。一個個努力挺胸拔背，將身體挺得像樹木一樣直。

隊伍中的隊正、屯長、夥長和兵卒們，也忽然感覺到自己身體內，彷彿多了一股浩然之氣，相繼板起臉，努力挺直了脊梁。大夥遲疑著扭頭，互相觀望，都在彼此的眼睛裡，隱約看到了一絲以前從沒看到過的光芒。

他們是義軍了，大漢柱天都部右軍，不再是打家劫舍的江湖好漢，不再是朝不保夕的流民，也不再是混吃等死郡兵。他們不再矮任何官軍一頭，甚至地位應該還在後者之上。畢竟，後者是為虎作倀。而他們，卻是為了妻兒老小的生存而戰。或者，真的像主帥說得那樣，是為了救天下萬民於水火！

「咚！咚！咚！咚！」一陣低沉的戰鼓聲，貼著地面而來，震得大夥腳下的山坡微微顫抖。

不遠處官道上，高高地挑出一面羊毛大纛，猩紅色的旗面兒，在陽光下像血一樣眨眼。

旗面下，有個白馬銀袍的將領，帶著千餘名騎兵和三千多名步兵，像巨蟒一般，蜿蜒而來。腳步過處，暗黃色煙塵拔地而起，直沖霄漢。

「咚！咚！咚！咚！」

「咚！咚！咚！咚！」

「咚！咚！咚！咚！」

……

戰鼓聲，一陣接著一陣，敲得周圍地動山搖。

「轟轟，轟轟，轟轟！」腳步聲宛若悶雷，無形的殺氣，將路邊枯樹吹得左搖右擺。

俗話說，人的名，樹得影。岑彭這些年來雖然仕途坎坷，但在各路起義者眼裡，絕對是一個如假包換的殺星。每戰只要一露面，殺氣就先壓得對手喘不過氣來。

而今天，他的威名卻突然大打折扣。

「必勝！」劉稷扯開嗓子，大聲高呼。

「必勝，必勝，必勝！」旌旗招展，劉雙、劉賜、朱祐、鄧奉、嚴光，還有他們身旁的起義者們，齊聲呼喝，瞬間將戰鼓聲壓了下去，將那道無形的殺氣，壓得倒捲而回，四分五裂。

「嗯——」感覺到撲面而來的呼喝聲，正在策馬前行的岑彭，迅速皺眉遠眺。

隔得距離還有些遠，他看不清山坡上那一張張年輕的面孔，卻將「叛軍」的陣型看得清清楚楚。標準的壘字型步騎混合陣，攻守性能平衡，指揮起來簡單可靠。唯一缺點就是靈活性相對不足，很難做到隨機應變。

不過，這也符合「叛軍」的特點。其將領大多數都是野路子出身，不通兵法。其士卒也嚴重缺乏訓練，太複雜的陣列，反倒會成為他們的羈絆，讓他們的戰鬥力大打折扣。

「看來書樓四友，並非浪得虛名！」迅速將目光落在叛軍陣列的前方，岑彭試圖從中尋找出哪幾個人是今天自己的主要對手。作為曾經的青雲榜首，他怎麼可能沒聽說過，四年以前，青雲榜被人徹底變成笑話之事？雖然作為前輩師兄，他當時不能回到太學去替青雲榜正名，可心中卻牢牢地記住了那四個名字，劉秀、鄧奉、嚴光、朱祐，並且發誓只要有了機會，一定當面稱量稱量這四個晚輩學弟的斤兩。

今日，這個機會終於來了。

帶頭將青雲榜踩在腳下的劉秀，居然正是反賊首領劉縯的親弟弟，而其餘書樓三友，居然全成了他的同黨。目光順著山坡上那一面面認旗尋去，很快，岑彭就發現了四個年輕的身影。因為距離，他依舊看不清這四人到底長什麼模樣，卻將四個身影牢牢的記在了心裡。只要戰場上相遇，就絕對不會放過！

正在心中暗暗發著狠，卻看到遠處山坡上旗幟來回晃動。四個身影當中最胖的那個，忽然帶著兩隊騎兵，呼嘯著衝下了山坡。手中鋼刀長槍並舉，一股腦地朝官軍斥候們身上招呼。

「朱仲先，你在太學學的就是這些？」岑彭立刻一皺眉，怒上心頭。

兩軍尚未靠近，先派一票精銳前來清理對手的斥候，這不是有力氣沒地方使嗎？且不說百十名斥候是生是死，都影響不到戰局走向。更何況斥候們肩頭上並不承擔進攻或者防禦的責任，隨時都可以策馬遠遁。

果然，發現朱祐帶領著兩百多名騎兵衝了過來跟自己拚命，莽軍斥候隊正立刻放棄了挑釁，撥轉戰馬，果斷將麾下弟兄們拉向戰場的邊緣。而那小胖子朱祐，卻彷彿殺紅了眼睛，發現追斥候不及，立刻招呼起手下，直撲官軍的大隊。一邊策馬狂奔，嘴裡一邊發出瘋狂的叫囂：「哪個是岑彭，出來受死！」

「哪個是岑彭，出來受死！」

「哪個是岑彭，出來受死！」

……

朱祐身後的弟兄見樣學樣，跟在自家將軍身後大聲嚷嚷。一個個彷彿都剛剛喝了三斤雄黃酒一般，囂張不可一世。

「閻奉，你帶一曲騎兵去，給他一個教訓！」眼看著朱祐等人越衝越近，越衝越近，岑彭不願意被此人打亂自家的行軍隊形，果斷下令，要求校尉閻奉上前拒敵。

「是，將軍。閻某去去就來！」閻奉追隨岑彭多年，身上也沾染了不少傲氣。答應一聲，立刻帶領麾下部曲脫離了大隊。

他身高七尺，肩寬卻將近三尺，生得又粗又壯。麾下爪牙們，也身經百戰，個個宛若凶神惡煞。甫一脫離本軍，便立刻開始加速，恨不能馬上衝到對手面前，將囂張的「叛賊」們盡數斬落馬下。

而那朱祐，很顯然沒想到岑彭的應對如此果斷。看到有兩倍以上的騎兵，朝著自己呼嘯而來。竟嚇得嘴裡發出一聲慘叫，撥轉坐騎，落荒而逃。

「風緊，風緊！」俗話說得好，將熊熊一窩。發現朱祐逃走，其麾下的兩百騎兵，也毫不猶豫撥歪了馬頭，趕在與官軍騎兵發生接觸之前，一哄而散。

「小子，忒地無恥！」從來都沒遇到過如此膽小的敵人，校尉閻奉頓時被閃了個措手不及，張開嘴巴，破口大罵。

然而罵歸罵，在沒有得到自家主將岑彭的進一步指示之前，他卻不敢窮追不放。畢竟「叛軍」比他們搶先一步占據了前方的山丘，如果他貿然追下去，極有可能落入對方的陷阱，影響自家隊伍的士氣，甚至干擾主將的決策。

果然，還沒等他派親信回頭去請示，岑彭那邊，已經命人敲響了銅鑼。「當當當，當當當，當當當……」一波接著一波，催促他放棄追擊，帶隊回去跟主力匯合。

「放他們走，反正他們也活不過今晚！」強忍心中不甘，閻奉怒吼了一句，帶領麾下弟兄快快而回。才走了不到一半兒的路，忽然間，耳畔又傳來了一陣淒厲的號角，「嗚嗚，嗚嗚，嗚嗚嗚嗚……」，如狼嚎般，揪得他的心臟一陣陣抽緊。

「小心，小心背後！」一名親兵持著岑彭的令旗策馬衝來，朝著他大聲示警。

「啊？」閻奉這才明白警號聲是為自己而發，連忙帶住坐騎，扭頭指揮手下的弟兄準備迎敵。哪裡還來得及？數以百計的箭矢在他身後凌空而至，剎那間，就將他麾下的弟兄削掉了整整一層！

「無恥！」閻奉怒不可遏，再度破口大罵。不用看，他也知道是朱祐那廝先前潰敗乃是使詐，真正的用意，就是想趁著自己奉命歸隊之時，跟在自家身後下手偷襲。

一支利箭擦著他的鼻梁，呼嘯而過，將趕來示警的親兵，直接射了個透心涼。

「無恥，無恥，無恥小賊！閻某定要將你碎屍萬段。」閻奉又氣又怕，撥轉坐騎，組織麾下弟兄持弓反擊。

又一輪羽箭，破空而至，將他麾下的弟兄射翻了十幾個。緊跟著，鄧奉迅速收起，來之不易的騎弓，帶領麾下嘍囉，再度落荒而逃。

「什麼玩意？也配稱作太學生！」閻奉徹底被憤怒燒紅了眼睛，不等岑彭的命令，立刻策馬衝向鄧奉，緊追不捨。其麾下的四百五十多名騎兵，也個個都氣暈了頭。咆哮著催動胯下坐騎，緊隨自家校尉身後。

「別追，別追，再追你肯定會吃大虧！」朱祐撿了便宜還賣乖，一邊逃，一邊扯開嗓子大聲威脅。「不怕把醜話說在前頭，老子就是來激怒你的，你若是繼續追下去，肯定上當！」

「小子，找死！」閻奉也是戰場上滾打多年的老行伍，豈會被幾句大話嚇住。舉起騎弓，用箭鏃瞄準朱祐的後心處畫影。就在此時，斜刺裡，忽然傳來一聲怒斥：「蠢貨找死，你家劉爺爺成全你！」

「啊——」他立刻恢復了清醒，迅速扭頭朝怒斥聲看去。只見一名小將手持雙刀，帶領三百餘生力軍，斜衝而至。所過之處，自己麾下的弟兄們，像熟透的瓜果般紛紛被砍於馬下。

「啊——」

一名棘陽兵，看到劉稷順著山坡斜衝向自己，慌忙夾緊馬腹，扭身迎戰。然而，動作卻慢了一拍，被後者一刀砍掉了半條胳膊，俯身在馬鞍之上，痛不欲生。

旁邊一名隊正連忙過來相救，卻被一枝投槍恰恰砸中了頭顱，雖不至於將他當場砸暈，卻也令他眼前一陣陣發黑，身體搖搖晃晃。

還沒等他努力將身體坐穩，一枝箭呼嘯而至。筆直地從右側脖頸射入，瞬間沒至及羽。可憐的隊正哼都沒哼，立刻落馬死去，然後被自家弟兄的坐騎陸續踩過，眨眼間變成了一團血肉模糊爛泥。

「小子找死！」眼睜睜地看著麾下弟兄們落馬慘死，校尉閻奉急得兩眼發紅，立刻放棄了對朱祐的追殺，轉身來戰劉稷。

而那劉稷年齡雖然不大，膽氣在整個舂陵劉家卻數一數二。見到閻奉轉身跟自己拚命，居然不閃不避。揮舞著雙刀迎了上去，劈頭蓋臉就是一通狂剁。

他是順著山坡往下衝，占了馬速和高度的雙重便宜，倉促之間，竟然將戰場老將閻奉剁了個手忙腳亂。直到二人的戰馬交錯跑過，彼此拉開距離，後者居然連還擊的機會都沒找到。

而那劉稷，卻牢牢記著劉秀的叮囑，占完了便宜，絕不回頭。揮刀撲向閻奉身後的官軍隊伍，如猛虎殺入了羊群般，瞬間就殺出了一條血肉通道。

「噹！」「噹啷！」「叮噹！」劉全有、劉富貴、劉土生等莊丁，也借助戰馬的速度，迅速從閻奉身邊衝過，每人都是一擊便走。把個閻奉忙得渾身是汗，氣喘如牛。照顧自己都照顧不過來，哪還有精神和力氣去管身後的弟兄？

「殺光他們！」帶隊逃命的朱祐看到便宜，迅速將馬頭轉回，從另外一側，朝著閻奉麾下的官軍發起了反攻。他和劉稷的隊伍，都是從上朝下斜衝，而閻奉及其麾下的官軍，卻是向上仰攻。兩股義軍加起來的總人數，也遠遠超過了後者。結果，自然是毫無懸念。不多時，就將官軍衝得七零八落，不得不倉皇後退。

「老賊，後會有期！」朱祐占完了便宜，再度大叫一聲，將馬圈轉，快速遠遁。

「老賊，留著你的腦袋，爺爺下次來取！」劉稷也見好就收，拉著自家隊伍，從另外一側繞路返回山坡。把個閻奉氣得哇哇亂叫，卻不得不停在原地，重新整理隊伍，以防兩個無恥小兒再度掉過頭來，第三次殺自己一個措手不及。

「趙過，你去接閻校尉回來！」帶領大隊官軍在遠處加速靠近的岑彭，也唯恐折了閻奉，打擊麾下弟兄們的士氣。咬了咬牙，大聲吩咐。

校尉趙過早就被氣得七竅生煙，大吼一聲，立刻帶隊衝上。本以為也會遇到義軍的攔阻，可以趁機大戰一場，挽回先前被閻奉丟掉的面子。誰料這一回，劉秀那邊居然沒耍任何花招，只是哄笑著目送他把閻奉和剩下的兩百多名殘兵接走，然後敲鑼打鼓，慶賀勝利。

「大人，卑職無能，願領任何責罰。」聽到身後的鑼鼓聲，閻奉感到如同被抽了一百個耳光般屈辱，主動衝到岑彭面前，請求治罪。

「罷了，岑某也沒想到賊人居然如此狡猾！」岑彭擺擺手，淡然回應，英俊的面孔上看不到任何惱怒，「把你麾下的弟兄整頓好，等會兒岑某帶你一道替戰死的袍澤復仇！」

「是，卑職遵命！」閻奉紅著臉又行了禮，轉身去安撫自己的部曲。出戰前高昂的頭顱，再也沒勇氣抬起來。更沒有勇氣，將目光與周圍的同僚相對。

「趙過，你帶一千弟兄負責應付挑釁賊軍，其他人，放緩行軍速度，推進到敵陣之前三百五十步列陣！」皺著眉頭送閻奉離去，岑彭想了想，再度大聲吩咐。

雙方剛剛發生接觸，他麾下愛將閻奉就遭受了對手反覆羞辱，若說肚子裡不冒火，那是自欺欺人。然而，越是憤怒，他卻越默默告誡自己必須沉住氣。以免因為一時衝動，著了對面那幾個無恥小兒的道，將半輩子積攢起來的威名化作流水。

「諾！」岑彭麾下的左膀右臂，也都經驗豐富。發現對手「奸詐狡猾」，也都紛紛強迫自己靜下心來，避免陷入對手的節奏。

如此一來，大隊人馬推進的速度，難免變慢。但效果也是立竿見影。劉秀那邊先後兩次故技重施，都被趙過擋了回去。而趙過也是汲取閻奉的教訓，無論義軍將領如何挑釁，都堅決不追。

「到底是早年的青雲榜首，比那八隻螞蟻，成色強出太多！」嚴光在劉秀身側看得真切，冷笑著點評。

「文叔，我再去給殺一殺他的威風！」剛剛歇緩過力氣的鄧奉，心中很是不服，再度主動向劉秀請纓。

劉秀立刻看了他一眼，笑著搖頭，「不必！你的身手好，去給岑彭送句話，說剛才那些只是師弟們給師兄的見面禮。從現在起，讓他放心大膽地向前推進，我這邊等著他列好了陣形之後堂堂正正地接戰。絕不偷襲！」

「文叔！」鄧奉楞了楞，眉頭迅速皺做了一團。然而，忽然注意到自家兵馬規模好像比原來少了一大圈兒，又迅速展顏而笑，「也罷，那我就去試試岑師兄的膽子！」

說罷，立刻策馬而去，不多時，就單人獨騎來到趙過面前，將劉秀的話，大聲轉送，「來人聽著，在下鄧奉，特地來替我家將軍給爾等捎話。剛才那幾下，是師弟們送給岑師兄的見面禮。從現在起，爾等只管放心大膽向前推進，我們這邊待爾等列好了陣形之後再戰。絕不偷襲！」

「小子，少使這種疑兵之計。爺爺不會上當！」校尉趙過，一眼就看穿了劉秀的陰謀，立刻拍馬持刀，直取鄧奉。以鄧奉的機靈，豈會停在原地等著他殺？迅速撥轉坐騎，疾馳而去。只留下一串馬蹄印記，和幾句不屑的奚落，「蠢貨，不知道好歹！疑兵之計如果這麼簡單，那還叫什麼疑兵之計？」

「賊子，早晚趙某要砍下你的腦袋！」趙過被罵了個灰頭土臉，卻堅決不肯追得太遠。罵了幾句之後，迅速將坐騎折回。然後，繼續帶領麾下部曲嚴防死守。

按照他的推算，義軍那邊，肯定不會說一句真話。下一輪騷擾，馬上就要來臨。然而，非常令他失落的是，義軍居然一諾千金。自從鄧奉走後，非但不再派一兵一卒前來偷襲，甚至連挑釁的鑼鼓聲都主動停了下去，靜靜地看著他們向土丘靠近，彷彿是在看一群送上門的肥羊。

「嗯——」岑彭面沉如水，再度主動放緩了坐騎。

事物反常必為妖。山坡上那四位學弟先前的襲擾招數分明已經奏效，為何又主動改弦易轍？要知道，兩軍交戰，可是容不得半分宋襄公之仁。稍作鬆懈，就有可能令勝負的結局倒轉。

「報，將軍，賊子又在耍花招！」校尉趙過恰恰策馬奔回，氣喘吁吁地向他請示應對之策。與岑彭一樣，趙過也看不懂義軍的路數，不願意貿然衝上去，掉進對方預先布置好的陷阱。

「章連、黃盛，你們兩個各自帶五十名斥候，搜索周圍！」身為官軍的主要核心，岑彭在關鍵時刻不敢表現出絲毫的遲疑。立刻點過兩名心腹手下，命令他們去檢視整個戰場。

「諾！」章連和黃盛二人心神一凜，大聲答應著帶隊而去。像大海撈針般，將周圍所有可能隱藏兵馬的位置，都試探了個遍，除了義軍的斥候同行之外，卻沒發現任何敵軍。

如此一來，耽擱的時間就有些長了。待岑彭終於下定決心，將隊伍拉到了劉秀所在的土丘腳下，太陽早已經爬到了大夥的頭頂。

晨霧徹底散去，流雲也被寒風吹得只剩下絲絲縷縷，再也遮不住半點兒陽光。毫無溫度的冬日下，岑彭冷著臉舉起了寶劍，剛要向麾下將士們布置進攻方略，卻忽然看到，對面的義軍陣列忽然分開，劉秀、鄧奉、嚴光、朱祐，帶著二十幾名「爪牙」，毫無畏懼地向自己走了過來。

「敢問，對面可是岑彭岑君然？」隔著老遠，劉秀等人，就主動抱拳施禮，「末學後進，見過學兄！」

「學兄？我呸！岑某臉薄，可不敢有你們這等忘恩負義的學弟！」岑彭被氣得勃然大怒，立刻豎起眼睛，高聲與四人劃清界線。

對方的確也是太學畢業，並且從今日的表現上看，的確不像長安王家詆毀的那樣，不學無術。甚至岑彭自己，都不認為初次帶兵就能像對面劉秀等人表現得如此從容不迫。可佩服歸佩服，此時此刻，岑彭即便借一百二十個膽子，也不敢跟劉秀等人去敘什麼師門之誼！否則，一旦被隱藏在軍中的綉衣使者添油加醋彙報上去，他岑彭這輩子的前途就徹底無亮。

「岑兄何必如此！」熱臉貼了岑彭的冷屁股，劉秀等人卻絲毫都不生氣。笑了笑，異口同聲地再度喊道，「我等在太學之時，都將岑兄視作楷模。雖然眼下被逼無奈，豎起了義旗。卻不敢忘記岑兄當年所給與的鼓勵。」

「呸，休得再巧言令色！速速滾回本陣，然後與岑彭堂堂正正一戰！」岑彭越聽越惱怒，真恨不得衝上前去，用鈎鑲將對面四個陰險的傢伙攪成肉醬。「岑某與爾等素昧平生，卒業之後又從沒回過太學，怎麼可能給爾等任何幫助。滾回去，否則休怪岑某下令弓箭伺候。」

「師兄如此急著跟我等劃清界線，可是懼怕昏君對你心生懷疑？」劉秀笑了笑，一邊帶著大夥撥馬快速將距離拉大，一邊大聲追問，「師兄，你為朝廷效力這麼多年，朝廷還對你如此防範，像我等這種得罪過皇族的人物，豈不更是沒有任何活路？故而，岑師兄，非我等忘恩負義，而是走投無路，不得不奮起求一個公道。」

「你，你胡說！」岑彭氣得咬牙切齒，偏偏卻找不到一個字去反駁。

劉秀當初為何要詐死，嚴光等人為何成績名列前茅，卻都成了白丁，其中緣由，他早就查了個清清楚楚。甚至包括劉秀等人當年在太行山遇襲的真相，以他的聰明，都能猜出個八九不離十。

所以，對岑彭本人而言，想擊敗劉秀、鄧奉、嚴光和朱祐四位，應該相對比較容易。而想讓這四人承認謀反有罪，死有餘辜，卻難比登天。好在，他原本也沒打算讓四人自認其罪，因此，立刻又將寶劍舉了起來，遙遙地指向了劉秀的後心，「弟兄們……」

「師兄何必如此著急？」分明隔著兩百多步遠，劉秀卻好像生了順風耳般，忽然轉頭，大聲質問，「莫非連我等回去整頓兵馬的時間都等不得？還是師兄心中毫無勝算，所以要借著我等主動前來向師兄問候的功夫，撿一個現成便宜？」

「你，你，你信口雌黃！」岑彭氣得破口大罵。將寶劍舉起又放下，放下又舉起，卻始終沒有繼續下令立刻發起進攻。

心高氣傲的他，絕不相信自己帶著五千訓練有素的前隊精銳，居然打不垮數量差不多的烏合之眾。在劉秀沒有歸隊之前就發起總攻，即便勝得再乾脆利索，過後肯定也會留下一個背後下手的惡名。甚至有人真的會把劉秀的誣衊當真，認為他岑君然是怕了對方，所以才不惜出此毒招。

「咚咚咚，咚咚咚，咚咚咚咚……」彷彿故意要激怒他，對面的山丘上，忽然有人敲響了戰鼓。緊跟著，就是一陣哄堂大笑，「哈哈，哈哈哈哈哈，哈哈哈哈哈哈……」。雖然笑聲沒有指向任何具體人和事，卻令官軍中許多人都面紅耳赤。

「來人，擂鼓催戰！」不願墜了自家名頭，思前想後，岑彭強忍心中的殺機，命令身邊弟兄敲響了戰鼓。

「咚咚咚，咚咚咚，咚咚咚……」震耳欲聾的鼓聲，立刻蓋住了對面的鼓聲和喧囂。剎那間，震得樹枝頭剛剛融化了一半兒的霜花，簌簌而落。

冬日的陽光沒有一絲暖意，卻將空中的霜沫，照得姹紫嫣紅。一片絢麗的姹紫嫣紅中，劉秀忽然又回過頭來，朝著岑彭大聲喊道：「劉某自問跟師兄無冤無仇，師兄何必拚著棘陽老巢都不要了，非得置我於死地？」

「什麼，你說什麼？」耳朵裡頭只能聽見鼓聲，岑彭根本分辨不出劉秀在說些什麼，只是本能地感覺到情況有些不妙。而劉秀，則加快速度返回了山丘上的義軍隊伍，撥轉坐騎，再度高高地舉起了手臂。

來自義軍隊伍中的鼓聲，戛然而止。數百名大嗓門士兵，隨著劉秀的手勢，忽然放聲狂呼：「岑師兄，劉某自問跟你無冤無仇，你為何拚著老巢不要，卻非得置我於死地？」

「老巢——，老巢——，老巢——」

「死地——」「死地——」

來自官軍隊伍中的鼓聲，也迅速減小。而吶喊聲所造成的回音，卻在天地間來回縈繞。

「老巢——，老巢——，老巢——」

「死地——」「死地——」

「老巢——，老巢——，老巢——」

「死地——」「死地——」「死地——」

「不要聽他們胡言亂語！」剎那間，岑彭頭皮一陣陣發乍。果斷扯開嗓子，安撫軍心。

然而，無論他處置得如何及時，其麾下的官兵，卻都忍不住回頭朝棘陽方向望去。然後剎那間，人人面如土色。

只見一道又濃又粗的黑煙，在遠處扶搖而上。轉眼間，將半邊天空都染成了灰色。而那灰色煙塵下，烈焰翻滾，不知道有多少無辜百姓，多少官軍將士的父母妻兒，今日要成為祝融氏的口中血食。

「壞了！誘敵之計，劉秀等人全是誘餌！」還沒等岑彭來得及分辨得更仔細，校尉閻奉嘴裡猛地發出一聲大叫，撥轉坐騎就跑。

他是本地人，曾經做過多年的捕頭，妻兒老小和大半生搜刮所得，此刻全都陷在棘陽城內。萬一救援不及時，便會徹底一無所有。

「站住！」岑彭毫不猶豫拋出寶劍，直接刺入了閻奉胯下坐騎的小腹。「亂我軍心者，死！」隨即，俯身從馬鞍旁摘下鈎鑲和環首刀，高高舉過頭頂，「此乃劉秀的疑兵之計，弟兄們，跟我上前宰了他，然後再回棘陽誇功！」

「唏吁吁——」閻奉的坐騎，悲鳴著栽倒，將背上的主人摔了個鼻青臉腫。校尉閻奉卻沒膽子發怒，只能俯身從坐騎的屍體上抽出馬槊，舉在手裡結結巴巴地響應：「將，將軍，將軍說得對，此乃賊子的疑，疑兵之計。弟兄們，跟，跟我上！」

「弟兄們，跟我上！」校尉趙過、劉毅、高元等人，也舉起兵器大聲附和。一個個臉色蒼白如雪。

火光和濃煙分明出現在棘陽方向。賊軍肯定已經開始攻城！自家將軍岑彭，肯定是因為惱羞成怒，才想先殺光了眼前這群誘餌洩憤！一切，都顯示得如此清楚，大夥閉著眼睛都能猜測得到。然而，軍命難違，如果誰敢公開唱反調，下次姓岑的瘋子出手，目標肯定不是一匹戰馬。

「擂鼓，全軍出擊！」自己也知道自己的判斷過於一廂情願，岑彭不敢給麾下將士們任何機會去多想。扭過頭，朝著身後的鼓手大聲吩咐。

「咚咚咚，咚咚咚，咚咚咚……」悶雷般的戰鼓再度響起，每一聲都帶著瘋狂。踏著瘋狂的鼓點兒，岑彭、閻奉、趙過等人，帶領著各自嫡系部曲，海浪般朝著山丘上的義軍撲了過去，恨不能一次衝鋒，就將所有義軍都碾成齏粉。

迎接他們的，是一陣凌亂的箭雨。連續奪取了三座縣城之後，義軍的裝備得到了迅速提升。大量的角弓、竹弓，被配發到了將士們手中，同時還有各式各樣的羽箭。

雖然還沒來得及接受專業的弓箭射擊訓練，大部分義軍將士，也不懂得何時該採用長鏑，何時該採用破甲錐，但數量上龐大，短時間內，卻足以彌補訓練度和專業性的不足。

棘陽軍一直保持著的軍陣，迅速被砸出了上百個破洞。每一個洞口處，都鮮血淋漓。然而，將士們的動作，卻毫無遲滯。一邊彎弓搭箭仰頭反擊，一邊果斷踏過戰死者的屍骸，向前補位。然後繼續高舉著兵器，盾牌，向前推進。七十步，六十步，五十步……

「投矛手，前方四十步，擲！」劉秀毫不猶豫地揮落長槊，然後將指揮權轉交給了身邊的嚴光，「子陵，所有步卒都交給你。」

「諾！」嚴光上前接過令旗，縱身再度跳上馬車，將一桿表面畫著投矛的旗幟迅速揮動，

「三輪急投，擲！擲！擲！」

數以百計的投矛，騰空而起，借助高度的優勢，砸向洶湧而來的官軍。這種前端包鐵，桿部完全由竹子打造的武器，造價極為低廉，近距離使用，威力卻遠遠超過了羽箭。剎那間，就將衝在最前方的數十名官兵，連人帶盾牌，一道給釘在了地上。

這一回，棘陽軍的攻勢，終於出現了停頓。很多人楞楞地看著自家袍澤在竹竿上悲鳴，掙扎，面如土色。而在他們身背後，催命的戰鼓，卻依舊響個不停。「咚咚咚，咚咚咚，咚咚咚……」，一聲比一聲急，一聲比一聲憤怒。

「所有騎兵，跟我來！」劉秀果斷拉下面甲，雙腿狠夾戰馬小腹，長槊平端，直指距離自己最近的一個剛剛被投矛砸出來的缺口。

雖然成功打擊了敵軍的士氣，但受死的駱駝大過馬，更何況，指揮這群「駱駝」的，還是百戰名將岑彭。所以，他堅決不敢讓此人有任何喘息時間，瞅準機會，就果斷發起反攻。

鄧奉、朱祐、劉稷、劉雙四人，帶著各自麾下騎兵，緊急跟上。戰馬順著腳下的山坡，速度轉眼就加到了最快。雖然總兵力只有五百出頭，卻宛若一塊滾動的巨石。

官軍的陣型，迅速碎裂，許多步卒，都掉頭逃走。頭頂著箭雨，跟高速下衝的騎兵交戰，等同於主動送死。只要不是傻子，就不會做如此選擇。

而劉秀等人，也不追殺。順著敵陣越來越大的裂縫，直取岑彭。山坡的步卒沒多少戰鬥力，完全是靠著地形，才打了敵軍一個措手不及。而大夥，必須充分利用起這次機會。因為，沒有下次。

「小賊，有種！」看到劉秀竟然主動向自己衝了過來，岑彭不怒反笑。也果斷催動坐騎，帶著兩百多名親信正面迎上。

即便到了現在，他依舊無法確定，身後的大火，是不是來自棘陽？自己的老母親和妻兒，是否安全？但是，越遇到這種情況，他就越要先將距離自己最近的義軍擊潰，然後才能回師反救老巢。否則，倉促下令撤軍，肯定會遭到尾隨追殺，瞬間一潰千里。

所以，劉秀肯主動上前送死，對他來說再好不過！眼前戰鬥結束得越快，岑某人就越能早一步回救棘陽。看著劉秀策馬持槊越衝越近，岑彭臉上的冷笑迅速變成了不屑。環首刀和鈎鑲相互配合，轉眼舞成了一上一下兩條銀龍。

「噹啷！」清脆的巨響，驟然炸起。劉秀借助山勢和馬速刺下來的長槊，被鈎鑲鎖住，瞬間失去了控制。而緊握在岑彭左手中的環首刀，卻像閃電般砍向了他的胸口，銳利的刀刃，在陽光下泛起一團淡淡的紅。

那是因為殺人過多，鮮血滲透到刀刃中，才造成的結果。最近三四年，至少有二十幾位江湖上赫赫有名的英雄豪傑，被岑彭斬於馬下。今天，他的戰績又要多出一個，並且在朝廷中某些權臣眼裡，價值遠超過前二十幾位的總和。

「噹啷！」又是一聲脆響，剎那間，讓岑彭的美夢支離破碎。劉秀手中，不知道什麼時候，居然多處了一支鐵鐧，不偏不倚，正砸中環首刀的刀刃。而他的左手，卻果斷拋棄了被鈎鑲鎖住的長槊，迅速抽出一把雪亮的鋼刀。

「不好！」岑彭心中一緊，反轉右手手腕，將長槊甩上了半空。隨即，左手中的環首刀迅速來了一記猴子撈月。「噹啷！」又是一聲脆響，劉秀砍過來的鋼刀與他的環首刀相撞，火花四濺。二人的身體同時晃了晃，被戰馬帶著交錯而過。

「嗚——」鋼鞭撕破空氣，呼嘯著砸向岑彭的腰桿。而後者右手中的鈎鑲，居然隨著身體的扭動，像長了眼睛般擋在了鋼鞭必經之路上，再度濺起了一團淒厲的火花，「噹啷啷啷啷——」

綿延不斷的金鐵交鳴聲中，劉秀的身影徹底與岑彭分開，撲進後者的部曲隊伍，接連斬數人於馬下。而岑彭，也無法立刻撥轉馬頭，只能繼續向前衝殺，將跟在劉秀身後的數名義軍，全都變成了血淋淋的屍體。

「擋我者死——」一邊毫不留情地斬殺義軍，岑彭嘴裡一邊發出憤怒的咆哮。宛若一頭被激怒了的雄獅。

自打領兵作戰以來，他即便遇到馬武，都能殺個平分秋色。遇到其他敵人，更是每每都將對方殺得毫無還手之力。但是在今天，在年紀比他小了許多，征戰經驗近乎於無的劉秀面前，他居然沒占到任何上風！

時間拖得越久，對他麾下的官軍，就越不利。萬一有人像閻奉先前那樣，因為擔心留在棘陽城內的家人掉頭而去，肯定會引起整個隊伍的雪崩。

「擋我者死！」幾乎一模一樣的聲音，在岑彭身後不遠處響起，伴著沉悶的金屬與血肉相撞聲。劉秀一手持鋼鞭，一手持刀，大開殺戒。

自家人知道自家事，所謂棘陽起火，根本就是他派人製造的一個騙局。如果官軍將士由於畏懼岑彭的淫威，不肯回去救火，接下來，敵我雙方必然要展開一場惡戰。而他麾下的義軍，無論裝備、作戰經驗還是訓練水平，都跟棘陽軍根本不在一個層面。短時間內還能憑藉士氣跟對方殺個平分秋色，時間一長，肯定會露出本相。

「噹啷！」一名騎兵屯將揮刀砍來，被劉秀用右手的鋼鞭擋住。下一個瞬間，劉秀左手中的鋼刀，就切開了對方的小腹。鮮血如瀑布般濺落，將戰馬的半邊身體全部染紅。棘陽屯將慘叫一聲，圓睜著雙眼栽落於地。

劇烈的刺痛，從虎口處傳進劉秀的心窩，令他蓋在面甲下的臉孔扭做了一團。用眼角的餘光向疼痛處掃去，他發現，自己左右手的虎口處，都鮮血淋漓。是在跟岑彭交戰時被震破的，他迅速就弄清楚了原因。然後苦笑著繼續揮動鋼鞭和鋼刀，撲向下一名敵軍，沒有功夫再多想，也沒資格做任何猶豫。

「擋我者死！」鄧奉揮動長槊，從側面撲向岑彭，與後者迅速交手，然後又迅速拉開距離，追向劉秀。眾義軍騎兵緊隨於其身後，或者撲向岑彭本人，或者撲向岑彭身後的官軍精銳，一個個，宛若撲向火焰的飛蛾。

「擋我者死！」

「岑彭，拿命來！」

「姓岑的去死……」

鄧奉之後幾個呼吸時間，撲向岑彭的是朱祐。朱祐的身影跟岑彭剛剛交錯而過，劉稷又吶喊著撲上前。然後是劉雙、劉遠、劉奇……，所有義軍騎兵軍官，都豁出去了性命，爭先恐後策馬衝向岑彭，義無反顧。

然而，大夥勇敢歸勇敢，武藝和廝殺經驗，跟岑彭相比，卻相差得實在太遠。很多人，連半個回合都沒堅持住，就身負重傷，落荒而走。有幾個武藝不夠精熟者，甚至當場被岑彭斬於馬下。

「所有騎兵，跟我來！」一口氣殺到了嚴光所在的馬車前，面對叢林般豎起的長矛，岑彭驕傲地撥轉坐騎，放聲狂呼。

軍陣中射來無數羽箭和投矛，都被他的親兵捨命擋在了三尺之外。而他，卻抖擻起精神，像一個驕傲的神明般，居高臨下，背對著嚴光，將環首刀指向正在撥馬殺回來的劉秀，「斬了此子，奏凱班師！」

「殺——」眾官軍騎兵齊聲響應，順著山坡加速下衝。這次，地利屬他們了。他們一定要將那個狡猾的小子，碎屍萬段。

「整隊，在我背後整隊！」劉秀揮刀砍翻一名躲避不及的官軍步卒，順勢撥轉已經慢下來的坐騎。

一百多名義軍騎兵，迅速向他靠攏，在他身後，組成一個單薄的楔形陣列。每個人渾身上下，都紅得像剛從血泊裡撈出來一般，每個人都氣喘如牛。

他們已經是劉秀的嫡系部曲當中，表現最優秀者。還有大約八十幾名弟兄，已經永遠倒在了剛才那一輪與官軍的策馬對攻當中。在殺人的技巧和經驗方面，他們跟棘陽精銳之間的差距太大了，大到根本不能用地利、勇氣和士氣來彌補。而現在，地利的優勢，也交換給了對手，他們所剩下的，只有士氣和勇氣。

「整隊，整隊！」鄧奉和朱祐各自帶著一百多名騎兵衝了過來，緊貼著劉秀的部曲組成另外兩道楔形陣列。然後，是劉稷和劉雙等舂陵子弟。

大夥彼此之間隔著兩到三尺距離，喘著粗氣重新開始加速，喘著粗氣向從山坡上衝下來的敵軍靠近，喘著粗氣，準備迎接新的一輪搏殺。沒有絲毫勝算，卻誰都不肯掉頭逃命。

「嗯——」眼看著越來越近的義軍騎兵，岑彭臉上的驕傲，終於變成了鄭重。這一輪，或者頂多再來一輪，他確信自己就能徹底鎖定勝局。但是，義軍將士所表現出來的戰鬥力，卻已經多少贏得了他的一部分尊重。

不同於他以往遇到的大部分起義者，無論是對面這群自尋死路的騎兵，還是山坡上那群明明沒多少戰鬥力，卻堅持留在原地不肯逃命的步卒，都已經具備了正規軍隊的雛形。而這些人從起兵造反，到現在還沒超過半個月的時間。

「趙過，你從左翼包抄！劉毅，你帶人從右路迂迴。閻奉，你帶人去整頓步卒，攻擊山坡上的那群反賊。其他人，跟我來！」迅速調整了一下策略，岑彭將戰馬的速度瞬間催到了最大。斬草必須除根，對手越是值得尊重，越要盡可能地斬盡殺絕。否則，萬一讓其中幾個關鍵人物漏網，說不定，就會組織起更多的反賊，一波比一波難對付，一波比一波更正規。

喊殺聲震天，流矢呼嘯。他卻對喊殺聲和流矢呼嘯聲充耳不聞，用冰冷的目光，死死鎖住劉秀的身影。舂陵反賊之所以表現跟以往的其他反賊大不相同，緣由應該就是劉秀的存在。

所以，今天岑某人無論如何，都必須為朝廷斬掉這個禍根。

「殺，一個不留！」眼看著彼此之前的距離越來越近，岑彭感覺到自己的心跳猛然加速，嘴巴也渴得厲害。那是對勝利和鮮血的渴望，已經很久沒有過了。尋常賊寇，根本激發不出這種感覺，只有遇到馬武馬子張那樣級別的對手……

「啊——」猛然間感覺到一股危險，他驚叫著俯身。一支冰冷的羽箭，貼著他的兜鍪飛了過去，正中身邊親兵的太陽穴。可憐的親兵，嘴裡只來得及發出一聲悶哼，就迅速栽落於馬下，然後被自家袍澤的坐騎，瞬間踩成了肉泥。

「嗖——嗖——嗖——」數百支羽箭，從側面射了過來，將更多的棘陽將士，射落於地。迎面衝上前跟棘陽軍拚命的劉秀等人見到此景，果斷帶領麾下的弟兄們，調整方向，從另外一個側翼，切向官軍隊伍，宛若數把鋼刀，切向蒼鷹的翅膀。

「賊寇哪來的援軍？為何不見斥候們示警！」多年征戰積累下的經驗，立刻告訴岑彭發生了什麼事情。他楞了楞，迅速扭頭。目光所及處，恰看到一面火焰般的戰旗。

戰旗下，有個熟悉無比的面孔，朝著他大聲發出邀請，「馬子張在此，岑彭小兒，拿命來！」

「啊——」岑彭又是一楞，頭皮處瞬間開始發麻。馬子張怎麼來了？他什麼時候跟劉縯勾結到了一起？難道說，劉秀等人真的就是一份誘餌？那樣的話，劉縯也太捨得下本錢！

還沒等他想清楚到底發生了什麼事情，另外一支騎兵，已經撲向了正在趕去整頓步卒的閻奉。為首的武將揮動五尺長刀，所過之處，掀起重重血浪。

「勾魂貔貅，她是勾魂貔貅！」
「勾魂貔貅來了，勾魂貔貅和鐵面貛豸一起來了！他們來找將軍報仇了！」
「馬三娘，她是勾魂貔貅……」
一個恐怖的記憶，迅速在閻奉身邊的親信內心深處湧起，讓他們的嘴巴不受控制地發出陣陣驚呼。勾魂貔貅馬三娘、鐵面貛豸馬子張，七年前，岑彭以招安為誘餌，將兄妹二人連同鳳凰山三十六好漢騙進了棘陽城，然後翻臉無情，帶領郡兵痛下殺手。
那一戰，棘陽郡兵雖然成功殺光了馬氏兄妹麾下的所有反賊骨幹，自身卻也付出了超過十倍的代價。而最終，還是讓鐵面貛豸和勾魂貔貅兄妹掙脫了羅網，逃之夭夭。今天，鐵面貛豸和勾魂貔貅帶著數千弟兄突然出現在了戰場上，試問，當初做過虧心事的人，怎麼可能不汗出如漿？
「擋住他，給我擋住他！」所有做過虧心事的人中，表現最為不堪的，就是校尉閻奉。當年他身為棘陽城副捕頭，曾經親眼看到過馬三娘如何將自己手下的爪牙，一個接一個砍翻在地。今天噩夢重現，他根本提不起迎戰的勇氣，只想儘快朝大隊步卒的背後鑽。
而馬三娘，也早就從人群中認出了閻奉，揮刀砍飛兩名攔路者，策馬直取其本人。校尉閻奉眼看著自己逃無可逃，只好轉過身來，揮槊反刺。槊鋒離著馬三娘的胸口還有四尺遠，他卻又忽然看到對方猛地揮了下左手，緊跟著，一塊黑漆漆的鐵磚，在他眼前迅速放大，「啪……」
隨著一聲沉悶的巨響，校尉閻奉的頭盔和面門同時碎裂。而勾魂貔貅馬三娘的身影，則高速從他身邊衝過。手起刀落，砍飛一顆醜陋的頭顱。

「閻校尉死了，閻校尉被勾魂貔貅殺了！」閻奉的親信被嚇得魂飛魄散，再也不敢做任何抵抗，撥轉坐騎，四散奔逃。

對於這種無膽鼠輩，馬三娘根本不屑去追。拍馬掄刀，直撲棘陽軍步卒。五百多名綠林軍將士高舉兵器，緊隨其後，如一群撲向獵物的虎豹。

棘陽軍步卒，原本就被身後的火光，燒得人心惶惶。又親眼看到校尉閻奉被人一刀梟首，哪裡還有勇氣迎戰？沒等馬三娘帶著綠林好漢們衝到近前，就紛紛側身閃避，剛剛集結起來的隊伍，瞬間又四分五裂。

校尉趙過大急，顧不上向岑彭請示，立刻帶領麾下嫡系趕過去增援自家步卒。誰料戰馬剛剛向前衝了二十幾步，迎面恰恰遇到繞著圈殺上來的劉秀。後者立刻大喝一聲，揮刀直取他的胸口。

「找死！」趙過策馬揮槊，奮力橫掃。本以為，憑著自己驕人的臂力和兵器上的便宜，可以將劉秀手中的鋼刀磕上半空，誰料「噹啷」一聲脆響過後，自家的槊鋒，卻被斬落於地。而劉秀右手中的鋼刀雖然變成了鋸子，卻再度高高地舉起，直奔他的頭頂。

失去槊鋒的長槊只能算木棍，如何能擋得住鋼刀？「救我！」校尉趙過嚇得寒毛倒豎，一邊躲閃招架，一邊大聲向親信們求救。左右兩名隊正聽得真切，果斷放棄了各自的對手，撥馬前來助戰。卻不料，耳畔忽然傳來一聲斷喝，「受死！」兩塊碩大的青磚，迎著他們的馬頭就拍了下來。

這一磚若是拍正了，戰馬肯定會受到重傷，而馬背上的他們，也肯定會被甩落於地，在劫難逃。無奈之下，兩名校尉只好先揮動兵器格擋青磚。就在這一瞬間，從側面衝上來的鄧奉和朱祐雙雙舉起長槊，將他們的去路攔了個水洩不通。

「救我，救我！」校尉趙過顧不上觀察周圍的情況，兀自啞著嗓子呼救。得到強援的劉秀，卻不願意再做任何耽擱，已經砍成了鋸子的鋼刀，忽然脫手砸向他的胸口，緊跟著，左手鋼鞭掉頭橫掃。

「噹啷！噗——」趙過手中的木棍擋住了鋸子，卻沒機會再去遮擋鋼鞭。被結結實實地抽在後心處，張嘴吐出一口淤血，落馬身亡。

再看劉秀，策動坐騎越過他的身體，帶領著麾下的嫡系，繼續向前猛撲。所過之處，將棘陽騎兵像晚秋的高粱般，一片片割倒。

身為主帥，岑彭豈肯任由劉秀帶著人屠殺他的兄弟？幾度試圖帶人前去堵截，都被馬武率領著五百騎兵死死攔住。

他自問武藝、騎術、經驗，樣樣不在馬武之下，奈何身邊的校尉、隊正們，本事卻跟馬武身邊的爪牙相差甚遠。正被逼得手忙腳亂之際，耳畔卻忽然又傳來一聲大喝：「岑彭小兒，可還記得李秩？某家奉大將軍之命，特來取你首級！」

「你？李次元！」岑彭先是楞了楞，信手磕開對方刺向自己的長槊。隨即一刀劈過去，將此人頭頂的皮盔掃掉了半邊。

「啊——」李秩嚇得魂飛破散，低下頭，加速從岑彭身邊衝過。岑彭根本不屑去追，撇了撇嘴，大聲喝罵：「狗賊，你身為朝廷官吏，卻吃裡扒外。身為人子，卻置父親與死地。身為人夫人父，卻拋下妻兒逃之夭夭，如此不仁不義不忠不孝之徒，有何面目來做岑某的對手？滾一邊去自盡，不要髒了岑彭掌中鋼刀！」

「岑君然！」李秩聞聽此言，被氣得身體亂顫，差點一頭栽下馬背。虧得衝上來接應他的王霸手疾眼快，奮力拉了他一把，才避免了他落到地上被踩成肉醬。

「我，我今天不殺了你，誓不為人！」回過頭來，他紅著眼睛咆哮，卻被戰馬帶著距離岑彭越來越遠。

「你本來就不配做人！」岑彭大聲奚落，然後揮舞鈎鑲，再度衝向馬武。對張牙舞爪的王霸等人，不屑一顧。

事到如今，他心裡其實已經有了明悟，今天這場戰鬥，自己必輸無疑。然而，同樣是戰敗，能帶領大部分弟兄有序撤退是一回事，丟下弟兄們獨自逃生是另外一回事。身為青雲榜首，天子門生，他即便豁出去性命，也要爭取前一種結局。

「岑君然，有種！」馬武一直恨岑彭入骨，巴不得他主動上前送死。立即大笑一聲，策馬相迎。二人迅速交換了幾招，然後被各自的坐騎帶著，重新拉開了距離。還沒等雙雙將戰馬兜回，耳畔忽然又傳來了一陣激烈的號角聲，如虎嘯，如龍吟，剎那間，令風雲變色。

「怎麼還有賊人！」帶領弟兄們緊緊護在岑彭身側的劉毅，扭頭四顧，欲哭無淚。目光越過淡紅色的血霧，他看到，另外兩支隊伍伴著號角，迅速在向戰場核心處靠近。

兩桿羊毛大纛，在寒風中獵獵飛舞。左側戰旗上面，寫著一個斗大的漢字「王」，右側隊伍的戰旗上面，則是一個斗大的漢字，「陳」！

「新市賊，新市賊大當家王匡來了！」

「平林賊，平林賊陳牧來了！」

「還有，那邊還有……」

四下裡，驚呼聲響徹曠野，數以十計騎兵撥轉戰馬脫離隊伍，落荒而逃。

「留得青山在，不怕沒柴燒。快走，快走！」有人帶頭，自然有人跟隨，還沒等劉毅提醒岑彭軍心不穩，更多的騎兵拋棄了主將，撥馬撤離的戰場。

輸了，肯定輸了。新市賊、平林賊都來了，舂陵賊的主帥劉縯雖然還沒有現身，但他的爪牙李秩、王霸，卻跟馬武走在了一起。還有更多的賊人，正從四邊八方趕至，如果再耽擱下去，等待著棘陽軍的，肯定是全軍覆沒的下場。

「不要慌，不要慌，跟著我，我帶你們一起走！」見到麾下騎兵宛如雪崩般潰散，偏將軍岑彭，也知道大勢已去，扯開嗓子，高聲呼喊。試圖憑藉昔日的威望，收攏起身邊的弟兄集體突圍。然而，眾騎兵卻不敢再將性命交託於他，紛紛叫嚷著加快速度，任他喊破喉嚨，都不肯再回頭。

「不要慌，不要慌，我帶你們一起走，帶你們……」岑彭的嗓子已經冒了煙，發出來的聲音又低又啞。英俊的虎目當中，熱淚滾滾。

不是輸不起，也不是沒打過敗仗，可從來沒有一場敗仗，他輸得像今天這般委屈。先是被幾個末學後進，用火攻之計亂了軍心，隨後又遭到了綠林群賊的集體圍毆。而從交戰一直到現在，他自問沒有犯下任何錯誤，甚至拿出了前所未有的謹慎。

「岑彭狗賊，哪裡走？」李秩恨岑彭先前當眾出言羞辱自己，見後者身邊已經沒剩下幾個幫手，立刻抖擻起了精神，帶著數十名爪牙一擁而上。手中長槊上下吞吐，宛若一條條憤怒的毒蛇。

「狗賊找死！」岑彭一肚子怒氣正無處發洩，毫不猶豫擺動鈎鑲，殺向李秩。沿途數名義軍騎兵試圖上前阻攔，被他一刀一個，全都砍到了馬下。

「困獸猶鬥！」李秩的頭皮再度開始發乍，卻沒臉策馬逃走。只能奮力將長槊向前刺去，希望能拖住岑彭，等待弟兄們一道上來將此人剁成肉泥。

「死！」岑彭猛地用鈎鑲壓住槊鋒，手臂快速橫兜，緊跟著，左手的鋼刀化作一道閃電，直撲李秩的脖頸。

「唏嚓！」李秩的長槊被鈎鑲鎖住，瞬間脫手。而岑彭左手的鋼刀，卻借著戰馬的速度，近在咫尺。「我命休矣！」靈魂深處發出一聲絕望的慘叫，他猛地閉上眼睛，準備接受命運的裁決。耳畔卻忽然又傳來一聲清脆的金鐵交鳴「噹啷」，緊跟著，一個熟悉的大笑，如陽光般衝散了所有黑暗。

「岑君然，欺負我兄弟算什麼本事？不要走，劉某今日與你戰個痛快！」大將軍劉縯策馬揮槊，將李秩護在了自己的身影下。挺拔的身體，宛若一座高大的山峰。

「戰就戰！」岑彭心高氣傲，明知道接下來會遭到圍攻，卻依舊將鋼刀朝劉縯劈去。金鐵交鳴聲，立刻在李秩的頭頂響起，將此人震得臉色煞白，嘴唇發烏，肚子的腸胃像開了鍋般來回翻滾。

好在，騎兵交手，從不會停在原地。短短幾個彈指過後，劉縯和岑彭兩個人的身影，就迅速拉開了距離。前者殺得意猶未盡，立刻將長槊刺向依舊追隨著岑彭的官軍，將這些人像稻草捆兒一般，挨個挑下馬背。而後者，則咆哮著衝向劉縯的親兵，用鋼刀和鈎鑲大開殺戒。

「岑彭狗賊，下馬受死！」馬武終於撥轉坐騎重新殺到，揮舞著一把鋸齒飛鐮三星刀，跟岑彭戰在了一處。傅俊、張峻、陳俊等人也帶著嫡系迅速靠近，隨時準備接替馬武，給岑彭最後一擊。戰馬對衝，留給將領出手的時間非常短暫。只是七八個心跳功夫，岑彭與馬武二人的身影，又交錯而過。舉起被砸出豁口的鋼刀，他正欲撲向不遠處殺過來的傅俊，胯下的白龍駒，卻忽然發出了一聲淒厲悲鳴，「嗯哼哼哼……」邁開四蹄，騰雲駕霧般衝出了戰團。

「爾等保護將軍快走！」舉起剛剛割破白龍駒屁股的刀刃，校尉劉毅朝著所剩無幾的親兵們大聲吩咐。隨即，奮力策動坐騎，接替了岑彭留下了的位置，擋住傅俊等人的去路。

他的武藝算得上精熟，然而，卻無法做到像岑彭那樣獨自面對多個對手。短短幾個彈指功夫，就被傅俊一槊刺穿了小腹。隨即，又被張峻揮刀砍斷了右臂，慘叫著從馬背上掉落。數十匹戰馬從他的身體上踩過，轉眼將他踩成了血肉模糊的一團。在不遠處安撫住坐騎的岑彭恰恰回頭看到了這一幕，嘴裡發出了淒厲的悲鳴，「子惠——」

「將軍快走，否則劉校尉就白死了！」根本不肯給他回頭拚命的機會，最後的十幾名親兵，簇擁住他胯下的白龍駒，抱團兒突圍。沿途不斷有人被追上來的義軍斬於馬下，僥倖活著的人，卻繼續簇擁著岑彭遠去，堅決不肯多做一絲停留。

「子惠，子惠……」岑彭知道不能讓屬下白白犧牲，呼叫著對方的名字，揮刀向前衝殺。以他的武藝，只要不顧一切突圍，能上前阻攔者真找不到幾個。而綠林軍和舂陵軍雖然人多勢眾，卻是第一次聯手作戰，彼此之間的配合極為生疏。很快，就被岑彭找到了空隙，帶著最後十幾名爪牙，逃之夭夭。

馬武跟岑彭乃是不共戴天的仇敵，豈肯任由他全身而退？立刻帶領著二十幾名弟兄，緊追不捨。只可惜，他們胯下的坐騎，照著岑彭等人的戰馬，品質相差實在遙遠，追著，追著，就徹底失去了對方的踪影。

「子惠，英魂莫去得太遠，岑彭一定會親手替你報了今日之仇！」聽到身後的追殺聲漸漸消失，岑彭仰面朝天，大聲替捨命掩護自己脫身的劉毅招魂。話音剛落，耳畔忽然又傳來一陣號角聲響，有名義軍校尉帶著千餘弟兄，如捕獵的豹子般蜂擁而上。

「將軍快走！」親兵隊正李孟大叫一聲，果斷撲向了義軍校尉。其他親兵也紛紛撥轉坐騎尾隨其後，宛若一群撲向火焰的飛蛾。

「將軍快走，留著性命給我等報仇！」「將軍快走，莫讓我等白死」……一邊瘋狂地向前猛撲，他們一邊大聲呼喝，唯恐岑彭一時衝動，選擇留下來跟大夥同生共死。

「弟兄們，岑某欠你們一輩子！」岑彭流著淚朝眾人的背影做了個揖，撥偏坐騎，繞路逃命。憑藉胯下白龍駒的神俊，他終於在所有親兵都戰死之前，再度脫離了伏兵的視線。剛剛準備停下來鬆一口氣，卻看到數十個餘燼未熄的火堆，橫在了面前。

「啊——」彷彿被人一刀捅穿了心臟，岑彭張開嘴巴，發出一聲痛苦的悲鳴。隨即，策馬從兩個火堆之間衝過，瘋狂地衝向棘陽城。

疑兵之計，果真是疑兵之計！所謂大火，根本未曾燒在棘陽城中。是小賊劉秀，利用了肉眼對距離的誤判，特地派人繞到官軍和棘陽城之間的空地，放了一把大火。而剛才突然出現那支伏兵，也不是任何人提前布置，只是賊人放完了火後擔心劉秀的安危，正急急忙忙往回趕。

「劉文叔，岑彭跟你不共戴天！」張嘴噴出一口鮮血，岑彭咬牙切齒，大聲發誓。雙腳將胯下坐騎，壓榨得更狠。

大火既然不是燒在棘陽城內，棘陽城就可能還沒有落入反賊之手，他的老母、妻子和幼子，就暫且還安然無恙。只要他搶在義軍的先鋒殺到城下之前，召集起大戶人家的家丁，與城池共存亡，憑藉城頭的防禦設施和倉庫裡的物資儲備，就有十足的把握，堅持到援軍趕來的那一天。屆時，他必會帶領一支精銳追上馬武、劉縯和劉秀，讓他們血債血償。

心裡想著如何憑城據守，然後反敗為勝，岑彭的眼神，漸漸恢復了清明。只可惜，世間之事，向來禍不單行。還沒等他看到棘陽城的城牆，路邊樹林裡，忽然衝出了一道熟悉的身影，「將軍，將軍停下，速速停下，棘陽丟了，棘陽已經丟了！」

「岑福？」迅速認出了此人的身份，岑彭遲疑著放緩馬速，「你怎麼會在這裡？我娘呢，我夫人和兒子呢！」

「老夫人，夫人和少爺，都在，都在樹林裡！」家將岑福撲倒在地，放聲嚎啕，「棘陽城丟了，丟了啊！將軍您今日剛剛走了沒多久，前任縣丞任光就帶著兵馬趕到了城下。先是假借前隊大夫的將令，騙周校尉開了城門。然後立刻拔出兵器，大殺特殺。小人，小人是跪在地上苦苦哀求，姓任的才看在跟您曾經是同僚的份上，放了老夫人、夫人和少爺一條生路。卻，卻將您家裡的全部東西都扣下了，說是要留著為反賊充當軍資！」

「噗——」岑彭張嘴噴出一口血，身體在馬背上搖搖欲墜。

全明白了，到現在他全都明白了，整場戰鬥，指揮者根本不是劉秀，而是另有其人！對方充分利用了他急於為青雲榜正名的心思，施展了一個連環計。劉秀所部，根本就是一群誘餌。只要他率軍離開了棘陽，就已經徹底輸了。無論他剛才是勝是敗，老巢都會落在早就跟叛匪有勾結的任光之手。

「阿爺，阿爺，你怎麼啦。你不要生氣啊，你，嗚——」岑彭的兒子岑遵，在馬車中嚇得嚎啕大哭，卻被自己娘親一把捂住嘴巴，生怕擾亂了岑彭的思路。

「兒啊，留得青山在，不怕沒柴燒。我們全家不都還平平安安在一起嗎？」岑彭的母親，也含著淚，柔聲安慰。唯恐岑彭無法忍受戰敗的恥辱，做出什麼不理智的選擇來。

「娘親說得是，孩兒，孩兒心急了！」不願讓母親和妻子為自己擔心，岑彭抬手抹去了嘴角的血跡，大聲回應。

「將軍，剛才任縣丞親自送小人離開的棘陽，此地距離城門不遠……」家將岑福見到機會，趕緊又大聲提醒。

「走，去宛城，去宛城向前隊大夫請罪！」岑彭又擦了下猩紅色的嘴巴，咬緊牙關，飛身跳上車轅。親自揮鞭趕著馬車，快速向宛城駛去。一邊走，一邊在心中暗暗發誓：「村夫劉縯、無賴劉秀，岑某若不報此仇，誓不為人！」

「啊嚏——」正在整頓隊伍的劉秀，猛然打了個噴嚏，皺著眉頭四處張望。

冬天的風有些冷，特別是吹在剛剛出過汗的身體上，更讓他感覺刺骨地寒。在他身邊的鄧奉、朱祐、嚴光三個，跟他感覺差不多，每人的身影都十分蕭瑟。雖然大夥剛剛打敗了岑彭，雖然剛才的勝利堪稱輝煌。

這一仗，幾乎全殲了岑彭麾下的棘陽營。而義軍的損失，卻只有四五百人，並且主要集中在騎兵當中。留在山丘上堅守陣地的步卒，戰死和受傷者，都沒過百。並且受傷者大部分都是輕傷，稍作醫治，用不了多久就能重返戰場。

受過傷後重返戰場的老兵，遠比新兵強悍。經歷了戰鬥的流民，很快也會變成合格的士兵。再加上繳獲的戰馬、鎧甲、刀矛、弓箭，劉秀所部右軍，很快就會脫胎換骨。然而，劉秀、鄧奉、朱祐和嚴光四人，卻誰都開心不起來。

興奮和熱鬧，都是劉雙、劉賜、劉稷和普通兵卒們的，他們四個卻跟周圍的人群，格格不入。

充當誘餌的滋味不好受，特別是在四人預先毫不知情的情況下。而以四人的聰明，又不可能到了現在還沒想出，自己於這場戰鬥中究竟充當了什麼角色。因此，當勝利終於到來的那一刻，竟不知道是喜是悲。

「文叔、士載、仲先、子陵，你們幾個楞著幹什麼，還不整理好隊伍準備進城？」馬三娘風一般衝過來，朝著眾人大聲喊道。數日不見，她的個子彷彿又長高了一些，人也更顯得英姿颯爽。更重要的是，她居然學會了叫大夥的表字，而不是少年時代的綽號。

「馬，馬上就去！」劉秀臉色，立刻綻放起一團笑容，策動坐騎迎上前，與馬三娘並轡而行。「三姐，虧妳和馬大哥來得及時，否則，我們幾個今天非在岑彭手下吃大虧不可！」

「誰讓你不躲他遠點兒？明知道打不過，何必跟他硬拚？」馬三娘朝著他翻了個白眼兒，帶著幾分心疼，大聲數落，「別跟我說，你的斥候沒提前發現他。你們幾個只要帶著隊伍迅速後退，他即便緊追不捨，能跟上的也只有騎兵！」

「嗯，嗯哼！」劉秀被噎得喘不過氣，剎那間，心中卻好受了許多。

如果按照常規思路，發現岑彭帶著棘陽營主力傾巢而出，肯定應該主動退避三舍。如此看來，大哥和習鬱他們在做戰術布置時，並沒有存心想讓自己帶人去跟岑彭拚命。而自己，卻有些過於在乎一時勝敗，把引蛇出洞，硬生生打成了堅守待援。

「你們幾個呀，就是放不下面子！」馬三娘又白了另外三人一眼，帶著幾分關心補充，「打仗哪能老跟人硬拚？發現沒有勝算，跑路就是保留實力和小命，下次才能撈回來。如果不管實力多寡，遇到誰都硬碰硬，即便是精鋼打造的身體，也早就碰碎了。哪可能有什麼將來！」

「嗯哼，嗯哼，嗯哼！」眾人連聲咳嗽，低下頭，不敢與馬三娘的目光相接。心中那種被拋棄了的感覺，卻瞬間所剩無幾。

正尷尬間，卻又見馬武拎著一把門板大的鋼刀，氣喘吁吁地走了過來。先困惑地朝著大夥皺了下眉頭，隨即臉上就綻開了笑容，「你們？啊，我想起來了。劉秀、鄧奉、嚴子陵，還有豬油。行，能帶領一群新兵蛋子，跟岑彭打個不相上下，有本事！不愧是太學裡出來的，比我以前見過的任何人都強！」

「見過馬大哥！」四人被誇得臉上發熱，連忙拱手向馬子張行禮。「多謝大哥仗義援手！」

「罷了，罷了，別那麼囉嗦。」馬武一邊將鋸齒飛鐮三星刀朝馬鞍子下掛，一邊笑著搖頭，「我是趕巧遇到了，才順手給了岑彭一下。其實即便我不來，他也未必能勝得過你們。他麾下的將士，已經是在死撐了。而你們留在山上的步卒，還有餘力。」

「這……」劉秀等人俱是一楞，腦海裡迅速閃過先前的戰鬥過程，隨即，一個個面紅耳赤。

到底是一群毫無經驗的新手，居然把騎兵和步卒分別使用！事實上，在馬武出現之前，如果嚴光及時命令步卒順著山坡下撲，已經足以給棘陽營致命一擊。

「我也是旁觀者清，真的跟岑彭交手，未必做得比你們更好！」唯恐打擊到眾人的信心，馬武笑了笑，又大聲補充。「我跟岑彭打了好幾十仗，從來沒在他身上撈到過什麼便宜。算起來，這次還是最痛快的一次，打得他隻身逃命。若不是他的坐騎好，哈哈，哈哈哈哈……」

言談間，好生滿足。眾人聽了，頓時忘記了先前的所有疑慮。一起笑了笑，再度向馬武拱手，「大哥不必過謙，無論如何，都是因為大哥和三姐來得及時，才徹底鎖定了勝局。」

「是啊，大哥來得及時，否則，我們未必知道岑彭剛才也是在咬著牙死撐。」

「在下剛才，的確沒生出全軍押上的念頭，若不是大哥和三姐來得及時……」

馬武聽了，心中雖然受用，卻依舊不肯貪功，擺了擺手，笑著打斷，「行了，讀書人就這點不好，婆婆媽媽。再怎麼算，功勞也算不到我的頭上。我真的只是來得巧了而已。事先不知道會遇到你們，更不知道，岑彭這個混帳，居然如此好騙！」

「我和大哥，數日前就接到了劉大哥的信，要來新都城下匯合。到了新都之後，發現他已經率軍殺向了棘陽，就又匆匆忙忙趕了過來。」見四人臉上又泛起了幾分茫然，馬三娘在旁邊笑了笑，快速補充，「本以為會在棘陽城下，跟岑彭來一場惡戰。沒想到在距離棘陽二十里的地方，就先看到了他。」

棘陽，縣衙前大街。

「這回，三兒不會再怪咱們軍紀敗壞了吧！」柱天大將軍劉縯側轉頭，望著沒有受到任何破壞的街市，意氣風發。

「哈哈，哈哈哈，哈哈哈！」傅俊、李秩、習鬱、陳俊、張峻等人，齊齊開懷大笑，先前因為劉秀強行推進整頓軍紀之事而隱藏在內心深處的不滿，一掃而空。

勝利喜悅，足以掩蓋住許多隔閡與矛盾。特別是大獲全勝之後，原來很多爭執，都可以劃歸意氣之爭範疇，徹底變得微不足道。

此戰，在前任縣丞任光的全力配合下，義軍幾乎兵不血刃就拿下了岑彭經營多年的老巢，收穫豐厚得令人咋舌。

馬厩裡光是訓練有素的戰馬，就得到了一千三百多匹。各類鐵甲、皮甲，也是數以千計，此外，城內的倉庫中，刀矛，箭矢、糧草、銅錢，都堆積如山，甚至便連雲梯、衝車、井欄之類的大型攻城器械，也找到了十餘架！

這，還沒算上城外血戰所得。如果把從棘陽軍身上扒下來的鎧甲，武器也算上的話，已經足夠將柱天都部從上到下重新武裝一整遍。當然，無論如何，劉縯都不可能這麼做。新市軍、平林軍都為全殲棘陽官軍的行動，做出了不可忽略的貢獻，理所當然要分享一部分戰利品。特別是新市軍馬子張部，非但在全殲棘陽軍的戰鬥中功勛赫赫，並且曾經給與過柱天都部極大的幫助。如今柱天都部脫胎換骨，劉縯必須要還對方一份人情。

所以，用笑話解開傅俊等人的心結之後，劉縯立刻命人在縣衙擺開酒宴，邀請新市軍的頭領王鳳、王匡，平林軍兩位當家，陳牧和廖湛，以及馬氏兄妹，一道為今日之戰把盞慶功。

眾當家都是老江湖，自然知道慶功宴不止是為了慶功。當即，將各自的隊伍收攏到一起，在城外擇地安營紮寨。然後各自帶著百餘名親兵，施施然朝縣衙走來。

劉縯帶領傅俊、李秩、任光，熱情地迎出了縣衙大門口。先眾人依足禮數互相拜見，然後跟大夥兒互相推讓著走向正堂。正堂內，早已由全縣最好的廚師，準備出了可口的菜肴。味道甘冽的陳年老酒，也是成罈子成罈子往上端。待大夥都喝得眼花耳熟，菜也越吃越慢，劉縯看看時候差不多了，便端了滿滿一盞酒，起身說道：「今日若非諸君仗義前來相援，我柱天都部即便能如願拿下棘陽，也少不了跟岑彭拚個兩敗俱傷。感激的話，劉某不敢多說，卻牢記諸君之恩在心。請滿飲此盞，為大勝賀！」

「為大勝賀！」眾人聽劉縯說得爽利，都迅速舉著酒盞站起身，鯨吞虹吸。

劉縯仰頭將酒一乾而盡，然後迅速舉起第二盞，繼續大聲說道：「岑彭在棘陽經營多年，城高池闊，設施齊全。我軍得此，便有了立足之地。從今往後，棘陽，不只是我柱天都部的老營所在，也是諸位的老營所在。願我等同心協力，推翻暴莽，光復漢家山河！」

「推翻暴莽，光復漢家山河！」

「推翻暴莽，光復漢家山河！」

「推翻暴莽……」

眾人群起響應，也從僕人手裡接過第二盞酒，喝了個酣暢淋漓。

做了這麼多年綠林好漢，大夥心裡早就有了一種明悟，那就是，打家劫舍的日子，肯定無法長久。繼續做下去，本人哪天就成了官軍的刀下亡魂不說，子孫後代，也會永遠背負上一個「賊」名。而把打家劫舍，改成光復漢家山河，就完全不同了。非但更容易拉人入夥，就算搶劫，都搶得更加名正言順！

「第三盞，劉某祝我等能永如今日，兄弟同心。天下不止一個棘陽，我等也不會只是這一次並肩而戰。劉某今日鄭重向大夥許諾，凡是劉某能得到的，無論糧草輜重，還是武器金銀，都必與諸君共！來，諸君，飲盛，為我等日後所向披靡！」

「飲盛！」王鳳、王匡、陳牧、廖湛等人，終於盼到了自己最關心的話題，紛紛大喊著將酒水灌落於肚子。

劉縯原本就是個痛快人，大勝之下，更不願意斤斤計較。立刻命朱浮拿來絹布賬冊，把在城內繳獲所得，向各路英雄公然展示。然後大聲宣布，此戰城內所得，柱天都部只拿四成，剩餘六成，平均分給參戰各路援軍。城外所得，待統計核實之後，柱天都部右軍也只拿四成，剩下的六成，平均分給王鳳、王匡、陳牧、廖湛、馬武和三娘，柱天都部其他各路人馬，滴「水」不沾。

縣城乃是任光拿下，而任光早就暗中加入了柱天都部。縣城外的戰鬥，其他各路義軍雖然都出了力，可主要功勞也應該歸屬於劉秀所部，誰都沒資格和臉皮跟他去搶。因此，王鳳、王匡、陳牧、廖湛等人，原本以為，劉縯即便再大方，頂多也只會把城外的繳獲，拿出一半兒來給大夥「潤潤嘴」，卻沒想到，城內城外，都能白拿四成。頓時，一個個都紅了臉，爭先恐後地表態，

「伯升，你這就太見外了。縣城乃是你和任將軍配合所得，我等什麼忙都沒幫上，怎麼能不勞而獲！」

「是啊，這怎麼好意思！縣城本是你獨力拿下來的，我等豈能白分你的物資！」

「都是兄弟，伯升，你何必如此見外。給弟兄們分點兒糧食，別餓著肚子就行了。鎧甲武器輜重之類，我等怎麼有臉皮白拿！」

「伯升，既然是兄弟，就別如此客氣。否則，今後再攻城略地，大夥心中都想著以此為例，

反而會惹出許多不痛快！」

最後一句，當然來自馬武馬子張。不但將群雄聽得人人臉色大變，劉縯聽到之後，也連連點頭。「嗯，子張兄此言甚是，劉某先前高興過頭，只想到眼前，卻沒想到今後。這樣吧，既然我等還要並肩而戰，就不要分得那麼仔細。城內所得，柱天都部依舊拿四成，兩成留下以備今後不時之需，四成歸在座諸君。城外所得，舍弟那邊拿一半，剩下一半兒歸諸位平分，大夥意下如何？」

「這，這怎麼好意思！」聽馬武一句客套話，就令劉縯將兩成繳獲收了回去，王匡立刻不敢再謙讓，紅著臉，結結巴巴地拱手，「伯升，今後凡是你的事情，就是我們新市軍的事情。無論在下、二弟，還是三弟馬子張，都會與你共同進退！」

「伯升，我等今後，與你共同進退。風裡火裡，絕不皺眉！」平林軍的首領陳牧、廖湛，也覺得好生肉痛，一邊在肚子裡悄悄問候著馬武的老娘，一邊大聲表態。唯恐說得慢了，被傻蛋馬子張再推讓一次，讓大夥「應得的分潤」再少兩成！

「如此，就請再飲此盞，然後分了輜重，整頓兵馬，來日直搗長安！」見大家對物資的分配不再持異議，劉縯迅速又舉起一盞酒，大聲相勸。

「乾了，直搗長安！」王匡、陳牧等人齊齊舉盞，再度將酒水一飲而盡。

既然說好了所有人都關心的事情，接下來的酒宴氣氛，就愈發地熱鬧。賓主之間一邊頻頻舉杯，一邊憧憬著今後如何將官軍切瓜砍菜般殺得乾乾淨淨，喝得好生酣暢。

又喝了大概一個時辰，年紀最長的王匡起身說道：「伯升，諸位兄弟，且聽王某一言。伯升起兵以來，之所以能勢如破竹，關鍵便是打了官軍一個措手不及。而那甄阜狗賊，素來心高氣傲。吃了如此大一個虧，肯定會想方設法找回場子。所以，我等千萬不要懈怠了，以免被賊人得到可乘之機！」

「王大哥說的是，咱們以前幾度跟甄阜交手，初期也都無比順暢。結果時間一長，就會被老賊找到機會，一點點將局面倒扳回去！」王鳳向來跟王匡用一個腦袋思考，也跟著站起來，大聲提醒。

「的確，我軍氣勢雖盛，但隊伍裡新兵卻占了一大半兒。勇氣和耐力，在戰場上都很難持久。而前隊那邊，卻是老兵居多，即便局面一時不利，只要為將者自己不亂，就不會亂了陣腳！」任光雖然初來乍到，但是對敵我雙方的情況，卻都瞭解頗深。皺著眉頭站起來，大聲補充。「是以，當務之急，不是商討如何破敵北上，而是以棘陽為根腳，訓練士卒，統一號令，建立法度，將各軍之力整合為一……」

他是個經驗豐富的軍政老手，提出來的建議句句都切中時弊。然而，他的話，落在某些義軍將領耳朵裡，卻句句「包藏禍心」。當即，平林軍二當家廖湛就站了起來，大聲打斷：「任縣丞這話，可就差了。我等先前說不要懈怠，是說要加強防範，然後再接再厲。而不是蹲在棘陽城中，為一些無關緊要事情耽誤工夫！況且，訓練士卒，統一號令，怎麼可能是上下嘴唇一碰的事情。沒個三五個月光景，怎麼可能弄出一個頭緒來！」

「是極，是極！」王鳳也跟著站起身，用醉眼斜看著任光，大聲補充，「棘陽城雖然堅固，卻未必禁得起老賊甄阜不惜代價猛攻。若是我等不思進取，停步於此地，無異於坐以待斃！」

「廖將軍，王將軍，在下並非不思進取！」沒想到自己的建議，竟然被對方曲解到如此地步，任光忍不住心中惱怒，迅速拱了下手，大聲辯解。

「王將軍、廖將軍，伯卿兄的意思是，我等應該趁著官軍新敗，一時半會兒未必能全力反撲的機會，將各路兵馬整合為一體，然後共同進退。而不是像如今這般，各說各話！」唯恐任光獨木難支，劉秀趕緊站起身，替任光幫腔。

「我軍起兵起來，雖然一路勢如破竹，但自身卻並非毫無破綻。軍紀渙散，士兵來源複雜，旗號混亂，角鼓各奏各調，都是我軍的致命缺陷。萬一在交戰之時被賊將所乘，後果不堪設想！嚴光心思縝密，也跟在劉秀身後大聲提醒。

因為年齡小的緣故，他和劉秀、鄧奉、朱祐四個，都敬陪末座。所以將王匡、王鳳、陳牧，以及一干豪傑的表現，都看得清清楚楚。很顯然，王鳳、廖湛兩個，不是誤解了任光的話，而是故意將其曲解，以避開統一號令，合併整軍的話題。

而王匡和陳牧，雖然還沒有開口表態。但目光和動作上，已經透露出了他們對任光的不滿。若不是因為任光剛剛立下了大功，並且跟劉縯的位置坐得近，他們早就跳了起來，對此人飽以老拳。

是以，兄弟四個略作商量，就準備聯手助任光一臂之力。

然而，還沒等四人當中口才最好的朱祐起身說話，李秩卻忽然搶在了前頭，大聲喊道：「各位當家聽李某一言，俗話說，『沒有規矩，不成方圓！家中千口，主是一人！』伯升乃帝王之後，又待我等義薄雲天，我等不若就先推了他為主公，然後明號令，定尊卑，整頓兵馬北進，與甄阜老兒一決生死。若勝，則令天下英雄，知道我大漢中興可期。即便一時僵持不下，弟兄們也知道我等乃是為光復大漢而戰，不至於士氣一落千丈。」

「對，伯升文武雙全，又待弟兄們義薄雲天，理當為我等共主！」馬武一直對劉縯佩服有加，聽到李秩的提議，想都不想，立刻站起來表示贊同。

他的威望，遠在王鳳、廖湛之上，登時，不少軍中將領，都紛紛起身表態，要立刻將劉縯推上帝王之位。劉縯見狀，窘得臉色大變，趕緊也站了起來，向著四下團團施禮，「各位兄弟，李將軍，子張，你們的好意，劉某不勝感激。然而，此刻我等所控之地不過五縣，所擁之兵剛過兩萬……」

「伯升，你的意思我明白了！」王匡再度搖搖晃晃地站起來，大聲打斷，「你的意思是，如今我等地盤太小，實力單薄，過早擁立你當皇帝，肯定會遭天下人恥笑！此事好辦，趁著眼下我軍士氣正盛，咱們立刻揮師去攻宛城。將那甄阜老兒趕出荊州，看誰還能說出什麼話來！」

「啊！」劉秀被王匡的提議嚇了一大跳，連忙大聲反駁，「不可，我軍號令旗鼓都沒統一。

若是一直打勝仗還好，若是……」

「揮師宛城，將朝廷兵馬趕出荊州，然後改朝換代！」平林軍的首領陳牧眼珠一轉，長身而起，揮舞著手臂大聲呼籲。

「揮師宛城，將朝廷兵馬趕出荊州，然後改朝換代！」

「揮師宛城，將朝廷兵馬趕出荊州！」

新市軍和平林軍的將領們，紛紛振臂響應，剎那間，將劉秀的話淹沒在一片震耳欲聾的口號聲中。

「改朝換代！」

「改朝換代！」

「改朝換代……」

其他眾位好漢被口號聲喊得熱血上頭，相繼起身，揮舞著手臂大聲附和。彷彿宛城的城牆是稻草堆的一般，朝廷的前隊精兵也是一群任人宰割的羔羊！

當晚，眾豪傑就按照約定瓜分了繳獲的物資，然後休息三日，以供將士們恢復體力。到了第四天一早，則拔營起寨，浩浩蕩蕩殺向了宛城。

各路兵馬加在一起，總數高達五萬，再加上將領們各自的家眷，合超過六萬餘眾。沿途遇到不肯投降的堡寨，皆一鼓而破，然後帶著繳獲之物，繼續迤邐前行。

如此拖家帶口的走法，當然不可能走得太快，各路人馬之間的配合，更是無從談起。劉秀和嚴光等人見到這種情況，個個憂心忡忡。幾番提議先把隊伍停下來整頓，卻都被王匡、陳牧等綠林軍老將當場噴了個體無完膚。

「小兄弟，我們都知道你讀書多。但行軍打仗，卻不能樣樣照著書卷搬。對付官軍，還得聽聽我們這些老傢伙的！」王匡年紀比劉秀大了足足兩輪，倚老賣老，句句話透著驕傲。

「王老哥說得沒錯，你們學的那些東西，未必實用。況且咱們肯定也不會的帶著婦孺去打仗，在抵達宛城之前，肯定會找個寨子，先把家眷安頓下來！」陳牧對劉秀總是企圖染指自家一畝三分地的行為，也非常不滿，帶著幾分嘲弄，撇著嘴道。

「不帶家眷，弟兄們怎麼會安心打仗。再說了，把家眷都放在棘陽，萬一遇到官軍偷襲怎麼辦？咱們是回頭相救，還是繼續先前？」

「就是，咱們多少年都這樣，怎麼能說改就改？」

「咱們吃的鹽，比你吃的米還多！」

「自家人管自家事情，別把手伸得太長！想管咱們，你還得多殺幾個敵將才成！」

……

劉秀無奈，只好求助於自家哥哥劉縯。而劉縯卻不願意被眾綠林好漢誤會自己任人唯親，只是又多派出了百十名斥候，就對他的提醒敷衍了事。

如此一來，整個隊伍愈發散漫。與其說是在行軍，不如說是在外出野遊。這一日，大夥終於來到距離宛城約有三十里的小長安聚鄉外。雖然大霧瀰漫，但劉縯卻早就從斥候嘴裡，得知小長安聚的虛實，先將兵馬停了下來原地待命，然後扭頭向王匡說道：「大兄，請在此稍候。待我先取了眼前這個寨子，然後再請大夥入內安歇！」

「不過一村爾，何勞伯升親自去？」王匡前幾天在棘陽白拿了劉縯那麼多糧草輜重，正愁沒法回報。立刻伸手拉住了劉縯的戰馬韁繩，扭過頭，對王鳳高聲命令：「棲梧，你去將它替大夥取來。」

「得令啊！」王鳳早就憋得渾身難受，答應一聲，點起三千嫡系精銳，直接朝著小長安聚撲了過去。

須臾，白霧背後，火光洶湧，金鐵交鳴聲、慘叫聲、求饒聲，不絕於耳。王匡聽了，頓時臉上的表情愈發傲慢，四下看了看，撇著嘴大聲炫耀：「伯升，不是老夫挑你，打仗，還是得看咱們這些老行伍的。令弟……」

「嗚嗚嗚，嗚嗚嗚，嗚嗚嗚嗚嗚……」一陣低沉的畫角聲，忽然在白霧後響起，瞬間將他的話語憋回了喉嚨當中。

「怎麼回事，伯升，你的斥候呢，你不是派出了許多斥候嗎？」平林軍大當家陳牧經驗豐富，立刻就分辨出畫角聲並非自己這邊所發，緊皺著眉頭，大聲追問。

話音剛落，耳畔忽然傳來一道短促的風聲，「嗖——」，緊跟著，肩膀處忽然一涼，鮮紅的血漿噴出了半尺多高。

「呀——」陳牧疼得大聲慘叫，側轉頭，恰恰看到一支狼牙箭，在自己脖頸和肩膀交界處微微顫抖。好在前幾天剛剛分得的鎧甲夠厚，才避免了被當場射死。

「大當家！」陳牧的親兵立刻蜂擁上前，試圖替他拔掉狼牙箭，包紮傷口。更多的箭矢，卻在白霧後疾飛而至，將他們像摘柿子般，一個接一個射下了馬背。

「敵襲，敵襲！」隊伍外圍，有人厲聲驚呼。隨即，金鐵交鳴聲，就響成了一片。整個隊伍，從頭到尾，每一處都箭矢如冰雹般砸下。誰也看不見迷霧背後，到底埋伏著多少官軍，多少張角弓！

「不要慌，結陣，各位各回本軍，結陣迎戰！」關鍵時刻，劉縯顧不上再考慮王匡等人的面子，果斷拔出鋼刀，大聲命令。

「結陣，結陣迎戰！」王匡、廖湛、傅俊、李秩等人，也拔出兵器，大聲呼喝著奔向各自的部曲。試圖將慌亂的弟兄們整頓起來，與來襲的敵軍一決雌雄。

只是，哪裡還來得及？義軍將士連日來優哉游哉，根本沒有做任何戰鬥準備。而敵軍卻是以有心算無心，占盡天時、地利。戰鬥剛剛開始，就形成了摧枯拉朽之勢，將各路義軍打得人仰馬翻，毫無還手之力。

「老三，你保護陳大當家！」劉縯不用看，光是以耳朵聽，就知道情況不妙。將已經因為失血過多陷入昏迷的陳牧交給劉秀，帶領著嫡系就準備親自去濃霧後一探究竟。

「劉伯升，哪裡走，岑某在此恭候多時！」還沒等他的坐騎開始加速，濃霧後，忽然傳來一聲斷喝。緊跟著，有一員猛將帶著數百名騎兵，如飛而至。沿途遇到膽敢阻攔的義軍，皆用鋼刀砍做兩段。

「岑彭！」李秩嚇得頭髮倒豎，手中長槊差點直接丟在地上。

「岑彭！」「岑君然！」「岑彭設下了埋伏！」「岑彭……」

臨近的幾個綠林軍將領，更是緊張得手腳發軟，驚呼聲也完全變了調頭。

他們都跟岑彭打過多年的交道，吃虧不止一次。因此，猛然間看到岑彭帶著騎兵殺到了自己眼前，頓時個個心驚膽戰。

「岑彭小兒，休要張狂，馬某來取你狗命！」新市軍三當家馬武見到此景，被羞得面紅耳赤，不待劉縯吩咐，就策馬掄刀衝了上去。

馬三娘帶領五百騎兵緊隨其後，轉眼間，兄妹兩個，就跟岑彭戰做了一團。其他騎兵，也跟岑彭的親信策馬對衝，雙方不停地有人落地而死，鮮血噴在空中，將周圍的白霧，染得像火一樣紅。

雖然死傷慘重，但憑著馬武和馬三娘的勇悍，劉縯這邊，終於緩過了一口氣。再度將鋼刀舉了起來，他剛要派人去幫馬武一臂之力。濃霧後，卻又傳來了一陣悶雷般的馬蹄聲，「轟轟，轟轟，轟轟轟轟……」

不知道多少騎兵，從他的側後方殺了過來。將行走在隊伍外圍的義軍將士，殺得像雪崩一般慘叫著潰散。一道又一道紅色的霧氣，在半空中翻滾交織，彷彿鬼魂所居住的地府，忽然出現在了人間。

「阿爺救我！」

「孩子他爹，你在哪啊兒！」

「救命——，救命——！」

「饒命，啊——」

……

面對潮水般湧來的官兵，連起義將士都亂做一團，更何況隨同隊伍一道行軍的家眷？剎那間，哭喊聲，求救聲，尋親聲，討饒聲，就響成了一片。

對於負重到極限的駱駝來說，一根稻草，都可能將其壓垮。而家眷們的哭喊求救聲，落進了義軍將士耳朵裡，則成了最後一根稻草。

剎那間，平林軍就徹底崩潰，眾頭領各自帶著嫡系部曲一哄而散。新市軍王匡、王鳳的隊伍，也瞬間逃走了七成以上，只剩下千餘鐵桿嫡系，團團圍在兩位當家人身邊，胡亂揮舞兵器，不知所措。

由於在新都已經進行過一次粗略整頓，資歷最淺的舂陵軍，此刻表現反而遠在兩支友軍之上。雖然也有一大半兒人馬逃走，留在劉縯身側同生共死的，卻依舊超過了四千，並且其中絕大多數弟兄，頭腦還保持著清醒。知道聽從將領們的指揮，也知道節省體力和箭矢，在看不清敵人的情況下，堅決不做毫無意義的浪費。

「老三，悔不聽你和伯卿之言！」柱天大將軍劉縯饒是定力過人，到了此刻，心中也徹底亂了方寸。扭過頭，對著自家弟弟劉秀大聲懺悔。

如果聽從任光和劉秀的建議整軍，今天留在他身邊同生共死的弟兄，就不會只有四千。如果聽從任光和劉秀的建議整軍，今天大夥就還在棘陽城內，根本不會踏進官兵的陷阱。如果聽從任光和劉秀的建議整軍，各路義軍的家眷，就不會跟著隊伍同行，不會發出哭喊擾亂軍心。如果聽從任光和劉秀的建議整軍……

後悔的，不止是劉縯一個。傅俊、張峻、王霸等人，也全都垂下了驕傲的頭顱，恨不得從地上找條縫隙往裡鑽。然而，時光從來不會倒流，眼下，他們再後悔，也不可能再飛回棘陽。再如幾天前那樣擁眾數萬，兵強馬壯。

「大將軍，此刻不是說這些的時候！」劉秀的回應，從喊殺聲的縫隙裡傳來，一字不漏地鑽進眾人的耳朵，「各位將軍，為將者乃三軍之膽。此刻如果我等抖擻精神，也許還能帶著弟兄們殺出一條活路來！如果我等自己先喪失了鬥志，大夥肯定是死路一條！」

「右將軍說得是！」眾將領心裡打了個哆嗦，努力將頭重新抬起，儘量做出鎮定模樣。

然而，四下裡，官軍的喊殺聲一浪高過一浪，想要殺出一條活路，談何容易？更可怕的是，如此濃的霧氣，卻只對義軍有效，讓大夥全都變成了瞎子。而官軍的目光，卻彷彿能穿透霧氣般，一支支隊伍縱橫來去，彼此之前配合得宛若肩膀與手臂。

「三兒、士載，你和仲先、子陵各帶一百騎兵，火速回棘陽向任光求救！」見到此景，劉縯心中更為絕望，立刻以搬兵求救為藉口，命令劉秀、鄧奉、朱祐和嚴光四人提前撤離。

「棲梧，你也走，回新市去整頓隊伍，將來再想辦法向岑彭討還血債！」王匡稍微一楞神，就明白了劉縯在幹什麼。立刻照葫蘆畫瓢，向王鳳下令。

「大哥，你這是什麼話，咱們兄弟結義時發過誓，不願同年同日生，但求同年同日死！」王鳳哪裡肯聽，紅著眼睛，大聲咆哮。「要麼一起向前，要麼一起向後，我就不信，咱們殺不出一條血路來！」

「對，生一起生，死一起死！」鄧奉和朱祐，也雙雙紅了眼睛。高舉起兵器，大聲發誓。同時用目光看向劉秀和嚴光，等待他們兩個的響應。

然而，讓鄧奉和朱祐非常失望的是，劉秀和嚴光，居然選擇了沉默。並肩騎在兩匹惶恐不安的戰馬上，一人左顧，一人右盼，對周圍的喧囂充耳不聞。

「劉文叔！」鄧奉頓時失望到了極點，扯開嗓子，朝著劉秀大聲咆哮，「沒想到你居然……」

「閉嘴！」劉秀忽然扭過頭，向著他怒吼。隨即，又將目光轉向濃霧，像先前一樣，繼續緩緩向周圍掃視。

「你，你居然……」鄧奉被吼得好生委屈，立刻紅了眼睛，大聲質問。話剛剛到了嘴邊，卻被朱祐一巴掌拍回了肚子，「別打擾文叔和子陵，他們兩個絕不是貪生怕死之輩！」

「啊！」鄧奉楞了楞，瞬間就恢復了清醒。

劉秀絕不是貪生怕死之輩，嚴光也不是。否則，在太行山那會兒，二人就早已經被打回了原形，絕不會一直偽裝到現在。

那，他們兩個到底想怎麼做？他們兩個到底在幹什麼？

學著劉秀和嚴光的模樣，鄧奉也將目光看向白霧，卻發現霧，比先前更濃。中間還有大團大團的紅色在翻滾。彷彿無數頭惡鬼，悄然擇人而噬！

「士載，取弓出來，跟我一道射我對面左上方那幾團火光！」劉秀忽然從馬鞍後抽出了騎弓，同時背對著鄧奉大聲吩咐。

「啊——」鄧奉聽得又是一愣，隨即臉上就露出了狂喜。

火光，濃霧背後，居然還有火光。並且不是大團大團，也沒用任何黑煙相伴。很顯然，那是敵軍故意點起的燈籠。不為了照亮，而是為了指揮將士們相互配合，以對他們最有利方式，向義軍發起攻擊。

就在這一楞神間，劉秀手中的騎弓已經發出了第一支羽箭。七十餘步外，有一團紅色的火光應弦而滅。緊跟著，就有上百支羽箭，透過濃霧向他這邊發起了反擊，將幾名毫無防備的義軍弟兄，瞬間射成了篩子。

「射那些火把！大將軍，快組織人手射那些火把！」朱祐一邊揮舞鋼刀幫劉秀撥打射過來的箭矢，一邊扯開嗓子大聲高喊。

「射火把，射火把！」鄧奉、嚴光二人，一邊策馬拉開彼此之間的距離，一邊快速發箭。將另外幾團火光中的一團，瞬間射得不知所終。

敵軍的報復目標，立刻變成了他們兩個。讓劉秀所面臨的壓力，瞬間降低了一大半兒。後者再度舉起騎弓，箭如流星，轉眼間，就將第三團火光射落於地。

「射火把，射火把，射距離你最近的火把！」大將軍劉縯如夢初醒，啞著嗓子發出了怒吼。

「射火把，射火把，射距離你最近的火把！」李秩、傅俊、王霸等人迅速做出響應，指揮起各自的嫡系部曲，朝濃霧後的亮光迅速發起了反擊。

周圍的星星點點的火光，一團接一團熄滅。每熄滅一團，都令義軍所面臨的壓力，瞬間一輕。

濃霧是公平的，不但遮擋了義軍將士的目光，對官軍也是一樣。當所有火光盡數熄滅，官軍頓時也變成了沒頭蒼蠅，只能靠將領的嗓門來指揮臨近的兵卒，再也無法像先前一樣彼此密切配合，更無法像先前一樣肆意縱橫來去。

雖然依舊看不清官兵的數量和具體動作，義軍所面臨的壓力，卻比先前降低了一大半兒。王匡、王鳳、廖湛等人立刻重新振作起精神，去收攏身邊的弟兄，準備結伴朝棘陽方向突圍。傅俊、李秩、王霸、陳俊等人，也在劉縯的指揮下，將剩餘的舂陵將士重新組織在一起，朝著東南方向且戰且走。

堪堪走了小半個時辰，前方的阻力越來越小，耳畔的號角聲和喊殺聲也越來越低。眾將以為脫險在即，忍不住各自偷偷鬆了一口氣。就在此時，一道瀲灩的日光，忽然從頭頂照了下來。

濃霧以肉眼可見速度消散，將領們身上的血跡和兵卒們臉上的恐慌，在短短幾個呼吸時間內，變得清晰可見。更遠處的山坡上，一杆羊毛大纛，在日光下迎風招展。旗面上，赫然繡著一個斗大的漢字「甄」。

「是甄阜！」

「前隊大夫甄阜！」

「是甄阜老賊的本軍！」

……

義軍將士連聲驚呼，士氣再度一落千丈。而山坡上的前隊大夫甄阜則喜出望外，立刻將寶劍前指，指揮起一群如狼似虎的爪牙，順著山坡向下猛撲。

這下，義軍可是遭到了滅頂之災。許多筋疲力竭的將士，剛剛舉起兵器，就被蜂擁而至的官兵砍翻在地。許多體力尚還充沛的將士，在接踵而至的打擊下，也失去了抵抗的勇氣，丟盔卸甲，四散奔逃。

劉縯、傅俊、王霸和劉秀、鄧奉等人雖然努力約束身邊弟兄，奮勇衝殺，然而卻終究回天乏術。很快，就被官兵衝散，彼此之間，再也無法相顧。

「甄阜老賊，你家爺爺在此！」發現大勢已去，劉縯的眼睛迅速開始發紅，揮舞長槊挑翻幾名攔路者，策馬直撲甄阜的羊毛大纛。

周圍的官兵將士哪裡肯答應，紛紛揮舞著兵器上前阻擋。短短幾個呼吸過後，就將他身前身後圍了個水洩不通。好劉縯，身陷重圍卻毫無畏懼，長槊左刺右挑，大開殺戒，將攔路者一個接一個放翻在地。飛濺的血漿，迅速染紅了他和他胯下的戰馬。在日光的照耀下，宛若一座火焰之神。

「射死他，給老夫射死他！」前隊大夫甄阜，才沒心情欣賞劉縯的勇武，看到此人距離自己越來越近，立刻吩咐麾下親兵放箭偷襲。

數百支羽箭，瞬間破空而至，將劉縯和包圍著他的官軍將士，不分敵我徹底覆蓋。鮮血噴湧，屍骸遍地。僥倖沒有被射中要害的兵卒們，嘴裡發出一聲撕心裂肺的慘叫，四散奔逃。

下一個瞬間，劉縯忽然從戰馬的屍體下鑽了出來，徒步繼續衝向甄阜，長槊過處，官軍將士像開裂的寒瓜般，朝兩側紛紛退散。

不是這些官兵不夠勇敢，也不是他們自認本領不濟。然而，他們卻誰也吃不準，萬一自己衝上去阻攔劉縯的時候，會不會又有一場箭雨從半空中落了下來。

「甄強、甄堅，你們兩個帶二百騎兵，給老夫將他剁成肉醬！」被手下人的「膽小怕死」氣得鬍鬚亂顫，前隊大夫甄阜用寶劍向劉縯指了指，再度大聲命令。

「是！」兩名親兵隊正答應一聲，立刻各自帶領麾下的爪牙，向劉縯撲了過去。眼看著就要將劉縯亂刃分屍，斜刺裡，忽然飛來數支短矛，「呼——」「呼——」「呼——」「呼——」，帶著淒厲的風聲，將衝在最前方四名親兵，直接推落於馬下。

「大哥上馬！」劉秀、鄧奉、朱祐、嚴光四人策馬急馳而至，每個人身上，都灑滿了血跡。誰也分不清究竟哪些來源於敵人，哪些來源於他們自己。

「小子受死！」當著自家主將的面兒，親兵隊正甄強哪裡肯接受此等羞辱？立刻抖動長槊，直撲四人當中看起來最不像武將的嚴光。誰料想，還沒等他衝到嚴光面前一丈範圍內，在嚴光側面十多步外的朱祐，忽然朝他揮了一下手。緊跟著，一塊碩大的青磚呼嘯而至，不偏不倚，正中他的鼻梁骨。

「噗！」親兵隊正甄強的鼻梁連同小半邊臉都塌了下去，七竅出血，慘叫著落馬。而朱祐得了便宜卻不肯罷手，迅速又甩出第二塊青磚，直奔甄堅的胸口。

「噹啷！」甄堅在最後關頭豎起長槊，將青磚砸飛到了一旁。還沒等他將身體重新於馬背上坐穩，距離他最近的鄧奉，已經衝至五步之內，抬手一槊，正中他胯下坐騎的眼睛。

「唏吁吁吁——」可憐的畜生，疼得淒聲慘叫，高高地揚起前蹄，將甄堅摔到了地上。跟上來的親兵們唯恐將其活活踩死，不得不努力撥歪戰馬。而偷襲得手的鄧奉，則借助親兵們主動避讓的機會，繼續策動坐騎逆流而上，槊鋒吞吐，將沿途遇到的對手，一個接一個刺落於馬下。

「來人，帶所有親兵過去，去給老夫把他們幾個碎屍萬段！」甄阜氣得兩眼冒火，揮舞著寶劍，調遣人馬去替兩名親兵隊正復仇。還沒等周圍的心腹們上前接令，已經衝到他面前六十餘步處的劉秀，忽然張開了騎弓，「嗖」「嗖」「嗖」，三箭連珠。

「小賊！」甄阜好歹也是久經沙場的老將，豈會被幾支冷箭嚇住？立刻揮動寶劍，去撥打迎面射來的雕翎。

第一箭，他如願用寶劍砸飛在地。第二箭，他勉強用寶劍拍歪，卻將自己忙出了一頭熱汗。第三箭，他憑著經驗藏頸低頭，本以為可以將其直接避過。卻不料，那枝箭卻遠比他預料得低出許多，「噗」地一聲，正中戰馬的前胸。

鮮血飛起，來自西域的寶馬良駒悲鳴著倒地。前隊大夫被摔了個狗啃屎，順著山坡骨碌碌滾出了半丈多遠。他的心腹將領和親兵們見此，哪裡還顧得上去對付敵將。紛紛大叫著上前，爭先恐後地向他施以援手。

好劉秀，則趁著甄阜的親信亂做一團的機會，迅速拉住了兩匹空了鞍子的駿馬，一匹牽給了哥哥劉縯，另外一匹留給了自己，「大哥，快走！你若遭遇不測，柱天都部勢必分崩離析，咱們舂陵劉氏上下，誰都活不了！」

「你說什麼！」劉縯眼睛一紅，頭腦瞬間恢復了清醒。

柱天都部乃是劉氏莊丁、江湖豪傑、逃難流民和被俘的郡兵七拼八湊而成，內部關係錯綜複雜，除了他這個大將軍，短時間內，恐怕沒有第二個人能將弟兄們凝聚在一起。而萬一他遭遇不測，大夥立刻就變成了一盤散沙，無論多少人逃回了棘陽，最後恐怕都得成為官兵的口中之食。

所以，他劉縯無論如何不能死。至少在找到合適的繼承人之前，不能死！想到這兒，劉縯渾身上下，又充滿了力氣。低頭撿起一把環首刀，然後一縱身跳上了馬背，「跟著我，一起走，去棘陽，整頓兵馬替弟兄們報仇！」

「你先走，帶上子陵！」劉秀毫不猶豫地大聲拒絕，面孔迅速掃向嚴光，朱祐和鄧奉，「子陵，你體弱，不耐久戰，跟大哥先走一步。仲先、士載，跟我來！」

「你去哪？」劉縯大急，追問的話脫口而出。

四下裡幾乎全是官兵，根本看不到自己人的身影。即便有，也早就敵軍徹底分割包圍，根本沒有任何逃生的希望。劉秀現在衝去營救他們，無異於送死。

「馬大哥和三娘還在後邊，剛才替咱們擋住了岑彭！」劉秀頭也不回，策馬繼續朝小長安聚方向飛奔。手中騎弓迅速換成了鋼刀，所過之處，劈開層層血浪。

鄧奉、朱祐，各持一桿長槊，護衛在他身側。將試圖從側面撲上來偷襲的敵軍將士，一個接一個送回老家。

「子陵，走！」劉縯嘴裡，又發出一聲大喝，帶領嚴光，背對著劉秀向外突圍。忽然間，他身上的壓力徹底消失，每一招刺出，都宛若行雲流水。

誰說自己萬一戰死，柱天都部就會失去核心？那怎麼可能？合適的繼承人其實早就有了，只是大夥兒一直忽視了他，一直將他當成了小孩子而已。

周圍的壓力瞬間消失，劉秀喘息著舉頭四望。

前方五十步內，已經沒有擋路的敵軍。左右兩翼的官兵，也都踉蹌著逃散，再也不敢試圖阻擋他和鄧奉、朱祐三個的去路。

甄阜的本軍竟然被他們三人橫著衝透了，而馬武、馬三娘和岑彭，此刻卻不知道身在何方？四周圍，喊殺聲依舊鋪天蓋地，一簇簇官軍在五十步外，乃至目光看不到的地方，大發淫威。將陷入羅網的「反賊們」，無論老弱婦孺，成排成排地殺死。

「那邊，那邊有個人好像是劉嘉！」鄧奉眼神好，迅速用長槊指著左前方兩百步的位置，大聲提醒。

「殺過去，救了他一起走！」劉秀毫不猶豫更換了戰馬，順著槊鋒所指加速前衝。沿途幾名官兵聽到馬蹄聲，紛紛湊上前攔截。被他一刀一個，砍成了滾地葫蘆。

鄧奉和朱祐，也奪了敵軍的戰馬，跟著他繼續逆流而上。不多時，就衝到了目的地附近。正在圍困劉嘉等人的官兵，沒想到身後居然還能有義軍出現，倉促間，被殺了個措手不及。

「受傷的往西走，繞開我來的位置！」劉秀揮刀砍翻兩名官兵，同時朝著劉嘉等人大聲招呼，「沒受傷的，跟著我殺敵！」

「殺敵！」「殺敵！」劉嘉等人絕處逢生，心情激動異常。想都不想，揮刀撲向先前包圍自己的官軍，將對方殺得落荒而逃。

「不要追，敵軍人多！」劉秀又大叫了一聲，及時制止了眾人對潰兵的追殺，然後扯開嗓子，再度重申，「受傷的和沒有坐騎的往西走，繞開我來的方位，甄阜的本軍在那邊。沒受傷且有戰馬的，跟我來！」

幾名受了輕傷的義軍士卒楞了楞，舉目四下張望。然後向劉秀行了個禮，轉身向西而去。另外幾名徒步戰鬥的弟兄，看到周圍的敵軍聲勢浩大，也果斷選擇了服從命令。劉嘉雖然沒有受傷，且騎著一匹高頭大馬，動作卻比所有人都慢了半拍。而劉秀卻沒功夫等他，帶著鄧奉和朱祐，迅速撲向了距離大夥最近的下一個戰團。

「呸！」一名騎兵朝著劉嘉腳下吐了口吐沫，策馬追趕劉秀而去。另外十幾名騎兵想了想，也齊齊朝著劉秀遠去的方向加速。雖然他們已經疲憊不堪，雖然他們當中，有好幾個人身上的傷口還在冒血。

「我，我……文叔，你，你自己想找死，何必非拉上我？」劉嘉被自己手下人那口吐沫，吐得無地自容，咬著牙發出一聲呻吟，也策動坐騎，去追趕劉秀的腳步。一邊追，心中一般默默祈禱：「老天爺，這是行善！您老開開眼，開開眼，千萬別讓我等遇到強敵！」

也許是他心不誠，也許是老天爺看不起他的懦弱。才念到第二遍，前方就傳來了一陣激烈的金鐵交鳴聲。抬頭望去，劉嘉只看見自己的族弟劉秀，策動坐騎，躍入一群敵軍之間。

手中鋼刀四下劈砍，將對手切瓜砍菜一般放倒。

朱祐和鄧奉緊跟著劉秀的身影衝入敵軍隊伍，向兩側發起攻擊。原本以為勝券在握的敵軍倉皇迎戰，被他們三個逼得節節敗退。緊跟著，剛剛獲救的那十幾名義軍騎兵也衝了上去，跟在劉秀、朱祐和鄧奉三人身側呼喝酣戰，將官兵殺得魂飛膽喪，紛紛掉頭而走。

「三兒！是你麼，真的是你，老天爺，你總算開了眼！」先前被官兵包圍的義軍隊伍中間，有個熟悉的聲音，忽然響起，瞬間傳入了劉嘉的耳朵。

「三叔！」劉嘉大吃一驚，胯下的戰馬立刻開始加速。

三叔劉良是舂陵劉氏最有名望的族老，在家族當中地位，隱隱還在劉縯這個族長之上。大夥先前都以為他早已死在了亂軍當中，沒想到，他憑著十幾名莊丁的保護，居然掙扎著活到了現在。

「三叔！」劉秀也放棄了對官兵的追殺，策馬轉回，伸手將劉良從屍體堆中扯起，「太好了，您老真是福大命大。劉嘉，過來接上三叔，你帶著他繞路先回棘陽。」

不叫表字卻直呼名姓，乃是非常不禮貌的舉動。然而，劉嘉聽在耳朵裡，卻喜出望外。立刻衝上前，向劉良扶上了一匹官兵丟下的戰馬，然後帶著老人，頭也不回跑遠。

劉秀早就知道他怕死，所以也不覺得意外。讓保護劉良的莊丁自行向西逃命，然後與朱祐、鄧奉一道，帶著跟上來的騎兵們，繼續向北而行。沿途連續遇到幾夥攔路的敵軍，眾人都直接強衝而過。

由於義軍將士先前都在向南撤退的緣故，所以越往北，遇到的官兵反倒越少。但地上的義軍將士和老弱婦孺的屍體，卻隨處可見。其中不少，都是熟悉面孔，幾乎個個死不瞑目。

劉秀等人見此，心急如焚。不停地催促坐騎加速，同時舉目四望。唯恐一個疏忽，錯過馬氏兄妹的身影，或者從地上發現他們的屍體。

正急得火燒火燎間，忽然看到不遠處有一夥義軍，被官兵圍在馬車旁，正在苦苦支撐。眾人連忙加速衝了過去，等到近處，才發現帶隊的將領居然是劉伯姬。而重傷未癒的李通再度渾身染滿了鮮血，倒在車轅上生死不知。

「小妹不要慌，我來了！」劉秀大吼一聲，揮刀向前橫掃。兩個懷著貓捉老鼠的心思，輪番戲弄劉伯姬的宛城小校，立刻慘叫著落馬，胸前鮮血像泉水般噴湧。

鄧奉帶著十幾個騎兵一擁而上，刀砍槍刺，硬從官兵中間殺出了一條血路。朱祐則迅速搶了兩名小校的坐騎，牽著衝向劉伯姬的馬車，「走，妳帶著次元兄先走，剩下的人交給我們！」

「三哥，大姐、二姐她們就在附近！我剛才……」劉伯姬抱起李通，爬上馬背，同時朝著劉秀大聲提醒。回答她的，是一聲暴喝。「有我在，快走！往西走，繞路回棘陽。甄阜堵在南面的路上」。劉秀策馬上前，用身體護住自家妹妹，鋼刀一揚，正撞向一桿刺過來的長矛，隨即刀刃順勢下滑，直接將握矛的手給砍了下來。

「啊——」一名宛城兵痞捂著血流如注的手臂，慘嚎不止。朱祐恨他偷襲，縱馬踐踏，瞬間將此人的腦袋踩成了爛冬瓜！

「你們幾個，要麼跟著我，要麼自行向西逃命。不要直接向南，甄阜就等在去棘陽的路上！」劉秀縱馬掄刀，又將臨近的官兵逼退了數步，然後朝著其他驚魂未定的義軍叫喊。

大多數義軍，選擇了落荒而去。卻有七八個膽子極大，或者熱血上頭的，抓起兵器，跟在了他的坐騎之後。眾人抖擻精神，並肩而戰，剛剛將眼前的官軍殺散，忽然間，在左側的樹林裡，傳來一聲淒厲的尖叫，「狗賊，我今天即便做了鬼，也不會放過你！」

「大姐！」劉秀嚇得寒毛倒豎，立刻丟下隊伍，不顧一切地策馬衝入樹林。定睛細看，只見不遠處一棵大樹下，大姐劉黃披頭散髮，揮舞著一把鋼刀四下亂砍。而三名前隊官兵，則嘻嘻哈哈地拿著長矛，朝著她的胸口、大腿等處戳去。每個人的笑容，都是無比的淫賤。

聽到有馬蹄聲向自己靠近，那三名前隊官兵，居然連頭都懶得回。一邊繼續拿長矛調戲劉黃，一邊大聲叫嚷：「走開，想找樂子去別處。周圍女人多的是，這個娘們，我們哥仨包了！」

「去死！」劉秀怒吼著揮刀，將三名官兵一一砍翻。隨即拖起大姐劉黃，衝出樹林之外。鄧奉和朱祐也帶著其他弟兄趕至，騰出一匹坐騎，將劉黃安頓於馬背之上。然後大夥結伴，繼續四下衝殺。不多時，又救下了劉稷和劉賜和百餘名莊丁，於是將麾下兵馬一分為二，讓劉稷、劉賜帶著劉黃和沒有坐騎的人先向西走，剩下的騎兵則繼續跟著劉秀向北逆流而上。

才走了沒多遠，忽聽有人在前面厲聲慘呼道：「文叔救我！」抬眼看去，赫然是曾在太行山，被大夥救過不止一次的遠方親戚，劉玄劉聖公。此人正趴在一匹暗黃色的戰馬上，被兩名前隊騎兵追得不敢回頭。

知道他是王匡的人，鄧奉便不假思索縱馬衝上，手中長槊往前一遞，再一掃，將兩名追兵送回了老家。那劉玄立刻在馬背上直起了腰，伸手朝著自己來的方向，用力點了幾下，連句「謝謝」也顧不得說，倉皇逃之夭夭。

「他什麼意思？」劉秀被劉玄的動作，弄得滿頭霧水，策動坐騎，朝著此人所指方向衝去。堪堪又衝了四十餘步，忽然間，看到十幾名前隊官兵，用繩索拖著數具屍體，呼嘯而至。

「狗賊不得好死！」劉秀大怒，帶領著弟兄們揮刀堵住官兵的去路。隨即連續幾個衝刺折返，將對手盡數斬落於馬下。低頭再看，忽然發現那屍體的輪廓好生眼熟，頓時，整個人身體晃了晃，如遭雷擊。

是二姐劉元、侄女子文、子芝、子蘭，四具屍體，被繩索套住脖頸，拖在官兵的馬尾巴上，肩膀以下，已經找不到一塊完整的皮肉。

「啊——」劉秀嘴裡，忽然發出一聲淒厲的咆哮。眼前世界，瞬間變得殷紅一片。

「你騙人！你一看就是個騙子！」

「娘，小哥，救命！快來救命，有人要拐走我們！」

「小哥，拐子，快來打拐子！」

紅色的世界中，子文、子芝和子蘭的聲音，來回激蕩……

「你，劉三兒！」一個少婦打扮的女子拎著裁絹用的長剪子，如飛而至。身體因為雙腳停得過急，瞬間失去控制，一頭撞在鄧奉後背上。

「噹啷」一聲，少婦劉元手中的長剪刀掉落於地。兩眼直勾勾地看著他，兩行淚水突然奪眶而出，「老三，真的是你？你，你真的回來了！」

「是我，是我們！」劉秀笑著點頭，任憑猩紅色的淚水從臉上一股股滑落。

一切就彷彿發生在昨天，三個孩子和二姐的一言一行，歷歷在目。而現在，二姐和孩子們，卻都變成了冰冷的屍體，每個人的臉上，都寫滿了驚恐和絕望。

劉秀跳下坐騎，將二姐和三個外甥女的屍體挨個從繩索上接下來，挨個抱上戰馬。每一具屍體都很輕，像是稻草紮成的一般，沒有多少分量。然而，他卻被壓得步履蹣跚。

「文叔，節哀！」此時此刻，朱祐的心中，也疼得宛若刀扎。卻顧不上去擦眼淚，策馬衝到劉秀身後，哽咽著安慰。

劉秀彷彿聾了一般，沒有做任何回應。揮刀割下幾匹戰馬的韁繩，結在一起，去綁馬背上的屍體。每一個動作，都小心翼翼。彷彿唯恐用力太大，傷到了自己的姐姐和三個外甥女。

寒風吹動被拖爛了的衣衫，輕輕抽在了他的手背上，就像當日二姐薄慍時的輕拍，「我懂，二姐我都懂，甭看我很少出遠門，但外邊的規矩，我都聽說過。給你義父守孝三年對不對？應該的，三兒叫你義父一聲師父，也應該如此。但既然三年時間已經過去了，咱們就該管管自己了。你放心，包在二姐身上，什麼三媒六證，什麼納吉，請期，兩個月之內，保準幫你們張羅的風風光光。」

「小舅，你可以教我練武嗎？我阿爺太忙，沒空教我。你偷偷教我，我學會了就給他個驚喜！」

「小舅，長安很大嗎？是不是可以買到好多新鮮吃食？」

「小舅，你和妗妗會生孩子嗎？那太好了，我也有妹妹可以帶了！」

「小舅……」

二姐、子文、子芝、子蘭，娘四個圍著他，總有說不完的話題。她們還有很多事情，要跟他一起去做。他曾經答應過她們，去長安長見識，去塞外看看北國風光。他們曾經約定，等哪天閒下來，兩家人就一起泛舟海上，看大魚成群結隊，乘風破浪。他們曾經約定，等天下恢復太平，就回新野買一大片上等水田，全都種上稻子，然後每一個夏日的傍晚，都在蛙聲和蟬鳴裡，安然入夢。他們曾經……

「文叔，文叔，你醒醒，醒醒！官兵，官兵又殺過來了！」朱祐的聲音忽然傳來，打碎了眼前所有虛幻。

紅色的世界忽然變成了黑白兩色，黑的是不遠處蜂擁而至的敵軍，白的是天空和大地。猛然將馱著屍體的戰馬朝朱祐身邊一拉，劉秀再度俯身撿起了一把環首刀。然後邁開雙腿，大步衝向了黑色的洪流。

「文叔，文叔你瘋了！你到底要幹什麼？站住，站住，人死不能復生！」朱祐大急，策動坐騎擋住他的去路。劉秀卻靈活地繞開了他，再度邁步迎向越來越近的敵軍，年輕的面孔上，無喜無悲。

「士載，士載，攔住他，攔住他！」朱祐一個人擋住不住他的腳步，只好大聲喊朋友幫忙。這一波敵軍太多了，遠遠超過了除了甄阜本軍之外，他們遇到的任何一波。如果任由劉秀衝過去，結果肯定是死無葬身之地。

「啊——」先前一直默默落淚的鄧奉，卻忽然仰頭發出了一聲長嘯。隨即，竟然策馬追到了劉秀身側，與他並肩而行。

他是鄧晨的侄兒，劉元是她的嬸娘。子文、子芝、子蘭，是他的堂妹。與劉秀唯一的區別，就是後者上個月才剛剛回家，而他已經跟三個堂妹們，一起生活三年。

「想找死？老子成全你們！」四名宛城騎兵看到便宜，催動坐騎搶先擋住二人去路。手中的鋼刀寒光閃爍，招招不離劉秀和鄧奉的脖頸。

滿臉木然的劉秀，忽然打了個趔趄，整個人平撲下去，環首刀貼著戰馬的膝蓋橫出一朵璀璨的蓮花。兩匹戰馬悲鳴著栽倒，將試圖偷襲他的兩名騎兵摔得七暈八素。蓮花凋落，刀光迅速下壓，斬飛兩顆驚慌的頭顱。

人血和馬血交替飛濺，刀光在血泉中快速穿梭。正在跟鄧奉捉對廝殺的一名騎兵，大腿處猛地一涼，慘叫著落馬而死。下一個瞬間，劉秀的身影騰空而起，如鷂子般落到了馬背上。隨即撥轉坐騎，迎面衝向洶湧而來的敵軍。

一名騎兵持槊向他刺來，被他揮刀將槊桿劈成兩段。戰馬奔騰，此人無法停止前進，被坐騎帶著向他迅速靠近。劉秀又一刀劈了過去，正中對方胸口。

又一名騎兵持著長槊靠近，被他揮刀砍斷了手臂。長槊迅速墜落，在半空中被他單手抄了起來，像鋼鞭一樣橫掃。兩匹戰馬被掃中了眼睛，悲鳴著人立而起，將背上的主人摔了個筋斷骨折。劉秀手中的鋼刀不停，斜著劈進另外一名官兵的肩窩，將此人腦袋連同半邊身體斬飛上半空。隨即長槊再度高高舉起，狠狠地砸中了一頂頭盔，將頭盔下的腦袋砸得四分五裂。

身邊忽然一空，擋在面前的不再是騎兵，而是一群滿臉驚愕的步卒。劉秀繼續策馬向前衝去，槊砸刀砍，將步卒的隊伍，像切肉般一分為二。

鄧奉接連刺死三名對手，再度與他並肩而戰。朱祐氣得破口大罵，卻也拍馬追了上來。其餘沿途收攏的義軍弟兄，也紛紛催動坐騎，跟在了朱祐身後，轉眼間，就跟官兵戰做了一團。

衝透敵陣的劉秀撥馬而回，從官兵背後再度撲入人群。周圍的空隙迅速變窄，敵人眼裡的憤怒清晰可見。一名軍侯咆哮著舉起了鐵鞭，卻被他搶先一槊刺中胸口，吐血而死。一名屯將趁機揮刀砍斷了槊桿，劉秀果斷棄槊，揮刀砍向屯將的腦門，將此人的腦袋沿著鼻梁砍成了兩片血葫蘆！

一名步卒果斷倒地，揮刀去砍他的馬腿。劉秀左手下探，奮力扯動韁繩。戰馬吃痛，縱身向前猛竄。馬蹄落下，兩個官兵步卒被撞得倒飛出去，嘔血不止。鄧奉的坐騎迅速衝上，用馬蹄踩折主動倒地那名官兵的肋骨。

更多的官兵湧來，像潮水般將二人吞沒。但是，很快，二人的身影，就又從「人潮」中浮現，一人揮刀，一人舞槊，呼喝酣戰，將周圍的對手接二連三放倒。

血流如瀑，分不清哪部分來自敵人，哪部分來自自己。時間忽然變得極為緩慢，周圍的官兵彷彿全成了草偶木梗。劉秀策馬揮刀在草偶木梗中穿行，將他們一個接一個砍倒，一個接一個砍得身首異處。

他身上多處受傷，卻感覺不到絲毫的疼痛。常年堅持練武所培養出的體力、耐力和眼力，在疼痛和憤怒的雙重刺激下，徹底爆發。這一刻，他就是一個復仇的魔鬼，渴望鮮血，渴望死亡，渴望收割周圍所有生命。

二姐死了！

子文、子芝、子蘭死了。

還有其他舂陵劉家的人，新野鄧家的人，還有無數義軍將士的妻兒，都遭到了滅頂之災！而這一切，原本可以避免。只要他當初再固執一些，只要他當初拿出新野整軍時的勁頭，也許就能讓義軍把老弱婦孺都留在棘陽。

世間沒有後悔藥，但死者的魂魄未遠，應該能看到他正在給他們復仇。

殺！殺！殺！

鋼刀早就砍出了豁口，卻彷彿活了過來，化作一條以嗜血為生的蛟龍！無論是砍還是剁，是撥還是砸，每一次出擊，都會拉著一個仇人去殉葬。可能是軍官，也可能是普通兵卒。可能手上沾滿了老弱婦孺的鮮血，也可能乾乾淨淨，非常無辜。但是，此時此刻，劉秀沒有沒功夫分辨，可不想分辨。此時此刻，他只想將官兵斬盡殺絕，用官兵的屍體和血肉，給死去的家人朋友送行。

殺！殺！殺！

……

一個人的能力極限在哪，很難找到答案？有的時候，可以搬起千斤巨石，救出被壓在下面的妻女。有的時候，可以抓住如蝗的箭矢，讓它們無法射進親人的身軀。有的時候，能讓戰場的形勢發生逆轉，讓敵軍魂飛膽喪。還有時候，能化作一個噩夢，刻在所有目擊者的心中，讓他們每次回憶起來，都冷汗淋漓！

殺著殺著，劉秀周圍，就再度變得空空蕩蕩。官兵們膽寒了，誰也不願意再向他靠近，誰也沒勇氣再對著他舉起刀矛。誰也無法判斷，他此刻到底是人，還是一個被激怒的神怪。誰也不想被他盯上，然後屍橫就地。

他們紛紛後退，然後轉身逃走，唯恐跑得太慢，成為他下一輪的攻擊目標。而他，卻不肯給與對手任何憐憫。從背後追上去，一刀一個，將官兵們梟首。

戰馬累死了，他徒步追趕逃命的官兵。

刀斷了，他俯身從屍體旁撿起槊。

槊折了，他俯身從屍體旁，撿起矛，撿起盾，撿起鋼鞭、鐵鐗，撿起木棍、石頭。撿起一切可以充當武器的東西，從背後追逐敵人，就像猛獸追逐著獵物。

無視他們的抵抗、求肯或者哀嚎。只要追上，就置於死地。

又一支官兵發現這邊情況不對，吶喊撲了過來。迎接他們的，首先是自家被嚇傻了的潰兵。原本齊整的隊形，瞬間被潰兵撞得七零八落。緊跟著，渾身嗜血的劉秀在他們的隊伍裡往來衝突，所向披靡。

隨後，是鄧奉、朱祐和十幾名義軍，個個如狼似虎，根本不畏懼兵器和死亡。

比一個瘋子更可怕的是什麼？

是兩個瘋子！

比兩個瘋子更可怕的，則是一群瘋子。

新抵達的官兵叫苦不迭，只好撒腿向後逃命。更遠處，第三支隊伍悄然而至。有一名謀士打扮的官員，帶著弓箭手悄然走上山坡，迅速占據有利地形，然後用角弓鎖定目標。

「劉文叔，學弟甄髓，久聞你的大名，今日特地前來討教！」帶隊的謀士於馬背上輕搖羽扇，高聲叫喊。

他出自甄家，比劉秀晚三年入學。卒業後進入前隊，迅速飛黃騰達。

今日之戰，一半謀劃出自他手。

勝券在握之際，他不吝於主動拉近與劉秀等人的關係，然後踩著後者的屍體，成就自己的聲名。

回答他的，依舊是一聲怒吼。

渾身是血的劉秀，揮舞著一把鋼鞭朝著他直撲而來，沿途遇到人是一鞭，遇到馬，也是一鞭。前隊主簿甄髓，嚇得心臟一緊，立刻高高舉起了羽扇，「來人，給我瞄準了——」

「嗖！」一支冷箭，從斜刺裡飛來，正中他的脖頸。

同樣渾身是血的馬三娘，彷彿從天而降。其兄長馬武，則帶著兩百餘名弟兄，呼嘯著衝上山坡。轉眼間，將弓箭手掃了個一乾二淨。

「文叔，住手，我是三姐！」馬三娘沒有參與對弓箭手的掃蕩，迎著劉秀跑過去，向他伸出一隻左手。

原本陷入瘋魔狀態的劉秀，眼睛裡立刻有了淚水。楞了楞，緩緩放慢了腳步。身體上的血漿滴滴答答，瞬間在腳下匯成了一道溪流。

「文叔，回棘陽去。回去整軍，然後報仇！」馬三娘根本不會問劉秀到底遇到什麼磨難，只是俯身，用手握住了劉秀右臂。

劉秀的身體晃了晃，手中的鋼鞭緩緩落地。

馬三娘左手緩緩上拉，將他的右臂拉起。然後迅速與他的右手握在一處。緊跟著，全身猛然發力，將他直接扯上了馬背。

「你們先走，我斷後！」馬武向周圍掃了一眼，果斷下令。

馬三娘毫不猶豫抖動韁繩，策馬狂奔。鄧奉、朱祐和跟三人一路相伴的幾名義軍將士，緊隨其後。

周圍殺聲震天，劉秀卻疲倦地閉上了眼睛。任由馬三娘帶著自己，越跑越遠，越跑越遠。無所謂天涯，也無所謂海角。

「我輩讀書人，當懷悲憫之心，縱江湖落拓，亦不可為殘民自肥者鼓吹。若躋身廟堂，應持身以正，持節以剛，為蒼生執言，為萬姓而謀。至於逢迎帝王之事，自有宵小為之，我輩勿相與伍！」迷糊迷糊中，劉秀又來到了太學，聽許夫子手捧書卷，侃侃而談。

落日的餘暉灑在夫子身上，令他原本單薄的身影，顯得格外高大。說到激動處，他的眼角居然隱隱泛起了淚光。

四下裡，筆落竹簡的嘈雜宛若春蠶噬葉。同學們迅速記錄著，唯恐錯過夫子所說的每一個字。儘管大多數時候，他們都聽不太懂。

「文叔，你已經追隨許夫子有一段時日了，治學應有所得。你且說說，到底是復古，釐清並遵從聖人本意為好。還是從今，人云亦云，隨波逐流為佳？」祭酒劉歆（秀）忽然推門而入，當著所有同學的面兒大聲發問。

「這……」沒想到祭酒會忽然找上自己，劉秀楞了楞，心臟開始不受控制的狂跳。

然而，當看到夫子那筆直的身影，他忽然全身上下都充滿了勇氣，「復古也好，革新也罷，必須立意在民。如果不聞不問民間疾苦，所謂復古與革新，都不過是當官的換著幌子殘民自肥而已，彼此沒有任何分別。」

「你，你……」劉歆額頭見汗，像雪人一樣迅速消融。

狂風呼嘯，王莽本人踩著金光落地，龍行虎步，顧盼生威：「朕所做所為，合乎聖人之道。爾等凡夫俗子，怎麼可能看得懂？」

「凡夫俗子，的確看不懂，但是凡夫俗子，卻知道挨餓受凍的滋味。」劉秀本欲和其他人一道低頭，卻忽然熱血上湧，像夫子一般將腰桿挺了個筆直。

「你，你……」王莽的身體，被氣得像樹葉一樣顫抖起來，剎那間，從頭到腳，很多位置都漏了光。

但是，他卻不肯在陽光下消散，而是繼續大聲質問：「你，你，你一個南陽鄉巴佬，懂個什麼？朕，朕出身於高門顯第，自幼飽讀詩書……」

有股浩然之氣，忽然從房頂上倒灌下來，注滿了劉秀的全身。他笑了笑，帶著幾分鄙夷大聲回應：「學生的確不敢跟陛下比，學生雖然是前朝高祖的九世孫，但到了學生這代，祖先的遺澤早已用盡！只是，陛下那些新政，全都作用在學生和學生周圍的百姓身上。學生身受其害，自然就要叫嚷兩聲！陛下英明神武，總不能奪了別人的活路，卻不准別人問候你的老娘！」

「你，你……」王莽身上漏光的地方越來越多，越來越密，宛若大新朝正在全力推行的新政，百孔千瘡。「來人，給我，給我將他拿下，碎屍萬段！」在徹底被陽光曬化之前，他終於放棄了刻意營造出來的虛懷若谷形象，朝著身後大聲喝令。

成千上萬的驍騎營甲士衝了進來，手中刀劍寒光閃爍。

劉秀想暫避其鋒，卻發現屋子另外一側根本沒有窗。只好怒喝著去拔腰間佩劍，卻不料，忽然拔了一個空……

許夫子倒下了，幾個學弟倒下了，屋子起了火，煙塵滾滾。而那些甲士，卻踏著血跡繼續向他衝來，每一個都生著青面獠牙，鋸齒紅髮……

「啊——」他嘴裡發出一聲尖叫，翻身坐起，渾身上下，冷汗淋漓。

原來是一個夢，只是，夢中的景象，竟如此的真實。正抬起手，伸到嘴邊欲咬，屋門外，卻傳來了一個焦急的聲音：「三哥，三哥你怎麼了，你，你不要嚇我？你，你……」

「醜奴兒？」劉秀驚訝地扭頭，恰看見，一張淌滿淚水的臉。不是醜奴兒陰麗華，還能是誰？

只見她，雙手捧著一個瓦罐，正踉蹌著朝床邊衝。瓦罐內，白霧升騰，藥香瀰漫。

「我沒事兒，我沒事兒，我剛才只是做了一個噩夢？」唯恐陰麗華不小心跌倒，劉秀趕緊大聲解釋。「妳慢一點兒，不要走那麼快！小心，小心燙到自己。」

「三哥，你，你，你嚇死我了！」陰麗華腳步放緩，眼淚卻瞬間又滾滾而下。「我，我還以為，我還以為你要躺很多天呢！我阿爺、叔叔和堂兄他們都不知道跑去什麼地方了。我嫂子說我是掃把星……」

「噗——」劉秀啞然失笑，剎那間，覺得眼前的生活，比夢境更真實許多。

這才是陰家應有的表現，如果遇到危難不自顧逃命，不怨天尤人，才會讓他感到奇怪。

「你，你居然也笑話我？」陰麗華楞了楞，臉上的表情愈發地委屈，「三哥，你，你不知道這些天來，我有多為你擔心！你，你居然跟別人一樣，也，也看我的笑話！」

「沒，沒有，沒有！」劉秀心中頓時開始發虛，連忙收起笑容，用力擺手。

雖然動作不大，卻扯得他渾身上下，無處不痛。頓時，他的額頭就皺了起來，眉梢處，也隱隱冒出了數滴冷汗。

陰麗華見狀，再顧不得生氣。三步並作兩步衝到床邊，將裝藥的瓦罐朝桌子上一放，掏出手帕，慌手亂腳地替他擦汗，「三哥，三哥，你別動。我，我不是真的怪你。我，我剛才，剛才只是高興過了頭。才，才說了幾句賭氣的話。我，我……」

「沒事兒，我沒事兒！」少女的體香，瞬間傳入鼻孔，讓劉秀心中一片滾燙。輕輕握住對方的手腕，他笑著搖頭，「妳不用忙活了，我真的沒事兒。這點兒小傷，躺幾天就好！」

「還小傷呢，你差點把三姐和我給嚇死。要不是傅道長一再保證，你肯定會醒過來。三姐，三姐就要出去，出去跟官軍拚命了！」陰麗華眼睛裡的關切，立刻又變成了惱怒。反手抓住他的胳膊，將他用力推倒，「躺下，不要再動。藥還燙，等一回涼了，我再餵你。躺著也一樣可以說話，不用非得坐起來！」

後半邊部分言談舉止，卻跟馬三娘有幾分相似了。遠不像她平素那般柔柔弱弱。劉秀頓時，心裡覺得好生舒坦。笑著依言躺好，然後側過臉，低聲問道：「我真的躺了很多天嗎？外邊的情況怎麼樣？三姐呢，她現在在哪兒？」

「也，也不算多吧。總計，總計是四，是四個晚上，外加半個白天。」陰麗華眉頭輕皺，臉色忽然變得有些凝重，「外邊的情況，還不就那樣？你別急，官兵肯定打不進來，大哥親口對我保證過，說官兵鬥志不足，外邊天寒地凍，攻勢很難持久。三姐，三姐她去幫你照看隊伍了。你那天救了很多人，所以大夥回來之後，都想跟著你幹。他們原來的上司，根本阻攔不住。」

「跟著我幹？」劉秀聽得微微一楞，腦海裡瞬間閃過自己昏迷之前的畫面。

那天他肯定殺了很多敵人，也順手救下許多袍澤。但是，到底救下了誰，卻根本回憶不起來。只記得在自己就快要力盡而死的時候，三姐忽然從天而降。殺光了周圍的弓箭手，然後帶著自己離開了地獄般的戰場。

「是啊，你不知道吧？這幾天，來探望你的人，把門檻都快踏平了。」陰麗華用力點了下頭，吹彈可破的面孔上，剎那間寫滿了自豪，「要不是傅道長說，會耽誤你病情，他們肯定會一直蹲在門外，不親眼看著你醒過來，絕不罷休！」

她是為自己選中的男人而自豪，面對著成千上萬的追兵，持槊逆流而上。殺死一個又一個敵人，救下一個又一個袍澤。這樣英勇善戰，且有情有義的男人，全天下找不到第二個。而這個男人多年前，就已經跟她訂下了白首之約，並且當著一大群英雄豪傑的面兒，公開宣布，娶妻當娶陰麗華。

「看妳說的，好像我真的是為了救他們而戰一般！」被陰麗華單純的笑容，照得心裡發暖。劉秀抬起手，輕輕替對方梳理了一下頭髮，「我當初是傷心過度，想跟追兵拚個同歸於盡，根本沒想著會救下那麼多人。我，唉，我即便殺再多的敵人，二姐她們也活不過來了。」

說話間，他的眼睛裡，就又湧滿了淚水，一顆心，也痛得宛若刀扎。

「我知道，我知道！」陰麗華臉上的笑容，也瞬間煙消雲散。一把握住了他的手，說話的聲音微微顫抖，「三哥，我知道你心裡難過。但，但二姐在天之靈看到你親手替她報仇，想必會非常欣慰。三哥，人死不能復生，你就別再想這些了。你，你還是快些好起來，我害怕，三姐其實也很害怕，只是，只是她不肯說出來而已。」

「會的，很快！」感覺得到陰麗華在為自己擔心，劉秀擦乾眼淚，笑著點頭。「不提這些了，說得再多，也不可能讓時光倒流。棘陽城現在是什麼情況？妳跟我說說。我昏迷這幾天，大哥是不是撐得非常辛苦？」

「還行，不算太壞。大哥的確很辛苦，但大敵當前，其他人也不敢太囂張。」陰麗華想了想，斟酌著小聲回應。

為了避免劉秀擔心，她不敢把情況說得太差。然而，為了讓劉秀不再為了二姐的戰死而傷心，她又千方百計，將後者的注意力，往戰事上吸引。所以，一番話，難免說得顛三倒四，前言不搭後語。

而以劉秀的聰明，又怎麼會被毫無江湖經驗的陰麗華哄住？不動聲色地在關鍵處問了幾句，基本上就將真實情況，摸了個清清楚楚。

整體而言，棘陽城所面臨的情況，還不能算太壞。官軍挾大勝之威而來，卻在堅固的城牆下，損兵折將。義軍雖然剛剛經歷一場大敗，僥倖生還的弟兄們，卻因為袍澤和家人盡被官軍所屠，徹底變成了一支哀兵。再加上劉縯和任光兩個指揮得當，庫房裡的武備充足，敵我雙方之間，目前基本上做到了勢均力敵。

細算下來，其中很大一部分功勞，居然屬岑彭！

幾天前義軍打算「乘勝追擊」，攻打宛城時，任光被劉縯留下來看守物資。他出於習慣，迅速清點了倉庫中的武器存放情況，並且將棘陽各處防禦設施，重新梳理了一個遍。當義軍潰敗的消息傳來，他又立刻下令，緊閉四門，然後命人將岑彭多年積存在倉庫中的滾木、檑石、白堊、毒藥，箭矢，統統搬上了城頭。

結果，當官軍氣勢洶洶地追到了棘陽，迎接他們的，首先就是數十支粗大的床弩。隔著三百餘步遠，將數名氣焰囂張的倒楣蛋，給撕了四分五裂。緊跟著，則是伏遠弩、大黃弩和角弓，由遠到近，將各種箭矢不要錢般向他們頭頂招呼。然後，則是滾木、檑檑石、釘拍、白堊粉、熱油和金汁輪番而下，讓官軍在城牆下三步之內，找不到任何立足之地。

甄阜見棘陽城武備充足，只好暫且放棄了一鼓而克之的夢想，領軍退到距離城牆三里之外，紮下了營寨。隨後幾天，岑彭、梁丘賜、王安、胡勝等前隊大將，輪番來城下邀戰。大將軍劉縯，都選擇置之不理。偶爾官兵等得著急，又試圖架設雲梯強攻，任光則帶著弟兄們故技重施，請官兵將各類防禦手段嘗了個夠。於是乎，官兵就再度鎩羽而歸，每次都徒勞地在城下丟掉上百條性命。

「甄阜沒有分兵嗎？我是說派人去攻打湖陽、新野這些地方？」瞭解完了棘陽內外的基本情況，劉秀繼續低聲詢問。

光是眼前這些情況，還不足以讓他對大局做出正確判斷。而據他所知，義軍在新野，新都、湖陽、蔡陽這些地方，都沒有留下太多兵馬。如果甄阜一邊用主力威懾棘陽，一邊派人分頭去攻擊其他被義軍控制的城市，用不了多久，就可以將義軍的「手腳」全部斬斷。

這個問題，對不喜歡關注世事的陰麗華來說的確有些難。後者想了好一陣兒，才帶著幾分歉意回應：「三哥勿怪，我，我最近很少出門，沒有聽說官軍分兵去打其他地方。倒是，倒是棘陽背後的育陽，在大軍出發去宛城之後，竟主動扯起了反旗！所以，所以這幾天一直有人在建議，萬一棘陽守不住，大夥就順著水路前往育陽。」

「育陽？」劉秀楞了楞，又驚又喜。

育陽城雖然不像棘陽這般堅固，卻緊貼著淯水河，與棘陽和新野都可以水路往來。無論運送兵源，還是輸送物資，都極為方便。所以育陽城易幟，無異於給義軍雪中送炭。令戰敗之後岌岌可危的形勢，平添幾分生機。

但凡事有利就有弊，多了育陽這條退路，義軍的拚命之心，肯定會降低許多。經歷了小長安聚一戰，劉秀可是對自己身邊的大部分綠林好漢，可是瞭解得清清楚楚。若思打順風仗，他們幾乎個個奮勇爭先。一遇到逆境，這些人立刻就開始左顧右盼，尋找退路，保存實力。

「怎麼，你懷疑育陽縣宰使詐嗎？不應該吧，他把唯一的兒子，都送來當人質了。」明顯誤會了劉秀的想法，陰麗華帶著幾分驚訝低聲問道。

「不，不是！」劉秀笑了笑，輕輕搖頭，「我是奇怪，育陽到棘陽這麼近，甄阜怎麼可能對其視而不見。」

「好像還是因為你。」陰麗華想了笑，臉上再度泛起了幾分驕傲，「我聽說，你那天殺掉的敵將裡頭，有很多人都是甄阜的嫡親子侄。其中有個叫甄髓的，還是甄家下一代重點培養的家主之選。所以甄阜當眾發了誓，不抓到你，絕不善罷甘休！」

「哦，居然是這樣？」劉秀眉頭輕皺，對傳言將信將疑。

在昏迷之前，他的確隱隱約約聽到某人自稱姓甄，可那廝是被馬武一箭射穿了脖頸，功勞無論如何不該算在他的頭上。況且，領兵打仗，非同家族私鬥。以甄阜資歷，斷然不該為了給侄兒們報仇，就對送上門的戰機不管不顧。

正困惑間，卻又見陰麗華輕輕拍了下手，笑著道：「哎呀！我想起來了。外邊還有傳言說，甄阜不喜歡岑彭，才不肯派他再單獨領軍。還說，還說咱們能守住棘陽，最該感謝的就是岑彭。而岑彭那廝，這會兒最該感謝的人則是你。那個叫甄髓的，這些年來仗著甄阜撐腰，一直處處排擠岑彭。而你把他給一刀砍了，等於重新給了岑彭出頭之機。」

「這都哪跟哪兒？根本是風馬牛不相及。」劉秀眉頭又皺了皺，滿臉哭笑不得。且不說他自己跟岑彭沒有任何交情，即便有，作為對手，也不可能專門去替岑彭出頭。再者，像岑彭這種智勇雙全的英才，站在義軍角度，讓此人一輩子鬱鬱不得志，才是最佳選擇。絕不能因為此人本領高，做事大氣，就替他搬開攔路石！

「反正，反正外邊一直這麼說，我也不知道是真是假！」被劉秀說得心裡發虛，陰麗華輕輕跺了下腳，大聲強調。

「一直這麼說？」劉秀眉頭，瞬間皺得更緊。

事物反常必為妖，甄阜乃百戰老將，照理不該將家仇擺在國事前面。而岑彭的仕途，更不該跟自己這個跟朝廷毫不相干的人往一起扯。外邊的傳言越是有鼻子有眼兒，恐怕其中越藏著蹊蹺。甚至還有可能，是某些人故意在背後推動，以求達到某種不可告人的目的。

想到「陰謀詭計」四個字，他的脊背瞬間一凜，立刻翻身走下的床榻。傷口處傳來的劇痛，讓他眼前金星亂冒。陰麗華的聲音，也瞬間帶上了哭腔。然而，此時此刻，劉秀卻全都顧不上再管。伸手扶住陰麗華的肩膀，大聲道：「別，別哭。我沒事，沒事。趕緊帶我去找大哥。甄阜老賊，甄阜老賊在施展離間之計。試圖用謊言逼新市、平林兩軍離開我等，各自逃生。」

聽劉秀說得鄭重，陰麗華立刻嚇得收起了眼淚。輕手輕腳扶著他，快速走出門外。時節正值隆冬，被寒風一吹，劉秀身體立刻又打了個趔趄。然而他卻不敢倒下，努力抬起頭，邁開雙腿，朝縣衙方向趕。

恰好有王霸帶領一隊兵士策馬經過，見他重傷未癒居然強撐著出門，急忙跳下坐騎，張開雙臂將他緊緊抱在了懷裡：「文叔，我的好兄弟，有什麼事情，你讓弟妹派人過來招呼大夥一聲不就行了嗎？何必非要親自出面！」

「元伯兄，有些話，不當面說根本說不清楚！」劉秀被汗臭味道熏得直犯噁心，卻不願傷了王霸的自尊，屏住呼吸大聲回應。

「說不清楚，就不用說清楚。只要你劉文叔放一句話出來，棘陽上下誰敢不給面子，老子第一個衝上去跟他拚命！」王霸態度，與數日前簡直是天上地下，皺緊眉頭，甕聲甕氣地保證。

「我懷疑甄阜老賊在施展離間之計！」劉秀無奈，只好快速解釋了一句，然後大聲提出自己的要求，「元伯兄，你今日千萬幫我一個忙，將我送到縣衙那邊去！」

「好，好，沒問題，你慢點，慢點，騎我的馬，我扶你上去。」王霸想都不想，連聲答應。隨即叫過兩名弟兄，合力將劉秀抬上了馬背。

一路向衙門前行，沿途見到許多身上裹著白葛的傷號，都絕望地坐在太陽下唉聲嘆氣。還有許多盔斜甲歪的兵痞，成群結隊在街頭遊蕩。見到膽敢開門做生意的商販，則圍上去白拿白要。見到低頭趕路的大姑娘小媳婦兒，也涎著臉湊上前上下其手。

王霸平素雖然護短，但是也見不得有人如此敗壞義軍的名聲。立刻衝到近前，揮鞭就抽。那些兵痞挨了打，也不知道反抗，像蒼蠅般一哄而散。然而，沒等王霸掉頭走遠，他們卻又探頭探腦的鑽出來，準備繼續他們先前所幹的齷齪勾當。

「文叔，你別生氣！等會送你見了大將軍，我就立刻帶人上街巡邏。凡是敢趁機禍害百姓者，不管是誰的手下，一概當街打爛他的屁股。」見劉秀臉色越來越差，王霸連忙賠了個笑臉，小心翼翼地說道。

「是啊，右將軍。這些傢伙，都是新市軍和平林軍的人，跟咱們舂陵軍半點兒關係都沒有。」王霸麾下的親信們，也硬著頭皮低聲補充。

他們之所以對劉秀如此尊敬，一方面是折服於劉秀數日前策馬逆衝敵軍的英雄氣概，另外一方面，則是因為終於明白了，劉秀當初逼著大夥整軍的良苦用心。

殘酷的事實證明，劉秀當初在新野逼著大夥做的那些事情，效果顯著。特別是在吃敗仗的時候，被劉秀硬逼著做了簡單梳理的舂陵軍，戰死者的數量，遠少於新市、平林兩軍。而弟兄們潰散之後的歸隊速度和數量，舂陵軍也同樣遙遙領先。

然而此時此刻，劉秀卻沒心情再管什麼軍紀不軍紀，強笑對著王霸等人點了點頭，便繼續騎著戰馬匆匆趕路。片刻後，大夥來到臨時充當大將軍行轅的棘陽縣衙。才跳下馬背向裡走了沒幾步，就聽見一個冰冷的聲音，從裡邊傳了出來，「伯卿，你何必說這麼多無關緊要的事情。老夫只問你一句話，那甄阜老賊，是否因為天氣寒冷就退回宛城？」

「回王統領的話，末將今日只是發現官軍的進攻比昨日又弱了許多，卻沒看到他們有撤走的跡象。」任光的聲音緊跟著傳了出來，帶著一股無法消散的疲憊。

他是劉縯親自委任的新野縣宰，麾下的部曲也沒參加小長安聚惡戰，建制相對完整。因此，連日來，守城任務，就一直著落在他的頭上。憑著岑彭多年積攢的防禦器械，他已經多次令官軍鎩羽而歸，在義軍中的聲望，與日俱增。但是，隨著對義軍內部情況的瞭解，他也越來越感覺前途渺茫。

綠林軍的各位頭領，遠不像傳說中那樣慷慨豪邁，義薄雲天。大將軍劉縯的號召力，也遠遠低於眾人在起兵之前的期望。眼下甄阜領著前隊精銳在城外耀武揚威，棘陽城內，居然還不能做到齊心協力。

非但新市、平林兩軍，各唱各的調兒。舂陵軍內部，聲音也做不到上下一致。有人被仇恨燒紅了眼睛，恨不得現在就衝出去跟官軍決一死戰。有人則被小長安聚大敗嚇破了膽子，希望立刻棄城而去，一路逃回深山老林。

作為曾經的朝廷官員和前隊將領，任光深知人心混亂，令出多門的危害。但知道歸知道，他卻對此無能為力。非但他，天柱大將軍劉縯對眼前的情況，同樣束手無策。

剛剛遭受的那場潰敗，雖然責任不能完全由劉縯一個人來背，卻對他的威望，造成了巨大的打擊。他現在說出來的話，除了幾個鐵桿兄弟之外，根本沒多少人聽。很多情況下，政令出了縣衙大門，就會立刻打去一半折扣。

「甄阜老賊的好幾個侄兒，據說都被你給宰了，當然沒臉現在就收兵。」唯恐劉秀不清楚屋子裡的人在說什麼，王霸非常耐心地低聲在他耳畔解釋，「但是，他想打進城裡來，也沒那麼容易。咱們有足夠的滾木、檑石，箭矢也存了幾大倉。」

「我知道，我剛才已經聽人說起過。」劉秀眉頭輕輕皺了皺，掙脫王霸的攙扶，雙腳驟然開始加速。

王霸被他的行為嚇了一大跳，趕緊拔腿快速跟上。一邊將自己的肩膀湊過去，給劉秀充當枴杖，一邊低聲抱怨：「你不要命了，小心傷口綳裂！這不已經到門口了嗎，何必非要爭那一兩個呼吸！」

話音未落，縣衙大堂內，已經又傳來了王匡的聲音。「罷了！伯卿，你不用遮掩了。官軍的進攻之所以減弱，不過是在積蓄力量，準備給我等最後一擊而已。王某自舉義以來，跟官軍交手不下百回，熟悉他們的所有套路。所以，王某以為，我等必須把握住這最後時機。」

「王大哥這句話是什麼意思？」劉縯的話緊跟著響起，帶著十足的困惑。

「勝敗乃兵家常事，伯升，這個道理，你應該懂！」王匡的話語裡，充滿了滄桑與無奈，「我軍銳氣已折，再繼續僵持下去，沒任何勝算。所以，不如各回各家，保存實力，以圖將來！」

「無恥老賊——」正在扶著劉秀朝大堂快走的王霸勃然大怒，扯開嗓子，高聲喝罵。「遇到危險，掉頭就跑，你也配稱作綠林好漢？想走，為何不在兵敗時就走，為何還要回棘陽來再分我們的糧草輜重？」

到了此刻，他終於明白劉秀先前為何寧可冒著傷口綳裂的危險，也要加速朝縣衙裡衝了。原來，劉秀早就猜到，王匡老賊要落井下石！只可恨，自己居然對此毫無察覺，居然還傻乎乎地勸劉秀走得慢一點兒，不著急去爭那三兩個呼吸！

「誰在外邊放屁！」王匡縱橫江湖多年，豈肯受如此羞辱。立刻拔劍而起，大步衝向縣衙門口。

王鳳、王瑛還有王匡的心腹爪牙朱鮪等人，也手按劍柄，緊隨其後，恨不得立刻將出言羞辱新市軍大當家的狂徒碎屍萬段。劉縯、傅俊、李秩等舂陵軍的將領，想要阻攔，哪裡來得及？幾乎是眼睜睜地看著憤怒的盟友們，蜂擁衝出了縣衙大堂之外。

「住手，誰敢動武，馬子張跟他勢不兩立！」新市軍三當家馬武見狀，連忙挺身而出。本以為憑著自己的勇悍，可以鎮住局面。卻不料平林軍二當家廖湛忽然冷笑著堵在了他的身前，「馬王爺，你雖然跟伯升交好，也不能如此拉偏仗吧？以下犯上，無論放在哪裡都是砍頭之罪。他劉伯升再不講道理，也不能放任手下人侮辱王大當家。」

「這……」馬武楞了楞，氣得兩眼直冒火星。然而，他卻無法對廖湛的話做出反駁。王匡今天做得再不對，也是新市軍的首領。論資歷、年齡、聲望都位列群雄之首。即便劉縯本人，都沒資格對他出言羞辱，更何況劉縯麾下的一個無名小卒？

「王頭領，有話好說，有話好說！」鄧晨、習鬱、朱浮等人，見馬武的斷喝不起作用，也趕緊手按劍柄往外衝。本以為，外邊罵人者，今天即便不死，也得脫一層皮。誰料想，王匡手中的寶劍已經舉過了頭頂，卻忽然僵在了半空當中。

王鳳、王瑛還有王匡的一干心腹爪牙，紛紛停住腳步，已經抽出了鞘的刀劍，哆哆嗦嗦不知道該往什麼地方收。而他們的對面，劉秀赤手空拳，拾階而上。每走一步，都在臺階上留下一個殷紅的色腳印兒。「各位，怎麼都把刀劍舉起來了？莫非是要衝出城去，跟外面的官軍決一死戰嗎？劉某耳背，剛才誤會有人要臨陣脫逃，才喊了一嗓子。劉某知錯，現在就向各位謝罪！」

說罷，雙手抱拳，深深向王匡等人俯首。一拜，再拜，三拜，每一次彎腰，都逼得對方連連後退。

三拜過後，王匡、王鳳等綠林好漢，已經倒著退回了大堂內。每個人的臉色，都紅得像剛剛挨了幾十個大耳光。

他們有十足的把握，確定剛才出言不遜者，並非劉秀。然而，他們卻沒有任何勇氣，去衝破劉秀的阻攔。

他們當日都遠遠地看到了劉秀策馬持槊，在官軍當中縱橫馳騁。他們當中很多人當日能平安脫離險境，都跟劉秀捨命逆衝敵軍相關。他們某些人和他們的很多下屬和部曲，更是直接被劉秀所救。如果他們今日敢對劉秀舉刀，根本不用劉縯下令報復，他們自己的弟兄，就會讓他們活不到明天。

「各位兄長，如果不是想去跟甄阜老賊拚命，可否聽劉某一言。」劉秀的雙腳，終於邁過了最後一級臺階。身體搖搖晃晃，彷彿隨時都會栽倒。但是，聲音卻宛若洪鐘大呂，直接敲在了眾人心頭，「眼下我軍剛剛經歷一場大敗，軍心本已不穩。若是彼此間再起爭執，豈不正合了甄阜老賊的意？都是同生共死過的交情，有什麼話，不能坐下來慢慢說？是戰也好，走也好，總得彼此之間有個交代，才能從容布置。否則，萬一甄阜率軍尾隨來追，誰人留下為大夥斷後？萬一弟兄們被我等今日之舉寒了心，將來再有機會起兵與官軍爭鋒，誰肯捨命奮勇向前？」

「文叔，別向他們折腰，他們不配！剛才罵人的是我，他們要殺要剮，我來接著。當日若是沒有你，這群白眼狼至少一半兒屍體早就被餵了野狗，他們不配受你的禮！」王霸忽然發了瘋般衝上臺階，半跪在地上，用肩膀頂住劉秀的腋窩，淚流滿面。

「三郎！」馬三娘尖叫著衝出屋子，將王匡等人推得東倒西歪。俯身架住劉秀的另外一邊腋窩，紅著眼睛罵道：「不好好養傷，你出來幹什麼？這群白眼狼想走，就讓他們走好了。強扭的瓜不甜，你今天即便攔下他們，他們也沒膽子再跟官軍作戰。還不如放他們滾蛋，免得關鍵時刻，有人背後放火，跟甄阜老賊裡應外合。」

「這，這，這是哪裡的話！」王匡、廖湛等人，被罵得無地自容。紫黑著臉，不停地擺手，「我等只是，只是覺得官兵勢頭正勁，想暫避其鋒而已。怎麼可能做出那勾結官軍之事！」

「是啊，是啊，三娘、元伯，我等好歹也跟官兵周旋了這麼多年，怎麼可能貪生怕死？你們兩個，唉，你們不要把人太小瞧了！」

「文叔，救命之恩，我等日後必然會有回報。但眼下卻必須留下有用之身，以圖將來。不能隨隨便便就斷送在這座孤城裡。」

「是啊，是啊，文叔、元伯、伯升，你們的想法我們都懂。但我們綠林軍自揭竿之日起，就奉行一個原則，絕不跟官兵硬拚。是以，這些年來，多少英雄豪傑都死於官兵之手。我綠林軍屢敗屢起，卻始終是王莽心頭第一大患。」

「對對對，文叔，我等並非要辜負你的救命之恩……」

說一千，道一萬，眾頭領心裡內疚歸內疚，卻誰也不願意改變主意，繼續跟春陵軍並肩而戰。

劉縯聞聽此言，心中頓時一片冰涼。笑了笑，大聲道：「各位將軍言重了！當初諸位前來援手，乃劉某幾世修來的福分。如今諸位打算保存實力以圖將來，劉某也沒資格阻攔。棘陽城內軍糧、輜重和金銀還有一些，劉某這就派人取了，給大夥平分。總不能讓弟兄白跑一趟，回去路上還得餓著肚子。」

說罷，就吩咐朱浮去拿賬冊，準備給大夥分盤纏散夥。王匡、王鳳、廖湛綠林軍頭領聽了，心中愈發覺得慚愧，嘴巴上卻齊誇劉縯仗義，不枉大夥同生共死一場。唯獨馬武，忽然間揚起頭，哈哈大笑：「好，好，小孟嘗，各位兄弟，小長安聚一戰雖然大敗，馬某卻不虛此行。馬某今日才知道，這些年來矢志報仇，為何卻總敵不過岑彭。」

眾人聞聽，全都不明所以，紛紛將目光向他投射過去，查探他究竟發什麼瘋。

見眾人皆向自己望來，馬武又是哈哈一笑，大步走到王匡面前，抱拳行禮：「世則兄，七年前馬某兵敗，被你收留，活命之恩不敢言謝。若世則兄你日後有事，只要派人來捎一句話，刀山火海，馬某絕不敢辭！」

事發突然，王匡心裡毫無準備，嚇得向後躍開半步，滿臉驚詫：「子張，你這是……」

「世則兄，馬某知道，要撤回山上去的決定，並非是你一個人的意思，而是咱們綠林軍大部分兄弟的想法，馬某不敢，也沒本事阻攔！但是……」微微頓了一下，馬武環視眾人，斬釘截鐵地補充，「伯升兄於我有救命之恩，生死存亡之際，馬某絕不能離他而去。世則兄、棲梧兄，還有各位兄弟，高山流水，咱們後悔有期！」

「子張兄！」沒想到馬武居然會捨棄了新市軍，選擇跟自己生死與共，劉縯激動得熱淚盈眶。

「伯升稍等，我得給新市軍一個交代！」馬武朝他笑了笑，猛地從腰間拔出一柄短刀，直接插入左肩上，剎那間，又引得驚呼一片。

「馬大哥！」

「子張！」

「子張兄！」

……

傅俊離得最近，見馬武將短刀從左肩拔出來，又要再插下去，急忙衝過去，一把攥住馬武的手腕，阻止他繼續自殘。

馬武卻笑著將他推開，從肩頭緩緩拔出短刀，再度沿著原來的傷口刺了進去，然後將目光迅速轉向王匡：「世則兄，大當家。本該換個地方再插，但大敵當前，請准許馬某留著右側胳膊，以便跟官兵一拚生死！」

「子張，你何必如此！」

「子張住手，夠了，真的夠了！」

「子張兄，第二刀，第三刀，我們替你扛著！」

……

不待王匡說話，鄧晨、王霸、陳俊等人，紛紛衝上前，發誓以身相待。

江湖規矩，未經大當家准許擅自脫離者，需得自戮三刀，以絕兄弟之義。所以，馬武今天拔刀自殘，就是破出山門，從此之後，與王匡、王鳳、朱鮪等人再無任何瓜葛。

王匡的面子再大，也不敢讓如此多的豪傑，都揮刀自殘。看了一眼馬武，長嘆著搖頭，「罷了。子張，你也不必執行幫規了，是我們自己不講義氣，你何錯之有？你原來的部曲，還歸你統領。就算替我還了伯升贈送甲冑、米糧和財帛的人情。」

「多謝世則兄！」馬武將短刀從肩膀拔出，單手向王匡行禮。

王匡心中，百味陳雜。又嘆了口氣，幽幽地補充：「其實王某也不是不想留下來繼續跟伯升並肩而戰，但王某乃是綠林軍大當家，一舉一動，都得先為麾下的兄弟們打算……」

「大哥！」一句場面話沒等交代完畢，他身邊的豪傑王瑛，忽然向前跨了兩步，然後轉身俯首，「多年來受大哥照顧，無以為報。今日小弟力疲，不能再追隨大哥。就以此血，謝大哥相待之恩！」

說著話，不給任何人阻攔機會，拔刀將自己左臂刺了一個窟窿。

「啊——」王匡又被嚇了一跳，連忙上前按住王瑛的手臂。還沒等他把安撫的話說出口，章文、顧眾、李丘等數日前被劉秀順手所救的綠林豪傑，也紛紛走到了他對面，迅速拔出刀子，「大哥，保重。請恕我等今後不能追隨左右！」

「別，別，不要，千萬不要！」王匡嚇得雙手高舉，冷汗淋漓而下，「各位兄弟何必如此？何必如此？如果爾等都願意留下與舂陵軍同生共死，為兄也留下便是。把刀收起來，快快收起來，為兄不走了，咱們都不走了！」

「是啊，各位兄弟。有話咱們好好說。大哥先前也是為了咱們所有人著想，才出此下策！」王鳳也嚇得汗流浹背，衝上前，大聲朝眾人求肯。

綠林新市軍之所以能打出赫赫聲威，並且屢敗屢起，憑的就是這群不離不棄的弟兄。如果他們都像馬武一樣自殘脫離，綠林新市軍也就散架了。只剩下大當家王匡帶著寥寥幾個支持者，肯定連今年冬天都無法熬過。要麼死於官兵征討，要麼亡於其他山寨火併！

「剛才大當家說要離開，原本就是一個想頭，並非最後決策！」王匡的心腹爪牙朱鮪，頭腦靈活，立刻開始禍水東引，「廖兄，你說是也不是？」

「是，的確如此，都怪我跟王兄兩個嘴笨，才引發了如此誤會！」廖湛一邊在肚子裡問候朱鮪的祖宗八代，一邊笑著將頭扭向眼皮發紅的劉縯，「伯升兄，伯升兄，剛才真的是誤會。我等話還沒等說完，就被元伯罵了個狗血噴頭。」

作為整個隊伍的核心，劉縯當然不能連回頭的機會都不給王匡、廖湛等人留，抬手在臉上抹了一把，笑著點頭：「對，對，的確如此。元伯，你太莽撞了。趕緊過來給大夥賠禮。道長，你趕快替子張和王瑛兄弟包紮。世則兄、棲梧兄、子張兄，還有各位兄弟，咱們入內就坐，入內就坐，一道商議破敵之策。」

「諾！」所有人頓時都有了臺階，齊齊答應著拱手。

待大夥重新落了座，先前分錢散夥的話頭，就被徹底略過不提。但如何才能打退城外的官軍，擺脫眼前困局，卻依舊毫無頭緒。

就在此時，劉伯姬忽然攙扶著李通，在門口出現。沒等入內，就高聲喊道：「大哥，次元有事情找你。他說他有辦法令棘陽轉危為安！」

「次元！」劉縯和王匡等人個個喜出望外，立刻起身上前迎接，「次元，你怎麼來了？你的傷勢好一些了嗎？」

「多謝大哥，多謝各位統領關心！」李通帶著滿身的藥草味道向內走了幾步，勉強抬起手臂，朝眾人抱拳行禮，「在下剛才聽聞有人要回綠林山，不知是此計何人所出？請速速將其誅殺，以免其將我等推進萬劫不復深淵！」

「這……」王匡、王鳳、廖湛、朱鮪等人，全都羞得面紅耳赤，低著頭不敢與李通目光相接。

倒是劉縯，生來胸懷廣闊。笑著接過話頭，大聲說道：「次元，休得胡言。道聽塗說之事，豈做得了真？你若有破敵之策，就速速道來。若是沒有，就回去養傷。」

以李通原來的職業經驗，豈能不心領神會？於是乎，也不再賣關子，朝劉縯拱了下手，大聲答應道：「是，在下愚昧了。以各位統領的本事，豈能做如此鼠目寸光之舉？大將軍、大統領、各位兄弟，你等以前雖曾經與官兵為敵，卻從未拿下過新野、棘陽這等大縣。更未曾主動攻打過宛城這等咽喉要地。是以，王莽雖然深恨你等，卻未必會以傾國之力前來征剿。而現在，諸位既然已經打到了宛城門口，威脅到了朝廷的根基，大統領、各位兄弟，不是說危言聳聽，諸位若想再過回以前的日子，怎麼還有可能？」

「這——？」王匡、王鳳、廖湛、朱鮪等人聞聽此言，各個悚然而驚。

以前綠林軍雖然聲勢浩大，卻習慣於在鄉間流動作戰，連縣城都很少進攻。而這次，卻連克蔡陽、湖陽、新野、棘陽數縣，並且威脅到了天下五都[注一]之一。換了任何人與王莽易地而處，想必也會對綠林軍恨之入骨。大夥此刻離開棘陽，只不過是躲過了一時之災。官軍在剿滅了劉氏兄弟之後，肯定要尾隨而來，將整個綠林山蕩為平地。

「此番小長安聚之戰，我軍損失慘重，非但元氣大傷，威名也被摔在了地上。若不能儘快一雪前恥，各地郡兵與豪強必將蠢蠢欲動。屆時，即便朝廷不派精銳之師來攻，那些急著升遷的地方官員，也會接踵而至，讓你我等人永無寧日！」見自己的話已經引起了各位頭領的注意，李通想了想，繼續大聲補充。

「這——」王匡、王鳳、廖湛、朱鮪等人倒吸一口冷氣，臉上的表情愈發地凝重。

綠林軍之所以能在荊州南部縱橫來去，一方面是因為實力，另外一方面，則是因為多年積累下來的威名。尋常縣郡兵馬和聯寨自保的地方武裝，怕吃了敗仗受朝廷責怪，往往選擇多一事不如少一事。寧可坐視綠林軍從自己眼皮底下劫掠，都不肯出城阻攔。而此番大敗之後，人人都知道綠林軍實力已經大不如前，大夥再想像原來那樣不受阻礙地穿鄉過縣，恐怕已經是沒有任何可能。

俗話說，螞蟻多了，照樣咬死大象。那些郡兵和地方武裝，雖然實力單薄，可成群結隊打上門來，依舊會讓綠林軍招架不暇。如此一來，綠林軍的實力必然越來越弱，聞風而至落

注一、五都：天下最大的五座城池。漢以洛陽、邯鄲、臨淄、宛、成都為五都。

井下石的傢伙必然越來越多，恐怕用不了多久，綠林軍就得全軍覆沒。

正驚惶間，卻又聽見劉伯姬大聲說道：「諸位兄長，我是個小女子，不懂什麼軍國大事。但男子漢大丈夫，豈能見著便宜就撿，見著困難就繞？這次一敗，我舂陵劉氏一族死傷慘重，我二姐，就連三個侄女都死在了官兵之手！我相信，在座各位，肯定也有親人和兄弟死不瞑目！這些天來，小女子日夜所想，就是如何打垮官軍，宰了甄阜老賊，為家人報仇雪恨。諸位大好男兒，莫非就真的能假裝死難的家人從沒存在過？真的能心安理得的回到山林之中苟且偷生？若做人無情無義如此，那與圈養的牲畜，又有什麼分別？」

這幾句話，雖然聲音不高。卻宛若塗了毒藥的刀子般，戳中了在場所有人的心臟。非但讓鄧晨、鄧奉、劉縯、劉秀淒然淚下，新市、平林兩路義軍的將領，也個個都紅了眼睛，面部抽搐不停。

如果無情，他們就不會讓家眷隨大軍一道前進。如若無情，他們也不會在聽到家眷的哭聲之後，心神大亂，以至於被官軍打了個一敗塗地。如若無情，他們更不會於逃命途中，還努力尋找各自的親人，哪怕最後撿回的只是一具冰冷的屍體。而現在，仇人就在城外，他們卻夾著尾巴落荒而逃，這，還算什麼英雄？這，還算什麼男人？

「唉——」面部抽搐著沉吟良久，王匡突然抬起頭，仰天長嘆，「伯姬，妳罵得好。次元，你的話，也全說到了點子上。王某先前的想頭，的確歪了，王某不敢否認。可現在，即便王某帶著弟兄們留下，也依舊找不到任何破敵之策。若是始終看不到勝利的希望，我等留在這裡死撐，和退回山中等死，能有多少分別？」

「是啊，次元，你說這些，我們都懂。但目前最重要的是，如何破敵？」廖湛也紅著臉，大聲替王匡幫腔。

走，肯定不能再走了。否則，沒等離開棘陽，新市、平林兩軍就會分崩離析。可留下，卻正像王匡所說的那樣，同樣不具備任何意義。即便棘陽的城牆再高，防禦設施再齊全，倉庫中的米糧輜重再多，早晚也都有耗盡的那天。而官軍只要四面合圍，就可以最後給大夥來一個甕中捉鱉。

「是啊，次元，我們可以不走，可，可接下來如何是好？」

「次元，伯姬說，你有破敵之策……」

王鳳、朱鮪等人，也議論紛紛。一邊為各自先前的軟弱找藉口，一邊催促李通說出他的破敵之計。

「世則兄、各位，此言大謬！大謬！」李通心中對此早有準備，立刻不顧身上的傷痛，放聲大笑，「各位只看到了官軍將我等堵在了棘陽，卻沒看到，只要我等在棘陽一天，老賊甄阜就沒膽子退兵。而時值隆冬，外邊天寒地凍，疫氣大行，萬一軍卒生了病，倒下的，就不會只是一兩個！」

「嘶——」眾人聽了，眼前頓時一亮，然後齊齊倒吸冷氣。

甄阜是朝廷的前隊大夫，所部乃朝廷五大精銳之一。此番被大夥打到家門口，如果還不有所表現的話，以昏君王莽的狹窄心胸，豈能饒得了他？所以，小小一座棘陽，看似困住的是義軍，實際上，甄阜也被牢牢地拴在了城外，輕易不敢離去。而這個時節荊州的天氣，可是又冷又潮，體弱者動輒生病。官軍在城外長期駐紮，連一道擋風的土牆都沒有……

「古人云：夫戰，所憑者，天時，地利，人和！」輕輕拍了下手掌，李通繼續大聲說道，「此刻天時在我，官軍將戰事拖得越久，越是自尋死路。而地利，棘陽城被岑彭經營了這麼多年，設施完備，城牆高闊，寒風不進，暴雨難侵。比起城外的官軍，我等簡直是將地利占盡。至於人和，天下義軍同氣連枝。眼下我等雖然新敗，可不遠處，卻還藏著一支精兵。只要他們揮師來援，大夥裡應外合，又何愁不能將甄阜送回老家？」

「精兵？你說，你說的是下江軍，下江王常！」彷彿眼前掛了一盞燈籠，王匡臉上的陰鬱瞬間消散，長身而起，大聲追問。

「次元，你跟王常有舊？」

「次元，那王顏卿，可不是一個好相與的人！」

……

廖湛、朱鮪等人，也陸續開口，每個人臉上都充滿了期盼。

「說也巧，在下早年跟那王顏卿，還真有過一些交情！」一片熱切的目光中，李通笑著點頭，「兩年前王顏卿受了傷，冒了別人名姓，到弘農一帶求醫，卻不小心跟朋友一道落入了官府之手。恰恰李某奉命去那邊巡視，見他器宇不凡，就找了個藉口，把他和他那朋友一起給放了！他為人光棍兒，怕過後牽連我，就主動告訴我，他乃是下江軍頭領王常王顏卿！」

「啊！」眾將領聞聽，立刻將嘴巴張了老大，眼睛裡的目光更為熾烈。

李通說得雖然輕描淡寫，但作為老江湖，誰敢認為官府的監獄，就那麼容易進出？哪怕李通當時有武威將軍從事的官身，還暗中兼任朝廷的綉衣使者，想要從監獄裡將兩個來歷不明的犯人撈出來，恐怕也要費許多周章。而萬一事後被朝廷發覺他撈走的人是綠林下江軍的大當家，恐怕他本人的性命也要搭上。

唯獨綠林新市軍二當家王鳳，沒有跟著大夥一起激動，而是雙眉緊皺，連連搖頭，「次元有所不知，王常此人，性格十分怪異。當年在綠林山上時，他就經常不服號令，屢次跟大當家對著幹。大當家為了不讓兄弟之義斷絕，才派他出去，領兵自謀出路。後來他惹上了嚴尤，被殺得大敗，我等聞訊太遲，卻相救不及！此番我等落難，再求他出手，恐怕他……」

「唉——」周圍的目光，接二連三變得黯淡，很多人都嘆息著搖頭。

有道是，鑼鼓聽韵，人話聽音兒。王鳳把話說得再婉轉，也掩蓋不了，綠林下江軍遭到嚴尤重點追殺之際，平林軍見死不救的事實。如今風水倒轉，平林軍被甄阜堵在了棘陽，卻厚著臉皮向下江軍求救。那王常怎麼可能就不計前嫌，冒著全軍覆沒的風險前來雪中送炭？

李通心中，對王匡、王鳳哥倆當年的薄情，也非常不屑。然而，他受到的打擊，卻不似其他綠林軍將領那麼重。笑了笑，再度輕輕拱手：「棲梧兄，有道是，事在人為！當初你沒有及時發兵相助，事出有因，只要當面跟顏卿解釋清楚了，以他的為人，想必不會過分刁難與你。更何況，他當初曾經答應過李某，若是有用得到他的地方，刀山火海，必不敢辭！」

「嗯——」王匡咬著手指，沉吟不語。

當年決定將王常趕出去自生自滅的是他，決定見死不救的還是他，最近一年多來，平林軍跟下江軍之間幾度發生衝突，幕後挑起事端的，還是他。如今平林軍遭了難，他卻主動找到下江軍那邊搬救兵。萬一那王常王顏卿小肚雞腸，折了他的面子還在其次，若是心裡再起了其他念頭……

「世則兄乃千金之軀，不可輕動！」看出了王匡的為難，劉縯忽然長身而起，主動提議。「我去，劉某跟那王顏卿，其實也有過幾次交往。他行事光明磊落，應該不會做那落井下石之舉。」

「伯升！」王匡聞聽，心中又是慚愧，又是緊張，連忙扭過頭，大聲勸阻，「你怎麼能去？你乃咱們所有人的核心。萬一你走之後，官軍大舉攻城……」

「不妨！」劉縯笑了笑，擺手打斷，「下江軍所駐紮的宜秋聚[注二]離棘陽並不遠，劉某如果多帶幾匹駿馬沿途不停更換，兩天之內足以跑一個來回。如果官軍大舉來攻，世則兄只管在中軍坐鎮，守城依舊有伯卿來負責便是，子衛、元伯在一旁協助。相信以他們三個的本領，守上十天半月問題不大！」

「這……」王匡的臉色，瞬息一變再變。去向王常求救，他怕後者趁機要了他的老命。而劉縯離開棘陽，他又怕對方一去不歸。畏首畏尾，好生難做。

劉縯雖然心胸開闊，性子卻不算粗疏。眉頭輕輕一皺，就將王匡的想法，猜了個七七八八。於是乎，又笑了笑，大聲道：「世則兄儘管放心，我走之後，此城所有大事，都由你來做主。若官軍攻勢太猛，你盡可帶著大夥撤向育陽，暫避甄阜、岑彭鋒纓。」

說罷，又迅速將目光轉向傅俊、李秩其他舂陵軍將領，大聲叮囑，「子衛、季文，各位兄弟，棘陽雖然要緊，但大夥的性命更為要緊。若是情況危急，爾等切莫逞強。育陽、新野，盡可去得。哪怕退到蔡陽，只要留下有用之身，咱們早晚還能再打回來。」

「是，大將軍儘管去，我等一定會聽從世則兄調遣！」傅俊、李秩等人，知道眼下必須先給王匡吃一個定心丸，齊齊拱手答應。

王匡見此，終於相信劉縯不是準備金蟬脫殼。立刻拱起手，向劉縯大聲保證，自己會看好家，不讓他有任何後顧之憂。

劉縯聽了，少不得又要躬身致謝，然後又迅速將目光轉向劉秀，「文叔，你有傷在身，這回就不必……」

「我跟你一起去！」沒等他把話說完，劉秀已經高聲打斷，「三姐可以沿途照顧我，次元兄同樣有傷在身，他能咬著牙堅持，我沒道理這個時候躺倒。」

「三娘，妳趕緊勸勸文叔，切莫逞能！」劉縯大急，連忙向馬三娘求救。誰料後者微微一笑，搖著頭道：「伯升大哥，他已經躺了好幾天了，出去活動活動筋骨也好。大不了，我將戰馬換成馬車，在你們身後慢慢跟著就是？家兄和我，跟那王顏卿也有過數面之緣，這次，剛好去助你一臂之力。」

「對，我們兄妹，早年跟那王顏卿一起殺過官差。」不用任何人向自己求證，馬武已經

注二、宜秋聚：位於棘陽東南八十里左右，靠近今河南唐河縣。

大笑著接口，「馬某跟伯升你一起去，便是說不服他，也要將他打暈了綁過來。」

宜秋聚在棘陽東南方向，相距約八十里上下。劉縯、李通、馬武、劉秀等人後半夜偷偷出了城，騎馬的騎馬，乘車的乘車，一路狂奔，第二天下午申時，就已經抵達宜秋聚外。

宜秋聚與小長安聚一樣，只是個彈丸之地。然而綠林下江軍拿下此處之後，卻將原來的幾座豪強堡寨以土牆連接在了一處，令其規模變得比尋常縣城還要龐大。城牆上，弩車、釘拍、滾木、檑石等各色防禦設備，一樣不缺。更有一隊隊精銳兵卒，沿著城頭交替巡視，哪怕有飛鳥半夜時分從天空中路過，也休想瞞過眾人眼睛。

劉縯等人還未靠近城門，行踪就已經被巡邏的士兵發現。剎那間，畫角聲響成了一片。敵樓上，城垛後，無數張角弓探了出來。精鋼打造的箭鏃，居高臨下，直指大夥頭頂。被傍晚的斜陽一照，就像一排排閃爍的寒星。

「看來久病成醫，下江軍昔日跟嚴尤幾番交手，雖然沒少吃虧，卻也沒少積累了經驗教訓。」劉縯見狀，非但不覺得受了冒犯，反而臉上湧出了幾分驚喜。

「這才有幾分軍隊的模樣，不是小弟我事後聰明，咱們舂陵軍，早就該好好整頓一回。」李通伸手拉開第一輛馬車的車簾，一邊仰頭觀望下江軍的軍容，一邊低聲說道。

劉縯臉上的驚喜，迅速變成了苦澀。嘆了口氣，低聲回應：「當初老三提議在棘陽統一政令，明確次序，我何嘗不覺得心動？但平林、新市兩軍，都是遠道而來。王匡和陳牧等人，跟我的交情，也遠不如子張和你。如果貿然採取行動，恐怕不等跟前隊交戰，咱們內部就會先殺得血流成河！」

「這，也是。唉！你這個大將軍，做得好生辛苦！」李通也跟著嘆了口氣，搖頭苦笑。內心深處，卻對劉縯的說法，好生不以為然。

在他看來，自古成大事者，皆不拘小節。當日在棘陽，舂陵軍無論人馬數量，還是武器裝備，都遠遠超過了平林、新市兩軍。如果劉縯真的下了狠心，要整頓隊伍，統一號令，調整權力次序，王匡、陳牧等人，未必有膽子公開跟他唱反調。即便唱，劉縯也根本不必害怕。只要新市軍最有戰鬥力的馬武鐵了心跟他站在一起，大夥完全可以將王匡、陳牧等人當場拿下，然後懸首轅門，殺雞儆猴！

正遺憾地想著，城頭上，已經有一員大將探出了半邊身體。將手裡的鋼刀朝馬車指了指，大聲斷喝：「呔，來者何人。到我下江軍地面有何貴幹？」

「我呸，好你個臧君翁，白長了一雙大眼。哥哥大老遠前來你這邊討杯酒喝，你居然不記得我是哪個？」沒等劉縯斟酌好回應的詞句，馬武已經越眾而出，手指城頭，大聲數落。

「你，你是馬王爺？」被喚做臧君翁的將領，身體晃了晃，立刻收起了手中鋼刀。「哎呀呀，馬王爺，什麼風把您給吹來了。我家大哥前幾天還說，你現在得償所願，終於把那岑彭的老巢都給端了下來。沒想到，你大勝之後，居然還有空到我們這窮鄉僻壤吃酒！」

「廢話少說，快快開門，哥哥我跑了一整天，嗓子眼都冒煙了！」明明聽出對方話裡有話，馬武卻裝作一副沒心肝的模樣，大聲催促。

「哥哥稍待，小弟馬上去叫我家大將軍出來迎接。」臧君翁回答得愈發恭敬，卻不肯立刻下令開門。而是一低頭從城牆內的馬道上跑了下去，轉眼就踪影不見。

「此人名叫臧宮，字君翁，在下江軍中坐第四張錦凳，為人最仔細不過。江湖綽號，掌中劍。」馬武喚門無果，紅著臉退到劉縯身側，低聲介紹。

「恐怕下江軍早已知道了，我軍兵敗小長安聚的消息。」劉縯笑了笑，輕輕點頭。「就是不清楚，他知道的有多詳細，會不會覺得我軍已經不值得出手相助？」

聞聽此言，眾人臉上，同時掠過了一團陰影。俗話說，錦上添花者多，雪中送炭者少。如果下江軍的幾位當家人，對情況瞭解得不夠深。或者還認為舂陵、新市、平林三家聯軍，有反敗為勝的希望，自然答應出兵助戰會痛快許多。如果下江軍已經知道了聯軍目前的真實情況，或者誤以為聯軍已經滅亡在即，想說服他們再出手相救，恐怕不是一般的困難。

正鬱鬱地想著，身後第二輛馬車的簾子，被一隻素手輕輕從裡面撥開。馬三娘笑容滿面，搖著頭打趣：「哥，這閉門羹滋味如何？那王常當年許諾如果你前來找他，他定然盛宴款待，原來就請咱們吃這個！」

「妳這丫頭，還未出嫁，居然就敢來笑話大哥。」馬武聞聽，立刻揮舞著拳頭大聲威脅，「小心惹急了我，一文錢嫁妝都不給妳出！」

「誰稀罕！」馬三娘瞬間羞得面紅欲滴，將身體縮回車中，再也不敢露頭。

馬武卻得勢不饒人，再度將面孔轉向劉縯，笑著道：「女大不能留，我這妹子，看看就要成老姑婆了。你趕緊叫老三將她娶回家，也省得我這當哥哥整天看著煩心。」

「哥——」馬三娘在車廂中長聲抗議，卻沒勇氣站出來，拒絕他的提議。劉縯見了，不覺啞然失笑。笑過之後，將手按在自己胸口上，大聲回應：「子張儘管放心，等打完了這仗，緩過口氣來，我就給老三操辦婚事。說實話，這些年多虧了三娘，否則，以舍弟那喜歡多管閒事的性子，還不知道有沒有命能夠回家。」

「大哥、子張兄，咱們可是為了搬救兵而來！」沒想到話題會忽然扯到自己跟三娘的婚事上，劉秀在馬車中也有些臉上發燙。探出半個腦袋，低聲提醒。

「兩不耽誤，兩不耽誤！」馬武扭過頭，對著他擠眉弄眼。「你若是貪心不足，將那姓陰的小娘子一起娶了，我也沒啥話說。至於她會被三娘打斷幾根肋骨，可不關我事！」

「哥，不要亂說！」馬三娘忍無可忍，一把扯回了劉秀，順手拉上了車簾。

馬武笑著搖了搖頭，隨即將面孔再度轉向了城門，閉口不語。內心深處，卻暗暗嘀咕：「傻妹子，哥哥我可把能做的，都替妳做了。妳若是再把握不住機會，就怪不得我。男人這東西，誰不是吃著碗裡，看著鍋裡的。妳男人英雄了得，將來不知道多少女人會投懷送抱。妳如果捨不得下手打斷幾條腿以儆效尤，將來可是有哭的時候。」

正呆呆地想著，忽然聽到城門內，響起嘎吱嘎吱的機括聲。隨即，城門緩緩向內拉開，門口的吊橋，也緩緩放了下來。

兩隊全副武裝的壯漢魚貫而出，沿著城門口，面對面列成齊整的兩排。夕陽的餘暉下，每個人的護心鏡，都金光燦爛。而這些壯漢的面孔，卻像胸前的鐵鏡子一樣平整。看不到半點喜怒哀樂，也看不出絲毫的歡迎。

劉縯、馬武兩個見此，再度以目互視，都在彼此的眼睛裡，看到了濃烈的屈辱。對方如此做派，根本不是迎客，分明想借機展示力量，以給大夥一個下馬威。

「馬王爺日暮來訪，成某未曾遠迎，還請見諒！」還沒等二人想清楚，王常為何做事如此涼薄。黑洞洞的大門內，又傳來了一個客氣的聲音。定睛看去，只見一個五短身材，面色黑的漢子，在十幾名親兵的簇擁下，大步走了出來。不是綠林軍二當家成丹，還能是誰？

「不敢，不敢，成當家客氣了。馬某何德何能，敢勞動你的大駕！」馬武立刻拱起手，大聲回應。「顏卿兄不在城中麼，馬某特來找他敘舊！」

「大當家最近幾日公務繁忙，勞累過度，這會兒恐怕已經睡下了！」成丹撇了撇嘴，一雙三角眼裡，立刻帶上了幾分陰鷙，「馬三哥勿怪，在下先替大當家給您接風，等明天一早，您再去求見他也不為遲。」

「求見！你要我求見？」馬武的臉色，頓時被氣成了豬肝。強壓怒火，冷笑著問道，「是不是還得買一份禮物，再附上一張象牙做的名帖，否則，怎對得起王大當家如今的地位？」

「非也，非也，馬王爺不必如此！」成丹皮笑肉不笑，身體擋住城門洞，輕輕擺手，「實乃此刻形勢詭異，所以才不得不走個過場。畢竟，您老如今威名赫赫，剛剛又率部打到了宛城門口。我們下江軍不過是一群混日子的土匪流寇，不敢對您過分高攀。」

「住口，成子朱，速速滾開，讓那王顏卿出來見我！」話說到了這個份上，馬武哪能聽不出來，成丹是想跟自己劃清界線，以免自己開口請下江軍前去助戰？登時氣得兩眼冒火，大聲咆哮：「老子跟他並肩殺敵的時候，你還不知道在哪討飯吃。他只要出來親口說一聲，不願意搭理老子，老子二話不說，立刻滾蛋。至於你，想從中作梗，還不夠資格！」

「子張兄，子張兄息怒！」劉縯聽得大急，連忙出言勸阻。剛想說幾句話來緩和氣氛，卻看到成丹猛地將刀舉了起來：「馬子張，這可是你自找的。來人，將他們幾個給我趕了出去，從現在起，不准靠近宜秋聚城牆五十步內。否則，立刻給老子弓箭招呼！」

「是！」成丹身後的親兵們，立刻舉著兵器往上湧。馬武忍無可忍，也迅速拔出了寶劍，與劉縯並肩而立。

這下，形勢可徹底亂了套。剎那間，城門內外，鏘鏘拔刀聲不絕，周圍所有下江兵一擁而上，將劉縯、馬武，連同他們身後的馬車，圍了個水洩不通。

眼看著，雙方就要大打出手，危急關頭，第一輛馬車上，忽然響起了一聲斷喝：「成子朱，這就是你的報恩手段嗎？李某跟子張、伯升兄乃是一夥。你有本事，就將李某也趕了出去，亂箭穿身！」

「誰！可是李家恩公？」成丹被斷喝聲嚇了一大跳，三步兩步衝到馬車前，聲音因為激動而顫抖，「恩公，你怎麼會在這兒？你，你來了怎麼不早說！」

「你一上來就擺出了拒人千里之外的架勢，我如何來得及開口？」李通被劉伯姬攙扶著，緩緩走下馬車，臉上的笑容好生令人玩味，「怎麼，王大當家又病了，天還沒黑就見不到人？還是覺得最近打了幾場勝仗，可以列土封茅了，怕我們這群倒楣鬼壞了他的好運？」

「這，這，恩公您說笑了。王大哥，王大哥他很好，他，他只是最近忙了一些！」甭看先前對馬武都敢舉刀相向，如今被李通夾槍帶棒一頓數落，成丹卻沒有任何膽子還嘴。

原因無他，兩年前王常悄悄跑到弘農那邊治病，就是成丹一路陪同。王常落難入獄，成丹也一道成了階下囚。如果不是李通動用手中權力冒險相救，成丹和王常，早就稀裡糊塗被官府當做尋常蟊賊砍了腦袋，根本沒機會活著走到今天。

「我知道顏卿兄公務繁忙，但我也不是無緣無故前來相擾。」見成丹收起了囂張氣焰，李通也不為己甚，拱了下手，笑著低聲補充，「所以，麻煩子朱你派人通稟一聲，就說故人李通與小孟嘗劉伯升、鐵面獬豸馬子張，還有劉伯升的三弟劉文叔，聯袂前來拜訪，請他在百忙之中，不吝一見！」

「小孟嘗！恩公，您說是小孟嘗親自來了？」成丹聽了，眉毛瞬間往上一挑，目光快速轉向與馬武並騎而立的劉縯，「可是這位壯士？剛才成某眼拙，竟然當面錯過了英雄，死罪，死罪！」

說著話，他雙手抱拳，向劉縯行禮，態度恭敬有加，但語氣，卻像徐徐出來的晚風一樣寒冷。

「成將軍不必客氣！」劉縯知道自己不受歡迎，卻只能強忍住掉頭而去的衝動，大笑下馬拱手，「所謂小孟嘗，不過江湖弟兄們早年的恭維，實在當不得真。」

「盛名之下，豈有虛士？伯升兄切莫自謙。」成丹笑著再度後退行禮，身體與馬車拉開距離，恰恰又擋去了馬武和劉縯兩個的去路，「在下前日聽聞，伯升率領大軍，連克數縣，兵鋒直指宛城。萬萬沒想到，伯升兄百忙之中，還能抽出空閒，親自到我下江軍中來！」

後面幾句，全都是廢話，揣著明白裝糊塗，卻將劉縯憋得滿臉通紅，額角隱隱見汗。李通見此，連忙踉蹌著向前走了幾步，大聲說道：「子朱，你這話說得可就錯了。伯升兄再忙，哪有放著下江軍這麼一路精銳，卻視而不見的道理？況且舂陵也好，下江也罷，大夥之所以起兵，還不是為了推翻新莽暴政，還天下一個安寧！」

「恩公教訓的極是！」成丹不願掃了李通的面子，笑著拱手。「我等志同道合，理當守望相助。但我下江軍兵微將寡，卻不堪與舂陵、平林義師同列。伯升兄席捲半州之舉，成某只有仰慕的份。輪到自己，卻只願意有多大本領，做多大事情。是以，下江軍如今只敢在山野不毛之地，積蓄力量，以圖將來。斷沒有伯升兄的膽略和本事，現在就衝出去跟朝廷前隊大軍一決生死！」

「你……」沒想到成丹如此狡猾，連做說客的機會都不給自己，就搶先封死了出兵相助的可能，李通又氣又羞，蒼白的面孔，頓時湧起了一股病態的潮紅。剛想厚著臉皮，拿昔年對方和王常一道，給自己的承諾說事兒，卻不料，後者忽然又躬下了身，鄭重補充，「恩公可是受了傷？可曾請了郎中？我下江軍裡，剛好有幾位一等一的大夫，恩公不妨就跟恩嫂去城內住下來，慢慢調養。恩公放心，只要成某有三寸氣在，任何人，都休想傷害賢伉儷分毫！」

「我，我跟他還未成親！」話音剛落，劉伯姬立刻羞得面紅耳赤，抬手指著成丹，大聲抗議，「你，你瞎說哪門子混帳話？」

「子朱，原來你，你，你如此仗義，李某，李某，真的感謝不盡！」李通則氣得兩眼陣陣發黑，冷笑著搖了搖頭，大聲回應。「治病之事，就不勞子朱了。李某乃敗軍之將，且不敢將晦氣帶給你！」

說罷，跺了跺腳，轉身就走。那成丹見了，趕緊追了幾步，雙膝跪倒：「恩公，成某這條命，是你救的。為了你上刀山下火海，都義不敢辭。但成某卻不能為了私恩，將我下江軍一萬三千弟兄，故意往朝廷精銳刀口上送，此事，萬望恩公見諒！」

「萬望恩公見諒！」成丹的親兵，也齊刷刷跪倒於地，朝著李通的背影深深俯首。

救命是私恩，發兵相助卻是公事。因私廢公，仁者不取，智者不屑。所以，哪怕今天李通、馬武是蘇秦復生，張儀在世，也休想過了成丹這一關。

「唉——」舂陵大將軍劉縯見此，只能報以一聲長嘆，伸手牽了自己和馬武的坐騎，轉身告退。

雙腿剛剛開始邁開腳步，第二輛馬車上，卻也響起了一聲黯然長嘆，「唉——，本以為，能讓大司徒嚴尤寢食難安的下江軍，是何等的英雄了得。沒想到，今日一見，卻是一群蠅營狗苟的無膽鼠輩。大哥，咱們今日來錯了地方，趕緊走吧，若是遲了，沾上一身腐屍之臭，恐怕用官兵之血洗上十天半月，都洗不乾淨！」

這下，可輪到成丹羞惱了，以刀戳地，長身而起，「誰，誰在大放厥詞，有種從車中走出來！」

四下裡，刀劍出鞘聲，再度響成了一片。周圍所有下江軍將士，都憤怒地舉起了兵器，將劉縯、馬武、李通以及劉秀所乘坐的馬車，再度圍了個水洩不通。

時值隆冬，寒風夾著薄霧，呼嘯掃過刀刃槍尖兒，吹得人渾身上下一片冰涼。夕陽的餘暉迅速暗淡，而夜幕卻以肉眼可見速度，從天而降。把所有人的驅殼，都籠罩在一片鉛灰色當中，彷彿他們在剎那間，全變成了行走的僵屍。

化不開的殺氣當中，第二輛馬車的簾子，緩緩被人從內部拉開。劉秀白衣長劍，與馬三娘並肩而下。先抬起頭，朝著已經被暮色吞噬得隱約只剩下一個輪廓的城樓看了幾眼，然後笑著輕輕拱手：「在下劉文叔，當年曾經從大司徒嚴尤那裡，聽聞過成將軍的大名。昔日數戰，下江軍雖然未得一勝，但大司徒提起諸位，卻頗為忌憚。一再向朝廷提議，要不惜任何代價將下江軍連根拔除，以免養虎為患！而如今，呵呵，呵呵，請恕在下直言，劉某真的沒看出來，諸位有什麼地方，值得大司徒如此看重！」

「你，你休要信口雌黃。嚴，嚴尤老賊，嘴裡豈能吐出象牙？」成丹的臉色鮮紅欲滴，又是惱怒，又是驕傲，一時間，竟忘記了對劉秀痛下殺手。

惱的是，劉秀將現在的下江軍說得如此不堪，彷彿早就變成了尋常打家劫舍的蟊賊一般。而驕傲的則是，在嚴尤這種百戰名將嘴裡，下江軍依舊如此威名赫赫。哪怕一敗再敗，仍然被列作其首要剪除目標，遠遠超過了赤眉、銅馬等起義勢力，將新市、平林兩支綠林同行，更是甩得不見踪影。

周圍的其他下江軍將士，也臉紅脖子粗，不知道該如何對付劉秀是好。想要殺掉劉秀洩憤，卻唯恐再也聽不到自己昔日的輝煌。而就此將劉秀放過，他剛才的話，又實在過於可恨。什麼叫蠅營狗苟的無膽鼠輩，下江軍數月之前還跟襄陽郡兵打過一仗，並且大獲全勝。什麼叫若是遲了，沾上一身腐屍之臭？難道下江軍上下，都早已死去多年，如今站在宜秋聚內的，竟是一群孤魂野鬼？

正猶豫間，卻又看到劉秀抬手朝敵樓內指了指，哈哈大笑：「諸位肯定不服氣，下江軍如今兵強馬壯，怎麼會就比不上當初？當初諸位沒有這麼大地盤，刀槍不齊，軍容不整，打仗之時，弟兄甚至連肚子都吃不飽。但當初諸位，卻有勇氣直面嚴尤所部數萬精銳，屢敗屢起，膽氣始終不墜。而如今，諸位空有上萬兵卒，盔明甲亮，卻只敢龜縮於荊州邊緣，做些流竄搶劫的勾當。聽到我舂陵軍戰敗，就恨不得立刻捲了鋪蓋逃走，根本沒勇氣面對甄阜、岑彭！如此畏手畏腳，又何必挑著昔日下江軍的戰旗？早點換成黑虎寨、石龍王之類，也算名實相副。」

「住口！」成丹氣得兩眼冒火，揮舞著鋼刀大聲喝止，「我等打什麼旗號，關你屁事？你們舂陵軍吃了敗仗，就想拉咱們下江軍一起去送死。咱們又不是一群傻子，憑什麼上你的當！」

「成將軍是想殺我滅口嗎？」面對的明晃晃的鋼刀，劉秀不閃不避。反倒又向前走了半步，直接站在了刀鋒之下，「請速動手，讓劉某也看看，成將軍當年血戰嚴尤，在千軍萬馬中縱橫往來的威風。」

「你，你……」分明將刀向下一壓，就能永遠讓劉秀閉上嘴巴。成丹卻忽然失去全身的力氣，僵直著手臂，接連後退。

劉秀所說的，是他這輩子最榮耀的時刻。為了掩護大隊人馬撤離，他帶著十幾名兄弟，在官軍當中橫衝直撞，差一點，就砍翻了嚴尤的帥旗。那一戰，他身後的兄弟全都死無全屍，只有他一個人殺開血路，潰圍而出。從那以後，他每每在睡夢中醒來，耳畔都隱約聽到當日的鼓角之聲。

「成將軍不肯殺在下？那好，請容劉某再多幾句嘴！」劉秀抬手輕輕撥開刀身，就像撥開一根稻草般輕鬆，「的確，我舂陵、平林、新市聯軍吃了敗仗，元氣大傷。可我聯軍上下，卻都沒忘了給戰死的弟兄們報仇，都在想盡一切辦法洗雪前恥。可諸位呢，被朝廷精銳擊敗了這麼多年，可曾想過為戰死的袍澤報仇？可曾重新拾起勇氣，面對昔日的生死大敵？的確，出兵去救棘陽，諸位會面臨兵敗陣亡之險。可躲在宜秋聚做壁上觀，諸位就能苟延殘喘？且不說唇亡齒寒這等大道理，萬一聯軍守不住棘陽，直接退回綠林山中，貴部距離棘陽只有一日路程，那甄阜、梁丘賜和岑彭，難道就會放任爾等在其身後逍遙？屆時，萬一前隊大軍傾巢而至，諸位即便想要和我等聯手，我等恐怕也有心無力，只能在山中遙祝諸位好運了！」

「噹啷……」成丹手中的鋼刀，無力的掉在地上，臉色瞬息萬變。

四周圍，其他將士緊握兵器的手臂，也微微顫抖。每個人肩膀，都彷彿瞬間壓上千斤巨石。

道理就是道理，無論其好聽還是難聽。劉縯等人今日戰敗，尚能向下江軍求救。倘若下江軍做壁上觀，等到他日自己遭到朝廷兵馬進攻，想要求救，恐怕周圍也找不到任何友軍了！

「外面可是小孟嘗和馬王爺？」就在此時，城門內，忽然傳來一聲焦急的大叫，緊跟著，一名身高八尺，白淨面孔的漢子，就赤著雙腳衝了出來，「王某忙於公務，不知二位大駕光臨，恕罪，恕罪！」

二當家成丹急忙轉身，肅立拱手：「大哥，你怎麼來了。您前幾天剛剛受了寒——」

「見過大當家！」周圍將士嘩啦啦全部抱拳行禮，動作之齊，軍威之盛，隱隱竟有細柳遺風[注三]。「各位兄弟，免禮！」下江軍大當家王常立刻停住雙腳，向周圍的弟兄們拱手。隨即，他眼神忽然一亮，三步兩步衝上吊橋，對著李通納頭便拜，「恩公，您怎麼會在這裡？王某日思夜想，恨不得替您牽馬墜鐙，以報昔日活命之德。卻沒想到，今天居然在自家門口見到您老！」

若沒有受到成丹的冷臉，李通也許還真的被王常的話語說得心頭一片火熱。而現在，他卻只覺渾身上下一片惡寒。咧了下嘴，冷笑著擺手：「顏卿兄客氣了，當時李某只是順手而為，算不上什麼大忙。倒是今天，下江軍的軍容，讓李某大開眼界。有朝一日李某真的走投無路了，說不定還得指望顏卿兄庇護，才不至於身首異處！」

「恩公，恩公這是哪裡話來？」王常的臉孔，瞬間紅得幾乎要滴血。俯身下去，重重叩頭，「恩公當年是順手而為，對王某來說，卻是賜還了一條性命。王某這輩子，絕不敢負！」

「罷了，顏卿兄速速請起，你是一軍主帥，不宜隨便向人屈膝。」李通笑著搖了搖頭，伸出雙手，緩緩拉住王常的胳膊，「成二當家說得沒錯，你我之間是私恩，下江軍如何行動卻是公義。公義私恩，不可相混！」

「這，這到底是怎麼回事！」王常急得額頭冒汗，扭頭朝著成丹大聲追問，「二弟，你到底如何得罪了恩公，令他居然傷心若此？」

「是，是我，是我剛才不小心說錯了話，惹得恩公生氣。該罰，該罰！」成丹抬手抹了一把冷汗，大聲回應。隨即，也對著李通雙膝跪倒，重重叩首，「恩公，我是個粗胚，不會說話，請您萬萬不要跟我計較！」

「這，唉——」李通心裡，依舊湧不起任何熱度。然而，當著如此多下江將士的面兒，為了長遠計，他又不敢太讓王常和成丹兩個下不了臺。只好又嘆了口氣，分出一隻手去拉成丹，「罷了，罷了，李某豈是那小肚雞腸之人。剛才的話，就當李某誤會了你的心思。子朱請起，顏卿兄也速速請起。天寒地凍，咱們找個避風處敘話。」

「已經來到宜秋聚，難道還有比王某的家，更避風的地方嗎？」王常早就聞見了撲鼻而來的金瘡藥味道，不敢讓李通發力，趕緊順勢起身，「恩公，裡邊請！伯升兄、馬王爺，還有這位小兄弟伉儷，一起裡邊請！」

說罷，又迅速將頭低下，朝著成丹大聲呵斥：「還不去替恩公拉著馬車？你這蠢貨，平素口口聲聲說要報答恩公，怎麼見了恩公，卻連句囫圇話都說不利索？」

「是！」成丹紅著臉起身，快步走到馬車前，伸手從趕車的舂陵兵卒手裡，搶過挽繩。

見到二人如此做作，劉縯等人只好當王常真的剛剛從城裡趕過來，對先前城門口發生的事情一無所知。互相看了看，笑著走向了城內。

一路上，不停有下江軍其他將領上前，畢恭畢敬地向李通這個救了大當家性命的恩公行

注三、細柳遺風：細柳營是西漢大將周亞夫的部曲，後世代指精銳。

禮。也有一些江湖豪傑，久仰馬王爺和小孟嘗的名聲，特地過來相見。李通、馬武、劉縯三個，明知道這裡邊有貓膩，卻因為有求於人，不得不耐著性子，跟大夥一一寒暄。

劉秀生得臉嫩，劉伯姬和馬三娘身為女子，所以都被下江軍將士自動忽略。三人也不懊惱，自行湊做一堆兒，跟在眾人身後，一邊走，一邊竊竊私語。

「姓王的好生狡猾，剛才分明是他自己想賴帳，卻派成丹出來做那個惡人。三哥、三姐，你們可早點兒提醒大哥，千萬別被他所騙。」劉伯姬心思單純，偷偷朝周圍看了看，以極低的聲音建議。

「大哥早就看出來了！」馬三娘笑了笑，抬手輕輕攬住劉伯姬的肩膀，「我哥，還有妳的次元兄，也早就看出來了。妳別替他們擔心，他們只是有求於人，所以不得不裝傻而已！」

「他，他不是我的！」伯姬被說得臉上發熱，迅速掙脫出去，然後用力跺腳，「人家跟你說正事兒，三姐，妳休要老是調笑人家！」

「不是調笑，是想讓妳緩和一下心情，別那麼緊張而已！」馬三娘搖了搖頭，笑呵呵地小聲補充，「都是老江湖了，誰能蒙得了誰？妳慢慢看著吧，這才第一回合，接下來，還不知道要相互算計幾輪呢！」

「啊？那……」劉伯姬聽得兩眼發直，再也顧不得害羞，啞著嗓子低聲追問，「那，那次元豈不是白救了他們一回……」

「也不算白救吧！至少搬兵不成，也不至於被扣下。」馬三娘嘆了口氣，愛憐地輕輕揉搓她的秀髮，「江湖義氣，向來都是說著玩的。能活著坐到大當家位置上的，怎麼可能還義字當頭？除非身手比我哥還好，否則，越講義氣，肯定死得越快！況且出兵助戰，不是欠債還錢。一不小心吃了敗仗，就是成千上萬條人命的事情。他們兩個身為下江軍的領頭羊，怎麼可能不慎之又慎。」

「這……」劉伯姬無言以對。

在她的少女夢幻中，江湖好漢應該個個都像大哥，一諾千金，義薄雲天。江湖女兒，則個個都像馬三娘，恩怨分明，性如烈火，見到喜歡的人就追隨一生，絕不回頭。

而今天看到的江湖，跟她少女夢幻中的那個，相距實在太遠。讓她倍感寒冷之餘，忍不住就閉上眼睛，去繼續追求夢裡的「真實」。

「人之常情罷了，我們自己那邊，還不是有人想趕緊分了輜重散夥兒？」倒是劉秀，絲毫不覺得王常、成丹等人的表現有多過分，笑了笑，低聲安慰。「妳現在是見得少，以後見得多了，自然就習慣了。所謂江湖，原本就是由一群不講規矩和道理的人組成。只是官府太爛，所以人們才對江湖，寄予了太多美好想像！」

「嗯！」劉伯姬聽得似懂非懂，眨巴著眼睛點頭。

「有空多看看下江軍的軍容，王顏卿能憑一己之力頂住大司馬嚴尤，屢敗屢起，自然有其過人之處！」有心教自己這個不安分的妹妹一點兒真本事，劉秀笑著繼續補充。

聞聽此言，劉伯姬趕緊吐了下舌頭，四下觀望。只見一隊隊士卒，邁著整齊的步伐，在大街小巷往來穿梭。每個巷子口都立著一根粗大的石頭柱子，柱子頂端，剛剛掛上去的火把跳躍閃動，忽明忽暗。將士卒們手裡的兵器，照得耀眼生寒。

「為何要派這麼多人巡邏？弟兄夜裡休息不好，白天能有精神嗎？」正所謂外行看熱鬧，行家看門道。就在劉伯姬為下江軍的軍容而連連咋舌之際，走在前面的馬武，也側過頭來，帶著幾分詫異向王常、成丹等人詢問。

「當然不是。」王常立刻笑了笑，帶著幾分自豪解釋，「巡邏的弟兄看著雖然多，事實上，卻是按部、曲、隊、屯、夥定時輪換。每一夥士兵，每晚只在固定時間出來巡視半個時辰。基本不會耽誤他們正常休息。而弟兄們在平時習慣了保持警醒，戰時就不會因為疏忽大意被敵人所襲，一舉兩得。」

「善！」眾人聽聞此言，紛紛撫掌，不約而同地將目光向身後的劉秀看去，剎那間，眼睛裡都充滿了慚愧。

類似的話，劉秀也曾經說過，並且不止一次。但大夥那時接連獲勝，意氣風發，誰都沒太把劉秀的話當一回事兒。總覺得他雖然讀了很多書，但年齡、閱歷和經驗，都跟大夥相差太遠。說出來的話，書生氣十足，根本沒有太多可取之處。而如今，看了下江軍的軍容，再想想小長安聚之敗的慘烈。大夥才忽然明白了，劉秀當初的主張，是何等的正確與及時。

「這位小兄弟，可是那斬殺黃河惡蛟的英雄，劉秀劉文叔？」王常的目光極其銳利，發現大夥臉上帶著慚愧紛紛向劉秀回望，立刻隱約猜到了一些端倪，笑了笑，也將頭扭過來，大聲向劉秀發問。

「不敢，大當家過譽了！」劉秀被他誇得臉上發熱，連忙拱手回應，「不是什麼惡蛟，一條上了年歲的鼉魚而已。在下劉文叔，久仰下江軍諸位英雄大名，此番特地跟著幾位兄長過來長見識！」

「想不到，昔日斬蛟英雄，居然如此謙卑！」王常停住腳步，大笑著拱手，「文叔，昔年高祖皇帝斬白蛇，揭竿王黨，最終打下了大漢兩百一十年江山。你姓劉，又是帝王之後，還殺掉了為禍多年的蛟龍，將來成就肯定不可限量！」

這話，可就將劉秀捧得太高了，令周圍很多人的目光，瞬間再度大變。以前，他們也不是沒聽說過，劉秀曾經在黃河中殺死過一條水怪，但是，大夥卻都沒將此事跟漢高祖劉邦斬蛇起義的典故聯繫到一起。而現在，王常看似不經意的一句恭維，卻令兩者之間立刻發生了關聯，並且無比的清晰。

將你高高捧上天的人，要麼是有求於你，要麼是想將你摔個筋斷骨折。劉秀自問眼下王常沒有什麼需要求自己幫忙的地方，那，對方的真實意圖是什麼，就立刻呼之欲出。

迅速向前走了幾步，他大笑著拱手還禮：「大當家真會說笑話，區區一條鼉魚，怎麼可能跟白帝之子[注四]相提並論？那天動手幫我殺魚的，還有嚴光、鄧奉、朱祐以及若干兵丁，若人人都以高祖為目標，那天下豈不亂成了一鍋粥？不瞞您說，我們當時根本沒把怪魚當一回事兒，宰掉之後，立刻分兒烤之。如今那魚的骨頭架子，還擺在黃河邊上。當地的亭長將其

注四、白帝之子：傳說劉邦殺死白蛇之後，有老婦人給他托夢，說他殺掉了白帝之子。白帝之子，也意味著秦朝的氣運。

當做招牌，在旁邊開了家酒館。我等每次往來，都會過去再吃一頓，對著魚骨頭懷念當年的美味。」「啊？哈哈，哈哈哈哈……」話音未落，李通帶頭笑了個上氣不接下氣。王常、成丹等人，先是目瞪口呆，然後也忍不住大笑著連連搖頭。

別人斬完白蛇，立刻想到起兵造反，爭奪天下。而劉秀，卻只想到了吃。並且吃完了一頓還不夠，還要經常過去回味一番。這志向和舉動，跟大漢高祖劉邦相比，真是麻雀見到了鯤鵬。

不過，胸無大志的吃貨，總是會給人一種莫名其妙的安全感。所以笑完之後，大夥的肚子居然全都餓了，有好幾個人甚至直接被唾液潤濕了嘴角。

好在宜秋聚規模不大，眾人邊笑邊走，很快就來到了下江軍的聚義大廳。王常先命令點起火盆，送上茶水、給眾人潤喉。不多時，又大張旗鼓地將菜肴和酒水傳了進來。

一番推杯換盞之後，氣氛漸漸變得熱鬧，劉縯先舉起酒盞，敬了大當家王常、二當家成丹、三當家張卯、四當家臧宮和其他眾位下江軍核心人物。然後果斷收起了笑容，把話頭帶回正題，「顏卿兄、各位兄弟，明人不說暗話，此番我等前來，乃是有事相求。數日前，新市、平林和舂陵三家聯軍，不慎在小長安聚遭到官兵埋伏，損傷甚重。而甄阜老賊則挾大勝之威，尾隨追殺到了棘陽城下。我軍雖然暫且可憑藉棘陽城的城牆，擋住甄阜老賊。但是，如果沒有強援的話，恐怕支撐不了太久。所以，劉某專程來懇求諸位，念在彼此都有志推翻暴莽的份上，速速施以援手！」

就像萬石海水潑上了火堆，聚義廳內的氣氛，頓時急轉直下。

類似的話，劉秀先前在城門口，已經說過一次。但是，這會兒經由柱天大將軍劉縯之口，在聚義廳當著所有人的面兒正式向王常提出來，效果卻完全不同。

先前對劉秀的話，下江軍眾人可以搪塞敷衍，可以胡攪蠻纏，甚至裝傻充楞。而現在，他們卻必須給出一個答案。成，則下江軍儘快開拔，前往棘陽。不成，則雙方一拍兩散，從此之後，再無任何瓜葛！

「突突，突突，突突突……」燭臺上的香燭，聲音忽然變得極大，光線也亮得扎眼。

門外的寒風，則變得更加猛烈，在樹梢和窗角等處，發出一連串哀鳴，「嗚嗚嗚，嗚嗚嗚，嗚嗚嗚……」聲聲急，聲聲催人老。

「伯升兄，實不相瞞。在下早就聽聞了你兵敗的消息！」沉默良久，在一片期盼、憂慮或者懷疑的目光當中，下江軍大當家王常終於開口，「自打消息傳到這邊那一刻起，在下就一直琢磨，該不該發兵前去相助……」

「有什麼好考慮的？我軍雖然吃了敗仗，甄阜老賊那邊也不好受。」馬武聞聽此言，立刻大笑著打斷，「速去，速去！顏卿你帶人殺過去，剛好可以趁著甄阜眼下實力虛弱，要了他的老命！」

「子張兄，若真的有把握要了老賊性命，在下豈會拖到現在？」王常嘆了一口，苦笑搖頭，「就怕瘦死的駱駝大過馬，我下江軍總計三萬多弟兄，看似聲勢浩大。然而，此刻真正能拉上戰場跟官軍廝殺者，恐怕只有一小半兒。在自己熟悉的地方，憑著城牆和高山死守，也許還能跟官軍掰一掰手腕。主動出去跟前隊廝殺，老賊的實力跟貴部交戰之時損耗再大，恐怕滅了我下江軍也易如反掌！」

「是啊！子張兄，明人不說暗話。前隊再傷筋動骨，咱們下江軍也未必招惹得起。」三當家張卯立刻長身而起，朝著馬武輕輕拱手，「所以，大當家不是不想幫忙，而是愛莫能助！」

「有多大本事，端多大的飯碗。馬王爺、小孟嘗，我們真的不是不幫忙，而是實力太差，去了反而會成為拖累。」

「是啊，是啊，我等缺糧少餉，鎧甲器械也樣樣不全。怎麼可能幫得上別人的忙。」

「是啊，咱們下江軍實力最弱，自保能困難……」

周圍幾個平素跟張卯關係近的下江軍將領，紛紛起身，將自家實力一貶再貶。

「各位何必如此妄自菲薄？」李通聽得心頭冒火，手扶面前矮几，長身而起，「想當年，貴部與嚴尤相爭，雖然屢戰屢敗，卻始終沒說過一個『怕』字。近年嚴尤老邁，被昏君調回長安。貴部立刻再度崛起，先克安州，再掠隨州，旋即又大敗荊州牧魯嚴，以雷霆之勢攻下宜秋聚，旌旗所指，無不披靡。怎地輪到我等前來求助，就忽然實力變得弱不禁風？莫非這兵敗之傷，也會像風寒一樣傳染？我軍被甄阜打得傷筋動骨，連累貴部也痛得直不起脊梁嗎？」

前面幾句話，說得都是下江軍最輝煌的戰績，在場眾人誰也沒勇氣否認。而後面三句，則句句如刀，直接戳向了張卯等人的心臟。將後者問得一個個面紅耳赤，紛紛低下頭去，端起酒盞掩飾尷尬。

四當家臧宮見不得自己人吃虧，連忙起身幫腔：「次元兄，不愧是綉衣御史，這話說的甚是犀利。然而，我下江軍以往的戰績再輝煌，又如何跟貴部能比。貴部自舂陵起兵以來，半個月內連克五城，連名震荊州的岑彭都被你們打得全軍覆沒。我軍不過是趁著魯嚴老兒輕敵，才勉強將其擊退而已，真的不敢妄自尊大，排在貴部前頭。」

「是啊，子張兄、伯升兄，還有次元兄。連貴部都輸給了甄阜，我下江軍怎麼可能在老賊身上討得到任何便宜？」王常立刻接過話頭，繼續苦笑著補充，「所以，王某猶豫再三，覺得，覺得，與其帶著弟兄們去棘陽冒險，不如好好在這裡經營，等著爾等過來匯合！諸位放心，只要貴部肯來，我下江軍肯定騰出半個宜秋聚，供貴部修整。糧草輜重，只要我下江軍有，就不會少了貴部分毫。」

「顏卿，當年馬某初上綠林山之時，就佩服你的英勇。那時候的你，何曾說過一個『怕』字？」聽王常非但不肯出兵幫忙，反倒打起了舂陵軍的主意，馬武氣得拍案而起，「當年你發現大當家忌憚與你，便主動請纓，令千餘名弟兄下山，另闢基業，再不回頭。後來遇到嚴尤，明知不是他的對手，也咬著牙跟他周旋，從沒主動服過軟。怎麼才兩年未見，你竟然變得如此怯懦？跟我記憶中的那個王彥卿，完全判若兩人？」

「往事不堪回首，不堪回首。」面對馬武冷嘲熱諷，王常毫無感覺，笑了笑，繼續懶洋洋地擺手，「當年是當年，現在是現在。當年我沒吃過什麼虧，難免氣盛。而現在，才知道當大當家沒那麼容易，凡事不能光想著自己。貴部如果肯來，王某一定會掃地相迎。貴部如果想退進山中，王某也願意捨命為貴部斷後。至於馳援之事，切莫再提！」

「你！」沒想到王常變得如此貪婪，居然想趁機吞並舂陵軍，馬武頓時火冒三丈，「你把頭縮進殼裡，難道就高枕無憂了？宜秋聚到棘陽，不過一日半的路程。若我軍敗了，甄阜與梁丘賜又豈容你在此地立足？到時候前隊大軍蜂擁而至，恐怕你也落不到什麼好下場！」

「子張兄，何必拾人牙慧。」王常撇了撇嘴，臉上的笑容迅速變冷，「這話，文叔老弟說過，伯升也說過，王某不敢說其不在理。然而，王某帶著下江弟兄前往棘陽，就真的能力挽狂瀾嗎？若是王某所猜沒錯，此刻王匡、王鳳，還有陳牧、廖湛四位，恐怕已經在鬧著分輜重，散夥了吧？老實說，如果棘陽那邊，只是你馬子張，還有劉伯升這位小孟嘗這樣的豪傑，王某也許早就帶著隊伍趕過去了。也的確相信唇亡齒寒這個道理。眼下多了王大當家和陳、廖兩位，呵呵，王某只怕自己去了，非但救不了貴部和自家，反而會死得更快。」

「這？王顏卿，你休要信口雌黃！」馬武瞪圓了眼睛，大聲唾罵。「世則，世則大哥不是那種人！」

然而，罵聲雖然高亢，他緊握著的雙拳，卻不知不覺間鬆了開去。平素像竹子般筆直的脊背，也隱隱帶上了幾分弧度。

劉縯、李通等人在旁邊，也羞得個個臉色發紅，額頭見汗。事先憋了滿肚子的說服之詞，半個字也無法繼續從嘴裡向外吐。

緣由很簡單，王常雖然沒有親眼目睹王匡、王鳳、廖湛等人戰敗後的舉動，卻將他們的反應，猜了個八九不離十。眼下，連棘陽城內的新市、平林這兩支隊伍，都喪失了繼續戰鬥下去的勇氣。憑什麼下江軍要從八十里外趕過去蹚那灘子渾水？

正尷尬間，忽然聽見背後有人放聲大笑：「哈哈哈，哈哈哈，哈哈哈，佩服，久聞下江軍王大當家目光如炬，今日見了，傳言果然不虛！大當家，你說得大體沒錯，眼下新市軍和平林軍中有許多頭領，的確試圖分了輜重散夥。如果聯軍一直是這般模樣，也的確不值得你出手相助！」

「文叔！」劉縯、李通、馬武三人大急，再顧不得慚愧，齊齊回頭喝止，「你不要胡亂說話，世則兄和棲梧都不是那種人，陳大當家至今還昏迷未醒！」

「大哥、次元兄、馬大哥！」劉秀嘆了口氣，輕輕搖頭，「都到了這種時候了，咱們又何必遮遮掩掩？王大當家和王二當家，的確已經失去了繼續跟官兵交戰的勇氣。陳大當家即便從昏迷中醒過來，如果平林軍其他將領堅持要走，他也只能像顏卿兄剛才所說的那樣，得先為麾下的弟兄們著想，不能只為了成全自己的江湖義氣而肆意妄為。此刻聯軍的軍心已散，回天無力，也許認命放棄棘陽，才是我等最佳選擇！」

「你……」劉縯、李通和馬武三人，無法猜透劉秀的葫蘆裡，究竟賣的是什麼藥，一個個氣得眼前發黑，額頭青筋根根亂蹦。

劉秀也不做任何解釋，苦笑著搖了搖頭，轉身向王常行禮：「今日大當家一席話，令劉某茅塞頓開。棘陽已經不可守，眾頭領也無捨命之心。既然如此，我等不如馬上折返回去，與平林、新市兩軍分了輜重糧草，然後自尋出路。萬不可再拉上下江軍諸位豪傑，去給官軍祭刀！時間緊迫，大當家、各位頭領，咱們後會有期！」

說著話，又接連向王常拜了兩拜。拉起馬三娘和劉伯姬，大步流星向外便走。

「老三——」劉縯氣得臉色如雪，扯開嗓子大聲喝阻。還沒等他說出駁斥的話，李通忽然笑了笑，用力扯住了他的胳膊，「大哥，你別生氣！文叔說得沒錯，咱們不能再拖累下江軍。走吧，回去分了輜重散夥！」

「大哥，走了。人家不願意幫忙，你跪下來也沒用！」馬三娘扯了一把馬武，高聲補充。

「走吧！」劉縯頓時明白自家弟弟的舉動肯定另有深意，故作沮喪地耷拉下腦袋，任由李通拉著自己離開。馬武向來心高氣傲，根本不用自家妹妹多勸，也冷笑著邁開了雙腿。剎那間，幾位前來搬救兵的「說客」，全都知難而退。把王常、成丹、張卯、臧宮等人，閃了個措手不及。

「伯升，伯升準備去哪裡？」眼看著「說客」們的身影就要出了聚義廳大門，王常終於回過了神來，拔腿追了幾步，大聲追問。

「怎麼，王大當家，想要扣下我等，以便吞併舂陵軍嗎？」不待劉縯回應，劉秀猛地轉過身，冷笑著反問。

「這……」王常的額頭，頓時滲出了黃豆大的汗珠，乾笑著連連擺手，「這，這怎麼可能？王某再不爭氣，也不會做出如此卑鄙之舉。先前說諸位可以帶領人馬到宜秋聚暫避，乃是出於一番好心。絕，絕沒有借機吞並貴部的意思！」

「那就好，在下也相信，王大哥是個磊落英雄。」劉秀笑了笑，轉過頭，繼續大步朝門外走，「至於去哪，王大哥不必擔心。我舂陵軍雖然傷筋動骨，一心想走，官軍未必攔截得住。沿著淯水可以直抵新野，然後棄了新野、新都、蔡陽，從舂陵接上家人，直奔南郡便可。荊州牧魯嚴新敗，未必有實力攔阻我等。而南郡向西，山高林密，足以尋一個類似於綠林山的地方安身。」

「這，這如何使得！」不僅王常一個人聽得目瞪口呆，下江軍二當家成丹、三當家張卯和四當家臧宮，也都瞪圓了眼睛，咋舌不下。

在他們原本的預想中，舂陵軍即便放棄了棘陽，也有新野、新都、湖陽等地可供安身。跟前隊官軍一座城，一座城地糾纏下去，即便到了明年夏天，都不至於將家底折騰得一乾二淨。而到那時，下江軍只要稍稍給出一點好處，就足以將走投無路的劉縯等人，招募到帳下。回過頭，大夥再趁著朝廷的前隊官兵已經被耗得筋疲力盡，揮師迎戰，未必就不能再創造一次奇蹟，將甄阜、梁丘賜、岑彭等人殺得落荒而逃！

而現在，劉秀居然告訴他們，舂陵軍認輸了。非但要丟棄棘陽，連其他幾座剛剛攻克的城池，也一併「歸還」給官軍。然後掉頭逃離南陽郡，一路跑到南郡西部山區去做流寇。

這意味著什麼？意味著前隊的官兵不需要再付出任何代價，就能將半個南陽郡盡數「收復」。同時也意味著，下江軍將成為整個南陽郡內唯一值得忌憚的「反賊」。而宜秋聚的位置，卻比舂陵距離宛城，近了一大半兒。官軍兵不血刃奪下了舂陵，只要繼續向東一捲，就可直接插到下江軍身後。緊跟著，宛城再派一路兵馬前後夾擊，用不了費太多代價，就能讓下江軍灰飛煙滅！

「怎麼使不得？」劉縯忽然全身上下都充滿了力氣，回過頭，大聲反問，「劉某是舂陵軍的大當家，豈能不為麾下弟兄著想，只顧著爭一時之意氣？不打了，不打了，怎麼打都不可能贏。大新朝氣運未絕，我等再怎麼折騰，也都是枉費力氣。還不如尋一處高山，快快活活地去做大王！」

「劉伯升——！」王常扯開嗓子怒喝，雙手在身側開開合合，真恨不得拔出刀子，直接給對方來個透心涼。

他先前所謀，充其量不過是多吃兩碗飯。而劉縯和劉秀兄弟現在所謀，卻是直接掀了桌子。什麼要為麾下兄弟們著想？分明是惹了禍後直接跑路，將後果全都丟給別人來承擔！什麼不能只顧著爭一時意氣？分明是怪下江軍不肯出手相助，就直接將官軍引向了宜秋。

然而，為麾下弟兄們著想這個理由，先前卻是他王常親口所說。棘陽已不可守，也是他王常的「金玉良言」。如今，劉縯和劉秀，非但完全按照他王常的意思去做了，並且做得更加乾淨利索。他王常，又有什麼理由，去阻止對方，去指責對方不能如此任性妄為？

「顏卿兄，莫非還有其他見教？」劉縯常年在江湖上行走，對殺機非常敏感，然而，他臉上卻沒露出絲毫的畏懼。笑著停下腳步，大聲回應，「若是沒有，就不必遠送了。顏卿兄公務繁忙，沒必要把時間浪費在我們這些喪失了鬥志的人身上。他日若是遇到麻煩，不妨去南郡找我。貴部如果肯來，劉某一定會掃地相迎。貴部如果想退進山中，劉某也願意捨命為貴部斷後。」

「劉伯升——，你，你怎能如此，如此無賴？」王常被氣得直打哆嗦，卻找不到一句恰當話來應對。劉縯最後那兩句說辭，也是原封不動照抄他的。他當初從明面理解是什麼意思，對方從明面上解釋，就是什麼意思。他當初包藏了哪些禍心，對方肯定也是一模一樣。

「伯升兄、文叔老弟、馬王爺、恩公，都請留步，且聽成某一言！」眼看著王常就要被對方活活氣吐了血，下江軍二當家成丹果斷搶上前一步，大聲請求，「先前文叔有幾句話，成某深以為然。我下江軍跟貴部，唇齒相依，唇若亡，齒必寒。貴部在小長安聚，雖然吃了敗仗。可聯軍上下，都憋著一口氣，要給戰死的弟兄們報仇雪恨。若是諸位不顧將士們的想法，只顧著逃向荒山野嶺。今後再有大戰，誰還肯捨命先前，死不旋踵？」

「二當家此話有理，然而，我等也是被逼無奈，才選了最差的一條出路！」劉秀微微一笑，立刻接過話頭，大聲回應，「唇亡齒寒的道理誰都懂，可牙齒不幫嘴唇，嘴唇自然也顧不得牙齒。至於將士們肚子裡那口氣，劉某回去之後，會認真的跟他們說清楚，並非劉某不想報仇，而是沒本事請來幫手，不敢把所有人的性命，葬送在棘陽。」

「誰說我等不會幫忙？先前大哥所言，只不過是為了試探爾等，是否真的想跟官軍一決生死！」成丹毫不客氣地又往前走了一步，大聲解釋。「爾等連王匡、廖湛等人準備拆夥的實情都不肯坦誠相告，又怎麼能怪我們故意用言語試探？伯升兄、文叔老弟，既然咱們兩家必須聯手，就切莫再爭誰對誰錯。坐下來，慢慢商量，該如何出兵，怎麼出兵，早晚都能拿出個章程來。」

「是啊，伯升兄、馬王爺、恩公，出兵是何等大事，怎麼可能在酒桌上幾句話就定下來？諸位請回去落坐，咱們下江軍，絕不會見死不救！」四當家臧宮，也趕緊給雙方找臺階下，啞著嗓子，低聲勸告。

三當家張卯，雖然還不希望麾下弟兄去替別人賣命，卻也知道，如果真的把劉縯等人逼得掀了桌子，自己肯定不會有安穩飯吃。故而，也咬了咬牙，拱手向王常說道：「大哥，我先前雖然不支持出兵，卻竊以為，伯升兄和文叔老弟他們的話，其實都挺有道理。咱們跟劉伯升他們，的確互為唇齒。他們倒了楣，咱們勢必獨木難支。所以，該怎麼做，大哥一言而決。哪怕戰死沙場，小弟也絕不會抱怨大哥多管他人閒事！」

「該怎麼做，請大當家一言而決！」屋子內，其他各位將領，也紛紛肅立拱手，大聲響應。

「唉——」王常原本就已經為先前的言語後悔，聽了眾人的話，怎麼可能還繼續堅持對舂陵軍的死活不聞不問？長嘆了一聲，喘息著道：「你們都把性命交給我了，我這做大哥的，怎麼能再犯糊塗？！只是，出兵簡單，如何與官軍交手，各部如何守望相助，卻不是一句話的事情。如果各部彼此之間互相猜忌，或者有了好處一家獨吞，想要取勝，肯定難比登天！」

「顏卿兄的擔心，不無道理！」見王常終於鬆了口，劉縯趕緊順坡下驢，「該怎能做，兄儘管說。劉某只要能照著辦的，絕不推三阻四。」

「也罷！」王常咬了咬牙，大聲說道：「我有四個條件。若是伯升你能答允，下江軍跟你同生共死又如何？若是你不能答允，或者答允了之後卻做不到。伯升、文叔、恩公，請恕王某膽小，不敢拿弟兄們的性命去下賭！」

「顏卿兄請講，劉某今晚當著各位弟兄們的面，立刻給你答覆！」劉縯知道到了關鍵時刻，收起笑容，肅立拱手。「若是不敢答應，絕不繼續勉強你出兵相助。」

「好！」王常深吸一口氣，大聲要求，「第一，我要你立刻派人給王匡送信，放棄棘陽，全軍後退。以慢官軍爭勝之心。」

「好，今晚我親自回去，帶領兵馬撤向育陽。如果顏卿兄覺得還不夠，該撤到哪，依你一言而定！」劉縯想都不想，立刻點頭。

「第二，兄弟們都是王某最重要的人，他們既然將命交在王某手上，王某就要對他們負責。故而，貴軍所占之地上，最好的馬匹、鎧甲和武器，都要先緊著我下江軍用。」

「好！」劉縯繼續點頭，回答得毫不猶豫，「凡聯軍所有武器輜重，包括已經發到我舂陵軍手中的，只要下江軍看得上，都可以拿去用！」

「第三，王某曾經立誓，要讓兄弟們打起仗來後顧無憂，放下武器吃喝無愁。故而，伯升兄需要給我下江軍每個兄弟發五個月的軍餉，若他日打敗前隊官軍，賞賜全都拿雙份。」

「那是自然！弟兄們遠道前來助戰，劉某應該有所表示！」劉縯再度點頭答應，隨即，又大聲感慨道，「顏卿兄如此為兄弟著想，難怪下江軍將士，每戰皆奮不顧身！無他，士為知己者死！」

「伯升兄謬讚了。」王常謙遜一句，眼神忽然變得有些飄忽，「這第四條……」迅速看了看向馬武，他緩緩補充，「子張兄，此番下江軍出兵，是看在你和伯升的面子，和次元的救命之恩上。至於他人，跟王某早就恩怨兩清。故而，到了那邊之後，我下江將士，只聽伯升兄的安排，其他人誰都不能來指手畫腳。這一條，對伯升來說不難，但是，子張兄，還請你提前見諒？」

「這……」馬武微微一怔，旋即嘆息著點頭，「也罷，就按你說得辦。大當家那邊，馬某去替你提前打招呼。唉，顏卿，大家都是兄弟，當年不過是意氣之爭，你又是何必如此耿耿於懷？其實，世則和棲梧兩個嘴上雖然沒說，但心裡卻早已經承認，你才是咱們綠林山上最善戰的頭領，大夥比你，都遠遠不如。」

「正是因為如此，王某才不願讓他們指手畫腳。」王常笑了笑，不屑地撇嘴，「聽他們的，十仗必輸其九。伯升、子張、恩公，還有文叔小兄弟，就這四條，幾位可都聽得清楚？」

「劉某聽得一清二楚，全都答應。蒼天在上，如若劉某言而無信，便在陣前被亂箭穿身！」劉縯早已喜出望外，立刻舉起右手，對天發誓。

「我等可以作證，伯升都答應了下來。」李通果斷點頭，然後哈哈大笑，「我還以為什麼條件，實不相瞞，有些話你不提，李某也會提出來！咱們起兵，是為了推翻王莽，還天下太平。不是帶著大夥去送死，更不是為了搏一個虛名！」

「好！」王常提夠了條件，也有了足夠的臺階可下，點點頭，迅速將目光轉向成丹的等人，「二弟、三弟、老四，還有各位兄弟。孫子云，兵貴神速！酒席咱們以後再吃，各位回去之後，立刻整頓兵馬。咱們留一夜時間做準備，明天日出，立刻兵發育陽！不破前隊，誓不回頭！」

「不破前隊，誓不回頭！」

「不破前隊，誓不回頭！」

「不破前隊，誓不回頭！」

……

吶喊聲一波接著一波，震耳欲聾。

當晚，劉縯將劉秀、李通、馬三娘和劉伯姬四人留在宜秋聚修整，自己則和馬武兩個，星夜返回了棘陽。

下江軍大當家王常，一改先前倨傲，帶領麾下眾位核心頭領，冒著寒風送出十里之外。直到劉縯、馬武和二人所帶的親兵們，盡數被夜幕吞沒，才幽幽地嘆了口氣，掉頭返回城內。

「大哥是不是覺得此戰勝算甚微？若是如此，就由小弟千把人過去應付一下算了！」四當家臧宮素來善解人意，立刻湊到王常身邊低聲問道。

「打仗的事情，哪能說得那麼準！」王常笑了笑，輕輕搖頭，「我感慨的不是這個。我感慨的是，王莽失德，人心竟離散如斯！連他親手提拔的綉衣御史，都跟著劉伯升一道造他的反，大新朝的江山怎麼可能長久？即便暫時贏下一仗兩仗，早晚也得輸光老本兒。到那會兒，這花花江山，恐怕又要歸了劉家！」

「你說劉縯將來能做皇帝？」話音未落，成丹、張卯和其他一眾頭領，皆悚然而驚，「怎麼可能，他不過是個坐地分贓的強盜頭子而已。出身未必比得上咱們高，怎麼輪也不該輪得到他！」

「可是他姓劉，並且是漢高祖劉邦的嫡系子孫。王莽政令苛酷，積失百姓之心，人們懷念漢朝，已經不是一天兩天了。劉伯升帶頭跟官軍拚命，聲望肯定會越來越高。到最後，他手中有兵有將，想不當皇帝，也會有無數人推著他上。」

「那咱們不是白替人做了嫁衣？」成丹、張卯等人越聽越鬱悶，手按著刀柄大聲詢問，「咱們既然起兵造反，理當各自為主，憑什麼將來還要看他的臉色吃飯？大哥，不如咱們按兵不動，看劉伯升去死。然後，我等推你當皇帝！」

「對，大哥，與其替別人打江山，不如你來做皇帝。我們將來也好撈個王侯當！」

「對，大哥，咱們如今實力比舂陵軍大，你不做皇帝，誰來做！」

「大哥，咱們不去了。先關著門看熱鬧，然後找機會自立！」

「做皇帝，大哥做皇帝……」

剎那間，叫囂聲響成了一片。幾乎所有下江軍的頭目，都心潮澎湃。

「各位兄弟聽我一言！」王常見狀，嚇得趕緊從馬背上坐直身體，朝著周圍連連拱手，「你等千萬不要亂說，這皇帝，不是人人都能當的。稍不留意，也許半路上就得把性命丟掉。王某有自知之明，這輩子能做個州牧就知足了，至於什麼皇帝、王爺才不敢去想！」

「大哥這是什麼話？」

「大哥你哪點兒不如姓劉的？」

「大哥……」

眾人聽王常說得嚴肅，一個個眉頭緊鎖，繼續低聲叫囂。

在他們當中大多數人看來，所謂皇帝，不過是大一點的山大王而已。沒什麼了不起的，如果機會合適，人人都能夠做得，不一定非要劉氏子孫。至於文武百官，更是隨便拎一個出去就可以充數。反正每天無非是收稅、催賦、打仗、殺人那些鳥事，跟強盜堵了莊園的大門收保護費，看不出有什麼不同！

「各位兄弟，有句話，不知道你們聽說過沒有？」一片喧囂聲中，王常頭腦反而越發地清醒，「所為天意，就是民心。夫民所怨者，天所去也；民所思者，天所與也。想要舉大事，必當下順民心，上合天意，才有成功的希望。若是一味地靠刀子說話，逞勇鬥狠，哪怕能打下來江山，也很快就會失掉，甚至連自家的性命都得搭上。秦始皇的實力強不強？當年文有李斯、尉繚，武有王翦、蒙恬，橫掃完了六國，秦朝緊跟著就亡在了劉邦和項羽之手。楚霸王項羽萬夫莫當，見誰滅誰，最後難逃自刎烏江。以秦、項的驍勇還落到如此下場，咱們這些草頭王，怎麼可能坐得穩江山？勉強打下來，也是一時快活，用不了幾天就得丟個精光！」注五

「這……」眾人聽得頭皮發乍，心中的欲望之火迅速變冷。

此刻距離秦朝覆滅，不過兩百多年。楚漢爭霸的故事，也在民間廣為流傳。論實力，楚國最初遠遠強過其他諸侯，然而，笑到最後的，卻是漢王劉邦。可見，大當家王常的話有道理，當皇帝不能光看實力，還需要有其他重要條件作為支撐。

「舂陵軍剛剛吃了敗仗，咱們的實力，的確比劉氏兄弟強。可大夥別忘了，咱們已經起義多少年了，劉氏兄弟總計才舉兵幾天？」目光迅速掃過眾人的面孔，王常清了清嗓子，繼續大聲補充，「大夥再看看今晚前來向咱們求救者，馬王爺，李御史，還有那劉伯升的弟弟

注五、上文和下文，是王常的原話，見《後漢書・卷十五・李王鄧來列傳第五》。

劉文叔，哪個不是一等一的大才。領兵打仗，咱們真的帶上同樣多弟兄，誰能敵得過馬子張？算計人心，刺探消息，拉攏幫手，誰又能比那李次元強。至於那個劉文叔，二弟，當初你在城外，我在城頭，都親眼看到了他的本事。幾句話，就說得弟兄們不敢抬頭。而酒席之上，小孟嘗、馬王爺和李御史都拿咱們沒了轍，又是此人，哈哈一笑，三言兩語就扭轉了局勢。讓咱們不得不主動把先前說的那些絕情話，全都自己吞了下去！」

「這……」成丹、張卯等人回憶今晚一系列的交鋒經過，都悻然點頭。

「我聽說，那劉秀乃是太學的高材生，跟他一起造反的，還有嚴光、鄧奉、朱祐，也都文武雙全。除了他們四個外，此刻劉伯升帳下，還有任光、朱浮等十餘名豪傑，個個才能都不在你我之下。咱們現在實力比那邊強，將來卻未必能保住這種優勢。而如果不趁著現在雪中送炭的話，等舂陵軍熬過眼前危機，軍勢復振，又何需你我錦上添花？」

「這……」眾人終於心服口服，一個個連連點頭，「大哥說得對，今晚若不是你，咱們肯定跟劉伯升翻了臉。我等都聽您的，好好去跟前隊打上一仗，讓劉氏兄弟，永遠記著咱們的人情！」

「大哥，還是那句話，我等都唯您馬首是瞻！」

「大哥，你說打誰咱們就打誰！」

……

「大哥，既然你早就決定該去給劉伯升助陣，今日為何還要弟兄們一再刁難於他？」唯獨張卯，比所有人都多了一份心眼，想了想，遲疑著追問。

「容易得來的東西，世間可有人會珍惜？」王常掃了他一眼，滿臉高深莫測。

「也對，如果咱們答應得太快了，反倒顯得人情薄了！」眾頭領恍然大悟，對王常的深謀遠慮愈發地感到佩服。

王常見大夥都明白了自己的良苦用心，也不再多囉嗦，立刻著手安排出征事宜。眾頭領凜然聽命，各自回去忙碌。第二天、第三天，各自忙碌一整天。第四天辰時點卯，巳時出發，一邊走，一邊仔細留意官軍的動靜。到了第五天午時，終於平安抵達育陽。

平林、新市和春陵三支隊伍，已經從棘陽撤到了此地。眾頭領提前聽到了斥候的通報，立刻上馬迎出屋裡之外。大夥兒見下江兵軍容整齊，兵強馬壯，頓時無不歡欣鼓舞，至於要散夥分行李的茬兒，再也沒人去提。

下江軍大當家王常，雖然跟王匡、王鳳兄弟有隙，但已經答應劉縯和馬武兩個不計前嫌在先，又見對方態度恭敬於後，心裡頭的那些疙瘩，就暫時放到了一邊。而王匡、王鳳兄弟兩個，此刻有求於人，也裝作全將以前的事情忘掉了一般，拉著王常的手臂，一口一個四弟，叫得好生熱絡。

當晚，劉縯在育陽縣衙，擺開酒席，盛情招待前來助陣的各位英雄。賓主之間推杯換盞，不多時，就喝了個眼花耳熟。

「伯升大哥，我等初來乍到，對當下局勢兩眼一抹黑。趁著此刻人齊，你不妨跟大夥說說，敵我兩軍的具體情況。」張卯性子急，等不到酒席結束，就大聲催促。

「是啊，酒可以留到打完仗之後再喝，伯升兄，眼下敵情如何，你們是怎麼從棘陽撤下來的？甄阜老賊，為何沒尾隨追來？」王常也很奇怪育陽城外居然沒有任何敵軍，緊跟著放下了酒盞。

「這還不簡單，老天爺要亡王莽，所以讓官兵起了內訌唄！」還沒等劉縯想好該如何回應，王匡已經搶先將酒盞丟到了一邊，眉開眼笑。

「是啊，老天爺要亡莽賊，神仙也救不了！」王鳳也一邊笑，一邊大聲補充。

「岑彭跟梁丘賜兩個打了起來，甄阜偏心，一味袒護梁丘賜。官兵那邊很多將領不服氣，出工不出力。」

「棘陽就是一塊骨頭，咱們丟了出去，官軍那邊立刻開始狗咬狗……」

眾頭領你一句，我一句，說得興高采烈。

王常被吵得頭大，只好將目光又快速轉向劉縯，「伯升兄，這到底是怎麼回事？官軍為何會起內訌？」

「不瞞顏卿兄，我也是剛剛才知曉，咱們這次，的確是老天爺保佑！」劉縯斟酌了一下，笑著點頭，「前幾天聽了你的提議，我連夜趕了回來，將弟兄們撤出了棘陽。本以為官軍定然會一路尾隨追殺，還親自帶了精銳斷後。誰料我這邊前腳剛走，後腳岑彭就跟梁丘賜兩個起了衝突。據說原因是，梁丘賜麾下的弟兄進城之後燒殺搶掠，毫無約束。而岑彭身為棘陽城的縣宰，在當地人脈甚廣……」

「伯升兄，你們當初拿下棘陽，難道沒，沒將那些人除去嗎？」張卯聽得好不迷糊，忍不住大聲插嘴。

按照習慣，綠林軍每克一地，肯定找各種理由，將那些往日與官府走動頻繁的高門大戶嚴加「梳理」。一方面，是為了抄沒這些人的家財補充軍需，另外一方面，則是為了殺人立威，以防有人暗中再與官兵藕斷絲連。

而按照劉縯的說法，岑彭的人脈在聯軍撤離之後，居然還在棘陽城中留有很多殘餘。很顯然，聯軍先前對棘陽城內梳理不夠徹底，或者說他們的行事風格，與綠林軍以往的習慣已經大相徑庭。

「我等先前攻克棘陽，憑得是智取。先由舍弟將岑彭誘出城來，然後伯卿打著援軍的旗號入了城。主要戰鬥，都發生在城外，城內幾乎兵不血刃。」劉縯很快給出了答案，話裡話外，帶著不加掩飾的自豪，「故而，聯軍入城之後，對百姓秋毫無犯！」

「哦——」王常等人恍然大悟，佩服之餘，心中又湧起了許多感慨。

俗話說，種瓜得瓜種豆得豆，此語未必完全沒有道理。倘若劉伯升先前沒有約束軍紀，放任弟兄們在棘陽城內大搶大殺，岑彭的支持者們，就不會倖免於難。那樣的話，梁丘賜放任屬下大掠地方，就不會激起太大的反彈。而有了聯軍「秋毫無犯」的行為做參照，官軍入城之後放手洗劫的行為，就顯得格外殘暴，原本盼著官軍打回來城內的大戶人家，就會對朝廷極度失望。聯合一起去找岑彭告狀，甚至支持岑彭「驅梁」，就理所當然。

「不瞞顏卿和各位兄弟，那甄阜老賊向來任人唯親，對岑彭等根基淺薄的將領百般打壓。

這回明明梁丘賜理虧，他卻故意偏袒，竟把岑彭趕回宛城去看管糧倉。」唯恐劉縯一個人把鋒頭全出了，新市軍大當家王匡敲了下面前的矮几，大聲插嘴：「據說消息傳出之後，軍中一片大嘩。許多年輕將領都自稱染了風寒，不願意再繼續給他賣命。」

「老賊作死！」臧宮眼神猛地一亮，拍打著矮几大聲斷喝。

「老賊！為了爭功，居然不待戰事結束，就先自斷手臂，真是愚昧至極！」下江軍二當家成丹也喜出望外，連連撫掌。

前隊當中，真正好漢們忌憚的人物只有兩個。一個是甄阜的族侄甄髓，另外一個就是偏將軍岑彭。如今，甄髓已經在混戰中被劉秀斬殺，岑彭又被短視的甄阜老賊趕回了宛城。只剩下空架子的前隊，還有什麼好令大夥兒忌憚？雙方再度交戰之時，也許就是將其徹底消滅之機。

正興高采烈間，又聽到任光大聲補充道：「棘陽城內，已經有幾家大戶，偷偷派人來聯絡在下。詢問義軍何時能打過去，他們屆時願為內應，只要義軍取勝之後，不動他們的家產與家人，並將梁丘賜碎屍萬段！」

這幾句話，可比任何鼓舞士氣的言辭都好使。頓時，就將大堂內的氣氛推向了高潮。非但王常、成丹、張卯等人開始摩拳擦掌，剛剛吃過敗仗的聯軍諸將，一個個也滿臉自信，躍躍欲試。

「打，現在就打！」

「打，越早越好！」

「這是老天爺給咱們的報仇機會，咱們不能錯過！」

「大將軍，大當家，顏卿大當家，趕緊出兵，機不可失！」

……

「各位兄弟此言甚善！」見士氣可用，劉縯果斷用手拍了下面前的矮几，長身而起，「官軍內訌，止步於棘陽，此乃老天賜予我等的良機！我等若不能把握，必遭天棄！因此，劉某提議，咱們以最快速度，整頓隊伍，恢復體力，爭取儘快領軍北上，重新奪回棘陽，救百姓於水火。」

「北上，北上！」

「救百姓於水火！」

……

剎那間，吶喊聲轟然若雷鳴，震得窗戶嗡嗡作響。

荊州的冬天，又濕又冷。

北風捲著濃重的水汽，穿透鎧甲、葛袍和袍子下的皮膚、肌肉，將寒意直接送進人的骨髓。腳下的靴子硬得像一塊冰坨，頭髮、眉毛等處，也掛滿了白霜。然而，肩上背著大包小裹，手裡拎著雞鴨鵝兔的前隊左軍第三部將士們，卻一個個興高采烈。

太豐厚了，今天的「剿匪」差事，絕對肥得流油。光是淯水河畔的五家堡寨，就為第三部「提供」了銅錢三十多筐、絹布一千多匹，大小家禽不計其數。而接下來，還有十四家堡寨，一座小型縣城等著弟兄們前去「巡視」，即將得到的「斬獲」更是令人期待。

「虧得甄大夫將姓岑的趕回宛城去了，否則，地方上那些豪強，肯定不會如此上道！」

一名馬背後掛著兩頭活羊的軍侯，撇著嘴大聲感慨。

「可不是嗎？這些地方土豪，全都是賤骨頭。前幾天咱們好言好語讓他們助餉，他們每個堡寨卻只拿出三萬錢來糊弄。這回，弟兄們把刀子亮出來了，他們一個個立刻全都老實了！」

「就是，還以為岑彭可以替他們撐腰呢，也不想想，在甄大夫面前，岑彭能算老幾？」

「一群蠢貨，不見棺材不落淚！」

「都是岑彭把他們慣的，居然還以為老子大冷天的出來替他們剿匪，是份內……」

四下裡，響應聲此起彼伏。前隊左軍第三部的軍官們，撇著嘴，晃著腦袋，趾高氣揚。

官軍出來剿匪，向地方上收取「一點兒」辛苦錢，在他們眼裡，再正常不過。而棘陽縣治下的土鱉大戶們，居然還敢像打發叫花子一般隨意敷衍應付，真是愚蠢透頂！如果不是官軍來得及時，難道綠林土匪會放過他們嗎？還不是從裡到外被人家搬個乾淨！而官軍，卻只讓他們「自願捐助」一部分糧餉，從不會動耕牛，騾子等大牲口，也不會給流民分了他們的田產和房屋，他們怎麼就蠢到連這點兒「小帳」都算不清？

「都給我閉嘴，沒人拿爾等當啞巴！」被麾下軍官的囂張議論聲吵得頭大，校尉梁方豎起眼睛，大聲呵斥「有些事情，爾等心裡頭清楚就行了，沒必要非得說出來。小心被綉衣使者聽見，直接給爾等捅到長安去。到時候，就算做做樣子，皇上也得下旨給甄大夫，讓他砍幾顆腦袋出來交差。」

「啊——」眾軍官瞬間就變成了啞巴，一個個低頭耷拉腦袋，臉色鐵青。

長安城裡那位皇上，行事越來越令人高深莫測了。動不動就會傳一道聖旨下來，砍掉某個人或者某幾個人的腦袋。而砍頭的理由，則千奇百怪。有的是妄議朝政，有的是陽奉陰違，有的是沒有按時向長安遞解稅賦，有的則是稅賦收得太快，對百姓逼迫過甚……，總之，誰死誰活，全看他老人家心情。

而皇上心情不好的時候，卻越來越多。所以，大夥的言談舉止，最好還是加點兒小心。寧可憋出毛病，也千萬別主動往刀鋒上撞。

「俗話說，悶聲發大財！」見麾下的軍官們沒了心氣，校尉梁方又趕緊換了一套說辭，大聲補充，「咱們這趟差事，不知道讓多少人眼紅。虧了我家叔父面子大，才在甄大夫那裡給搶了下來。所以，多拿少說，才是硬道理。爾等越是張狂，回去之後需要分給別人的彩頭就越多。還不如悄悄地先把好處藏了，免得白為他人忙活！」

「是，校尉教訓的極是，我等先前糊塗了。」軍侯呂盛，立刻拱起手，帶頭大聲回應。

「校尉英明，屬下先前糊塗了。」軍侯鄭渠、親兵隊正侯武等人，也紛紛拱手行禮，對梁方的教訓表示心服口服。

這年頭，哪不抹油哪不轉。左軍第三部之所以能撈到一個肥差，完全是靠梁方的叔叔梁丘賜的面子。而按照規矩，此番巡視所得，除了拿給梁丘賜的回報之外，至少還得拿出兩到三成，給其他各營的主將分潤。所以，大夥這會兒表現得越是興高采烈，回去之後的損失越多。

「還有，涅陽縣雖然隸屬於棘陽治下，卻位於淯水河西。跟育陽縣之間，沒有任何溝渠山頭阻擋。爾等一路大呼小叫，當心招來了綠林賊。到那時，即便能戰勝他們，咱們自己也得傷筋動骨。」梁方舉頭四望，嘴巴裡噴出大股大股的白霧。

四下裡空蕩蕩的，除了自家弟兄之外，幾乎看不到任何活物。沿途百姓要麼逃到了樹林中躲藏，要麼逃進豪強家的堡寨尋求庇護，誰也不肯落入官兵的視線之內。這讓梁方的感覺非常不好，彷彿自己忽然來到了敵國，四周圍看過來的目光中都充滿了仇視。只要稍不留神，就會被群起而攻之。

然而，他的這番警告，卻沒有像先前那樣，引起麾下軍官們的共鳴。周圍的幾個軍侯，隊正，紛紛晃著腦袋，大笑不止：「校尉，這是哪裡的話，咱們還正愁沒有軍功可撈呢！綠林賊不來則已，來了，定然讓他們有去無回！」

「可不是嗎，校尉，綠林賊在小長安聚，都被咱們殺破了膽子，怎麼可能敢出來捋您的虎鬚？」

「要不是那天岑彭挑事兒，這會兒咱們早就打到蔡陽去了，哪會還在棘陽附近打轉？」

「土匪要是來，也得先把涅陽和安眾拿下吧。否則一旦在輸給咱們，被安眾和涅陽的地方兵馬將後路切斷，豈不就成了網中之魚？」

「對啊，哪有如此大膽的，居然跳著城池打仗……」

「閉嘴！」校尉梁方猛地從腰間抽出鋼刀，於寒風中奮力揮舞，「叫爾等多加小心，就多加小心，哪來的如此多廢話！這會兒多花點力氣，總比稀裡糊塗被人砍了腦袋好。」

「是，屬下遵命！」呂盛、鄭渠、侯武等人見他動了怒，連忙收起笑聲，在馬背上畢恭畢敬地拱手。

官大一級壓死人，無論梁方的謹慎多不多餘，此人都是他們的頂頭上司。他們沒有必要，非跟頂頭上司對著幹。更何況，梁方身後，還站著他的親叔叔，整個前隊的二號人物，屬正梁丘賜。

「呂盛，派人去看看，距離咱們最近的堡寨是哪個？眼看就到正午了，咱們就進入堡寨安歇，等弟兄們體力恢復了，再繼續巡視。」敏銳地察覺到手下軍官們沒把自己的話當回事兒，梁方眉頭立刻皺成了一團疙瘩。還刀入鞘，大聲吩咐。

「遵命！」軍侯呂盛不敢惹他發怒，連聲答應著策動坐騎，「校尉稍候，屬下親自帶人去頭前探路。」

「屬下跟呂軍侯一起去。」鄭渠、侯武兩個心思機靈，也趕緊主動向梁方請纓。

三人的親兵，也紛紛策動戰馬，脫離本隊。唯恐走得慢了，遭到無妄之災。

多跑幾步路，總比在頂頭上司不高興的時候，在他眼前晃蕩強。身為前隊中的老行伍，呂盛、鄭渠和侯武三個，這當口，都巴不得距離梁方越遠越好。催動的胯下坐騎不斷加速，很快，就將大隊人馬甩在了身背後。

一座巨大的堡寨，忽然出現在三人和他們麾下親兵的視野之內。「白亭」，「趙」，兩面迎風招展的旗幟，也迅速將堡寨的名字和歸屬，送入眾人的眼睛。

是涅陽縣治下的白亭堡，又叫趙家堡。堡主趙堂，曾經做過朝廷的命士，對皇上忠心耿耿。有這家堡寨橫在官道旁，任何賊人經過之時，都甭想隱匿行踪。

「你們倆回去向校尉彙報，我去叫門，讓趙家提前準備好吃食，給校尉接風。」軍侯呂盛頓時心頭一片火熱，一邊奮力夾緊馬腹，一邊大聲向同伴叫嚷。

「老呂，給趙家留點兒面子，千萬別逼迫過甚，好歹，他家主人也是做過官的，非同一般土財主。」鄭渠不願讓呂盛一人去撈好處，策馬緊隨其後。

「我……」隊正侯武官職最低，沒勇氣跟二人爭，只好悻然撥轉馬頭，然後扭著身體，向呂、鄭二人大聲叮囑，「小弟去給弟兄們帶路，兩位哥哥若是得了什麼好處，且莫……」

話才說了一半兒，他的舌頭忽然僵在了嘴巴裡。一雙三角眼睛，也瞬間瞪了個滾圓。

只見白亭堡的大門，忽然被人從裡邊拉開。有一支騎兵，風馳電掣般衝了出來。為首的小將彎弓搭箭，隔著四十步遠，一箭將軍侯呂盛射於馬下。

「咚咚咚咚……」「咚咚咚咚，咚咚咚咚……」震耳欲聾的鼓聲，忽然在白亭堡的寨牆上炸響。數以百計的「土匪」，策馬魚貫而出。如同一群挨餓多時的猛獸，咆哮著撲向楞在半路上的軍侯鄭渠和一眾親兵，將他們瞬間淹沒在了耀眼的刀光之中。

「敵襲，敵襲！」一股寒氣從腳趾直衝頭頂，親兵隊正侯武猛然恢復了清醒。用刀尖狠狠朝自己的戰馬屁股上扎了一下，落荒而逃。

「敵襲，敵襲！」隸屬於侯武麾下的親信，先前還在心裡抱怨自家長官窩囊，未能為他們爭取到第一波進入堡寨敲詐勒索的機會。而現在，卻慶幸自己沒有距離堡寨太近，尖叫著撥轉馬頭，緊隨侯武背後。「綠林軍，綠林軍打過來了！白亭堡投靠了綠林軍！」

校尉梁方一語成讖，他們先前拒絕相信的預言真的變成了現實！綠林軍悄悄的繞過了安眾和涅陽，直接來到了白亭附近。他們必須將噩耗以儘快速度帶回去，否則，等待著前隊左軍第三部的，肯定是一場滅頂之災。

「轟隆隆，轟隆隆，轟隆隆！」身背後，馬蹄聲驚天動地，不知道多少綠林軍騎兵追了過來，要將他們一網打盡。

「嗖嗖嗖——，嗖嗖嗖——」一排排羽箭，貼著侯武等人的耳朵飛過，不知道多少張騎弓在背後瞄著他們，準備將他們射成篩子。

「敵襲，敵襲！」

「綠林軍，綠林軍打過來了！」

……

侯武和他麾下的弟兄們一邊策馬狂奔，一邊扯開嗓子尖叫，在恐懼和肚子裡僅有的一點兒良心驅策下，拚著一死，也要把噩耗帶給自家校尉。驚慌中，誰也沒留意到，追殺過來的綠林軍騎兵，距離跟他們居然越拉越大。

「士載，告訴弟兄們調整隊形，節省馬力，不要追得太緊！仲先，你派人去通知下江軍那邊，準備收網！」追著，追著，劉秀忽然收起了角弓，抽槊在手，朝著左右兩側大聲吩咐。

「得令！」鄧奉和朱祐二人齊聲答應著，放緩速度，分別去執行任務。舉頭向四周看了看，劉秀繼續朝背後的嚴光吩咐，「子陵，讓馬車上的弟兄，把鼓聲敲得更響一些！」

「遵命！」嚴光先是微微一楞，隨即大笑著從身邊的竹筒裡抽出一面令旗，高高的舉過了自己的頭頂，左右搖動。

「咚咚咚咚……」「咚咚咚咚，咚咚咚咚……」鼓聲如雷，敲得人和戰馬熱血沸騰。劉秀身後的騎兵們，一個個持槊舞刀，血脈賁張。

他們都是小長安聚之戰的倖存者，他們都有家人或者朋友，在數日之前那場惡戰中，死於官軍之手。他們曾經以為自己當日也難逃一死，卻被前面領軍的那個年輕人救了下來。今天，他們跟著救命恩人一起殺回來了，他們要用敵人鮮血，為家人和朋友復仇，為自己洗刷戰敗的恥辱。

「咚咚咚咚……」「咚咚咚咚，咚咚咚咚……」鼓聲貼著地面，震得枯草瑟瑟發抖。

「丟下手裡的東西，整隊，整隊列陣，準備迎敵！」前隊左軍第三部校尉梁方，忽然像被冰砸了一下般，猛地坐直了身體，揮舞著手臂朝四周大喊。

「怎麼回事兒？」

「哪裡來的鼓聲？」

「大冷天的，誰發瘋胡亂敲鼓……」

周圍的將士們豎起耳朵，瞪圓了眼睛，像受到驚嚇的麅子般，四處張望，同時在嘴裡大聲嚷嚷。

此地還不到涅陽，距離綠林賊所控制的育陽，至少有五十里遠。只要涅陽還在官府之手，按道理……

「快點，不要耽誤功夫！再耽誤下去，咱們都得死！」校尉梁方拔出鋼刀，用刀背朝著周圍亂砸，「收攏隊形，列陣！所有人，立刻列陣。按照老子平時教導你們的，列陣迎敵。梁樹，你去右翼穩住陣腳，呂固，你去左翼！所有人給我把手裡的雜物丟下，準備迎敵！誰再磨磨蹭蹭，老子先斬了他！」

這回，沒有人再猶豫，眾軍侯、隊正、屯將們，紛紛撥轉戰馬，拚命跑向自己的隊伍。不是因為梁方威脅起了作用，而是，他們看到了正在瘋狂返回的隊正侯武和那十來名「幸運」的親兵。每個人都跑得盔斜甲歪，在馬背上，聲嘶力竭地朝著大夥示警，「敵襲，敵襲，綠林軍，綠林軍打過來了！」

「咚咚咚，咚咚咚咚，咚咚咚咚……」鼓聲緊隨著示警者的腳步，越來越近，越來越近，越來越響亮。

「轟隆隆，轟隆隆，轟隆隆……」馬蹄聲驚天動地，與戰鼓聲敲打著同樣的節奏。騎兵，近千名騎兵，揮舞著雪亮的鋼刀，列陣衝殺過來。馬蹄所踏起的煙塵，彷彿是一條黃色的巨龍，隨著寒風，在半空中扶搖而上。

腳下的大地在搖晃，周圍的樹木在搖晃，頭頂上的彤雲彷彿也在搖晃。一股股酥麻的感覺從腳下湧起來，瞬間傳遍每一名前隊左軍第三部將士的全身。嚇得他們一個個兩腿發軟，臉色比身上的冰霜還要蒼白。

「不要慌，不要慌，整隊，整隊迎戰！」梁方的聲音已經變了調，卻盡最大努力試圖穩住軍心。「咱們這邊人多，人多，人數是綠林賊的十倍！」

十倍，這個數字大致沒錯。然而，對手來的卻全是騎兵，並且早就排出三個楔型攻擊陣列，而他們，步卒手裡卻還拎著雞，牽著羊。騎兵的馬背上，還橫著剛剛敲詐勒索而來的大包小裹。這個時候再努力去列陣，無異於排好了隊形，方便人家順利屠殺。

沒有人肯服從梁方的「亂命」，即便平素最受他信任的親兵，都像螞蟻般亂做了一團。綠林軍來得太突然了，大夥事先根本沒有做過任何交戰的準備。綠林軍身上的殺氣太重了，彷彿跟大夥有著不共戴天之仇。而大夥剛剛勒索到的財貨還沒捂熱乎，犯不著將寶貴的性命，跟一群草寇去拚掉！

「誰敢跑，以此為例。」接連喊了幾遍，都無法鼓舞起身邊弟兄的戰意，梁方索性把心一橫，直接殺人立威，「整隊，跟著我，一起上。老子如果戰死了，你們誰都落不到好！」

說罷，將血淋淋的鋼刀朝前一指，雙腿奮力磕打馬腹。單人獨騎，越眾而出，宛若撲火的飛蛾般，迎向了衝過來的綠林軍。

「保護校尉！」關鍵時刻，幾個追隨了梁方多年的老部下，終於豁了出去。策動坐騎追上前，將他護在了大夥身後。

「保護校尉，他如果戰死，軍法饒不了咱們當中任何人！」眾親兵無可奈何，一邊肚子裡問候著梁方的祖宗八代，一邊策馬追趕自家主將。

「拚了，殺一個夠本，殺倆賺一個！」先前還準備逃走的軍侯、隊正、屯長們，一個個催動坐騎，帶領起麾下弟兄，迎向洪流般殺來的綠林軍。每個人的臉上，都寫滿了絕望。

軍中實行連坐之法，主將戰死而部將逃回者，斬部將。將領死而親兵不得其屍體逃回者，親兵盡誅。軍侯死而隊正未奉命先撤者，斬隊正。隊正未死而全隊先行崩潰，逃回者抽籤，三斬其一！

軍法如爐，誰都不會放過。與其懸首轅門，不如死中求活。

「整隊，挽弓！」梁方見自己的計策起了作用，立刻放慢了戰馬速度，舉刀高呼，「結大方陣，把綠林賊給我頂回去！」

大方陣移動緩慢，不適合進攻，用於防守卻最便利不過。特別是在防守一方處於絕對人數優勢的時候，可以憑藉前排弟兄的犧牲來不斷遲滯進攻方的速度。然後再通過中央後退，兩翼向前平移等手段，對敵軍進行反向包圍。

「嗚嗚嗚，嗚嗚嗚嗚嗚嗚……」低沉的號角聲立刻在他身邊響起，像瘟疫般，將他的戰術安排傳遍全軍。被迫跟上來的第三部將士，一邊在心裡罵著他的祖宗，一邊努力站穩身體。

「咚咚咚咚，咚咚咚咚，咚咚咚咚……」彷彿在向他們表達尊敬，對面的騎兵身後，戰鼓聲響得愈發激揚。

「嗚嗚嗚，嗚嗚嗚，嗚嗚嗚……」號角聲喑啞相還，踩著低沉的節奏，前隊左軍第三部的遊騎兵們，迅速拉向軍陣兩側，刀盾手們，則無可奈何地推向前排。長矛手在刀盾手身後將長矛架起，像生板栗的刺一般，一層層將校尉梁方所在的中軍，保護在隊伍最後。弓箭手小跑著走到長矛手和中軍之間，奮力拉滿角弓……

「放！」隨著梁方一聲令下，上千支羽箭騰空而起，冰雹般砸向急衝而來的綠林軍騎兵頭頂。幾十名騎兵或者他們胯下的戰馬中箭，轟然而倒。三個楔形陣列的速度卻絲毫沒有減慢，像三把出鞘的鋼刀，繼續戳向前隊左軍第三部所有將士的心口。

「放！」隨著梁方瘋狂的叫喊，又是上千支羽箭飛起。綠林軍騎兵的楔形陣列，被砸出了幾個明顯的豁口，每個豁口處，都血流成河。然而，他們前進的速度，卻依舊沒有減緩絲毫，伴悶雷般的馬蹄聲，繼續踩向前隊左軍第三部的頭頂，「轟轟！」「轟隆！」「轟轟轟隆……」

「射，趕緊給我射，射死他們，把他們萬箭攢身！」梁方的聲音忽然變了調，手中鋼刀在半空中狂躁地劈砍。他麾下的弓箭手們，動作也因為疲勞和緊張而走形，羽箭由齊射迅速變成漫射，蝗蟲般在空中亂飛。更多綠林軍的騎兵中箭落馬，但騎在馬背上人，卻獰笑著從背後拉出了投矛。

「轟——」上百支投矛，在左、中、右三支楔形陣列前騰空而起，借助戰馬高速奔跑的慣性，重重地砸向刀盾手的胸口。半數以上，都被盾牌直接擋住，將持盾者震得前仰後合。另外一小半兒投矛，卻貼著盾牌的邊緣，直接射進了刀盾手的身體，剎那間，將方陣最外圍防線，砸出了三個巨大的窟窿。

防線斷裂，綠林軍騎兵組成的楔形陣，從斷裂處長驅直入。有人撞到了矛尖上，當場陣亡。有人則將長槊奮力遞向面前的官兵。排在刀盾後的長矛手，在巨大的壓力下紛紛後退，將自家袍澤撞得東倒西歪。沒有直接與他們發生接觸的綠林好漢們，則趁機從背後抽出了第二支投矛，看都不看，直接擲過自家同伴的頭頂。

借助戰馬高速奔跑帶來的慣性，投矛威力大的驚人。而前隊左軍第三部的長矛手們，卻沒有盾牌護住全身要害。下一個剎那，正對著三支楔形陣的官軍長矛兵，一層層崩潰，就像積雪遇到的滾湯。而三個楔形騎兵陣列，卻踩著長矛兵的屍體長驅直入，一路殺到了弓箭手面前。

「啊——」角弓雖然製作精良，在近距離廝殺之時，作用卻還不如一根木棍。大隊大隊的弓箭手，在沒跟綠林騎兵發生正式接觸之前，尖叫著轉身逃走。天空中胡亂飛竄的流矢，剎那間消失了個乾乾淨淨。而連續鑿穿了三層軍陣的綠林騎兵們，卻連追殺他們的興趣都沒有，策馬直接撲向了梁方的認旗。

「加速，加速，別任何人糾纏！擒賊擒王！」劉秀被十幾個親兵保護著，帶領中路騎兵，最先撲到了梁方的中軍面前。所過之處，長槊和鋼刀推出層層血浪。

戰場上聲音嘈雜，周圍的親兵和身後的騎兵，都聽不清楚他的呼喊。然而，大夥卻能看到他的一舉一動。長槊前刺，將一名擋路的屯長挑上半空。槊鋒斜掃，割斷兩名官軍騎兵的喉嚨。槊桿如鐵棍般凌空下砸，「砰！」一名官軍隊長應聲而倒……

為將者，乃三軍之膽。如果主將膽大包天，且勇猛絕倫，其麾下的弟兄，也絕不會去做孬種。跟在劉秀身後的綠林騎兵們紛紛出手，將來不及逃開的官軍一群接一群放翻在地。護在在左右的親兵們，則將投矛、短刀、鐵磚砸向他的戰馬前，將敢於迎戰劉秀的敵人，先行「過濾」至七到八成！

在狂風暴雨般的打擊下，前隊左軍第三部的中軍，也迅速分裂。攔路的將士要麼當場被殺，要麼驚惶地後退，誰也沒辦法阻擋劉秀的腳步。梁方的親兵隊長梁奎急得兩眼發紅，怒吼著親自上前迎戰。被劉秀一槊刺中胸口。槊桿受到阻力迅速彎曲，然後又迅速彈開，梁奎的屍體，像稻草捆子般飛上了半空。

「擋我者死——」劉秀從屍體上抽出長槊，砸向另外一名衝上來攔路的軍侯。三尺長的槊鋒，在半空中化作一道閃電。攔路的軍侯舉刀格擋，鋼刀卻被「閃電」劈成了兩截。崩出豁口的槊鋒繼續下落，將此人的頭顱連著鐵盔砸進了腔子當中。

屍體落地，更多的梁氏親兵，大叫著上前拚命。劉秀的親兵挺身迎戰，替他擋住所有來自左右兩側的壓力。而他本人，則繼續策馬向前衝刺，挑落一名名對手，不斷拉近與敵軍主將認旗之間的距離。

「校尉，快走，快走，他是劉秀，劉伯升的弟弟劉秀！」一名親兵夥長果斷衝到梁方身邊，拉起他的戰馬韁繩轉身便走。

「咯咯咯，咯咯咯，咯咯咯……」梁方本能地想要拒絕，嘴巴裡發出來的，卻是一連串牙齒撞擊聲。劉秀，這個名字他極為熟悉，熟悉到每天在睡夢中，都將此人殺死或者生擒好多回。每一回，帶來的結果都是官職連升數級，封妻蔭子，每一回，都讓他全身上下的熱血為之沸騰。

然而，今天終於見到了劉秀本人，他卻發現自己連舉刀迎戰的力氣都沒有。只能眼睜睜看著此人像風一樣穿透了自己的軍陣，像風一樣殺到了自己面前。而他麾下的弟兄們，卻如秋天的殘荷般，被對方掃倒，一排接一排折斷，一排接一排沿著此人所過之處向後翻滾。

「保護校尉，保護校尉！」有人在身後大聲高呼，梁方卻不敢回頭看看此人是誰，更沒勇氣讓親兵夥長鬆開自己的戰馬韁繩。

他的上下牙齒，不停地相撞，「咯咯咯，咯咯咯，咯咯咯……」聲音大得讓他抬不起頭。他的四肢，像被寒風凍住了一樣僵硬，握刀的手掌越來越用不上力氣，越來越用不上力氣，任由鑲嵌著寶石的鋼刀，如燒火棍般貼著膝蓋墜落。

價值千金的寶刀，被馬蹄帶起的煙塵吞沒。親兵們簇擁著他，加速狂奔，誰也沒功夫下馬去撿。此事如果發生在平時，梁方肯定會勃然大怒，然後將這群不長眼睛的傢伙，挨個綁起來抽鞭子。然而，今天他卻巴不得大夥跑得越果斷越好。

「梁方已逃，爾等繼續頑抗，所圖為何？」有人在他身後大叫，隨即，大叫聲變成了興奮的歡呼，「梁方逃了，梁方逃了！梁方沒膽子迎戰，棄軍逃走了……」

「沒有，我沒有！」梁方被刺激得，瞬間臉色青紫。嘴巴裡發出了野獸般的怒吼，「我沒有，沒有，沒有……」

「沒有，沒有，校尉，您是暫避其鋒！校尉，您是千金之軀，不能跟土匪一般見識！」周圍親兵爭先恐後圍攏過來，夾著他，繼續高速脫離戰場。

「饒命，啊……」

「投降，我等投降……」

「好漢饒命……」

慘叫聲，哭泣聲，哀告聲，連綿不斷從背後傳來，鞭子般抽打著梁方的心臟。

「我沒有，我沒有，我沒想著逃！」眼淚順著青黑色面孔滾滾而下，梁方一邊任由親兵們夾著自己狂奔，一邊繼續大聲自辯。「我，我必須回去向甄大夫示警。劉賊，劉賊是想隱匿行踪，繞過棘陽，直取宛城。宛城空虛，岑彭心懷怨望，肯定不會賣命守城。我，我是顧全大局，才，才忍辱負重！」

「忍辱負重，對，對，校尉您是忍辱負重，忍辱負重！」眾親兵唯恐他發傻停下來，拖著大夥一起死，果斷順著他的口風大喊。根本不管背後的慘叫聲是多麼淒涼，更不會去計算區區一千人如何砸開宛城的大門。

「我當初已經發現情況不對，但是，卻不忍對白亭堡見死不救。」梁方抬手抹了一把淚，叫嚷著策動坐騎，將身後的戰場越甩越遠。

「對，對，校尉大仁大義，才誤中賊人之計！」親兵們強忍住噁心，繼續大聲附和。

「饒命，啊……」

「投降，我等投降……」

「好漢饒命……」

慘叫聲，哭泣聲，哀告聲，由洪亮變得模糊，由模糊變得輕微，漸漸弱不可聞。

「我這是壯士斷腕，壯士斷腕！」像瘋魔了般，梁方直勾勾地看著正前方，繼續大喊大叫。「劉秀不懂，不懂！他還以為我真的怕了他。你們看著，此仇，我一定要報，一定要報！」

「一定，一定，留得青山在，不愁沒柴燒！」

「我，我今生不雪此恥，誓不為人！」梁方越說越激動，手臂忽然恢復了力氣，舉在頭頂用力揮舞。眼淚則乾在面孔上，與泥土凝結成一道道黃色的瘢痕。

劉秀居然沒有追趕他，而是忙著去跟手下的土匪們，一道砍殺他麾下的弟兄。這讓他在慶幸之餘，屈辱感油然而生。真正動手的話，他自認武藝不輸於那個舂陵鄉巴佬。他剛才只是忽然中了邪，手腳都不受自己控制。

那個舂陵鄉巴佬肯定會使妖法，否則，絕不會接連衝破幾層阻擋，卻一點傷都沒受！對，那個鄉巴佬一定在交戰之前，就對他本人施展邪術，否則，他絕對不會，連拔刀的力氣都使不出來，只能眼睜睜地看著親兵將自己連人帶馬拖走。

「劉秀使邪術，算不得英雄。等下次出戰，我一定要帶上黑狗……」

「咚咚咚，咚咚咚，咚咚咚……」又一陣洪亮的戰鼓聲，在他身前不遠處響起，打斷了他所有的妄想。

有數千兵馬蜂擁而出，將他的去路，擋了個水洩不通。領頭的大將，身穿黑色鐵甲，手持一把長柄鐵錘，策動坐騎迎面撲至。身背後，十餘名親信舉起鋼刀，耀武揚威，「站住，下江軍大統領在此，降者免死！」

「保護校尉，保護校尉！」熟悉的聲音再度響起，先前保護著梁方撤離戰場的最後十幾名親兵，紛紛向他靠攏。丟掉兵器，七手八腳將其扯下了馬背。

「不可能，絕對不可能！一千賊軍擊潰整個第三部，除非他們全都被神魔附了體。」前隊大夫甄阜一把揪住隊正侯武的衣領，咆哮聲震得屋頂簌簌土落。

「大夫，此乃，此乃，阿嚏！」隊正侯武張開嘴巴正要解釋，不料卻打了個大噴嚏。鼻涕、唾液和嘴裡的淤血，頓時噴了甄阜滿頭滿臉。

「你找死！」甄阜勃然大怒，飛起一腳，將侯武踹出了半丈遠，「來人，推出去，斬！」

「饒命，饒命啊！」侯武一個軲轆爬起來，雙膝跪倒，拚命叩頭，「大夫，屬下冤枉！屬下不是故意噴您，屬下真的不是故意噴您！屬下剛才在河裡被凍了個半死，您這裡火盆又生得太熱，所以才……」

「閉嘴！」當值的親兵們哪裡肯聽他囉嗦，大步上前，先狠狠賞了他兩個打耳光，然後架起他的胳膊，拖了便往外走。

周圍的將校們見了，紛紛側開頭去，誰也不敢給侯武求情。按照大新軍律，以下犯上者，殺無赦。侯武只是一個小小的隊正，能被前隊大夫甄阜叫到面前親自問話，已經是幾輩子修來的洪福。他非但不肯珍惜，還故意噴了甄阜一臉鼻涕吐沫，如果這樣還被輕輕放過，前隊大夫甄阜的顏面與大新朝軍律，豈不全都成了笑話？

「大夫饒命，大夫饒命！屬下絕對不敢故意欺騙您，更不敢故意朝著您打噴嚏。屬下，屬下是捨命跳進了淯水河，才逃回來向您報信。」侯武好不容易才死裡逃生，豈肯稀裡糊塗就被砍了腦袋？雙腿拖在地上，拚命掙扎哀嚎，「屬下，屬下真的是凍壞，凍壞了。屬下從裡到外都被河水泡透了，不信，不信您可以當眾查驗！」

最後兩句話，至關重要。當即，前隊大夫甄阜臉上的怒氣，就散掉了一大半兒。皺著眉頭朝地上濕漉漉的四行水漬掃了一眼，沉聲吩咐：「且慢，將他給老夫推回來。待老夫審問清楚，再行處置！」

「是！」親兵們也感覺到了侯武身上的潮濕，答應一聲，鬆開此人胳膊，將此人攙扶著快速送回。沿途中，第五、第六行水珠，又從侯武皮甲的左右邊緣滴滴答答落下，濺在青石磨就的地面上，被屋子裡的蠟燭一照，格外扎眼。

「多謝，多謝大夫不殺啊，啊，不殺之恩！阿嚏！」這回，侯武不敢再疏忽。隔著三尺遠就重新跪倒於地，將嘴巴和鼻子對著地面，向甄阜大聲致謝。「屬下該死，屬下真的不是故意的，真的不，啊，阿嚏！」

「來人，把炭盆搬遠一點兒！」甄阜也終於相信此人打噴嚏並非故意，皺著眉向後退了兩步，大聲吩咐。

「是！」親兵們大聲回應著上前，乾淨利索地將白銅炭盆挪到了縣衙大堂門口。屋子內的溫度，立刻開始變冷，同時開始變冷的，還有在場每一名將領的心情。

「到底怎麼回事？梁方呢，他是死是活？綠林賊到底出動了多少人，爾等為何事先連斥候都沒往外派？」屬正梁丘賜的臉色，比任何人都陰寒。搶先一步，衝到侯武面前，大聲追問。

「屬下，屬下無能！」滿身泥水的侯武搖了搖頭，啞著嗓子大聲回應，「屬下，屬下也說不清到底怎麼回事。屬下跳進淯水河的時候，梁，梁校尉的認旗已經被賊人砍倒很久了。然後，然後大夥就彼此無法相顧，爭相逃命。屬下，屬下是騎兵，靠著馬快，先逃到了淯水旁。然後，然後忽然發現四面八方全都是綠林軍，就，就只好一頭跳進了水中！」

「撒謊！你，你剛才不是聲稱，賊軍只有一千騎兵嗎？」梁丘賜立刻從侯武的話語裡發現了破綻，低下頭，一把扯住了對方的絆甲絲絛。

他的力氣甚大，頓時將侯武直接從地上扯了起來，整個人「激靈靈」打了個哆嗦，兩眼緊閉，嘴巴不受控制地張大，「啊，阿嚏！屬正，屬正饒命！啊，阿嚏！屬下沒有撒謊！啊，啊……」

梁丘賜也被噴了滿臉鼻涕吐沫，本能地將侯武擲落於地，雙腿連連後退。還沒等他來得及動怒，侯武已經熟練地跪在了地上，一邊叩頭求饒一邊大聲自辯，「屬正，屬正息怒。小人，小人不是故意的。小人，小人沒有撒謊！擊潰，擊潰第三部的，真的只有一千騎兵。其他，其他綠林賊，都是後來在河邊才出現的，只，只趕了個尾巴，沒有，沒有來得及對第三部發起進攻！」

「吃吃吃吃……」大堂內，忽然響起了幾聲壓抑的哄笑。搶在甄阜和梁丘賜的目光掃過來之前，幾名年輕將領迅速將頭低下去，眼觀鼻，鼻觀心，雙唇緊緊閉攏。

再怎麼著，梁方也是他們的同僚，而那一萬多名官軍覆滅的消息傳開之後，也會令前隊的士氣遭受重創。所以，這當口他們的確不該幸災樂禍地笑出聲音。然而，想到梁丘賜、梁方叔侄倆，前幾天合夥擠對岑彭的情景，大夥又沒法不覺得心中暢快。彷彿他們跟突然出現在白亭堡的綠林好漢才是一夥，跟前隊乃是生死寇仇一般。

「誰在笑，剛才誰在笑？站出來，有種站出來，老夫讓你笑個夠！」梁丘賜的臉色，彷彿被抽了十幾個耳光般，紅中透黑。快步衝到幾個年輕將領面前，厲聲咆哮。「一個小小隊正的話，怎麼能完全相信。他分明前言不搭後語。他沒等敵我雙方分出勝負，都偷偷逃走了。

根本沒看清楚綠林賊到底出動了多少人馬。更沒看到第三部在遭受綠林賊重兵圍攻之時，表現的是何等英勇！」

「屬正大人，冤枉，冤枉。小人逃命之時，梁校尉的認旗真的早就倒了，真的早就倒了！」事關性命，侯武可不敢任憑梁丘賜信口胡說，趕緊扯開嗓子，大聲補充，「小人，小人好像在河畔看到了校尉的影子，小人看到他好像是被手下親兵扯下了坐騎，當做買路錢送給了綠林賊！」

「你，你血口噴人！」沒想到自己一番塗抹，居然把侄兒下落的真相扯了出來，梁丘賜登時惱羞成怒。快步衝到侯武面前，拔刀就剁，「老子這就宰了你，給第三部的弟兄們……」

「住手！」甄阜忍無可忍，豎起眼睛厲聲斷喝，「你要殺人滅口嗎？上萬人就逃回來這一個，你宰了他，老夫向誰去詢問敵情？」

「啊！」梁丘賜被問得打了個哆嗦，舉著刀的手臂，瞬間僵在了空中。

殺人滅口，這個罪名他可擔不起。甄阜的怒火，更是他梁某人所不能承受。儘管，儘管他已經在甄阜麾下效力多年，梁家在大新朝勢力也不算太弱小。

「你說，今天早晨你們幾時到的白亭堡。沿途都幹了些什麼事情？可曾派人與涅陽那邊聯絡？」狠狠橫了梁丘賜一眼，前隊大夫甄阜快步走到他和侯武之間，彎下腰，儘量和顏悅色地詢問。

此刻他的心情，其實比在場任何人都煩躁。然而，作為一軍主帥，他卻必須強迫自己沉住氣，弄清楚左軍第三部覆滅的前因後果。

「是！」侯武知道自家的生死，取決於甄阜對自己的回答是否滿意，抬手先揉了幾下鼻子，然後大聲補充，「第三部，第三部是今天辰時三刻左右，或者是臨近午時到的白亭堡。路上，路上之所以耽擱了時間，是，是因為順路巡視幾個堡寨的時候，收，收了一些薄禮。本來，本來以為，有涅陽的安眾在前面擋著，賊軍不可能悄無聲息地繞這麼遠，所以，所以校尉，校尉就沒派斥候。眼看，眼看著到了白亭堡門口，校尉想帶著大夥入內休整，卻，卻不料白亭堡早已投靠了綠林賊。劉秀，劉秀帶著一千騎兵直接撲了出來！」

「嘶——」大堂內眾將，齊齊倒吸冷氣，每個人臉色，都變得十分凝重

從侯武的表現上看，此人應該沒說假話。前隊左軍第三校，這會兒恐怕真的已經凶多吉少。而擊潰第三部那支綠林軍，無論人數是否真的如侯武說的那樣，只有區區一千人，對整個剿匪戰局來說，都不是什麼好預兆。那意味著，官府對淯水河西岸的安眾、涅陽，以及兩座下縣周圍的大部分堡寨，都失去了掌控。否則，綠林賊即便生了翅膀，也不可能神不知鬼不覺突然出現在白亭。

至於涅陽、安眾一帶的土鱉們，為何冒著被朝廷秋後算帳的風險，偷偷倒向了綠林賊。緣由恐怕也非常簡單。第一、綠林賊兵不血刃拿下棘陽之後，劉伯升為了收買人心，對周圍的堡寨和城中的大戶人家，基本上做到了秋毫無犯。而前隊大夫甄阜為了收回此番出征的本錢，卻默許了將士們對地方的敲詐勒索。第二、縣宰岑彭和縣丞任光，都在棘陽經營多年。如今岑彭被甄大夫趕去宛城看管糧倉，已經投靠了綠林賊的任光，剛好可以趁機大展身手。

「你說，帶隊擊潰了第三部的是劉秀劉文叔，此人乃是太學中數一數二的翹楚，梁方輸在他手裡，也不算冤！」到底是領兵多年的老將，甄阜的思路，與其他將領完全不同。沒有管安眾和涅陽各地，是否已經完全落入叛軍之手，而是繼續追問起了其他參戰敵軍將領的姓名，「那河邊出現的綠林賊呢，他們由何人率領？他們的旗號，你可曾看得清楚？」

「這……」侯武楞了楞，臉上的表情非常猶豫，「稟大夫，好像，好像是下江賊。屬下聽他們叫喊著勸大夥投降，喊的是下江王大當家！」

「是王常！」在場眾將身體俱是一晃，立刻驚呼出聲。

「下江賊，下江賊也來了！」

「這姓王的，真是陰魂不散！」

……

如果參戰的只有舂陵、平林和新市三支綠林賊，還不至於讓他們如此震驚。畢竟三路賊軍數日前剛剛被他們殺的大敗，士氣和戰鬥力恢復起來都需要時間。而下江軍的突然出現，卻無異於給劉縯、王匡等人雪中送炭。得到強援的賊軍，非但能迅速振作起士氣。還有可能湊起足夠的兵馬，施展新的圖謀。

白亭在涅陽以北十五里，棘陽與涅陽，隔著五十里外加一條淯水河。棘陽距離宛城雖然比涅陽略近，卻要有大大小小三道河溝。而從涅陽到宛城，卻是如假包換的一馬平川！如果綠林賊拚死一搏，不管棘陽城內的前隊大軍，從淯水河岸直撲宛城，後果將不堪設想！

「大夫、叔父，大事不好，大事不好！」就在眾人忐忑不安之時，忽然間，門外傳來一聲絕望的哭喊。前隊左軍第三部校尉，頂著缺了兩隻耳朵的腦袋，衝開當值衛兵的阻攔，跌跌撞撞闖了門內。「撲通」一聲跪倒在火盆前，放聲嚎啕，「岑彭，岑彭跟綠林賊勾結，指使涅陽等地的官吏和堡主們投降了賊軍，聯手坑害末將，並且邀請劉縯去打宛城。末將，末將親眼看到了岑彭的信使，到了劉秀軍中。末將，末將拚著一死，才磨斷繩索，跳水逃了回來！」

「好了，文叔、子陵，我帶著幾個擅長弄水的弟兄，一直背後偷偷跟著狗賊，將狗賊送到了對岸，確信他平安無事，才又泅了回來。」淯水河西岸，朱祐頂著一個濕漉漉的大腦袋，氣喘吁吁地衝進了臨時中軍帳。

「趕緊把衣服扒下來烤火，不是讓你不要親自下水嗎？你怎麼就是不聽！」早就等得心急如焚的劉秀和嚴光兩個縱身而起，不由分說將朱祐架在火盆旁，以最快速度去扯此人身上的濕衣服。

「我，我自己來，自己來。慢點，慢點，文叔，你先派人幫我拿個塊葛布單子擋一擋，王大哥、王大哥他們也在場！」朱祐身體都快貼在炭盆上了，都沒覺得絲毫暖意。卻被劉秀和嚴光二人的動作，燒得滿臉通紅。一邊掙扎著擺脫二人的控制，一邊大聲提醒。

「都是大老爺們，你怕個啥？」鄧奉從側後方繞過來，雙手緊緊抱住了朱祐的後腰，「別亂動，先脫掉濕衣服，然後把身上的水擦乾。否則，一旦寒氣積在骨髓裡，你下半輩子都只能做個癱子。」

「啊，唉，唉，輕點，你們下手輕點。三姐呢，三姐不在這邊吧？」朱祐力氣沒鄧奉大，掙扎了幾下無果，只好舉手認命，「趕緊派人到門口望一下風，免得三姐直接闖進來。」

「三姐去巡營了，半個時辰之內不會回來。」劉秀一把將朱祐的罩袍丟在旁邊，沒好氣地回應，「既然已經把姓梁的送到對岸了，為何不先回到這邊烤乾了身子？這麼著急趕回中軍來繳令做什麼，我又沒規定你完成任務的時間。」

「這，這不是怕你們幾個著急嗎？嘿嘿，嘿嘿……」朱祐自知理虧，紅著臉傻笑不止，「況且我從小就習慣在冬天裡耍水，今晚一時技癢，一時技癢！下次，下次肯定不會了。」

「萬一坐下病根兒，神仙也救不了你！」劉秀拿這死皮賴臉的傢伙沒辦法，又低聲斥責了一句，起身去端燒好了的薑湯，「先光著身子喝下去，然後把自己烤乾。衣服先拿我的將就一下，回頭讓親兵給你去取。」

「好，好！」朱祐接過薑湯，大口大口地往肚子裡灌。不小心喝得太猛，嗆得直翻白眼兒。劉秀、嚴光和鄧奉卻不肯給他絲毫的同情。撇著嘴，大叫活該。朱祐裝可憐失敗，只好光著身子坐在炭盆旁，任憑炭火將自己烤得白霧繚繞。

下江軍大當家王常見到此景，忍不住搖頭莞爾。內心深處，同時湧起一股莫名的感傷。曾幾何時，他和新市軍大當家王匡等人，也是如此親密無間。可那段日子只持續了短短幾個月，很快，大夥彼此心生隔閡，然後各奔東西，漸行漸遠。

「文叔、子陵，這人，咱們是放回去了。可那甄阜老賊畢竟不是個傻子，怎麼可能連如此簡單的離間之計都看不出來？」下江軍二當家成丹，也看得好生羨慕。撇了撇嘴，忽然大聲問道。

「對啊，如果甄阜老賊根本不肯上當，朱小哥今天這頓凍，豈不是白挨了？」三當家張卯笑了笑，帶著幾分酸味大聲幫腔。

「兩位哥哥說得是！」明知道對方是在故意挑釁，劉秀卻不生氣，笑著朝二人拱了下手，大聲回應，「如果甄阜老賊原本就對岑彭信任有加，或者從來沒虧待過岑彭，小弟這條離間計，當然起不到任何效果。可既然甄阜自己心裡有鬼，小弟我這條離間計，即便從頭到腳充滿破綻，也足以讓他進退兩難！」

「你說得倒是沒錯。」雖然白天時才攜手打了一個大勝仗，成丹此刻卻怎麼看劉秀怎麼不順眼。撇了撇嘴，繼續大聲追問，「可萬一那甄阜老賊就豁出去賭一次岑彭跟咱們毫無瓜葛呢？難道咱們還真的……」

「那就給他個假戲真做，丟開棘陽，直撲宛城！」劉縯的聲音忽然從門口響起，將他的後半句話直接憋回了肚子裡。

「大將軍、馬大哥，你們，你們怎麼來了？」劉秀、王常等人大吃一驚，紛紛站起身，拱手行禮。

「當然是過來助你們一臂之力！」劉縯大步走向火盆，一邊朝著眾人拱手還禮，一邊大聲補充，「既然是作勢要直取宛城，我這個大將軍的認旗留在育陽不動怎麼成？肯定得挪到白亭堡附近來，才能晃瞎甄阜老賊的眼睛。不光我跟子張兄來了，世則、棲梧他們也帶著新市軍和平林軍趕過來了。那甄阜老賊如果敢不拿你的計策當回事，咱們就把假的給他變成真的，讓他追悔莫及！」

「那，那誰來守育陽？」沒想到劉縯居然如此大手筆，眾人皆被嚇了一跳，質問的話脫口而出。

「任伯卿。前一段時間棘陽就是他負責堅守，已經有了經驗。這次，我索性把育陽也交給他。」劉縯蹲下身，一邊替朱祐蓋受驚而滑落的葛布單子，一邊大咧咧地回應，「反正，他自己也不願意跟昔日的同僚面對面廝殺，把他留下育陽，也正合了他的意。」

「伯升好氣魄！」一股敬意從王常心內油然而生，快速站直身體，他再度向劉縯拱手。「如果世則當年有你的一半兒心胸，在下也不會……」

「顏卿兄過獎了！」劉縯迅速起身還禮，大聲打斷，「伯卿跟你一樣，都把身家性命交在了劉某手上，劉某豈能再懷疑他的忠心？況且我等如今兵不到十萬，地盤不到半州，哪有自己人先互相猜忌的資格？兄弟之間，必須齊心協力……」

「得得得，得得得，得得得……」一陣劇烈的馬蹄聲，忽然從外邊傳了進來，將他的話瞬間吞沒。緊跟著，便是一陣刺耳的喧譁，「起火了，河對岸起火了。棘陽，應該是棘陽！官軍那邊起火了，老天爺開眼，居然把棘陽城給燒了……」

沖天而起的火光，迅速透過單薄的帳篷壁，照得屋子裡比白晝還亮。劉縯等人再也顧不上說無關的話，先後邁開腳步，衝到了中軍帳外。抬頭向東望去，只見棘陽城方向，半邊夜空都已經被大火燒透。濃煙托著紅色的雲朵，在河畔上下翻滾，彷彿下一個瞬間，就要將淯水也變成一條火焰河流。

「報！」劉賜帶著一隊舂陵軍斥候疾馳而至，朝著劉縯、劉秀等人用力揮舞手臂，「大將軍，右將軍，棘陽起火，棘陽城起火，站在淯水河東岸，清晰可見！」

「為何會起火？誰放的火，你可探查明白！」劉縯眉頭緊皺，向前迎了兩步，大聲追問。

「屬下不知！」劉賜乾脆俐落地答應，旋即快速撥轉馬頭，「屬下馬上去探，還有弟兄們偷偷潛伏在河對岸。」

話音剛落，身背後，已經又傳來了一陣激烈的馬蹄聲。幾名斥候跑得盔斜甲歪，上氣不接下氣，「報，報大，大將軍。甄阜，甄阜老賊棄了棘陽，率軍往北走了。隔著河岸，可以看到他們行軍時打起的火把。」

「報，大將軍，甄阜，甄阜老賊派人燒了棘陽，帶著兵馬朝宛城去了。」第三隊斥候，緊跟著疾馳而至，驚喜的叫聲，瞬間點亮了在場每個人的眼睛。

劉秀的離間計奏效了！甄阜老賊果然不放心岑彭，連夜帶隊殺了回去。此番，即便岑彭不死，官軍的士氣，也必然會一落千丈。

「好，好！」劉縯的掌聲，忽然響起，將眾人的心神，迅速從棘陽上空，拉回中軍帳門口，「諸位兄弟，甄阜老賊不戰而退，正是大賜我等良機。整軍，出發，咱們速速追上去，跟著淯水河，再送老賊一程！」

「諾！」眾將大笑著響應，立刻召集起弟兄，打起火把，沿著淯水河西側一路向北高歌猛進，不把甄阜老賊嚇死，誓不罷休。

官軍留在東岸的斥候看了個個心急如焚。趕緊快馬加鞭，將義軍的動向送到了甄阜面前。後者聞聽，頓時愈發堅信岑彭已經跟劉縯有了勾結，急得根本顧不上仔細思考，當即傳下將令，把移動緩慢的攻城器械全部就地焚毀，然後全軍加速，星夜回師平叛。

雙方人馬卯上了勁，場面立刻變得極為壯觀。只見沿著淯水河兩岸，兩條燈火組成的長龍你追我趕，各不相讓。人喊聲，馬嘶聲，宛如開了鍋般熱鬧。大顆大顆的流星不停地在河面上竄來竄去，那是雙方為了干擾對手射出的羽箭。

到底是官軍更訓練有素，只用了一個半時辰，就跟義軍拉開了距離。前隊大夫甄阜卻不敢掉以輕心，親自帶領嫡系爪牙來回督促，驅趕著麾下將士繼續向宛城狂奔，哪怕不斷有人吐血倒地，也在所不惜。終於，在第二天辰時，官軍接連渡過了兩條攔路的小河之後，徹底將淯水對岸的「反賊們」甩了個無影無蹤。

「岑彭狗賊，今天捉住他，一定要千刀萬剮，以儆效尤！」雖然有戰馬代步，梁丘賜依舊跑得上氣不接下氣，看看河對岸的「賊軍」已經不見踪影，立刻揮舞著鋼刀大聲發誓。

「來人，去把梁校尉給我傳來，老夫有要緊事跟他核實。」前隊大夫甄阜，卻忽然帶住了坐騎，鐵青著臉，大聲吩咐。

「大夫，校尉有傷在身！」梁丘賜被甄阜的臉色嚇了一跳，連忙在旁邊低聲提醒。

「沒死就必須過來。」甄阜狠狠地瞪了他一眼，渾身上下，殺氣四射！

梁丘賜不敢再替自己的侄兒說好話了，畢竟不是親生兒子，沒必要為了他得罪頂頭上司。況且梁方所受的傷並不致命，問上一兩句話也加重不了傷情。

「你去，把隊伍停下來，擇地紮營休息。」甄阜卻依舊不肯給他好臉色，手按著腰間劍柄，沉聲喝令。

「遵命！」梁丘賜拱手施了一個禮，匆忙轉身而去。

不對勁，甄阜老兒今天早晨的表現很不對勁。作為在其麾下行走多年的老部將，梁丘賜很少看到此人的臉色如今天這般可怕。但是，甄阜究竟發了哪門子瘋？他又百思不得其解。一切在剛才還是好好的，前隊在甄大夫的斷然決策下，星夜回師，令岑彭勾結劉縯謀反的計劃徹底落空。只要大軍及時趕到宛城，就能搶先一步，控制住局勢，將岑彭及其同謀死黨一網打盡！

「屬正，甄大夫的命令……」緊跟在身後的親兵隊正見梁丘賜精神恍惚，趕緊湊到他耳畔，低聲提醒。

「你們幾個拿了我的旗子，去傳令給下面將領好了！催什麼催？都跑了一整夜了，不差再多跑這一會兒！」梁丘賜沒來由一陣心慌意亂，皺著眉頭大聲呵斥。

「是！」親兵隊正好心做了驢肝肺，卻不敢抱怨。輕手輕腳地從皮囊裡取出令旗，點了幾個口才好的弟兄，策馬離去。

梁丘賜沒工夫理采這些爪牙，繼續皺著眉頭苦苦思索。

甄老兒到底是怎麼了？只要劉縯等賊不追上來，岑彭即便武藝再高，憑著其麾下那區區幾千下屬，也擋不住前隊的十萬大軍。更何況，連那區區幾千下屬，也是數日前才調配歸他管轄的。岑彭本人的嫡系，早就在丟失棘陽之時，被綠林軍收拾了個一乾二淨。

「嗚嗚嗚嗚嗚……」一陣疲憊的號角聲，忽然將他從沉思中驚醒。

「嗚嗚嗚，嗚嗚嗚，嗚嗚嗚嗚……」大軍中央，也有號角聲與遠處遙相呼應。像久別重逢的戀人般，不顧一切傾訴著對彼此的思念和心中的委屈。

「又鬧什麼妖？」梁丘賜又累又睏，打著呵欠舉頭張望。

軍中的角鼓聲，分門別類，各自代表不同的意思。正在耳畔迴蕩的角聲，是友軍身份的通報和回應。而宛城周圍，此刻哪裡還有前隊的友軍？除非，除非皇上放心不下，千里迢迢又派了一支援兵過來。可那樣的話，則意味著皇上對前隊的表現徹底失望，無論大夫甄阜還是他這個屬正，都不會有什麼好果子吃。

帶著濃濃的疑慮，他努力集中起精神，分辨越來越近的隊伍。入眼的，是一隊整齊的馬車，每一輛車上面，都被軍中裝糧食專用的麻袋塞得滿滿當當。糧車左右，手無寸鐵的民壯們低頭彎腰，努力保護糧袋不會因為顛簸而掉下來。而糧車隊的最後，一面武將的認旗正迎風招展。

「前隊」「岑」旗的正反面，兩個大字交替顯現，像兩團火焰，狠狠地灼傷了梁丘賜的眼睛。

「快，快跟我來，跟我擋住姓岑的狗賊！」不顧甄阜先前給自己安排的任務，梁丘賜策動坐騎，帶領剩餘的親兵直撲運糧的車隊。「站住，全都給我站住。姓岑的，你此刻不在宛城看管糧倉，到這裡來有何用心？」

「站住，屬正命令爾等站住。」

「全都停下，沒有梁屬正的准許，不得繼續靠近！」

「岑將軍，屬正問您，為何不在宛城看管糧倉，卻到這裡來了？」親兵們也扯開嗓子，將梁丘賜的命令和問話，一遍遍重複。

「我？」岑彭被問得滿頭霧水，趕緊策馬衝到車隊最前方，用身體擋住自家麾下的所有兵士和民壯，「梁屬正，你為何要阻擋我向大軍輸送補給？前隊大軍為何離開了棘陽，又折返到了此地？」

「住口！你休得狡辯！」眼前一陣陣發黑，梁丘賜卻強行壓住吐血的欲望，大聲斷喝，「岑彭，你勾結逆賊劉縯，出賣宛城的圖謀已經敗露了，速速下馬受縛，念在你迷途知返的份上，老夫可以向大夫求情，放過你的妻兒老母不死！」

「你放屁！」正為跟前隊大軍迎頭相遇而滿腦袋困惑的岑彭勃然大怒，毫不猶豫地舉起了鈎鑲和鋼刀，「岑某對聖上的忠心，日月可鑑，豈是你老賊可以隨意冤枉！滾一邊去，否則休怪岑某刀下無情。」

「你……」梁丘賜又氣又怕，身體不受控制地顫慄。

氣的是，岑彭居然不肯束手就擒，讓自己想要栽贓都無從栽起。怕的則是，如果岑彭勾結劉縯的結論是空穴來風，他和他侄兒梁方這兩個「吹風」者，肯定要承受甄阜的雷霆之怒。

「甄屬正，岑彭再問你一次，你攔阻岑彭為大軍輸送補給，到底意欲何為？」見梁丘賜一副驚慌失措模樣，岑彭立刻知道這背後肯定藏著某種不可告人的骯髒秘密，將鋼刀向前戟指，繼續厲聲斷喝。

「你……」梁丘賜想要命人將岑彭強行拿下，卻又畏懼於對方的武藝，一時間，愈發手足無措。

就在此刻，軍隊正中央處，忽然又響起了幾聲淒厲的畫角，「嗚嗚，嗚嗚嗚，嗚嗚嗚……」，緊跟著，整個隊伍都停了下來。「向後，向後，掉頭向後！」數名傳令兵高舉著甄阜的令旗策馬飛奔，將主帥的意圖迅速傳遍了全軍。

「梁方謊報軍情，已經被斬首示眾。」還沒等梁丘賜想清楚自己該如何應對，另外幾名親兵，拎著一個血淋淋的人腦袋，如飛而至。「甄大夫有令，全軍掉頭向後，渡過黃淳水，重回棘陽！所有將校，如有心懷怨在，故意貽誤軍機者，定斬不赦！」

「方兒！」沒想到甄阜會下此狠手，梁丘賜痛得眼前一黑，剎那間老淚就淌了滿臉。

「讓路，甄大夫被反賊氣暈了頭，你我若是不攔住他，機會必被劉縯所乘！」岑彭卻急得兩眼冒火，策馬掄刀直接就向前闖。

行軍打仗，最忌諱主將反覆無常，朝令夕改。前隊大軍既然已經回到了宛城附近，無論是上了敵人的當也好，自己暈了頭也罷，甄阜接下來應該做的，就是將錯就錯，把大軍帶入城內安歇，而不是風風火火就掉頭往回返。

「方兒——」梁丘賜嘴裡又發出了一聲悲鳴，側身給岑彭讓開了去路，然後撥轉坐騎，哭泣著緊隨其後。

他雖然心胸狹窄，人品低劣，但是作為武將，經驗卻極為豐富。聽了岑彭的話，立刻明白現在不是哭的時候。否則，大軍在返回棘陽的路上，如果遭到了「賊軍」的攔截，人困馬乏之際，後果不堪設想。

「屬正小心！」

「岑將軍不要亂闖，甄大夫此刻不在他的帥旗下！」

「岑將軍，請跟我來！」

梁丘賜的親兵們，也紛紛策馬跟上前，大聲呼籲。

他們雖然不像岑彭、梁丘賜那樣看得長遠，卻都清楚一個事實。那就是棘陽城昨天前半夜就被甄大夫放火給燒成了廢墟。大夥此刻調頭往回趕，又累又餓不說，恐怕到最後連個避寒的地方都找不到。

整個前隊當中，類似的「明白人」還有許多，只是大夥誰都沒膽子，在這個節骨眼兒上去觸甄阜的霉頭而已。看到岑彭一馬當先往隊伍中央闖，立刻有人主動給他指點甄阜的具體位置。很快就將岑彭和梁丘賜兩個，送到他們應該去的地方。

到了此刻，梁丘賜也沒膽子再去找岑彭的麻煩，跟後者一道，攔在甄阜的坐騎前苦苦相勸。然而，前隊大夫甄阜，卻羞刀難以入鞘，任憑兩人如何據理力爭，都堅決不肯率軍返回宛城，直到胯下的戰馬累得口吐白沫，才勉強答應讓弟兄們先停下來，在靠近泚水旁安營紮寨。如此一番折騰，怎麼可能不落入有心人的眼睛？還沒等官兵將營盤紮好，已經有綠林軍的斥候，將他們的最新情況，飛馬送到了劉縯、王匡、王常等人面前。

「不入宛城，調過頭來跑了整整一上午，然後貼著泚水旁安營？」

「老賊莫非被咱們氣瘋了嗎？來來回回兜圈子玩？」

「棘陽燒了，宛城他也不派大將去坐鎮了，莫非他想拿宛城去換湖陽？這可真是……」饒是劉縯、王匡和王常等人目光銳利，也被甄阜的怪異舉動，弄得滿頭霧水。一個個相繼皺起眉頭，大聲沉吟。

「不是被咱們氣瘋了，而是怕王莽知道他昨夜做的蠢事，無法交代，所以故意參照前人所為。」站在劉秀身旁的嚴光卻微微一笑，搖著頭提醒。

「嗯？」眾人聽得愈發糊塗，一個個相繼將目光轉向了他，滿臉困惑。

好嚴光，年紀雖小，面對一群成名已久的老江湖，卻毫不怯場。笑了笑，繼續緩緩補充，「此舉不能光從戰術上考慮！昏君力主復古，凡事只要與『古』字沾了邊，就能黑白顛倒。甄阜如果光是擊敗咱們，不足以為他昨晚上當之事遮羞。所以乾脆效法春秋時，齊國大將匡章攻楚的舊事，將我們引誘到泚水旁決一死戰。」

「如果他打贏了，昨晚之舉，就可以解釋成故意使的驕敵之計。而他的戰術安排，又能從古代找到先例，正合昏君王莽的胃口！」朱祐第一個恍然大悟，在旁邊快速補充。

「這……」劉縯、王匡、王常等人，全都哭笑不得。一邊打著仗，還要一邊想著從書卷中尋找「古例」討好皇帝，這大新朝的將軍，可真是難做。也無怪乎，最近幾次對匈奴的戰爭，都以失敗告終。反倒被匈奴人殺到長城之內來，害得河北各地百姓一日三驚。

「這老賊真是蠢到家裡！」習鬱忽然用力拍了一下桌案，開懷大笑，「匡章攻楚，乃是夏季，那時泚水高漲，齊軍先至，自然占盡優勢，將楚軍給堵在了河對岸，遲遲不得寸進。

而如今正值冬季，泚水枯竭，如何能擋住我軍腳步？我軍只管裝做不知，不慌不忙向他靠過去，看老賊屆時如何自己打自己的耳光。」

「甚妙！甚妙！」劉縯聽得眼睛發亮，大笑著撫掌。「老賊跟咱們這些荊州人比誰對地形熟，真是自己找死。世則兄、顏卿、廖二哥，咱們這就主動殺過去，給老賊一個驚喜，幾位意下如何！」

「當然可以！否則我下江軍又何必來此？」王常昨天剛剛跟劉秀聯手打了個大勝仗，信心爆滿，立刻拍起了巴掌。

王匡原本對官軍還心存畏懼，然而想想甄阜最近兩次所出的昏招，也笑著點頭，「去，大夥一起走。甄阜老賊昨夜和今天足足跑了一百五十里路，早就成了強弩之末！」

三人取得了一致，剩下廖湛，自然不能提出反對。很快，已經休息了一上午的大軍就拔營起寨，浩浩蕩蕩渡過淯水，朝著泚水殺了過去。

申時二刻左右，大軍距離泚水還有十五六里，忽然間，又有斥候匆匆趕來彙報：「宛城兵紮好了營盤之後，甄阜立刻派人拆掉了黃淳水上的浮橋，鑿沉了所有渡船，並將燒飯的釜甑丟出來全砸掉了。」

「這，這又鬧的哪門子妖？」王匡和王常等人面面相覷，再一次被甄阜的瘋狂舉動，弄得滿頭迷霧。「莫非他真的不打算回宛城了，還是嫌棄麾下弟兄還沒被活活累死？」

「他們當然要回去，並且要風風光光地奏凱而歸。」習鬱這回沒被甄阜的舉動晃花了眼睛，笑了笑，不屑地撇嘴，「按照子陵先前的推斷，甄阜如此做，想必又是為了做給王莽看。

昨夜和今天來回折騰，此刻官軍肯定士氣委靡。所以，老賊就施展了當年西楚霸王項羽在鉅鹿之戰時的故技，破釜沉舟。一來，是要重振士氣，告訴其麾下弟兄此戰有進無退。二則是投王莽之所好，來個『復古戰法』。只要殺光了我等，老賊自然有大把的時間再去修橋造船，然後帶領大軍凱旋而歸，向王莽去邀功領賞。」

「狗屁，咱們又不是傻子。明知道古人用過這種計策，還給他得手的機會！」

「蠢材，書都讀到狗肚子裡去了。哪有照抄照搬，一點兒改動都不做的道理！」

「老賊，總以為咱們不讀書就傻，照我看，他這讀了一肚子兵書的，才是真傻……」

眾頭領恍然大悟，然後個個再度哭笑不得。

只是笑過之後，該如何做出應對，眾人卻都為了難。畢竟十萬大軍不是胡吹出來的，如果被迫全都豁出了性命，人數不及對方三成的義軍，很難看到勝利的希望。

「要不，咱們也向後退一退。老賊自己把飯鍋砸了，光憑著隨身携帶的乾糧，恐怕支撐不了太久。」王鳳素來不喜歡跟人硬拚，皺著眉頭站出來，低聲提議。

他的話，立刻引發了很多人的贊同。特別是在小長安聚被殺破了膽子的平林軍將領，都唯恐再蹈一次覆轍，紛紛站出來大聲表態。

「暫避其鋒，倒也是上上之選。」

「只要跟弟兄們說清楚了，倒也不怕先向後退一退。」

「先拖上幾天，等老賊餓沒了力氣，再回來殺他……」

王匡見狀，頓時就也開始犯猶豫。正準備跟劉縯商量一下，是不是立刻將隊伍停下來，卻看到嚴光策馬上前，大笑著搖頭，「諸位，何必畏敵如虎？先前咱們還在遠處說，官軍已經成了強弩之末。怎麼靠得近了，自己就失了膽氣？依嚴某之見，此戰，官軍必輸無疑！」

「子陵快說，我們如何方能取勝？」劉縯正愁無法打消王鳳、廖湛等人避戰的念頭，立刻揮舞著手臂大聲催促。

「大將軍，諸位頭領，請聽末將細細道來。末將絕非無的放矢，正是甄阜荒誕不經的做法，露了他的老底。」嚴光拉住坐騎，在馬背身上肅立拱手，「當年項羽戰鉅鹿，以數千烏合之眾，應對章邯四十萬秦國精銳，才不得不兵行險著，破釜沉舟。而如今甄阜手下之兵馬遠超我等，卻效仿項羽破釜沉舟，正說明前隊軍心不穩。而老賊自昨天起，失誤一個接著一個，則說明其方寸大亂，進退失據。而我軍人數雖少，弟兄們卻士氣如虹，只要為將者沉著冷靜，從容布置，何愁找不到破敵之機？」

「子陵此言甚是！」習鬱立刻拍了下巴掌，做恍然大悟狀，「前隊官軍習慣了走到哪搶到哪，邊作戰邊發財。昨夜甄阜帶著他們慌忙回撤，想必很多搶來的財貨都丟在棘陽，被大火付之一炬！如今老賊又帶著他們跑了個半死，還不准他們吃熱乎飯，他們的心中沒有怨氣才怪。」

「老賊麾下，能依仗的兩條臂膀，就是岑彭和梁丘賜。」李秩最善於把握機會，立刻也大笑著幫腔，「他一把火燒掉了棘陽，等於燒掉了岑彭的多年心血，岑彭怎麼可能對其無恨？而他為了遮羞，又殺了梁丘賜的侄兒，梁丘賜雖然表面上不敢抱怨，想必此刻也是心灰意冷。如此，老賊的兩條臂膀都被他自己砍斷了，就剩下個腦袋能用，怎麼可能心裡不著慌？」

「的確如此！」

「可不是麼，岑彭和梁丘賜都被他得罪了，他當然心裡著急。」

「嗯，岑彭和梁丘賜兩人即便還勉強振作，底下其他將領也人心惶惶……」

王常、張卯、成丹等人，都被習鬱和李秩兩個說動，大笑著議論紛紛。

王鳳見狀，急忙大聲打斷，「各位兄弟，你們所說，都是別人的不利之處。但是，我軍如何抓住這些，卻——」

「這有何難？」一句話沒等說完，卻被劉秀大聲打斷。「棲梧兄，且不忙著爭論，讓劉某來先問斥候幾句話！」

「嗯？」王鳳被憋得臉色發黑，強忍著怒氣點頭，「好，文叔有什麼本事儘管施展。」

「多謝棲梧兄。」明明聽出王鳳話中帶刺，劉秀也不生氣。先禮貌地朝他拱手行了個禮，然後迅速將目光轉向斥候，「你來之時，看到甄阜破釜沉舟，可曾看到他放火燒糧？」

「未曾！」那斥候略一遲疑，如實回答，「屬下並未發現宛城兵那邊有放火的痕跡。」

「你們先前曾經彙報，說岑彭押著糧食從宛城來跟甄阜匯合。既然糧食沒燒，他又放在了哪裡？」劉秀對他的回答早有預料，又笑了笑，繼續追問。

「屬下，屬下沒看到糧車渡過黃淳水。據屬下的同伴打探，黃淳水對岸不遠處，隱約還有一座小小的營盤。應，應該就是莽軍的臨時糧倉。」

「那就對了！」劉秀笑了笑，輕輕點頭，「甄阜只想著破釜沉舟，激勵士氣，卻沒真的打算長時間餓肚子。因此，糧倉只能放在黃淳水對岸，隨時都可以為他提供補給。」

「這便是嚴某剛才所說的破敵之機。」嚴光撫掌，在旁邊高聲補充，「只要我軍派出一支奇兵，半夜繞到上游去，先偷偷渡過泚水，然後再偷偷渡過黃淳水，於黎明之時，一把火燒了他們的糧草輜重，那些宛城兵本就軍心不穩，一見後方火起，哪裡還有迎戰之心？莫說他們只有十萬，便是二十萬，三十萬，也只能是學了項羽的皮毛，卻落得個章邯的下場。」

「這——」眾將跟不上他們兩個的思路，遲疑了好一陣兒，才哈哈大笑，「妙，甚妙。他要破釜沉舟，咱們就幫他破得徹底一些，連糧食也燒掉。哈哈哈，哈哈哈哈，最後餓得頭暈眼花，看老賊麾下那些官兵如何跟咱們拚命。」

「妙，甚妙！文叔，子陵，你們兩個不愧為太學出來的英才，比那狗屁甄髓、梁方可是強出百倍。」

「渡河，派奇兵渡河。咱們今天先不忙跟甄阜交戰，先哼他一晚上。等明天燒了他的軍糧，再趁機打他個痛快！」

「對，先哼他一晚上！然後……」

「此話說起來容易。」王鳳聽得大急，連忙高聲反駁，「可眼下是寒冬臘月，我等手中又沒渡船。徒手游過兩條河流，即便不活活凍死，也會凍得渾身發僵，哪裡還有力氣去燒別人的軍糧？」

「棲梧兄莫急，辦法總是想出來的，而不想，就永遠不會有。」劉秀不屑地橫了一眼，大聲回應，「棘陽之戰，失去家人者數以千計，這些士卒，為了報仇，皆可奮不顧身！而且，正如我等先前所說，泚水、黃淳水都在枯水期，河面遠比平時窄。弟兄們先吃飽喝足，渡水時，再隨身帶些酒漿，就可支撐過去。此外，胡人有個法子，將牛皮或者羊皮縫在一起，中間吹氣，便可以做成筏子。綁在身上渡河，能令弟兄們體力節省大半。」

「文叔真是智勇雙全，王某佩服！」王常聽得心頭火熱，拱起手，大聲讚嘆。

「文叔，見了你，臧某才知道自己先前乃是井底之蛙！」下江軍臧宮也對劉秀心服口服，策馬上前，笑著拱手。

「文叔，真有你的！」

「連胡人的招數都懂，文叔……」其他將領，再也不受王鳳的影響，紛紛圍攏上前，笑著向劉秀表示欽佩。劉秀聽了，卻又淡定一笑，拱起手，大聲補充道：「諸位兄長過獎了，劉某只是懂得些軍略的皮毛而已。能否順利實施，卻還需要有幾個豁得出性命的將領，與劉某一道……」

「我去。」話音未落，耳畔已經傳入一聲大喝。眾人轉臉望去，正是劉秀的二姐夫鄧晨鄧偉卿。只見此人瘦得形銷骨立，雙目當中，卻有兩團野火滾動。彷彿隨時隨地，整個人都會炸裂開來，跟敢於阻擋他的傢伙同歸於盡。

「我跟叔父一起去！」鄧奉策馬上前，與鄧晨並肩而立。

「我們也去！」

「還有我！」朱祐、馬三娘迅速向鄧奉靠近，主動請纓。

「這……也罷，文叔、士載、仲先，還有三娘，你們幾個就一起陪著偉卿去，無論成敗都務必要一起活著回來！」劉縯本不願意讓劉秀去冒險，然而，看到鄧晨那活骷髏的模樣，心中立刻想起了蒙難的二妹和幾個侄女，咬了咬牙，用力點頭。

「遵命！」五人抱拳行禮，然後立刻下去準備。不多時，就點起了八百粗通水性的勇士，帶著臨時用牛羊皮縫成的筏子，悄然策馬離開的大軍，借助暮色的掩護，向南而去。

臘月三十兒的夜，來得很早。

天，很快就黑了，伸手不見五指。劉秀和鄧晨等人悄然來到河畔，耳畔只能聽見水聲陣陣。舉目望去，視野裡，卻是漆黑一片，根本看不到河水的寬窄，更看不到對岸在何處。

回轉頭，則看見數百雙發紅的眼睛。每一雙，都寫滿了刻骨的仇恨和無盡的哀傷。

猛然從身上取下酒囊，信手拔掉塞子，他笑了笑，迅速將酒囊舉過頭頂，「眾位兄弟，請！」

「請！」八百死士低聲回應，昂起頭，將酒囊內的烈酒一飲而盡。

隨即，大夥跳下戰馬，吹滿皮筏，牽著坐騎緩緩走向漆黑的河面。任身邊的水聲再大，耳畔的寒風再急，都堅決不再回頭。

等游到黃淳水北岸後，所有死士都筋疲力盡。但是，每個人身上都熱氣騰騰直冒，非但感覺不到冷，反而連酒勁兒都消失得無影無踪。

「斥候已經探明，莽軍屯糧之地就在藍鄉！」奮力揮了下濕漉漉的胳膊，劉秀單手挽起戰馬的韁繩，帶頭向前跑去，「別上馬，把血脈活動開，免得寒氣積在骨頭裡。」

「諾！」鄧奉、朱祐和馬三娘高聲答應，牽著坐騎緊緊跟上。鄧晨則轉身去拉起蹲在地上喘息的弟兄，力爭不讓任何人被丟在河邊。

勇士們也知道，此時絕不可以停下來歇息，只要一停止運動，無須多時，就會被身上的冷水以及天空中刺骨的北風，凍成一具僵屍。因此，疲憊歸疲憊，大夥卻都咬著牙冠堅持跑動，誰也不敢繼續在水邊停留，更不敢偷懶跳上坐騎。

夜幕籠罩下的黃淳水北岸，像地獄一般寧靜。能逃遠的百姓全逃了，沒力氣逃的百姓，也都躲進了高門大戶的堡寨中，以免被官軍割了腦袋去冒充綠林好漢。甚至有些高門大戶，都整堡寨，整堡寨的躲去了他處，寧可讓祖先在年三十兒的夜裡享受不到子孫的供奉，也不敢賭過路的朝廷大軍，是否會對自己高抬貴手。

一片肅殺的氣氛中，燈火通明的藍鄉，顯得格外安寧。當值的兵卒們，瞪著惺忪的睡眼，圍著一座又一座火堆，搖搖晃晃。身體寶貴的軍官們，則坐在溫暖的帳篷內，左手一壺佳釀，右手一雙筷子，細酌慢品。所有人中最為閒適的，當然是此間的最高長官，別部校尉梁歡。只見他雙手抱著一卷詩經，雙腿架在白銅炭盆旁，一邊輕輕顫抖，一邊低聲吟唱，「蒹葭蒼蒼，白露為霜，所謂伊人，在水一方。溯游從之，道阻且長。溯洄從之，宛在水中央……」

如此寒冷的天氣，正是蒹葭為霜的時候。只可惜，方圓二十幾里內的百姓都跑光了，找不到美人來帳下翩翩起舞。不過，這點小問題，根本難不住花叢老手梁歡。放下書卷，從腳旁撿起一個細細的銅錘，朝著身邊的銅磬上用力敲了幾下，立刻，就有親兵簇擁著兩個白白嫩嫩的小卒走了進來。

那兩個小卒早已經知道等待著自己的命運是什麼，卻不敢在臉上表現出半點怨恨。常言道，好死不如賴活著，比起渡過黃淳水，啃著乾糧去跟「綠林賊」拚命，留在梁校尉身邊暖被窩兒，又算得了什麼？況且梁校尉是出了名的「厚道」，每個被他看中的「知己」，很快就能升到屯將、隊正，乃至軍侯。雖然出去後，偶爾免不了被人指指點點，但總好過稀裡糊塗死在兩軍陣前無人收屍！

「校尉，人來了，您看還需要添點兒什麼？」押送小卒入帳的親兵隊正梁賈躬了下身，用極低的聲音詢問。

「不用，不用了，你們都退下吧！過年了，告訴親兵隊的弟兄們，今晚每個人都可以領十個大泉。先記帳，回到宛城後立刻兌現。」梁歡慵懶地揮了下手，笑著許諾。

「謝校尉！」梁賈等親兵喜出望外，齊齊躬身行禮，然後興高采烈轉身離去。出門後，還念念不忘將門簾用力掩好，以免北風不識趣，吹進中軍帳內，打擾了校尉的雅興。

「來，你們兩個，也別楞著，過來，跟本校尉一起擊磬而歌！」屋子裡，很快就傳出了梁歡的邀請聲，緊跟著，是清脆的銅磬擊打聲和婉轉的吟唱，「今夕何夕兮，搴舟中流。今日何日兮，得與王子同舟。蒙羞被好兮，不訾詬恥。心幾煩而不絕兮，得知公子……」

「呵呵呵……」親兵們心照不宣地笑了笑，紛紛邁步去遠。

自家上司，是屬正梁丘賜唯一的兒子。雖然嗜好有點兒特別，但對手下人卻非常不錯。至少，至少從來不會驅趕著親兵們去替他衝鋒陷陣，也從不剋扣親兵們手中那點兒可憐的軍餉。

「山有木兮木有枝，心悅君兮君不知。木兮木有枝，心悅君兮君不知……」中軍帳內，歌聲愈發婉轉，梁歡敲打的銅磬，如醉如痴。

打仗，哪裡有飲酒唱歌有趣？只有梁方那蠢材，才喜歡帶著一大堆兵卒耀武揚威。結果如何呢，功勞沒撈到，稀裡糊塗就被甄大夫砍了腦袋。還是他梁歡聰明，每次都不爭不搶，甘居人後。哪怕明知道來日一戰，有可能讓自己平步青雲。卻依舊「非常不小心」地從馬背上掉下來摔傷了腰，然後帶傷堅持，留在藍鄉為大軍保護糧草。

保護糧草是很耗精神的任務，可不比啃著乾糧打仗簡單。所以，他必須要懂得如何放鬆自己的精神，然後才能不辜負甄大夫的厚望。

「蒙羞被好兮，不訾羞恥，心幾煩而不絕兮，得知王子……」一曲歡歌唱罷，銅磬敲打聲縈繞不散。另外一種婉轉的聲音，也在軍帳中緩緩而起。周圍的親兵們笑了笑，拔腿走得更遠。

「上馬整隊！」藍鄉軍營北門外百餘步，黑暗中，劉秀擦掉額頭上汗珠，帶頭跳上了坐騎。

「上馬整隊！」「上馬整隊！」「上馬整隊！」鄧晨、鄧奉、朱祐三個，分散開去，低聲將命令傳進所有人的耳朵。八百名死士早已經跑得忘記了寒冷和疲憊，紛紛飛身跳上坐騎，順勢從馬鞍下抽出了雪亮的環首刀。

馬三娘想都不想，策動坐騎與劉秀並轡而行。二人默契地同時加速，組成整個隊伍的前鋒。馬蹄翻飛，敲打在被寒風凍硬的土地上，清脆如歌。

敵營門口，幾個睡眼惺忪的哨兵，皺著眉頭站起身，朝著馬蹄的來源處凝神張望，「什麼人，口令？停下來，不要再靠近了，糧倉重地，擅闖者殺無赦！」

回答他們的，是數支冰冷的羽箭。劉秀、鄧奉、馬三娘等用箭好手，毫不猶豫地開始張弓狙殺。倒楣的哨兵們，連來者到底是敵是友都沒弄清楚，就被羽箭射翻於地。一個個手捂傷口，痛苦地來回翻滾，掙扎，血流轉眼成溪。

「加速！」劉秀收弓，拔刀，低聲命令。

八百名懷著必死之心的壯士立刻狠踢馬腹，受了痛的戰馬昂起首，發出一連串憤怒的咆哮，「唏律律律律……」隨即張開四蹄，風馳電掣般衝進了營門。

「敵——」一名在火堆旁抱著膀子打瞌睡的屯將猛地跳起，張開嘴巴作勢欲呼。馬三娘迅速揮了下手，一塊碩大的鐵磚借著戰馬奔跑的慣性凌空而至，狠狠拍在屯將的腦門上，將此人的頭顱瞬間砸了個粉碎。

「嗖——」劉秀抬手擲出一根投矛，將另外一名試圖吹響號角的敵軍射翻在地。緊跟著，左手從馬背後抽出一根事先準備好的乾燥松枝，策馬從火堆旁一衝而過。

藍色的火苗，立刻在松枝前端跳起，轉眼蔓延到了松枝的中央。「放火！」劉秀扯開嗓子高聲命令，隨即，高高舉起已經燒成金黃色的松枝，流星般衝向了營地中央。

「放火！」

「放火！」

「放火……」

鄧奉、朱祐、鄧晨帶著勇士們，策馬從距離自己最近的火堆旁掠過，順勢點燃一根根預先準備好的乾柴。八百勇士，迅速化作八百顆流星，跟在劉秀和馬三娘身後，向前湧動。將沿途遇到的所有建築物，無論是帳篷還是倉庫，一座接一座，變成獵獵燃燒的火炬！

「敵襲，敵襲——」終於有官兵做出了正確反應，一邊高喊著向同伴示警，一邊抄起兵器衝向劉秀的馬頭。

匆忙之中，他們這種魯莽的舉動，無異於自尋死路。劉秀右手的鋼刀只是輕輕一掃，就將一名官兵的頭顱掃到了半空之中。左手的火把緊跟著向下一遞，迅速點燃了一座帳篷。緊緊陪伴在他身側的馬三娘，則將鋼刀握在了左手，上下翻飛，砍倒另外兩名試圖攔路的敵軍。右手的火把淩空翻滾，在二人右側的帳篷頂部燎起一流火星。

鄧奉、朱祐、鄧晨帶領著八百名死士如法炮製，流星般向營地深處擴散。從睡夢中醒來的官軍，根本來不及穿好衣服，就紛紛做了刀下之鬼。而官軍用來避寒的帳篷，則成了最好的引柴，只要被火把一戳，就能冒起滾滾青煙。

「嗚——嗚——嗚」，有人終於吹響了示警的號角。「擋住他們，擋住他們，如果失了軍糧，咱們都難逃一死！」有人揮舞著兵器，大聲招呼同伴。「快，快向甄大夫那邊求救，綠林賊從背後殺過來了，綠林賊從背後殺過來了！」還有人，一廂情願地希望能得到官軍主力的援助，倒拖著兵器奔向河岸。整個藍鄉軍營，轉眼亂成了一鍋粥，從睡夢中被驚醒的大新朝將士，各說各話，彼此互不相顧。

「殺——」劉秀策馬掄刀，衝到一個正在吹角示警的官兵面前，一刀將此人砍做了兩段，緊跟著，又衝入下一簇紛亂的敵軍當中，用馬蹄和刀鋒大開殺戒。眾寡懸殊，他可不想給敵人醒過神兒來的機會，只想儘快地將所有對手送進地獄。

周圍的敵軍或死或傷，瞬間崩潰。劉秀左手的火把立刻舔上距離自己最近的帳篷。青煙滾滾，躲在帳篷裡面試圖發起偷襲的幾名官軍，咳嗽著竄了出來，落荒而逃。沒等他們的雙腿加起速度，鄧奉帶著騎兵急衝而過，將他們全都埋葬在了馬蹄帶起的煙塵之中。

「散開，散開！士載帶著兩百弟兄去左邊，仲先帶著兩百弟兄去右翼，姐夫帶著其他人跟我直搗中軍，就像咱們路上籌劃的那樣。」劉秀將火把舉過頭頂，高喊著奮力晃動，示意大夥調整戰術。然後，繼續策馬向前，踏翻一座座骯髒的帳篷。

馬三娘揮刀護住他的右側，將三名試圖上前拚命官軍挨個砍倒。鄧晨則一言不發帶著四百騎兵緊隨二人之後，洪流般吞沒沿途遇到的所有阻攔。

鄧奉、朱祐兩個，按照預先商量好的戰術，各自帶領兩隊騎兵，向營地左右兩側穿插，沿途人擋殺人，車擋燒車，如熱刀切入了牛油。

三條巨大的火龍，迅速向營地其他部位延伸。以火龍為中軸，還有數百火球無任何規律地翻滾擴散。呼嘯的北風掠過燃燒著的帳篷和糧車，將更多的火星和火球，送向營地深處。火助風勢，風借火威，大半個營地，轉眼化作一片耀眼的火堆。

剛在睡夢中醒來的新朝將士快速崩潰，再也不試圖亡羊補牢。他們抱起團後，可以擋住戰馬；他們抱起團後，可以擋住鋼刀；但是，他們抱起團後，卻不可能擋住已經自行蔓延的熊熊大火。

偷襲者居然是從北門殺進來的，臘月三十的夜裡，刮的也是北風。當火勢大到一定程度，就不再需要有人繼續點燃任何東西，北風自然會主動幫忙，將恐懼和毀滅，向四下高速蔓延。

「停止放火，加速前進！」劉秀果斷扔掉火把，揮刀替身後的弟兄們開路。倉皇逃命的新朝官兵，根本沒勇氣停下來阻擋他和三娘的馬頭，像鳥獸般自動向左右兩側分散。更多的綠林死士，簇擁著鄧晨，從官兵裂開的縫隙湧了進來，像一把巨大的楔子，將裂縫撕得越來越寬，越來越寬。

四百匹戰馬組成楔形陣列向前衝刺，所撕開的通道，最後寬達三丈。沿途來不及閃避的新朝兵卒，往往沒來得及發出一聲驚呼，就被馬蹄踏翻在地。然後，等待此人的，就是數十匹戰馬的四蹄。

巨大的重量絕非血肉之軀所能承受，不出三匹馬，就可以結束一條鮮活的生命。而僥倖被戰馬撞飛，卻沒有被踩成肉醬的傷兵，下場更為悲慘。翻滾的火頭，在北風的推動下，迅速就籠罩了他們，將他們轉眼間化作一道道暗黃色的烈焰。

「救命——」

「救我——」

「饒命啊，好漢爺！」

「娘——」

慘叫聲，求饒聲，哀嚎聲，不絕於耳。聽到來自身背後的悲鳴，繼續撒腿逃命的新朝官兵，個個魂飛魄散。紛紛歪著身體向營地兩側飛竄，以免擋住了騎兵的道路，成為馬蹄下的肉醬，或者烈焰中的「乾柴」。而鄧奉和朱祐所帶領的綠林騎兵，恰恰又從營地兩側，驅趕著更多的新朝官兵迂迴而至，三夥逃命者轉眼間就擠成了一鍋粥，你推我搡，各不相讓。

「去死！」一名絕望的軍侯，果斷舉起兵器，朝擋在自己面前的隊正胸口砍去。後者正試圖將他推開，伸出來的雙臂，應聲而斷。鮮血噴湧，可憐的隊正楞了楞，嘴裡發出一聲慘叫，紅著眼睛撲上前，用身體將軍侯撞翻在地。絕望的軍侯倒在地上接連出刀，一下，兩下，三下，以最快速度將隊正捅死，然後從血泊中一躍而起。

「砰——」鄧晨的戰馬，恰好衝過來，將此人撞得斜飛兩丈多遠，大口大口地吐血。還沒等他的身體落地，幾名死士高速跟上來，揮刀將其砍成了數段。

「跟他們拚了！」一名莽軍隊正見前路被逃命的自己人堵住，而背後的戰馬越來越近，猛地轉過身，高舉著兵器撲向鄧晨的左腿。

鄧晨本能地揮刀斜撩，將此人開腸破肚。緊跟著被戰馬帶動追入數名新朝官兵當中，舉刀左劈右砍，將周圍的敵人，接連放翻於地。鮮血如噴泉般從敵人身體上湧出，將他全身上下染得一片通紅。然而，他卻既感覺不到寒冷，也感覺不到任何快意，只管木然地舉刀前衝，前衝，砍倒一個又一個躲避不及的敵人，將一夥又一夥新朝官兵送下地獄。

他的妻子戰死於小長安聚，同時遇難的，還有他的三個女兒。一個剛剛學會綉花，一個剛剛開始識字，另外一個，則剛剛學會纏著兩個姐姐，奶聲奶氣地要求一起踢毽子。

官兵對她們舉起刀時，絲毫沒有因為她們身為女子，或者年紀小，而給與任何憐憫。所以，今天鄧晨也不會給與官兵任何憐憫。哪怕後者早已經徹底失去了鬥志，哪怕後者早已經高舉著雙手跪在了他的馬前。

報仇，報仇，報仇！

這個是為了劉元，這個是為了子文，這個是為了子芝，這個是為了子蘭，這個，這個，還有這個，是為了鄧哲，鄧喜，鄧賢，為了那些被官軍虐殺在小長安聚的父老鄉親。

既然舉義造反，就難免會付出代價，這些日子，無數人用類似的口吻，向鄧晨表示過安慰。鄧晨懂，鄧晨認為他們說得很有道理。所以，既然當了新朝的官兵，同樣也難免要付出代價。如此，雙方才算公平。如此，才能減緩他心中的傷痛。

「殺！」一名走投無路的屯將衝到鄧晨馬前，手中兵器胡亂揮舞。鄧晨毫不猶豫，揮刀就砍了過去，將此人砍得倒飛而起。手中鋼刀忽然一輕，然後當空斷成了兩截。

今夜，這把刀殺的人太多了，受到的阻力，遠遠超過了刀身的韌度，導致它迅速變成了廢品。空了手的鄧晨，冷笑著從馬背上俯下身體，去撿拾敵軍丟下的兵器。三名親兵打扮的莽軍咆哮著撲過來，一人用腳去踩地上的兵器，一人低身側滾，試圖在被踏中前揮刀砍斷馬蹄。最後人，則直接從側面跳起來，半空中撲向鄧晨的身體。

「哈哈哈哈……」冷笑迅速變成了狂笑，鄧晨飛起一腳，將跟自己爭搶兵器的莽軍親兵踢翻在地。緊跟著手抖繮繩，利用坐騎將滾地者踩了個筋斷骨折。半空中撲過來的最後一名對手，見勢不妙，果斷揮刀下劈，搶先一步，砍中了坐騎的脖頸。「死——」鄧晨一拳砸中此人胸口，將此人砸得凌空倒飛，大口吐血。

胯下的坐騎轟然而倒，將他向前摔出一丈多遠。落地處，周圍全都是莽軍潰兵，手無寸鐵的鄧晨笑了笑，平靜地閉上了眼睛。

很快就會跟妻女見面了，這一刻，他已經等得太久太久。

然而，預料中的死亡，卻遲遲沒有降臨。反倒是絕望的哭聲，迅速鑽進了他的耳朵。帶著幾分詫異，鄧晨迅速張開雙目，恰看到一張梨花帶雨的男人面孔。

「不要，不要殺我……」大新朝前隊別部校尉梁歡，雙手捧著一把寶劍，跪在毫無抵抗力的鄧晨面前，放聲嚎啕，「我阿爺是梁丘賜，我阿爺是梁丘賜，不要殺我，不要殺我。我只是個看管糧草的小官兒，我從小到大，從來沒殺過任何人！」

「不想死就讓你的人都放下兵器！」鄧晨一把搶過寶劍，大聲喝令。

眼前這個窩囊廢無論真是梁丘賜的兒子也好，假的也罷，身份高貴卻毋庸置疑。否則，剛才自己策馬殺過來之時，也不會有那麼親兵打扮的傢伙捨命阻攔。而萬一俘虜了此人之後，可以儘快結束戰鬥，自己和劉秀麾下的死士們，就能避免更大的犧牲。

「火，火，火燒過來了，我，我不會，不會游，游泳！」俘虜一邊手腳並用往後挪動身體，遠離寶劍的攻擊範圍，一邊繼續哭哭啼啼。彷彿是被誰遺棄的小妾一般，渾身上下找不出半點兒男人味道。

「嗯？」鄧晨遲疑著回了一下頭，這才發現自己剛才不知不覺中，已經將敵營殺了個對穿。而現在，大火被寒風吹著正在向南迅速蔓延，隨時都可能燒到營地之外。從腳下再往南走不到一百步，就是冰冷的黃淳河。

「停住，不要再爬了，小心掉到水裡淹死！」鄙夷地看了一眼被自己俘虜的梁校尉，他心裡立刻做出了決斷。「火一時半會兒燒不到這兒，掉進水裡，你只會死得更快。站起來，讓你手下的人全都放下兵器。鄧某是今晚領軍的主將之一，可以做主饒爾等不死！」

「哎，哎……」梁歡扭頭看了一眼冰冷的河水，連聲答應著試圖往起站。然而，卻不知道是因為受驚過度，還是從馬上掉下來摔傷了腿，才站到一半兒，卻又踉蹌著跌倒，「我，我站不起來，我腿軟，腿軟！」

「廢物！」鄧晨氣得破口大罵，舉起寶劍，指著旁邊滿臉惶恐的兩名莽軍親兵喊道，「你們兩個，去扶他起來，休要耍花樣。前有河水，後有追兵，剩下所有袍澤是生是死，全在爾等的一念之間。」

為了加強對周圍人的威懾力，他故意沒有說出今晚參加夜襲的死士總計只有八百出頭的事實。而周圍的莽軍兵卒走投無路，也顧不上對比雙方的人數。聽鄧晨允諾可以饒他們不死，紛紛丟下兵器，爭先恐後圍攏上前，將梁歡從地上攙扶起來，靠著親兵的肩膀站好。

劉秀恰恰策馬殺到，見鄧晨一個人手持寶劍俘虜了近三十名敵軍，頓時嚇了一大跳。隨即，就又從梁歡的衣著打扮上，分辨出此人應該是看守軍糧的主將。連忙放慢速度，帶著十幾名騎兵圍攏上前，先護著鄧晨和梁歡脫離與其餘俘虜的接觸，然後回頭朝著身邊的趙憙吩咐：「把你的馬讓給他，扶著他在馬背上向河邊所有人喊話，要剩餘的莽軍放下武器投降，不要再自己找死。」

「得令！」趙憙痛快地答應一聲，立刻跳下坐騎。然後親手將梁歡扶上了馬鞍，拉著韁繩迅速走向寬闊處，大聲催促：「趕緊喊，別裝傻！老子這輩子，只給我家將軍牽過馬。今天便宜死你了。」

「哎，哎！」命在人手，梁歡哪裡有膽子違抗？扯起公鴨嗓，朝著背靠河水頑抗的莽軍將士大聲高呼：「弟兄們，我是梁校尉。別打了，別打了，軍糧都燒乾淨了，打贏了回去，咱們也得被處死。還不如直接就降了！」

「噗……」不止趙憙一個人，被梁歡的聰明勁兒，逗得咧嘴而笑。再扭頭看去，情況也正如此人所述，整個藍鄉營地，都在呼嘯的北風中，化作了一片火海。前來偷襲的漢軍死士仗著馬快，紛紛衝出了營地之外。而某些躲在角落裡以為能逃過追殺的莽軍兵卒，則全都被烈焰追上，一個接一個屍骨無存！

「你們，都別楞著，趕緊跟著他一起喊，否則，今晚不知道還要死多少人。」笑過之後，鄧晨淤積了多日的仇恨，散去了大半兒。用梁歡的寶劍朝臨近的俘虜們指了指，大聲命令。

「弟兄們，別打了，別打了！梁校尉被反賊俘虜了！糧食也都燒乾淨了，打贏了回去，咱們也得被處死。還不如直接就降了！」

「弟兄們，別打了，別打了！梁校尉被反賊俘虜了！糧食也都燒乾淨了，打贏了回去，咱們也得被處死……」

「弟兄們，別打了，別打了！梁校尉被反賊俘虜了！糧食也都燒乾淨了……」

正背對著河水跟漢軍拚命的莽軍將士聞聽，身上最後一絲勇氣也迅速消散。一個接一個丟下了兵器，跪地祈降。

原本已經跳進了冰冷的河水裡，正在掙扎著試圖游往南岸的莽軍兵卒，聞聽到梁歡等人的呼喊，全身上下也迅速被絕望籠罩。個別人手腳一軟，迅速被河水捲走。更多的人則流著淚，轉身向北岸回返，寧願賭一賭義軍的人品，也不願游到對岸之後，再被前隊大夫甄阜按軍法處死。

不多時，河灘上所有殘餘的莽軍，都放下了武器。跳進河水裡求生的，大部分也掙扎著重新登了岸。劉秀先命令朱祐帶人收走了地上的全部兵器，然後將麾下弟兄和俘虜們都帶到了側對著藍鄉營地的位置，借著火光開始清點戰果。一查之下，喜出望外。

同來的八百死士，戰沒和重傷者加在一起都不到半成，輕傷者則不足一成。剩下的六成半，除了手上被燙起了一些水泡之外，身體其他部位都毫髮無損。而被大夥抓到的俘虜，卻高達三千餘人，每一個都魂飛膽喪，像待宰的羔羊般，生不起絲毫的抵抗之心。

「右將軍，姓梁的那廝說他是別部校尉。總計帶著五千餘人在此看守軍糧。」校尉趙憙湊上前，大聲彙報對梁歡的審問結果，「屬下已經找人驗證過了，他的確是梁丘賜的兒子。昨天故意假裝掉下馬來摔傷了腿，才從老賊甄阜手裡騙到了看管糧草的美差。他建議咱們不要急著渡過河去跟莽軍決戰。甄阜昨天渡河之時，麾下將士每人手裡都只帶了一天的乾糧。按昨天下午都吃了哺食計算，天亮後他們再吃完了朝食，就得斷頓。」

「這廝……」劉秀聽得先是微微一楞，隨即哭笑不得。

梁丘賜雖然人品低劣，卻也算是赫赫有名的百戰老將。誰能預料，此人居然養出了一個如此貪生怕死的窩囊廢兒子！

「姓梁的，姓梁的還說……」迅速壓低了聲音，趙憙將嘴巴湊向劉秀的耳朵，滿臉神秘地補充，「甄阜老賊雖然下令燒光了浮橋和南岸的船，在北岸這邊，卻讓姓梁的留了三十艘小舟隨時給他運補給！姓梁的建議您……」

「這殺才！」劉秀眼睛裡精光一閃，右手緊緊握住了刀柄。

右手猛地將鑲嵌著寶石的鋼刀抽出來，朝著被火光燒紅了的天空劈了一記，前隊大夫甄阜大聲命令：「岑君然，傳令下去，所有將士今早正常享用乾糧，然後整隊出營，與反賊一決生死！」

「諾！」岑彭朝著老淚縱橫的梁丘賜投下同情的一瞥，撥轉坐騎，飛一般去執行命令。到了這個時候，他再也沒心思計較梁丘賜曾經針對自己的那些齷齪手段，也顧不上計較甄阜曾經對自己的刻意打壓。

藍鄉營地沒了，全軍上下的補給也沒了，屬正梁丘賜的獨子，別部校尉梁歡生死未卜。而前隊大軍，卻只剩下了一頓乾糧！如果天亮後不能儘快將叛軍主力消滅，接下來大夥就得餓著肚子與敵人交戰。到那時，作為天子門生，手上沾滿了反賊鮮血的前隊大將，他岑彭肯定在劫難逃。

「其他人，都各回各帳，安撫麾下的士卒，讓他們振作精神，爭取一鼓作氣將反賊擊潰。只要繳獲了反賊的軍糧，他們想吃多少吃多少！」用寶刀朝著身邊眾將指了指，前隊大夫甄阜再度大聲喝令。

「是！」衛道、何無忌、袁瑞等前隊將領，硬著頭皮答應了一聲，也紛紛從河畔撥轉坐騎，鐵青著臉奔回不遠處的連營。

他們剛才幾乎是站在河邊，眼睜睜地看著北岸的藍鄉糧倉在叛軍的偷襲下，化作了一片火海。沒有人提議過河去支援，也沒有辦法過河去支援。早在昨天下午，浮橋和南岸的所有渡船，在前隊大夫甄阜的一聲令下，全都變成了碎木片。這節骨眼上提渡河救援，等同於拿靴子底兒，抽甄阜的老臉。

「哈哈哈，老夫正愁弟兄們沒有決死之心，村夫劉縯，此番倒是幫了老夫大忙！」甄阜的話，順著北風從身後傳來，令所有將領頭皮發乍，脊背陣陣發涼。

老賊瘋了，徹底被劉縯和劉秀兄弟倆給氣瘋了。前天後半夜和昨天帶著弟兄們來回跑了一百多里地，今天黎明前最黑暗的時候，又別出心裁，做出了讓弟兄們只吃一頓朝食，就去跟反賊拚命的決定。

然而，儘管每個將領，都覺得甄阜的狀態不正常，卻誰也不敢對此人的亂命提出異議。前天晚上，梁方分明只是誤中義軍的奸計，帶回了一個錯誤消息。做出火燒棘陽決定的，完全是甄阜本人。而過後甄阜發現上當，自己半點責任不擔，立刻下令將梁方砍了腦袋。大夥今天一旦多了嘴，過後甄阜吃了敗仗，誰也難保自己不步梁方後塵。

所以，儘管每名將領肚子裡，都裝滿了怨氣與懷疑，大夥卻不得不按照前隊大夫甄阜的命令行事。回到營地後，先把隊正以上的下屬集中到身邊，要求他們去努力安撫兵卒。然後又帶領著親信，挨個帳篷巡視，督促弟兄們用頭盔當做鐵鍋燒些熱水，煮化乾糧下肚充飢。

忙忙碌碌折騰了一個多時辰，好不容易讓麾下弟兄們平息了怨氣，出戰時間也就到了。前隊大夫甄阜一聲令下，點起全部兵馬，蜂擁出了營門。朝著五里外的叛軍撲了過去，恨不得立刻將所有「反賊」都挫骨揚灰。早就看到了黃淳水南岸大火的劉縯、王匡、王常等人也不示弱，帶領著各自的屬下，挺身迎戰。

雙方相向而行，很快就對了個正著。先用弓箭互相招呼了三輪，給彼此狠狠來了一個下馬威。然後伴著轟隆隆的戰鼓，你來我往，近距離出招。投槍短斧，在人頭頂亂飛。長槊短刀，朝著彼此胸口互捅。屍體一排又一排倒下，鮮血迅速匯流成河。

畢竟人數比義軍多出了兩倍，並且更加訓練有素，莽軍雖然士氣低落，卻依舊把握住了戰場的主動。而義軍那邊，雖然人人士氣高漲，可終究作戰經驗比對手差了太多，並且兵馬來自四支不同的隊伍，彼此疏於配合。因此，隨著時間推移，越打越不成章法。

「舂陵軍前部，跟我來！」站在中軍指揮戰鬥的劉縯發覺事態不妙，果斷將令旗令箭全都交給了傅俊，隨即縱馬揮槊，直撲甄阜的本陣。

兩名莽軍將領帶著嫡系前來阻擋，被他一槊一個，迅速送回了老家。身後的弟兄們吶喊著湧上，將莽軍將領的嫡系殺得節節敗退。戰場正中央，很快就形成了一道逆向湧動的洪流，洪流正前方，柱天大將軍劉縯揮舞著長槊，如虎入羊群，身前沒有一合之敵。

「嗚嗚嗚，嗚嗚嗚，嗚嗚嗚嗚……」肅立在革車上縱覽整個戰場上的甄阜，立刻發現了形勢的變化，果斷命令身邊親兵吹響了變陣的號角。莽軍正中央的步卒，在隊正、軍侯們的帶領下，迅速向兩翼避讓，如同在給劉縯讓開殺向自家帥旗的通道。而帥旗之下，偏將岑彭帶領著一千騎兵縱馬殺出，在加速的同時，彙聚成一個銳利的楔形。

「來得好！」劉縯費了好大力氣才將局面向著己方搬回了數寸，豈肯因為有騎兵攔路，就掉頭回返？果斷帶領麾下弟兄加速，與岑彭的隊伍正面相撞。

「轟！」天空和大地同時晃了晃，頭頂的北風猛然停滯。號角聲，戰鼓聲，吶喊聲，悲鳴聲，同時消失不見。

數十道血漿交替著飛起，在半空中緩緩散開，變成一朵朵落英，繽紛下墜。北風一點點加大，迅速變急，轉眼間呼嘯欲狂。號角聲，戰鼓聲，吶喊聲，悲鳴聲再度重現，瞬間震耳欲聾。

半空中的落英，迅速化作紅色的煙霧，在攪做一團的兩支隊伍頭頂，翻滾跳動，盤旋不散。煙霧下，無數具屍體倒地不起，無數雙眼睛，遙遙凝望著鉛灰色的彤雲，一點點失去生命的光澤。

只是一次對撞，劉縯身邊的弟兄就損失了近半兒，他本人肩膀上也吃了岑彭一擊，完全靠躲得快，才只留下了一道輕傷。而岑彭麾下的莽軍騎兵，同樣死傷慘重。岑彭本人的左肩上，一樣是鮮血淋漓。

「弟兄們，不要戀戰，跟我來！」根本不給岑彭第二次出手機會，劉縯大喝一聲，帶領著麾下弟兄加速向前猛衝。

必須儘快打亂莽軍的部署，否則戰局拖延越久，對義軍越是不利。習慣了流動作戰的綠林好漢們，缺乏打硬仗的韌性，重壓之下，崩潰早晚的事情。

「別戀戰，跟著我！」岑彭扯開嗓子大聲斷喝，染血的刀尖徑直指向義軍的帥旗。無論那面旗幟下站的是誰，只要將旗幟砍倒，「反賊」的軍心必然會大亂。而官軍則會士氣暴增，忘掉沒有下一頓飯吃的事實。

他的武藝高強，麾下的弟兄也都是百裡挑一的精銳，雖然是臨時改變了進攻目標，卻依舊很快就再度聚集成陣。六百餘名騎兵像一把巨大的鐵槊，逆著劉縯前來的方向，朝義軍陣地的核心處猛刺。所過之處，十多面認旗交替被撞倒，旗面附近，屍骸枕跡。

「攔住他，元伯，攔住他！」接替了劉縯指揮全軍的傅俊見狀，連忙調兵遣將。他的好朋友王霸王元伯接到命令，大喝一聲，立即帶著七百名嫡系兄弟衝向了岑彭的馬頭。轉眼間，雙方的隊伍就又來了一次迎面相撞，「轟」，血光飛濺，上百人慘叫著從馬背上快速墜落。

「岑賊去死！」王霸怒吼衝向岑彭，手中鐵矛端得筆直。岑彭舉鈎鑲格擋，鑲面與矛身相撞，發出「砰！」地一聲巨響。二人在馬背上都晃了兩晃，各自的兵器都被彈開。剎那間，兩匹戰馬錯鐙而過。王霸以矛為棍，橫掃千軍。岑彭左手鈎鑲再度護住要害，右手中的鋼刀直奔王霸肋下。

兩把兵器的好處，立刻體現。鈎鑲擋住了矛尖，鋼刀趁機繼續進攻。王霸見勢不妙，只能大吼一聲，將身體迅速斜墜。岑彭的鋼刀貼著他的小腹橫掃而過，像割草一樣割破鎧甲，在其腰間留下了條半尺長的血口子。

「啊——」王霸厲聲慘號，不敢回頭，任戰馬馱著自己前衝。一名莽軍小校揮刀來占便宜，被他單手持矛，一矛將腦袋砸了個稀爛。另外一名莽軍隊長躲閃不及，被他連人帶兵器一道砸下了馬鞍。

其餘莽軍兵卒紛紛閃避，王霸又接連刺傷兩人，策馬奪路而走。沿途所過，鮮血淅淅瀝瀝淌了滿地。

「甄阜老賊，速速出來受死！」劉縯無暇去看身後的動靜，策動坐騎繼續呼喝而前，遇兵殺兵，遇將斬將。甄阜麾下將軍衛道大怒，不待主帥下令，就帶著數百心腹迎面衝上。

他的身材有劉縯兩個寬，胯下坐騎也比劉縯的戰馬高處了大半頭。本以為憑著過人的臂力和戰馬的神俊，即便不能將劉縯陣斬，至少也能像岑彭先前那樣，嚴重削弱劉縯及其麾下騎兵的實力。誰料雙方才一交上手，就發現形勢與想像大相徑庭。

「死！」劉縯看都不看，大喝一聲，手中的長槊直奔衛道的哽嗓。而衛道手中的長斧，卻才剛剛舉過頭頂。不願意跟一個村夫以命換命，衛道只好先放棄攻擊，調轉斧桿格擋。而劉縯手中的長槊，卻彷彿活了一般，半途中忽然下沉，猛地啄向了他的小腹。

「呀！」千鈞一髮之際，衛道丟下長斧，果斷來了一個鐙裡藏身。雪亮的槊鋒貼著他的肚皮左側急穿而過，帶起一大塊白花花的肥肉。側掛在戰馬左側的衛道厲聲慘叫，再也不敢起身，任有坐騎帶著遠離劉縯。

跟在劉縯身側的張峻看到機會，揮刀下劈，試圖將衛道一刀兩段。七名親兵打扮的莽軍一擁而上，其中兩個人直接用身體擋住了張峻的刀鋒，另外五人用戰馬夾住衛道，落荒而逃。

「秀峰，別戀戰，跟著我！」劉縯才沒心思去追殺一個腦滿腸肥的胖子，回頭招呼一聲，繼續向前衝刺。幾名莽軍騎兵捨命攔路，被他一槊一個，相繼刺落於馬下。一名隊正試圖為同伴報仇，主動跳下坐騎，徒步刺向他的戰馬。劉縯大喝一聲，夾著戰馬向前高高跳起，隨即轉頭回刺，將勇敢的莽軍隊正捅翻在地。

呼啦啦，擋在劉縯戰馬前的莽軍兵卒，再一次像退潮般潰散。

對方有西楚霸王之勇，而他們今天早晨卻只吃了個半飽，下頓飯還沒有著落。沒能力，也沒理由，明知道衝上去必死，還前仆後繼，誓不旋踵。

「跟上我！」又一次將攔路敵軍衝垮後的劉縯，舉起染滿了鮮血的長槊大聲高呼。緊跟著，槊鋒前指，再度加速撲向飄著莽軍帥旗的革車。已經沒多遠了，甄阜老賊就在上面，只要衝過去砍斷旗杆，然後再將此人斬於馬下，就可徹底倒轉乾坤。

「別戀戰，跟著我！」與劉縯的位置遙遙相對，大新朝偏將軍岑彭揮刀斬一名義軍將領於馬下，咆哮著舉起了血淋淋的刀身，「拔了反賊的旗子，擺酒慶功！」

「殺賊——」「殺賊——」「殺賊——」跟在他身後的莽軍騎兵只剩下了兩百出頭，發出來的吶喊聲卻宛若驚雷滾滾。正衝上來準備阻擋岑彭去路的李秩被嚇了一大跳，本能地用手拉緊了戰馬的韁繩。而岑彭卻連拿正眼看他的興趣都沒有，策馬從距離他馬頭三丈遠的位置急衝而過，手中鈎鑲和鋼刀交替揮舞，將躲避不及的義軍將士接連砍翻在地。

「岑彭小兒，休得張狂，馬子張在此！」眼看著岑彭就要撲倒傅俊的旗下，斜刺裡，猛然殺出一員古銅臉大漢。鋸齒飛鐮三星刀就像一面巨大的門板般，橫著朝岑彭的胸口猛拍。

這一下如果拍中，岑彭身上的盔甲即便再結實，整個人也得變成肉餅。不敢對威脅掉以輕心，他果斷示意坐騎放慢速度，用右手刀尖兒頂住左手的鈎鑲內側，奮力外推。耳畔只聽「轟隆」一聲巨響，火星飛濺，鋸齒飛鐮三星刀被彈開，岑彭左手中的鈎鑲，也瞬間碎成了四瓣。

「去死！」完全憑著多年征戰養成的本能，岑彭強忍痠麻，將握在左手中的鉤鑲柄朝馬武面門砸了過去。後者立刻回刀格擋，「碭！」的一聲，將鉤鑲柄擊落於地。旋即，右手橫推，左手發力，門板大的刀頭，又朝著岑彭的腰桿砍了過來。

「嘿！」岑彭果斷將身體向後仰去，躲開馬武的致命一擊。緊跟著反手一刀，劈向馬武的脊梁骨。「噹啷」清脆的金鐵交鳴聲迅速響起，火星再度飛濺。二人全都沒傷到對方分毫，被各自胯下的坐騎帶著拉開彼此之間的距離。

二人麾下的弟兄，也紛紛策馬對衝，以命換命。轉眼間，就殺得難解難分。擺脫了馬武糾纏的岑彭沒時間再管麾下弟兄的死活，繼續單手揮刀，向前硬闖。本以為這次，無論如何也能殺到義軍帥旗三尺之內，卻不料許俞、屈楊、劉伯姬等人，竟不要命般撲上來，硬生生擋住了他的去路。

「找死！」岑彭冷笑著揮刀，將三人殺得汗流浹背。正打算繼續策馬前衝，身後卻又傳來了一聲熟悉的斷喝：「狗賊岑彭，馬子張在此，你休得張狂！」卻是馬武及時撥轉的坐騎，衝破了岑彭麾下弟兄的阻攔，又殺到了他近前。

「岑彭，李季文在此，你休得張狂！」李秩頓時也來了精神，策動坐騎橫插而至，擋在了岑彭的必經之路上。

「等會兒殺你！」不敢將後背長時間暴露在馬武的刀下，岑彭朝李秩撇了下嘴，轉身迎戰馬武。而後者，這次也徹底發了狠，居然從坐騎上一躍而下，徒步與岑彭展開了廝殺。「叮叮噹噹」雙方的兵器，在短時間內，就碰撞了無數次，聲勢之大，逼得周圍敵我雙方的戰馬不斷後退。

騎兵的優勢在於高度和速度，徒步持刀與坐在馬背上的岑彭廝殺，馬武肯定吃了不小的虧。然而，放棄了戰馬所帶來的高度和速度優勢之後，他同時也獲得了更大的靈活性。再也不會因為雙方的坐騎拉開距離，而不得不停止對岑彭的進攻。更不會因為來不及將馬頭撥回，放任岑彭去威脅義軍的指揮中樞。

「吹角，請求下江軍對伯升進行支援！」終於緩過一口氣來的傅俊，果斷下達命令。要求王常、張卯等人，承擔起右軍的責任。

「嗚嗚——嗚嗚——嗚嗚！」焦躁的號角聲響起，瞬間傳遍整個戰場。掌握著整個聯軍當中最強一支隊伍的王常聞聽，先是皺了皺眉，隨即，咬著牙下達命令，「老三、老四，你們倆各自帶領兩千弟兄，給我去砍了莽軍的帥旗。春陵軍急眼了，先前率隊逆衝的，有可能是劉伯升本人。」

「右部的弟兄們，跟我來！」下江軍四當家臧宮早就憋得頭上生了犄角，聞聽命令，立刻大喝一聲，帶著麾下兩千精銳，從側翼撲向莽軍大陣的正中央。

「左部的弟兄，跟著我！」下江軍三當家張卯，也不甘心再做壁上觀，點起自己的部曲，與臧宮並肩而行。

四千人單獨去挑戰八萬莽軍，肯定是飛蛾撲火。然而，此時此刻，突然從斜刺裡發起反攻的兩支下江兵，卻給莽軍造成了極大的壓力。原本準備去阻擋劉縯的幾支隊伍，不得不調轉身形來阻止臧宮。原本從背後向劉縯發起偷襲的幾支隊伍，也不得不掉轉身，先來解決張卯這個新出現的麻煩！

「弟兄們，跟著我！」得到了支援的劉縯精神大振，咆哮著前衝，將一波又一波莽軍將士，殺得四分五裂。而奉命上前攔阻他的莽軍將士們，則絕望地叫嚷著，連連後退。誰都不願意靠得這殺星太近，成為下一個倒楣的目標。

「不想死的，全都讓開！」渾身是血的劉縯，猛地拉住了坐騎，將手中長槊，奮力朝著前方擲去。「呼——」長槊帶著風，在空中形成了一道紅色的閃電。「喀嚓！」閃電落處，前隊的旗杆，應聲而斷。

黑色的帥旗，失去羈絆，緩緩下墜。周圍的莽軍將士全都楞住了，剎那間，竟然全都忘記了繼續廝殺。一擊得手的劉縯哈哈大笑，從馬鞍後抽出環首刀，放聲高呼，「帥旗已倒，甄阜已死，爾等還不……」

「嗚嗚嗚，嗚嗚嗚，嗚嗚嗚嗚——」一聲淒厲的號角，忽然從很遠的側面傳來，將他的高呼聲瞬間掐斷。

另外一面黑色的帥旗，在號角聲響處迅速扯起。革車上，帥旗下，前隊大夫甄阜鬚髮飛揚，雙手捧著一隻畫角，吹得如醉如痴。

「甄大夫不在這兒！」

「甄大夫沒有死！」

「甄大夫……」

原本已經陷入絕望的莽軍將士，紛紛扭頭，熱淚盈眶。

甄阜沒有死，劉縯在撒謊。他先前用長槊射斷的那面帥旗，是甄阜故意拋出來吸引注意力的誘餌。事實上，就在他剛才拚死向帥旗下進攻之時，前隊大夫甄阜，已經悄然換了另外一輛革車，遠離了他的進攻目標。

「陰陽陣——」站在義軍的指揮車上，傅俊的眉頭瞬間收緊，身背後，瞬間一次冷汗淋漓。「不好，伯升危險！」

上當了，甄阜老賊擺的是陰陽陣！一座軍陣當中，同時有一陰一陽兩個指揮中樞。拋出一個來引誘劉縯，另外一個，則在關鍵時刻，突然取代前者，打了劉縯一個措手不及

「嗚嗚嗚，嗚嗚嗚，嗚嗚嗚——」號角聲中充滿了得意，站在新的帥旗下的甄阜，果斷傳出命令，要求分散的軍陣合攏。

代價雖然有點兒大，但是非常值。小孟嘗劉縯劉伯升，是四支綠林賊中最關鍵的人物。他沒出現之前，王匡也好，陳牧也罷，充其量只能算是大一點兒的賊頭兒。所有行為都是小打小鬧，對朝廷根本構不成多少威脅。而此人起兵之後，卻將新市、平林、下江三路綠林賊，迅速捏合到了一起。轉眼間拿下了半個荊州，兵鋒直逼宛城。

所以，今天這一仗，劉縯非死不可。只要殺掉了他，前隊哪怕折損一半兒，都「有賺不賠」。而此人死後，綠林賊肯定又會變成一盤散沙，朝廷便可以徐徐圖之，將他們挨個連根拔除！

「嗚嗚嗚，嗚嗚嗚，嗚嗚嗚——」莽軍中，十幾支號角，囂張地發出回應。除了被劉縯真正殺散的隊伍外，先前主動為劉縯讓開去路的莽軍將士，又紛紛圍攏了回來。像一張巨

大的魚網，從四面八方罩向劉縯和他麾下弟兄們的頭頂。

「老賊，果然狡猾？」揮刀殺散了革車前的最後幾名莽軍兵卒，劉縯抬眼仰望，英俊的面孔上，寫滿了不甘。

然而，很快，他臉上的不甘就消散一空，代之的，則是憤怒與驕傲，「那就再來一次！沒什麼大不了！」

「弟兄們，隨我來！有我無敵！」猛地將刀鋒朝著莽軍的新帥旗一指，他高聲大吼。隨即，策馬橫衝，撲向帥旗下的革車。宛若一頭被激怒的猛虎，撲向了一隻躲進羊群裡的狐狸。

「跟上大將軍！」

「有我無敵！」

「有我……」

深陷重圍的舂陵騎兵們毫無懼色，吶喊著高高地舉起了刀矛，緊隨劉縯身後。

擋在騎兵攻擊道路上的莽軍要麼被鋼刀斬翻，要麼被戰馬踏死，屍橫滿地。然而，卻有更多的莽軍將士被號角和戰鼓聲驅趕著，上來封堵他們的去路，前仆後繼。

螞蟻只要數量足夠多，就能咬死大象。此刻，劉縯和他身後的騎兵全部加在一起，都不足兩百。而擋在他們去路上的莽軍，卻足足有四萬。

「老夫就不信，這劉縯真的是西楚霸王重生！」狡計得逞的前隊大夫甄阜站在革車之上，手捋鬍鬚，撇嘴冷笑，「來人，給老夫傳令下去。今日斬劉縯者，賞金五十錠，官升三級。」

「是！」親兵們齊聲回應，歡天喜地的去傳遞命令。不多時，就讓周圍大多數將領，都知道了「獵物」的價值。

重賞之下必有勇夫！成千上萬被升官發財的願望燒暈了頭的莽軍將士，主動撲向劉縯身側。就像一群餓急了的野狼，去圍獵猛虎。被困在敵陣中的劉縯和他身邊的弟兄們，則呼喝酣戰，將主動上來送死的莽軍砍翻一層又一層。

「來人，吹角，命令何無忌率部出擊，給老夫滅了下江軍。」站在革車上的甄阜忽然打了個哈欠，帶著幾分懶洋洋的表情大聲吩咐。

「嗚嗚嗚，嗚嗚嗚，嗚嗚嗚嗚……」桀驁的號角聲，從他身側再度響起，很快，就將最新命令傳到了目的地。得到了命令的中軍校尉何無忌立刻點起本部弟兄，從側翼朝下江軍撲了過去。轉眼間，就跟王常等人戰做了一團。

下江軍先前分出了一半去給劉縯助戰，兵力遠比新撲過來的莽軍單薄。雖然弟兄們個個都捨生忘死，卻依舊被壓得緩緩後退。占到了便宜的甄阜，在革車上看得心中好生得意，猛地從親兵手中搶過畫角，放在嘴巴奮力吹響，「嗚嗚嗚，嗚嗚嗚嗚，嗚嗚嗚嗚嗚，嗚嗚嗚嗚……」

「弟兄們跟我來！」偏將袁瑞猛地打了個哆嗦，鋼刀高舉，策馬撲向了平林軍所在。「殺光了平林賊，今晚酒菜管夠！」

「殺，殺光綠林賊！」已經隱約感覺到了肚子餓的一萬莽軍，怒吼著緊緊跟上。手中的長槍、大刀，舉成了一道鋼鐵叢林。

「傳老夫將令，李亭、黃翳，帶領本部兵馬，去攻擊王匡和王鳳！」

「傳老夫將令，張清、呂臣，去增援岑彭，務必做到讓舂陵軍無暇他顧！」

「傳老夫的令，林嘯、韓君雅……

「傳老夫的令……」

彷彿忽然吃了一百斤人參果般，前隊大夫甄阜精神抖擻，揮舞著畫角，不斷調兵遣將。

他有八萬朝廷精銳，怎麼可能怕了三萬綠林蟊賊？即便一時不慎，讓賊軍占了一些便宜。只要運籌得當，依舊可以穩操勝券。

這一戰，他先擺出雷霆萬鈞之勢，逼得劉縯不得不主動帶頭逆衝。又派出悍將岑彭，牽制得馬武無暇分身。然後用陰陽陣困住了劉縯，用田忌賽馬的故智，以絕對優勢兵力去攻擊群賊當中實力最弱的平林軍……，一整套組合殺招使出來，順暢如行雲流水。試問綠林賊中那村夫，如何能夠應付？

「嗚嗚嗚，嗚嗚嗚，嗚嗚嗚嗚……」角聲高亢悲壯，吹得人頭皮陣陣發緊。

「咚咚咚咚，咚咚咚咚，咚咚咚咚……」戰鼓聲宏大響亮，敲得人呼吸急促，血脈賁張。

踏著角聲和戰鼓，大新朝的前隊精銳，如同潮水般一波波前衝，將義軍的防線，撕得百孔千瘡。

的確，他們連早飯都沒吃飽。的確，他們前天上了當，白白來回跑了一百多里冤枉路。然而，他們在人數、戰術和裝備方面的絕對優勢，卻足以彌補自己一方的所有劣勢和不足。

反觀義軍，雖然士氣高漲，弟兄們都捨得拚命，卻被殺得越來越缺乏還手之力。勉強又支持了小半個時辰，主將受傷不能親臨前線的平林軍，率先大步後退。緊跟著，新市軍的陣腳也被衝亂，王匡和王鳳等人的認旗被潰兵推著，不斷後移。

「殺——」看到了升官發財的機會，中軍校尉何無忌大叫著緊追不捨，將幾名掉頭逃走的綠林好漢挨個從馬背上砍落於地。

「殺，殺光綠林賊！」偏將袁瑞策馬縱橫來去，手中鋼刀不停地砍下一顆又一顆人頭。李亭、黃翳、張清、呂臣……，看到勝利希望的莽軍將校，帶領著各自的部曲越戰越勇，像魔鬼一般在戰場上收割著生命。

「子陵，這裡交給你！」被逼無奈，傅俊只好將指揮權轉交給了嚴光，也學著劉縯的模樣，親自帶隊向敵軍發起反擊。

他的出現，令綠林軍的 勢再度減慢。一些不願意接受屈辱的好漢們，轉過頭去，咬緊牙關奮力死戰，努力在倒下之前，先將蜂擁而來的莽軍拖入地獄。

戰鬥迅速進入白熱化，人喊聲，馬嘶聲，金鐵交鳴聲，不絕於耳。其間夾雜者雙方受傷者的慘叫，垂死者的哀哭，以及絕望者的痛罵，就像魔鬼們聚集起來大聲吟唱。

生命忽然變得無比廉價，人類所具有的悲憫和善良，統統消失不見。敵我雙方，大部分將士都變成了野獸，紅著眼睛，朝著對手猛撲。再沒有什麼招式陣法，也沒有什麼花招滑頭，一刀砍出，要麼砍死對方，要麼被對方將自己砍死。一槍戳出，要麼戳死對方，要麼戳空，被對手抓住機會戳穿自己的胸膛。

倘若沒了武器，就用手去卡對方的脖子。手被砍斷了，就用腳去踢對方的下陰。腳被砍斷了，就用嘴巴咬，用腦袋撞，只要能讓對方比自己先行一步倒下，就不惜一切代價！

「呵呵呵，呵呵呵，怪不得敢領著三萬蟊賊對抗老夫的八萬大軍，綠林賊中，倒是不乏血勇之輩！」眼看著勝券在握，前隊大夫甄阜手捋鬍鬚，洋洋得意地點評。

血勇之輩，已經是他對敵人的最高評價。

他覺得自己有資格這麼做出這種斷言。

雖然前幾天他曾經進退失據，但是今天這一戰，他卻做到了算無遺策。

頂多再有一刻鐘，敵軍將徹底崩潰。憑著以往的經驗，他又算到了，他一向算得非常準。

「上馬」，距離戰場不到五里的一處河灘，劉秀猛地站了起來，飛身率先跳上了坐騎。

黎明時分就已經悄悄渡過了黃淳水的弟兄們，紛紛從休息處站了起來，迅速跳上馬背。每個的人身上，都穿著大新朝制式盔甲，每個人的臉上，都看不到任何畏懼。

他們的將軍擅長創造奇蹟，從舂陵起兵那時起，就一次次將不可能變成可能。這一次，他們相信結果也是一樣。

「要，要不要再等，等等。甄，甄阜老賊向來喜歡留，留後手！不，不到勝券在握，不，不會把身邊的賭注全都押上去。」梁歡也哆哆嗦嗦爬上坐騎，帶著幾分忐忑小聲提醒。

船，是他替劉秀找出來的。渡河的最佳地點，也是他指給劉秀的。甚至連趁著甄阜與綠林軍打得難解難分之際，突然殺出的主意，都是他替劉秀出的。路，走到了這一步，他已經完全沒有資格回頭。所以，無論如何都必須保證計策不能有失。

「不必了！」劉秀伸長脖頸，努力朝著戰場方向瞭望了幾眼，然後果斷搖頭。距離約略有些遠，他看不清楚雙方的詳細交戰情況，卻能看見甄阜指揮作戰所使用的那輛革車。革車周圍，認旗已經非常稀少，頂多還有一部兵力，或者十來個曲。帶著七百弟兄去衝擊六千敵軍，肯定要面臨極大的風險。而如果他再等下去，卻有可能等到綠林軍徹底潰敗的噩耗。

天底下沒有必勝的戰局，兩害相權應取其輕！猛地將長槊舉起，劉秀雙腿狠夾馬腹，「出擊！」

「諾！」七百餘人同時回應，聲音不大，卻令天地為之晃動。七百多匹戰馬，在勇士們催促下相繼加速，奔馳中，在河灘上擺出了一個銳利的楔形。

「站住，你們是哪部的？口令？」幾名負責查看戰場外圍動靜的莽軍斥候發現情況不太對勁兒，策馬上前大聲詢問。

「口你老娘！」朱祐第一個迎上去，舉起槊桿朝著斥候隊正頭上亂敲，「連少將軍都不認識，你眼睛瞎了？滾一邊去，別耽誤了我家將軍的大事！」

「別打，別打，我眼拙，我眼拙！」挨了打的斥候隊正慘叫著後退，再也不敢核實劉秀等人的身份。甄阜身邊能夠被稱為少將軍的紈絝子弟一大堆，個個都家世顯赫。如果他再不識趣，下次敲到他頭上的，可能就是槊鋒。

「滾遠遠的，我家將軍是去保護甄大夫，懂嗎？甄大夫需要人保護！」鄧奉也迅速上前，用槊桿將其他斥候向外驅散。

他長得唇紅齒白，面如美玉，一看就知道是出自高門大戶的公子哥。眾斥候招惹不起，只好乖乖地讓出一條通道，任由這支盔甲鮮明的隊伍，從自己眼皮底下穿向戰場中央。

戰場上，莽軍幾乎已經徹底鎖定了勝局。何無忌、李亭、黃翳、張清、呂臣等將領，各自帶著嫡系部曲，高歌猛進。誰都沒功夫去留意，有一支陣型嚴整的騎兵，正從他們的背後，悄然向甄阜的帥旗靠近。更沒功夫去管，那支隊伍的將領是誰？為何對唾手可得的功勞視而不見。

「保持隊形，繼續加速！」劉秀狠狠地吸了一口氣，扭過頭，朝著身後的弟兄們大聲叮囑。

距離甄阜已經不到五百步了，他可以清楚地看到，老賊在革車上手捋鬍鬚，志得意滿的模樣。而革車附近的敵軍情況，也已經一目了然。

還有大約四千餘人，比他剛才所判斷的情況低了三成。這，讓他對自己的計劃更有信心，全身上下的血漿，也越發地滾燙。

「保持隊形，繼續加速！」

「保持隊形，繼續加速！」

鄧奉、朱祐兩個，也回到了隊伍當中。與鄧晨一起，協助劉秀將楔形陣列，排得更加整齊。馬三娘則手持鋼刀，緊緊護衛在劉秀身側，小麥色的額頭上，布滿了細細密密的汗珠。

這，已經不是她第一次陪著劉秀冒險了。但以前從沒有一次，如今天這般令她緊張。喬裝打扮成敵人的模樣，悄悄靠近敵軍主帥，然後暴起發難，給敵軍主帥致命一擊。這種計策，她以前甭說嘗試，連想都不會去想。而今天，她卻要陪著他一道，親手前去實施。

他做事總會出人意料。從兩人多年前在棘陽城內第一次見面，直到現在。他帶給她無數的驚喜，也給她帶來了無窮無盡的煩惱。她知道，這些驚喜和煩惱，都已經成為自己性命的一部分。就像自己早已習慣了他的存在。她唯獨不清楚的是，如果有一天自己不在了，他會不會覺得若有所失？

「將白葛拿出來，綁在胳膊上，辨識敵我！」劉秀的聲音，忽然從耳畔傳來，瞬間將她心中的憂傷敲了個粉碎。

「嘶！」馬三娘輕輕抽了下鼻子，甩掉突如其來的多愁善感。迅速掏出一條預先準備好的白色葛布，單手纏在了自家的右側胳膊上。

「諾！」二人身後的弟兄們答應著，用白色葛布，在自己的右側手臂上方纏繞。同時將胯下坐騎的速度催到了極致。

距離甄阜的革車，已經不足兩百步。現在，他們已經不怕被敵軍識破身份。雖然，到現在為止，老賊和他麾下的官兵，沒將注意力向他們這邊分配一分一毫。

一百九十，一百八十，一百七十，一百五十，眼看著大夥即將衝到距離革車百步之內，終於，有名軍侯發現了情況不對，皺著眉頭上前，大聲喝問：「站住，爾等是誰的部屬，到中軍來意欲何為？」

回答他的，是一塊沉重的鐵磚。帶著風聲，將他的腦門砸了粉碎。「報仇！」劉秀的聲音，在馬三娘將鐵磚拋出的同時響起，與後者配合得天衣無縫。「殺甄阜！給父老鄉親報仇！」

「報仇，給父老鄉親們報仇！」弟兄們狂喊著回應，端平長槊，像虎豹一般撲向革車。沿途無論遇到任何阻擋，都瞬間蕩翻在地。

「擋住他們，快擋住他們！」

「敵襲，敵襲！」站在甄阜的指揮車下百無聊賴的四千餘莽軍，被突如其來的對手，嚇得魂飛魄散，大叫著上前封路。哪裡還來得及？等待著他們的，首先是一輪瘋狂的投矛，瞬間將他們的隊伍，砸得百孔千瘡。就在鮮血飛起的剎那，劉秀和馬三娘二人，持槊揮刀，直接撞入了他們當中。

一名屯長試圖上前阻攔，被劉秀一槊刺於馬下。另外一名夥長躲閃不及，被馬三娘揮刀砍成兩段。另外三名官兵哆嗦著舉起長矛，被劉秀一槊一個，挑得倒飛而起。第六名官兵被嚇得魂飛魄散，手中鋼刀晃晃蕩蕩，始終無法舉過肩膀。馬三娘一刀掃去，將此人的頭顱掃得沖天而起。

鄧奉、朱祐、鄧晨帶領著七百餘名死士緊緊跟上，楔形的隊伍中央，還夾著臉色煞白的梁歡。前面三排，都沒受到任何阻礙。從第四排起，楔形陣列的寬度，迅速超過了劉秀和馬三娘兩人聯袂殺出來的豁口。四尺槊鋒如同地獄惡鬼的一排尖牙，將沿途的一切活物，「咬」得粉身碎骨。

擋在勇士們進攻道路上的官兵，要麼被長槊挑飛，要麼被戰馬踏死，根本沒有還手之力。僥倖距離勇士們進攻道路稍遠的官兵，則一個個頭皮發乍，手腳發軟，既不知道這群突然出現的殺星，究竟是從何而來，更不知道自己究竟該怎樣去應對！

「賊子敢爾？」甄阜在革車之上，看得兩眼幾乎滴血，果斷抄起一根令旗，將最後的籌碼押上。「梁屬正，給我殺光他們，區區幾百蚍蜉，休想逆轉乾坤！」

不用他的將令，屬正梁丘賜也知道自己此刻該怎麼做。帶著五百騎兵，迎面衝上。沿途遇到潰退下來的自家弟兄，則毫不猶豫，一刀砍去首級。「殺綠林賊，皇上在長安看著咱們！」揚起頭來放聲高呼，他感覺自己全身上下，熱血再度沸騰。

他今天被甄阜留在了中軍，純粹屬意外。一個侄兒謊報軍情，剛剛被斬首示眾。親生兒子又貽誤軍機，導致糧草輜重被賊人付之一炬。雖然這兩件事，都跟他沒有直接關係。但是，在前隊大夫甄阜心中，他卻被徹底打入了令冊。

如果沒有意外的話，梁丘賜知道，自己的仕途已經到了盡頭。此戰之後，前隊將再無自己的立足之地。如果潛伏在軍中的綉衣使者添油加醋，將梁方和梁歡的表現彙報進皇宮，等著他梁丘賜的，恐怕遠非流放嶺南那麼輕鬆。弄不好，他的頭顱，就要永遠懸掛在長安城的城牆上，風吹日曬，死不瞑目！

而現在，證明他忠誠的機會來了。甄阜百密一疏，居然讓一支綠林精銳殺到了前隊的帥旗附近。只要他梁某人使出全身力氣，將那支奇兵擋住，給甄阜爭取到喚回一部兵馬來支援的時間，今天這場大勝，他就是關鍵中的關鍵。

一切污名，都將被賊軍的鮮血洗刷乾淨，一切指責，也將隨著勝利的到來，煙消雲散。

「噹啷！」他手中的長槊，與劉秀的槊鋒相碰，濺起一串淒厲的火花。兩匹戰馬交替而過，劉秀頭也不回，撲向梁丘賜身後的官軍。梁丘賜也毫不猶豫，衝進綠林好漢的隊伍。二人奮力揮舞著長槊，將周圍的敵手一個刺倒。二人不約而同地做出選擇，用最快速度撕裂對方的陣型。

一個，兩個，三個，四個，憑藉嫻熟的武藝和豐富的經驗，梁丘賜殺開一條血路，越戰越勇。眼看著，就要將劉秀的隊伍，衝個對穿，迎面忽然閃過一個熟悉的身影。

毫不猶豫一槊刺了過去，將躲閃不及的「敵人」，瞬間挑上了半空。血，順著槊桿淋漓而下，獰笑著雙臂發力，梁丘賜準備將屍體甩向下一個對手。有個聲音忽然從頭頂槊鋒處傳來，瞬間將他凍得渾身僵硬。

「阿爺，快走，他是劉秀，你擋不住他！」一輩子都沒勇敢過的梁歡，忽然有了勇氣，強行忍住腸穿肚爛的痛苦，大聲示警。

「歡兒——」眼睛睜得滾圓，梁丘賜的長槊，緩緩落下。張開雙手，他試圖去接住從天空中落下的兒子。四周圍，卻有數桿長槊交替而至。

「阿爺快走——」落下戰馬的剎那，梁丘賜又聽見了兒子的聲音，隨即，整個世界一片黑暗。

「梁屬正……」

「梁屬正陣亡了！」

「梁屬正死在了綠林賊手裡！」

正跟在梁丘賜身後與朱祐等人廝殺的莽軍，士氣頓時一落千丈，驚呼著紛紛潰散。而已經被梁丘賜衝裂了的楔形軍陣，卻又迅速合攏，跟在劉秀和馬三娘二人身後，繼續向前奮勇推進。

「不要亂，大夥不要亂，賊軍還不到一千人！」站在革車上的甄阜，氣得耳朵眼裡都冒了煙，跳著腳大聲叫喊。

沒有人肯聽他的話，梁丘賜的死，對莽軍的士氣打擊實在沉重了。沉重到了革車周圍的將士們，不敢再相信自家主將的判斷。而劉秀和他身邊的弟兄們，則士氣如虹，重新排成了一個標準的楔型，像一把巨大鋼刀般，無情地收割著周圍所有生命。

「吹角，調林嘯、韓君雅火速回援！」眼看著自家的性命就要受到威脅，甄阜無可奈何，一邊邁開大步朝革車的後邊緣走，一邊大聲下令。

林嘯、韓君雅是最後兩名被他派出去的校尉，所部距離革車也最近。只要他本人帶領親兵能支撐半炷香時間，兩萬回援的精銳，一人一口吐沫，也能把來襲者活活淹死。

這個決策，不可謂不聰明。然而，卻做得有些太遲。求援的角聲剛剛響起，革車下，忽然飛來一支長槊，「噗」地一聲，將正在吹響畫角的傳令兵，射了個對穿。

「嗚——」畫角聲戛然而止，擲出了長槊的劉秀單手從腰間拉出鋼刀，飛一般衝到革車下，手起刀落，斬斷了莽軍帥旗的旗杆。

「甄」繡著大字的帥旗，從半空中徐徐飄落。與求援號角聲的尾韻一道，剎那間，吸引了戰場上所有人的視線。

正在率領爪牙高歌猛進的何無忌、李亭、黃翳、張清、呂臣、林嘯、韓君雅等輩，動作明顯地出現停滯。而原本節節敗退的綠林好漢們，嘴裡猛地爆發朝一聲歡呼，揮舞著刀槍向敵軍衝去，剎那間再度變得勇不可當。

「吹角，吹角，告訴全軍，老夫沒事兒，老夫毫髮無傷！」前隊大夫甄阜急得兩眼冒火，顧不上下去指揮自己的親兵反撲，扯開嗓子衝著革車上其他傳令兵大喊大叫。

可惡，太可惡了，那個帶隊的綠林小賊，居然趁著他命人吹角求援的時候，揮刀砍落了他的帥旗。眼下他本人雖然毫髮無傷，可那半截子求援號角和空中飄落的帥旗，卻非常容易地引發誤會。讓正在英勇作戰的前隊精銳們，以為他這個主帥已經死於非命。讓所有前隊將士，士氣倍受打擊，瞬間喪失了取勝的信心。

「砰！」腳下革車猛地一晃，差點將他直接摔落於地。頭皮發乍的甄阜再也顧不上發號施令，俯身向下努力觀望。只見先前一刀砍斷了旗杆的那名青年「賊寇」，居然不顧周圍親兵的圍堵，揮刀砍斷了革車的挽繩。

「殺了他，給老夫立刻殺了他，賞金五萬，賞金五萬！」又氣又怕，甄阜嘴裡發出聲嘶力竭的尖叫。就像一隻受到驚嚇的蛇，對著路人瘋狂噴吐紅信。

革車周圍的親兵的確在努力，然而，他們的進攻，卻全都被馬三娘、鄧奉和朱祐，聯手擋在了劉秀身體周圍五尺之外。矢志報仇的鄧晨，則帶領著更多的綠林軍勇士衝上來，圍著革車，跟甄阜的親兵戰做一團。

「砰！」「砰」「砰！」刀光閃爍，連接革車和挽馬的皮索，一根接一根被劉秀砍斷。只有兩個輪子做支撐的革車，迅速傾斜，「轟隆」一聲，將車上的所有人，不分高低貴賤，全都摔落於地。

饒是武藝高強，前隊大夫甄阜也被摔了個狗啃屎。一個翻滾從地上爬起，他同時拔刀向四下亂砍。「當當當當」，金鐵交鳴聲不絕於耳，衝上來的綠林勇士，被他逼得連連後退。

「讓開，我來！」鄧晨從衣著打扮上，認出了仇人的身份，怒吼著加入戰團。他武藝高強，臂力過人，三下兩下，便讓甄阜身上冒出了血光。雙臂再次蓄力，正打算給仇人最後一擊，身背後，忽然傳來了一道銳利的兵器破空聲。

「叮！」關鍵時刻，鄧晨果斷撤槊上格，將從背後刺來的刀鋒磕歪。十多名莽軍在林嘯的率領下一擁而上，撈起狼狽不堪的甄阜，撒腿就跑。

「賊子，哪裡走！」鄧晨大怒，策馬追了過去，從背後將林嘯捅了個透心涼。其餘莽軍兵卒尖叫著分成兩撥，一撥捨命擋住了他的坐騎，另外一撥抱著甄阜，繼續撒腿遠遁。

「老賊，別跑，有種別跑！」鄧晨的嘴裡，發出獅子般的咆哮，策馬繼續緊追不捨。甄阜的另外一名親信韓君雅拋下大隊，捨命殺至，寧願倒在他的槊下，也要死死護住甄阜的後背。

「殺！」鄧晨抖動長槊，只一個照面，就將韓君雅手中的鋼鞭擊落於地。緊跟著又是一槊，捅穿了韓君雅的肩窩。韓君雅的身體，瞬間鮮血染了個通紅。然而，他卻抬起左手，緊緊握住了肩膀上的槊桿。甄阜對他有知遇之恩，如果不是甄阜傾力栽培，他這個妾生子，在長安韓家，至今不能與其他兄弟同席。所以，他的命早已許給了甄阜，無論後者是善是惡，是忠是奸。

連續拔了兩次，未能將槊桿拔出。鄧晨果斷棄槊抽刀，奮力砍向韓君雅的胸口。沒等他的刀光劈到，校尉李亭和黃騶聯袂而至，一個毫不猶豫地護住了韓君雅，另外一個，則帶領親信和鄧晨戰做了一團。

「弟兄們，殺甄阜老賊報仇！」鄧奉策馬追上，與叔叔鄧晨並肩而戰，將黃騶及其麾下的親信殺得節節敗退。朱祐緊跟著追了過來，揮舞長槊殺向了李亭。校尉趙憙猛地擲出一根投矛，將已經受傷的韓君雅射了個透心涼。劉秀與馬三娘殺散了甄阜的親兵，雙雙趕到，將其餘擋路的莽軍將士挨個砍死。

「保護大夫，保護大夫！」校尉張清只帶著五十餘名騎兵匆匆趕回，拚死上前替甄阜斷後。與先前陣亡的韓君雅一樣，他也曾經受過甄阜的提拔之恩，所以，哪怕明知道未必是劉秀的對手，也堅決不肯讓開去路。

「保護甄大夫，保護甄大夫！」校尉呂臣也帶著三十幾名親信匆匆返回，與張清並肩抵抗劉秀的衝擊。

為了營救甄阜，他們都拋棄了自己麾下的部屬。被留在戰場上的兵卒，立刻六神無主。而先前已經沒有還手之力的綠林軍，卻再度發揮了自己擅長打順風仗的特長，迅速集結成陣，揮舞著長刀大槍，將莽軍節節逆推。

「三姐，不用管我，帶人去放火，放火將甄阜的革車燒掉！」劉秀忽然扭頭吩咐了一句，揮刀衝向了張清。後者連忙舉槊對刺，試圖發揮長兵器的優勢，跟劉秀拚個兩敗俱傷。然而，無論對武器的控制精度，還是雙臂臂力，他都照著劉秀差得太遠。劉秀只是微微擰了下身體，就避開了他的全力一擊。緊跟著，鋼刀在半空中掃出一道閃電，「喀嚓」一聲，將張清戰馬的脖頸砍斷了大半兒。

可憐的畜生哼都沒來得及哼一聲，到底慘死，將張清直接向前摔出了一丈多遠。跟在劉秀身後的綠林勇士亂槊齊下，瞬間將此人的身體戳成了篩子。

「報仇！」劉秀又是大吼一聲，策馬衝向呂臣。後者正因為張清的戰死而淚流滿面，看到劉秀朝著自己撲了過來，立刻舉刀相迎。

「鐺！」「鐺！」「鐺！」「鐺！」金鐵交鳴聲不絕於耳，雙方在極短時間內，快速交換了六招。戰馬錯鐙，劉秀頭也不回撲向下一名敵人，揮刀將此人砍下馬背。呂臣則像喝醉了酒一般在馬背上搖搖晃晃，搖搖晃晃，猛地嘴裡噴出一口血，氣絕而亡。

一道黑煙沖天而起，甄阜指揮作戰專用的第二輛革車，迅速變成了火炬。放完了火的馬三娘旋風般趕回劉秀身側，沿途無論遇到誰來阻擋，皆一刀砍成了兩段。

二人再次並肩而戰，如入無人之境。周圍的莽軍兵卒接連目睹了數名將領的慘死，心中勇氣迅速消失殆盡。不約而同調轉身體，四散奔逃。

劉秀策馬從背後繞過去，與朱祐、馬三娘一道，圍殺了李亭。校尉黃翳發現同夥全都戰死，心中發慌，被鄧奉趁機一槊刺穿了喉嚨。其餘綠林勇士一擁而上，將來不及逃走的莽軍兵卒盡數砍翻。大夥扭頭在找甄阜，卻無奈地發現，老賊居然硬著心腸，趁麾下的將領上前拚命的機會，脫甲棄袍，不知所終。

「姐夫，報仇的事情交給你！仲先、士載，你們跟蕩寇將軍一道，帶領他麾下的弟兄們去追殺甄阜老賊！」劉秀非常遺憾地扭過頭，朝著鄧晨、鄧奉、朱祐三人大聲吩咐。隨即，撥轉坐騎，將已經砍出豁口的鋼刀高高舉過頭頂，「其他人，跟我來！」

「諾！」眾勇士答應一聲，立刻在鄧奉、朱祐二人的指揮下兵分兩路，一路追隨鄧晨去追殺甄阜，另外一路，則緊緊跟在劉秀身後。

擔心哥哥劉縯的安危，劉秀不敢光顧著替二姐和外甥女們報仇。與馬三娘一道策動坐騎，帶領著兩百多名士氣高漲的勇士，直奔綠林軍的帥旗所在。

此時此刻，即便是獨眼龍，也早就看到了從甄阜指揮車上騰起的火光和濃煙。再聯繫先前求救的號角和飄落的前隊帥旗，莽軍的指揮中樞是否依舊存在，不問而知！士氣降無可降的大新朝兵卒，忽然感覺到了肚餓，雙手雙腳瞬間都軟軟的使不出力氣。欣喜若狂的綠林好漢們，則將戰鬥力發揮到了平常的三倍，追趕著數量遠超過自己的莽軍，將他們一排接一排砍死在逃命的途中。

也有一些不甘心失敗的新朝將領，將親信們組織起來，且戰且退。他們的行動，很快就引起了成丹、臧宮等好漢的注意。眾人紛紛帶著麾下嫡系衝殺過去，將莽軍剛剛組織起來的隊伍迅速衝垮，將試圖負隅頑抗者一排接一排碾成齏粉。

「降者免死，放下武器投降，可免一死！」唯恐綠林好漢們，都被仇恨燒昏了頭，劉秀一邊從戰團旁匆匆穿過，一邊帶領麾下勇士大聲疾呼。

沒有人聽從他的勸告，在小長安聚欠下了大筆血債的莽軍將士，不相信自己放下武器之後，失去親人的綠林軍會放下仇恨，寧願在抵抗和逃跑的過程中，被對手當場殺死。而反敗為勝的綠林好漢們，則不願意給對手任何憐憫，哪怕遇到失去抵抗力的莽軍傷兵，也是衝上去兜頭一刀！

「不要濫殺，咱們不是莽軍！」劉秀的臉，迅速漲紅，一邊加速向帥旗下飛奔，一邊繼續大聲呼籲。

他先前所潛伏的位置，跟戰場之間有一段距離。所以沒有看到自家哥哥，策馬直搗敵軍帥旗的英姿。還一廂情願地以為，此刻大哥就在綠林軍的帥旗下，隨時能傳下號令，讓各路好漢停止多餘的殺戮。

「呼——」迎面忽然擲來一根投矛，將他的呼籲聲瞬間卡在了嗓子裡。慌忙舉起鋼刀，將投矛磕得倒飛而起。扭頭再看，只見岑彭帶著七八名心腹，披頭散髮地從自己身側數丈遠的位置匆匆逃過，身上的血漿，就像泉水般淅瀝瀝瀝落了一路。

「岑彭，還我兄弟命來！」馬武拎著鋸齒飛鐮三星刀，在岑彭身後三匹馬的位置，緊追不捨。凡是有岑彭的心腹被他追上，立刻手起刀落，砍為兩截。與岑彭隔著數丈，還有另外兩夥莽軍騎兵，像受驚的鹿群般，瘋狂逃竄。馬蹄落處，甭管是敵人還是自己人，皆踏成肉泥。

「三姐，妳不用管我，去幫著大哥追殺岑彭！」劉秀非常體貼地吩咐了一句，繼續策馬前行。他跟岑彭沒有任何私仇，所以對追殺此人也提不起太高的興趣。

「我跟你在一起！」馬三娘低低的回應了一聲，笑容如春花般絢爛。

「什麼？妳說什麼？剛剛逃過去那個人是岑彭……」周圍聲音嘈雜，劉秀根本聽清馬三娘的話，扭過頭，大聲提醒。

「我跟你在一起！」馬三娘臉色一紅，大聲重複，剎那間，目光如水一樣溫柔。「懶得搭理他！」

與岑彭之間的仇恨，結於七年之前。而隨後七年多時間裡，她幾乎朝夕與劉秀相伴。心中原本就不多的暴戾之氣，早已被柔情沖得乾乾淨淨。對當年的仇恨，也被時光磨得越來越淡，越來越淡。

劉秀又是一楞，旋即，臉上就湧起了會心的笑容。自己不喜歡殺那些沒有抵抗力的傢伙，所以，三娘也懶得再去追殺岑彭。至於馬武的安全，相信在這世上，比馬王爺武藝更高的人找不到幾個。故而，根本不需要三娘去操心。

二人繼續並轡而行，沿途遇到幾個戰團，都從旁邊急衝而過。不多時，終於趕到了中軍帥旗之下，卻看到嚴光手捧著一堆令旗令箭，正急得焦頭爛額。

「文叔，文叔，快去找大哥，大哥先前去衝擊敵陣，被老賊甄阜設計困住了！」看到劉秀的身影，嚴光立刻有了譜。迫不及待地扯開嗓子，大聲求援，「傅道長也帶人殺了上去，這裡只剩下了我一個。而新市、下江和平林軍，根本不肯聽我的號令！」

「啊！」劉秀被嚇了一大跳，強忍著慌亂，高聲建議，「先傳令給舂陵軍，讓大夥儘量多抓俘虜。哪怕將來做民壯用，也比徵募百姓強。」

「好，好計策，好說辭。我來傳令，你，你快去救，快去找大哥和傅道長！」嚴光的眼神瞬間一亮，旋即開始履行職責。劉秀不敢做任何耽擱，立刻帶著馬三娘和麾下的勇士，再度撲向亂哄哄的戰場中央。

戰場上，已經找不到任何一支成建制的莽軍。三萬綠林好漢，東一隊，西一夥，像趕鴨子般，將曾經的前隊精銳，朝黃淳水方向趕。如果此刻有一支王莽麾下的生力軍殺來，幾乎不用費任何力氣，就能再度令戰局逆轉。如果此刻甄阜再度站出來，振臂一呼，也有三成機會反咬一口，然後組織起潰兵全身而退。

幸運的是，劉秀所擔心的情況，一種都沒有出現。駐紮在宛城的前隊精銳，乃是朝廷五大常備軍之一，兵精糧足，平時根本不需要任何盟友。而丟了頭盔，脫掉了錦袍，混在小卒隊伍中逃命的甄阜，也沒膽子再主動跳出來，承受下一次迎頭痛擊。

「嗚嗚嗚，嗚嗚嗚，嗚嗚嗚嗚嗚——」驕傲的號角聲，終於在綠林軍的帥旗下響起，將臨時指揮者嚴光的意志，剎那間傳遍全軍。

王匡、王鳳、王常、廖湛等人，和他們麾下的好漢們，對角聲不屑一顧。然而，經歷過一次初步整訓的舂陵軍，卻遲疑著停止了對失去抵抗力者的屠殺，開始嘗試著的抓潰兵做俘虜，嘗試用威嚇和利誘等手段，強迫潰兵棄械投降。

效果最開始非常一般，但很快，俘虜隊伍就像滾雪球般壯大。一些走投無路的潰兵，見追殺自己的舂陵軍居然兌現了諾言，抽泣著放下了兵器，雙手抱頭，緩緩蹲下了身體。還有一些體力尚未耗盡的潰兵，也遲疑著停住了逃命腳步，扭過頭，偷偷觀望舂陵軍的下一步動作。

「放下兵器，劉某保你們不死！」渾身是血的劉縯，帶著僅剩下的五十餘名弟兄，忽然從這潰兵逃走的方向出現，扯開嗓子，大聲許諾。
「放下兵器，劉大哥保你們不死！」
「放下兵器，柱天大將軍保你們不死！」
「放下……」
劉縯身後的五十幾名勇士，用沙啞的聲音，將主將的意思一遍遍重複。每個人都昂首挺胸，年輕的臉上寫滿了驕傲。
周圍的潰兵成千上萬，卻誰也沒勇氣向他們舉刀。先前已經開始遲疑的莽軍將士，果斷丟下兵器，大步跑向了他的身側。
小孟嘗的綽號，不是白叫的。即便身為敵人，即便曾經恨不得劉縯立刻去死，當走投無路的時候，莽軍將士，願意相信此人會一諾千金。
「大哥！」劉秀大喜，高喊著衝過去，以防潰兵心懷不甘。然而，劉縯卻笑著向他揮了下手，大聲吩咐，「去，去接應一下傅道長。他朝著黃淳水邊上追過去了，說是要到岸邊守株待兔。
「是！」劉秀毫不猶豫拱手領命，撥轉坐騎，如飛而去。馬三娘帶著兩百餘名勇士緊緊相隨，在亂轟轟的戰場上，瞬間拉出一道獨特的風景。
戰場，距離潰淳水沒多遠。然而，當劉秀、馬三娘兩個，帶著弟兄們追到河南岸的時候，卻看到了起義以來，最為慘烈的一幕！
昨天被甄阜下令鑿沉的渡船，居然被潰兵又給撈了起來。糊上泥巴，堵上乾草，重新變成了過河的扁舟。距離渡船近的潰兵，爭先恐後跳上去，用手腳為槳，拚命將船朝對岸划。沒撈到渡船，或者搶不到上船機會的潰兵，則紛紛跳下河水，徒步朝著河道中央蹣跚而行。

「站住，不要逃，投降免死，投降免死！」原本打算守株待兔的傅俊，帶著百十名弟兄，在逃命的人群外，大聲勸阻。

「站住，投降免死。家兄是舂陵小孟嘗，家兄說話算話！」劉秀越果斷扯開嗓子，在距離逃命者一箭之地外，高聲許諾。

他和傅俊，都不敢衝到渡船邊去阻擋潰兵。重新看到逃命希望的潰兵，早已徹底失去了理智，會將一切攔阻他們的人，瞬間撕個粉碎。

一道狂風吹過，冬雨，蕭蕭而落。

河面上，四艘正在前進的渡船，瞬間傾翻。緊跟著，暗流忽然湧起，將走到河水深處的逃命者，像螞蟻般一團團捲走。

其餘渡船，先停了停，然後繼續前進。轉眼間，又有三艘漏水，打著漩子迅速下沉。船上的莽軍將士，紛紛跳船逃生，旋即被河水沖得踪影不見。已經走下河水的其他莽軍見狀，嘴裡發出一陣絕望的悲鳴，又紛紛掉頭返回河灘。

「站住，投降免死。家兄是舂陵小孟嘗，家兄說話算話！」劉秀的聲音已經沙啞，身後的弟兄們，也個個疲憊不堪。

「噹啷！」終於，有逃命者聽到了他的許諾，抽泣著將鋼刀丟在了地上。

「噹啷！」「噹啷！」「噹啷！」兵器墜地聲，絡繹不絕。發現逃命無望的潰兵們，終於在淒風冷雨中恢復了清醒，決定接受輸給綠林軍的現實。

「投降免死，爾等放心，劉某說到做到！」劉秀的心情忽然一鬆，聲音變得愈發嘶啞。

「除了甄阜！」鄧晨帶著一小隊人馬，沿著河灘快速衝至，手舉長槊大聲補充。「除了甄阜，其他人都可以放過！」

「除了岑彭！」馬武也帶著一隊弟兄，沿著河灘，從另外一側趕至。刀刃上的血跡，被雨水沖落，將腳下染得殷紅一片。

他們兩個，終究還是未能從潰兵當中，找到各自的仇人，都急得雙眼通紅，鬍鬚根根倒梳。凶神惡煞的模樣，頓時讓許多俘虜心驚膽戰，為了活命，七嘴八舌地回應，「甄大夫，甄阜在第一艘船上。」

「甄阜在第一艘船上。撈船逃命的主意，就是他想出來的！」

「岑彭跳水了，岑彭跳河逃命了，恐怕這會兒早就淹死在河裡頭！」

「甄阜……」

「轟隆隆……」天空中忽然響起一陣悶雷，瀟瀟細雨，變成了傾盆大雨。

河道中央，最後幾艘渡船晃了晃，瞬間消失不見。

大漢光武　卷三　關山月（下）完

ACP0082

大漢光武・卷三・關山月（下）

作　者—酒徒
編　輯—黃煜智
校　對—魏秋綢
行銷企劃—王小樨
內頁排版—綠貝殼資訊有限公司
編輯總監—蘇清霖
發 行 人—趙政岷
出 版 者—時報文化出版企業股份有限公司
10803台北市和平西路三段二四〇號七樓
發行專線—（〇二）二三〇六六八四二
讀者服務專線—〇八〇〇二三一七〇五
（〇二）二三〇四七一〇三
讀者服務傳真—（〇二）二三〇四六八五八
郵撥—一九三四四七二四時報文化出版公司
信箱—台北郵政七九～九九信箱
時報悅讀網—http://www.readingtimes.com.tw
思潮線臉書—https://www.facebook.com/trendage
法律顧問—理律法律事務所　陳長文律師、李念祖律師
印　刷—勁達印刷有限公司
初版一刷—二〇一九年六月十四日
定　價—新台幣三八〇元

時報文化出版公司成立於一九七五年，
並於一九九九年股票上櫃公開發行，於二〇〇八年脫離中時集團非屬旺中，
以「尊重智慧與創意的文化事業」為信念。

大漢光武 ・ 卷三，關山月／酒徒作 . -- 初版 . --
臺北市：時報文化，2019.06
下冊；14.8×21 公分
ISBN 978-957-13-7796-4（下冊：平裝）
857.7　　108

本書《大漢光武》繁體中文版　版權提供　網易文學

ISBN 978-957-13-7796-4
Printed in Taiwan

漢老大爺